Neeva L. Ray
Das Imperium der Völker
Die Verschollenen

Neeva L. Ray

Das Imperium der Völker

Die Verschollenen

Roman

Bibliografische Information der Deutschen Nationalbibliothek: Die
Deutsche Nationalbibliothek verzeichnet diese Publikation in der
Deutschen Nationalbibliografie; detaillierte bibliografische Daten
sind im Internet über http://dnb.dnb.de abrufbar.

Cover-Design: Jasmin Raif, Sprudelkopf Design
Umschlagmotiv: iStockphoto © VeraPetruk, © Gile68 und © Irina
Shilnikova
Karte: Jill U.
Autorenfoto: Sascha Neppach

Verlag: BoD · Books on Demand GmbH, Überseering 33, 22297
Hamburg, bod@bod.de
Druck: Libri Plureos GmbH, Friedensallee 273, 22763 Hamburg

ISBN: 978-3-8192-2657-1

*Für all diejenigen,
die aufgrund ihrer Herkunft
verfolgt werden.*

Das Gesegnete Volk

DAS IMPERIUM

DER VÖLKER

Das
Blinde
Volk

Das Verschollene Volk

Mhios

Askoth

Das Grausame Volk

Die Letzte Hoffnung

Kapitel 1

Ory

Mein Magen knurrte nicht mehr. Er wusste, dass er nichts bekommen würde. Ich sah einen Wassertropfen an einem der Stäbe meines Käfigs hinuntergleiten. Ich drehte meinen entkräfteten Körper so, dass ich ihn mit dem Mund erreichte. Er zerfloss auf meiner Zunge, bevor er den Durst stillen konnte.

Der Gestank des Mannes neben mir brannte in meiner Nase. Oder war es mein eigener Körper, der so roch? Jeder, der auf diesem Schiff gefangen war, roch nach Verzweiflung und Tod. Vor Tagen hatten wir an der Letzten Hoffnung abgelegt. Ich vermisste meine Heimat. Die Insel der Menschen.

„Hey Mädchen. Zeig mir, was du hast, dann sterb ich als glücklicher Mann."

Die Zähne des Gefangenen waren braun gefärbt, und ich roch die Fäule aus seinem Mund. Ich kroch auf die andere Seite meines winzigen Gefängnisses. Sein hysterisches Lachen hing in der Luft, als sich die Tür zum Deck knarzend öffnete. Soldaten strömten hinein. Sie marschierten geradewegs auf unsere Kerker zu.

„Na, alle bereit, heute zu sterben?"

Ich kroch weiter in meine Zelle hinein, als mein Käfig mit einem großen Schlüssel geöffnet wurde. Der Soldat griff ohne ein weiteres Wort nach mir.

„Tun Sie das nicht! Bitte, ich bin krank, ich habe nichts verbrochen!"

Ich trat nach dem Mann. Ein erbärmlicher Versuch, meinem Schicksal zu entkommen.

„Schluss jetzt. Komm raus da!"

Ich schluchzte so heftig, dass mir die Rotze aus der Nase lief. Ich nahm kaum etwas wahr, außer der groben Hand des Soldaten, die sich um meinen Arm schlang. Unnachgiebig wurde ich aus dem Käfig gezogen. Der Mann war nicht viel größer als ich. Er hatte dunkles, gepflegtes Haar und einen plumpen Körperbau. Die schwieligen Finger des Soldaten bohrten sich in meine Muskeln, als ich versuchte, mich aus seinem Griff zu winden. Die Planken über uns ließen nur wenig Licht in den düsteren Raum. Es reichte, um sein verschmitztes Grinsen zu erkennen. Er zog mich mit sich. Mein Herz donnerte heftig gegen meine Brust und mein Atem kam stoßweise und abgehakt.

„Ich habe nichts getan", schrie ich erneut.

In meinen Ohren rauschte es so laut, dass die Schreie der anderen Gefangenen darin erstarben. Ich sah, wie sie sich wehrten, als sie aus ihren Käfigen gezerrt wurden. Von der Decke hingen Seile herab, die vom Moos grün gefärbt waren. Ich griff mit meiner freien Hand nach einem Seil. Es rutschte mir durch die Finger. Immer weiter zerrte mich der Soldat. Meine Füße trafen auf verrostete Metallketten am Boden, die mit dicken Säcken beschwert wurden. Ich wusste weder, was sich in den Bündeln befand, noch, wozu die Ketten und Seile dienten. Nie zuvor war ich auf einem Schiff gewesen und ich wünschte, ich wäre es auch jetzt nicht. Mein Zimmer auf der Letzten Hoffnung blitzte vor meinem inneren Auge auf. Die seidigen Laken, die weiche Matratze und die kleine Pflanze auf dem Nachttisch, der ich jeden Tag einen Schluck Wasser in die Erde schenkte. Und Lio. Ich schluchzte heftig. Lio, der mich morgens vom Fenster aus weckte. Mit seiner schrecklichen Heiterkeit und dem breiten Grinsen, das seine Augen leuchten ließ.

Meine Beine suchten Halt, als der Soldat meinen strampelnden Körper mit Leichtigkeit über die Planken zog. Der Geruch von Meerwasser und Fisch hing in der Luft.

„Mir ist egal, was du angestellt hast. Wer auf dieses Schiff gebracht wird, endet als Fischfutter."

Die Waffe des Soldaten hing griffbereit an seinem braunen Ledergürtel der adretten Marineuniform. Es war ein kleines, aber effektives Model, das mit einem schlichten Holzgriff ausgestattet war und auf kurze Distanz die höchste Treffsicherheit garantierte. Es wäre ein Leichtes für mich gewesen, meine geschickten Finger zu nutzen, um den Halfter zu lösen. Er würde nicht ein Mal merken, dass ihm seine Waffe fehlte. Ich würde sie an mich nehmen und dann ... was? Es würde mir nichts nützen. Ich war auf einem Schiff voller Soldaten, Kriminellen und Ausgestoßenen gefangen. Selbst wenn ich mich aus dem Griff des Mannes befreite, würde ich nicht weit kommen. Bevor ich den Gedanken zu Ende dachte, stieß mir der Soldat so heftig in die Seite, dass mir die Luft wegblieb.

Wir waren zwei Tage lang gesegelt, was bedeutete, dass wir uns auf hoher See aufhielten. Oder vor dem Kontinent. Mir lief ein Schauer über den Körper. „Jetzt beweg dich endlich. Wir sind zu nahe. Ich will zurück auf die Insel. Ich gönn mir nach dieser Fahrt erst mal einen Besuch bei den Huren." Die anderen Soldaten stimmten in das Lachen meines Peinigers ein.

Er stieß mich immer weiter voran. Ich flog durch eine Tür hindurch, die auf das Deck führte. Eine Meeresbrise fegte mir ins Gesicht und zerzauste mein verfilztes Haar. Die Sonne blendete mich nach Tagen unter Deck. Meine Augen stachen und brannten, doch ich zwang sie, aufzubleiben. Ich hatte mich kaum an das Licht gewöhnt, da flog ich mit einem Ruck nach vorne, als ein anderer Gefangener von hinten an mich geworfen wurde. Nur mit Mühe hielt ich meine Balance. Schon prallte der nächste Todgeweihte an uns. Ein großer Mast ragte in der Mitte des Schiffes in die Höhe. Daran ruhten imposante Segel. Keine Wolke war am Himmel zu sehen. Das Deck war in tadellosem Zustand, ich sah Eimer und Schrubber in den Transportkisten hin und her schlagen und erst jetzt wurde mir bewusst, dass das ganze Schiff wankte. Die Soldaten an Deck schienen unbeeindruckt von dem unruhigen Seegang. Es waren mindestens ein Dutzend Mann. Sie hielten ihre Waffen am Anschlag: Säbel, Schusswaffen, Dolche. Alles, um uns zu zeigen, dass wir keine Chance gegen sie hatten. Ein Knall ließ mich zusammenfahren. Die Tür war zugeschlagen worden. Ich zitterte am ganzen Leib, obwohl die Luft trotz des Windes warm war. Ich blickte ungläubig in die Gesichter der Soldaten. Einige schauten ernst, andere grinsten wissend. Was würde jetzt mit uns geschehen? Ich riss mich zusammen, um mich nicht zu übergeben. Wobei nach zwei Tagen auf See nichts mehr in meinem Magen vorhanden war, dass sich auf dem polierten Deck hätte ergießen können.

Ein Mann erschien auf der Treppe, die zum Oberdeck des Schiffes führte. Seine Uniform war aufwändig verziert. Der Kapitän.

„Hiermit vollstrecken wir die Strafe der Letzten Hoffnung."

Seine Stimme war dunkel und tief, wie ein Donnergrollen. Eine Vorwarnung auf das, was geschehen würde. Ein Walross in Gestalt eines Mannes, dachte ich.

„Ihr alle habt Schande über euch, das Volk der Menschen und unsere Insel gebracht. Möge die See gnädig sein und eure Seelen ihre ewigen Strafen erhalten."

„Du da!"

Ein Soldat mit silbernem Säbel und rostbraunen Haaren zeigte auf den Gefangenen neben mir. „Du zuerst. Ab mit dir über Bord."

Die anderen Soldaten grölten und johlten und stampften auf die Planken des Decks, das im Rhythmus ihrer Stöße vibrierte. Schon griffen Hände die Lumpen des jungen Mannes und zerrten ihn zu einer Aussparung in der Reling. Ich sah das tosende Meer dahinter.

„Bitte, ich habe Frau und Kinder! Wer wird für sie sorgen! Bitte, ich flehe sie an! Sie werden verhungern, wenn ich nicht –"

Der Soldat trat dem Bettler mitten ins Gesicht und Blut spritzte in alle Richtungen. Ich fiel auf alle Viere und würgte Magensäure auf die Planken. Der Mann schrie und riss an dem eisernen Griff der Soldaten, doch sie schoben ihn immer weiter in Richtung seines Todes. „Nein, bitte! Nein!"

Er kämpfte und fauchte und spukte um sich. Ein Schuss zerteilte die Luft. Der Mann sackte zusammen. Die Soldaten schmissen seinen geschundenen Körper gelangweilt über Bord. Ich hörte das leise Platsch, mit dem die Leiche das Wasser teilte.

Der Mann neben mir schrie so laut, dass meine Ohren klingelten. Eine Frau mit Geschwüren im Gesicht fiel auf die Knie und betete zu einer Gottheit, die ihr an diesem Ort kaum helfen würde. Der alte Gefangene, der im Käfig neben mir festgehalten wurde, lachte hysterisch und rannte auf einen Soldaten zu, der ihm sein Kurzschwert in den Bauch rammte.

Die Soldaten, die an der Reling gestanden hatten, kamen mit ihren Säbeln und Schusswaffen immer näher. Sie kesselten uns ein. Mein Blick huschte panisch umher.

Weg, weg, ich musste hier weg. Doch wir waren umgeben von See. Todbringender See. Ich rührte mich nicht. Die Gewissheit überzog mich mit eisiger Klarheit. Ich würde sterben. Ich würde Lio nie wieder sehen. Ich hätte ihm sagen sollen, wie wichtig er mir war. Dass er das Einzige in meinem Leben war, das mir etwas bedeutete. Tränen rannen mir über die verdreckten Wangen. In meinem Kopf brummte es und Nebel umwarb mein Gehirn.

Nein, nein, nein, nicht jetzt. Ich konnte nicht ausgerechnet jetzt einen Anfall bekommen. Mein Kopf knallte auf den Holzboden und ich wurde blind vor dröhnendem Schmerz. Ich hatte keinen Trank, nichts, was mir half den Anfall zu stoppen. Ruckartig wurde mein Kopf herumgerissen. Der Soldat mit dem Dolch hatte meine Haare gegriffen und zog mich wie einen Sack Mehl über den Boden. Panisch flogen meine Hände zum Griff des Henkers. Ich riss Hautfetzen von seiner Hand und er fluchte, ließ mich jedoch nicht los. Ich schrie und strampelte mit den Beinen. Der Schmerz an meiner Kopfhaut war nichts im Vergleich zu der Hölle in meinem Schädel.

Plötzlich ließ der Soldat von mir ab und für den Bruchteil einer Sekunde dachte ich, mir wäre Gnade gewährt worden. Doch schon versetzte er mir einen heftigen Tritt in den Rücken und ich fiel in die Tiefe.

Kapitel 2

Ory

Das eisige Wasser schlug über mir zusammen, schockte meinen Körper. Wie Nadeln durchdrang die Kälte meine Haut. Ich fiel in eine Stille, die tiefer war als alles, was ich je erlebt hatte. Als hörte das Universum auf zu existieren. Mein Schädel brummte nicht mehr, als hätte das Trauma ihn zum Schweigen gebracht. Das Gefühl der Schwerelosigkeit durchfuhr mich. Ich empfand für einen kurzen Moment Frieden.

Im nächsten Augenblick fingen meine Lungen Feuer. Der Druck in meiner Brust breitete sich aus und ich riss die Augen in panischer Verzweiflung weit auf. Meine Sicht war verschwommen und das Salz stach in meinen Augen. Ich erkannte die Sonne, die wie ein Mahnmal über der Meeresoberfläche leuchtete. Ich schwamm. Höher und höher, bis mein Kopf die Wasseroberfläche durchbrach. Panisch zog ich rettende Luft in meine Lungen und der Druck in meiner Brust ließ nach. Ich sah das Schiff, das über mir aufragte und vereinzelte Gestalten im Wasser treiben. Um uns herum war nichts als Meer. Von Nord nach West und Süd und Ost. Ich sah von Horizont zu Horizont blaue raue See.

Das Schiff fuhr mit geblähten Segeln und rasender Geschwindigkeit davon. Verzweifelt strampelte ich mit den Armen in Richtung des Schiffes.

Bitte, flehte ich leise. *Bitte, nehmt mich wieder mit!*

Das passierte nicht wirklich. So konnte ich nicht sterben. Nicht jetzt. Nicht heute, in diesem Moment. Ich ließ den Blick erneut schweifen und erkannte, dass einige Gestalten vom Meer verschluckt worden waren. Andere kämpften strampelnd um ihr Leben.

Das Schiff hatte fast den Horizont erreicht. Mein Kopf drehte sich und ... dort, in nördlicher Richtung, erschien das Meer heller, freundlicher. Das Blau des Wassers war das gleiche und doch, erschien mir dieser Weg auf unerklärliche Weise wie die Rettung. Ein Funken Hoffnung blühte in mir auf. Ich begann zu schwimmen.

Ich kämpfte gegen die raue See, die an mir riss und mich in ihre Tiefe zog. Meine Lunge brannte. Meine Muskeln zitterten vor Anstrengung. Ich hatte das Gefühl, als würde ich gegen eine Mauer schwimmen. Als bewegte sich mein Körper kaum voran. Als wäre jeder Zug umsonst. Die Weite war so bedrückend, dass ich mich fragte, ob ich aufgeben sollte. Einfach still halten, bis mich die Tiefe vollständig verschlang. Doch ich war nicht bereit zu sterben. Solange mein Herz schlug, würde ich kämpfen. Meine Muskeln ächzten von der Anstrengung und ich atmete schwer ein und aus. Das salzige Wasser stach mir in die Augen und brannte in meiner Nase. Ich wusste nicht, wie lange ich schwamm. Es hätten Minuten oder Stunden sein können. Ich hatte jedes Zeitgefühl verloren. Die Sonne stand noch immer hoch am Himmel und brannte auf mich nieder. Für einen Moment gestattete ich mir, mich umzublicken. Das gewaltige Schiff, das mich so mitleidslos meinem Schicksal überlassen hatte, war nicht mehr zu sehen.

Mein Herz krampfte sich zusammen. Ich war allein, umgeben von nichts als Meer. Ich würde in diesen Wellen verschwinden und nie wieder auftauchen. Oder eine Bestie würde sich aus der Tiefe erheben und mich mit einem Bissen verschlingen.

Nein, ich durfte nicht daran denken.

Ich richtete meinen Blick wieder auf den Horizont, der mir lächerlichen Trost schenkte und schwamm weiter. Die Bewegungen fielen mir immer schwerer und meine Schultern verkrampften sich. Das Gefühl, gegen eine Mauer zu schwimmen, verstärkte sich. Als würde mein Kopf, meine Arme, mein ganzes kümmerliches Wesen, zurückgedrängt werden. Doch ich kämpfte dagegen an und drang immer weiter vor, bis ich, wie an einem unsichtbaren Band gezogen, nach vorne schnellte. Die Kraft war so gewaltig, dass mein Kopf unter Wasser geriet. Keuchend schnappte ich nach Luft. Ich blinzelte das Salz aus meinen Augen und erstarrte. Vor mir lag Land. Eine Küste erstreckte sich nicht allzu weit von mir entfernt. Mein Inneres tanzte und ich schwamm mit einer Energie, von der ich nicht gedacht hätte, dass ich sie noch besaß. Immer weiter kämpfte ich mich in Richtung des rettenden Ufers.

Chu

Verdammt. Warum hielten Vögel nie still, damit ich sie zeichnen konnte?

Die Möwe vor dem Fenster meines Wachpostens pickte ein weiteres Mal, bevor sie ihre Flügel spannte und sich mit zwei festen Schwüngen in den Himmel erhob. Ich seufzte und warf den Stift auf den Zeichenblock vor mir. So eine Scheiße. Ich würde weiter das Meer malen. Man konnte nie genug Bilder vom Meer haben, oder? Ich ließ meinen Kopf auf die Arme sinken. Seit Wochen war ich schon hier stationiert. Dieser Außenposten war der reinste Dreck. Ich hatte mir ausgemalt, dass mein erster Auftrag als Offizier mich an die andere Seite des Imperiums bringen würde oder in die belebten Straßen von Mhios. Nicht an diesen heldenverlassenen Ort. Alles, was es hier zu sehen gab, war Meer, Möwen und ab und an einen Seehund, der sich in der Sonne räkelte. Die Langeweile zerfraß mich. Ich beschloss, mit der Inspektion der Insel zu beginnen, bevor ich einschlief.

Ich erhob mich aus dem unbequemen Stuhl und richtete meine Uniform. Aber ... was war das? Ich griff zu dem Fernglas neben mir. Durch die Gläser suchte ich nach dem Fleck vor der Küste, der mir soeben ins Auge gesprungen war.

Bei den Helden, das konnte nicht wahr sein. Dort schwamm eine Gestalt im Wasser. Ich warf das Fernglas zur Seite und eilte zur Treppe, deren abgenutzte Stufen zum Strand führten. Aufregung durchflutete mich. Ich nahm mehrere Stufen auf ein Mal und landete mit einem Satz auf dem Sand. Meine festen Stiefel bohrten sich in den Untergrund. Verflucht. Woher war dieses Geschöpf gekommen? Der Posten, auf dem ich stationiert war, zeigte in Richtung der Insel des menschlichen Volkes. Sie lag jedoch meilenweit entfernt und selbst wenn ein Schiff so weit hinaussegeln würde, hätte der Schutzwall um unser Land es nicht hindurch gelassen. Diese Insel, so klein und unbedeutend sie sein mochte, gehörte zum Volk der Verschollenen. Meinem Volk. Wenn dieses Geschöpf durch den Schutz gekommen war, verhieß das nichts Gutes.

Meine Hand flog zu dem Dolch an meinem Gürtel. Die Gestalt strampelte und hatte Mühe, sich über Wasser zu halten. Ich ließ die Hand sinken und trat einen Schritt nach vorne. Meine schweren Stiefel teilten das Wasser. Das Wesen war nun so nahe, dass ich schwarzes Haar, weiche, erschöpfte Gesichtszüge und einen schmalen Körper erkannte. Ich hielt Ausschau nach einem Hinweis dafür, dass sie eine grausame Gestalt war, fand jedoch nichts. Nur Verzweiflung und den Willen zu überleben. Ich atmete tief durch und stürzte mich in die Flut. Das Meer war eisig. Es zerrte an meinen Kleidern. Es brauchte nur ein Dutzend Züge und ich war bei ihr. Ihre dunklen Augen weiteten sich, als sie mich sah.

„Bitte", flehte sie.

Es war nur ein Flüstern. Ich fasste um ihre Brust, drehte sie auf den Rücken und schwamm zum Ufer. Verflucht, sie war schwer. Ihre Kräfte schienen sie völlig verlassen zu haben. Wie eine lebensechte Puppe hing sie in meinen Armen.

Ich zog sie auf den Sand, weit genug, sodass das Wasser sie nicht erreichte, und trat weg von ihr. Sie keuchte und rang nach Luft, bevor sie einen Schwall Meerwasser erbrach. Ich zog den Dolch und hielt ihn einsatzbereit vor mich. Die nassen Haare klebten an meinem Gesicht und die Uniform hatte ihr Gewicht durch die Nässe verdoppelt.

„Wer seid ihr, verdammt?", fragte ich, als sie ein wenig zu Atem gekommen war.

Sie antwortete nicht sofort. Ihr Blick zuckte von meinem Gesicht zum Dolch und wieder zurück. Ihre Kleidung war abgetragen und löchrig. Sie trug keine Schuhe und ich fragte mich, ob sie eine Waffe am Leib trug, die mir verborgen blieb.

„Danke."

Es war nur ein Hauchen. Ein leises Röcheln.

„Bitte, tut mir nichts."

Ich war bereit zum Angriff, doch sie sah jämmerlich aus, wie sie im Sand nach Luft schnappte.

„Das hängt davon ab, weshalb ihr hier seid und woher ihr kommt."

„Vom Land ..." Sie würgte erneut, fing sich aber schnell wieder. „Vom Land der Letzten Hoffnung."

Das Blut wich mir aus dem Gesicht, als ich verstand, was sie da sagte.

„Verdammt! Das kann nicht sein. Das Land der Menschen ist zu weit weg."

„Ein Schiff. Ich ... bin über Bord gegangen."

Ich schluckte und trat näher, um sie genauer zu betrachten. Wie war das möglich? Es konnte nicht sein. „Also seid ihr wirklich ein ..." Ich schaffte es nicht, den Satz zu vollenden. Mit einem Flehen in den Augen sah sie mich an.

„Ja, ich bin ein Mensch."

Ory

Ich gab mir alle Mühe, meinen rebellierenden Magen zu beruhigen. Das Salzwasser brannte in meiner Speiseröhre. In meinem Kopf drehte sich alles, doch ich bekam Luft. Ich lag auf weichem Sand. Auf festem Boden. Ich wusste nicht, ob ich es geschafft hätte, aus eigener Kraft das Ufer zu erreichen. Doch ich war am Leben. Dank dieses Mannes. Ich erinnerte mich nicht, jemals einen schöneren Mann gesehen zu haben. Kräftige Brauen lagen über mandelförmigen, ausdrucksstarken Augen, die mich ungläubig musterten. Seine dunklen Haare lagen in nassen Wellen um scharfe Kieferknochen, die fest zusammengepresst wurden.

„Menschen können diese Insel nicht erreichen."

Ein Schauer erfasste meinen Körper, als mir klar wurde, was das bedeutete.

„Was seid ihr, wenn ihr kein Mensch seid?"

Meine Stimme zitterte.

Er hob eine volle Augenbraue, bevor er sprach.

„Ich bin ein Geschöpf des Volkes ... ich bin ein Geschöpf. Ihr befindet euch auf unserem Territorium."

Ich rang nach Luft.

„Ich bin auf dem Kontinent?"

„Ihr seid auf einer Insel vor dem, was ihr Kontinent nennt. Wir nennen es das Imperium der Völker."

Gänsehaut überzog meinen Körper.

„Aber ich war mitten im Meer. Ich bin nur aus einer kleinen Hoffnung heraus in diese Richtung geschwommen und ich -"

Der Mann hob eine Hand, um mich zum Schweigen zu bringen.

„Moment mal. Verdammt, ihr habt die Insel gespürt?"

„Ich weiß nicht genau. Ich hatte Todesangst, doch ich wollte nicht aufgeben und es erschien mir richtig, in diese Richtung zu schwimmen."

Der eindringliche Blick, mit dem mich der Mann anstarrte, löste eine neue Angst in mir aus. Ich rappelte mich auf die Beine.

„Ich wollte nicht in euer Land eindringen, ich habe nur nach Rettung gesucht. Ich werde sofort verschwinden, wenn ihr mir sagt, wie ich von hier wegkomme."

„Das wird nicht möglich sein."

Mein Herz setzte aus, so tief war seine Stimme, so unheilvoll diese Vorhersehung.

„Bitte, ich hatte doch keine Wahl, ich -"

Wieder hob er die Hand und ich hätte sie am liebsten weggeschlagen. Ich hatte es mir nicht ausgesucht, auf einer Insel zu stranden, und ich hatte mir bestimmt nicht ausgesucht, von einem Schiff geworfen zu werden.

„Wie seid ihr durch den Wall gekommen?", fragte der Schönling und kam einen Schritt auf mich zu. Seine Augen bohrten sich in meine. Sie suchten etwas.

„Da war kein Wall."

Der Soldat taxierte mich weiter. „Wer sind eure Eltern?"

Der Themenwechsel ließ mich blinzeln.

„Meine Eltern? Ich bin weder von guter Abstammung noch lässt sich mit mir Lösegeld erpressen -"

Erneut hob er die Hand, die mich zum Schweigen bringen sollte, doch dieses Mal schlug ich danach.

„Hört auf damit und sagt mir, wie ich nach Hause komme!"

„Ihr könnt nicht zurück."

Es war eine Feststellung, nüchtern ausgesprochen, doch sie ließ etwas in mir zerbrechen.

„Was war das für ein Schiff, von dem ihr gesprochen habt?"

Oh, nein. Er wusste nicht, dass ich für meine Taten zum Tode durch Ertrinken verurteilt worden war. Dass ich von dem Schiff gestoßen wurde, weil mich niemand mehr haben wollte. Mein Blick huschte zu dem Dolch in seiner Hand. Würde er mit mir kurzen Prozess machen und mir die Kehle durchschneiden? Oder brauchte er dazu gar keine Waffe, sondern würde mich mit seinen übermenschlichen Kräften töten? Ich hatte Geschichten über die Bestien auf dem Kontinent gehört, doch dieser Mann sah gar nicht wie ein Monster aus. Er sah aus wie ein Gott. Und er hatte mich gerettet.

„Ein Handelsschiff. Mein Vater ist Händler und es ist gekentert", log ich.

Seine dunklen Augenbrauen zogen sich bedrohlich zusammen. „Hier gibt es keine beschissenen Handelsschiffe. Das Imperium treibt keinen Handel mit eurem Volk."

Er griff seinen Dolch fester. Ich wich einen Schritt zurück.

„Wieso, verdammt noch mal, lügt ihr?"

Chu

Mir war nicht entgangen, wie sie meinen Dolch fixierte. Sie hatte Angst. Gut. Eine falsche Bewegung und ich würde meine Waffe nutzen.

Sie konnte unmöglich ein Mensch sein. Der Schutzzauber um unser Land hätte sie nicht hindurch gelassen. Es gab keine Aufzeichnungen, dass jemals ein Handelsschiff in diesem Teil des Meeres gesegelt war.

„Was wollte das Schiff hier? Wart ihr auf dem Weg, das Imperium zu erreichen?"

Ihre dunklen Augen weiteten sich. „Kein Mensch würde freiwillig in die Nähe des Kontinents segeln. Wir kennen Geschichten über ... euch."

Das letzte Wort schien ihr peinlich zu sein. Ich fragte mich, was sie hatte sagen wollen.

„Was erzählt man sich denn so über ... *uns*?"

Sie schlug die Augen nieder und fragte leise: „Werdet ihr mich töten, wenn ich es euch verrate?"

„Nicht dafür, dass ihr mir von Gerüchten erzählt."

Sie zog die Luft scharf ein, sprach aber fest und laut. „Man erzählt sich, dass auf dem Kontinent Kreaturen und Monster leben, die die Menschen einst vertrieben haben. Es soll dort schreckliche Gestalten geben, die sich gegenseitig zerfleischen und alle schwächeren Monster unterdrücken. Die Magie, die auf dem Kontinent herrscht, soll so grausam sein, als würde sie direkt aus der Hölle stammen."

Sie hielt meinen Blick. Abwartend. Als würde ich mich vor ihren Augen in eines der Monster aus ihrer Geschichte verwandeln.

„Und, glaubt ihr diese bescheuerten Legenden?"

Sie zuckte mit den nassen Schultern. „Ich hatte keinen Grund, an ihnen zu zweifeln."

„Aber ihr hattet auch keinen verdammten Beweis."

Wieder dieses Schulterzucken.

„Ist etwas denn nur wahr, wenn man einen Beweis hat?"

Mir entglitt ein Schnauben. Sie war aufmüpfiger, als ich zunächst angenommen hatte.

„Das Schiff wird diese Insel nicht erreichen, falls das euer Ziel war."

Zu meiner Überraschung entglitt ihr ein Lachen.

„Niemand wollte euch angreifen, falls ihr das denkt. Es droht euch keine Gefahr."

Einen Moment sah ich in ihre dunklen Augen und wusste, dass sie die Wahrheit sagte. Die Fähigkeit des

Schönen Volkes, Lügen zu erkennen, war auch in mir verwurzelt.

Ich entspannte meine Haltung. Den Dolch steckte ich an den Gürtel. Die Frau schloss erleichtert die Augen. Sie hatte die Arme um ihren durchnässten Körper geschlungen. Sie musste frieren bei dem Wind, der über die Bucht zog.

„Ich werde Meldung machen. Kommt, ich gebe euch eine Decke und wir warten drinnen auf meinen Kommandanten."

„Nein!"

Sie packte meinen Arm mit ihren eiskalten Fingern. Ihre Nägel bohrten sich in meine Haut.

„Bitte, ich will nur weg von hier."

Bestimmt, aber behutsam, löste ich ihren Griff.

„Ich muss euer Erscheinen melden. Ihr seid eine verdammte Rarität. Amo wird entscheiden, wie es mit euch weitergeht."

„Wird er mich töten?"

Furcht schwamm in ihren Augen. Ich hatte Mitleid mit ihr.

„Ich sehe, dass ihr die Wahrheit sagt. Er wird nur mit euch reden."

Vorerst. Doch das sagte ich ihr nicht.

Ich griff nach ihrem Arm, doch sie wich verängstigt zurück.

„Da entlang", sagte ich sanft und zeigte ihr die Richtung zu meinem Wachposten. Das Gebäude war klein, aber bot alles, was man benötigte. Über die Treppe erreichten wir den Ausguck. Die Frau trat zögernd ein.

Ihr Blick blieb an den Waffen hängen, die an der Wand befestigt waren. Daneben führte eine Tür auf das Dach und die Wegsonne darauf. Ihre nackten Füße bildeten eine Pfütze auf dem Steinboden. Sie schritt zur großen Scheibe, die einen beeindruckenden Blick über das Meer bot.

Ich wandt mich von ihr ab und drückte den münzgroßen Transmitter an meiner linken Schulter.

„Kommandant, bitte melden."

Es dauerte nur einen Moment, bis Amos Stimme erklang: „Schönling, ist dir langweilig auf der Insel?"

Ich seufzte leise. Arrogantes Arschloch.

„Code sechs. Herkunft unbekannt."

Eine Weile blieb es still und ich schaute an meinen Transmitter, eine kleine goldene Scheibe, eingefasst in ein flaches Gehäuse, welches sich perfekt an meinen Körper schmiegte. Ich wollte schon nachfragen, ob er mich verstanden hatte, als Amos Stimme erneut ertönte.

„Wer ist bei euch?"

Kein Humor lag mehr in seiner Stimme. Ich drehte mich noch ein Stück weiter weg von ihr.

„Ein Mensch."

Dieses Mal blieb der Transmitter still.

Ory

Ich fröstelte. Der Kommandant würde wissen wollen, weshalb ich über Bord eines Schiffes geworfen wurde. Ich war eine schlechte Lügnerin und Lio hatte sich deshalb immer über mich amüsiert. Der Gedanke an meinen besten Freund schnürte mir die Kehle zu. Ich hoffte aus vollem Herzen, dass er sich in Sicherheit befand. Als ich ihn das letzte Mal sah, zerrten die Soldaten mich fort und er blieb zurück. Ich sah seine panisch geweiteten Augen vor mir. Den Mund, der ungläubig meinen Namen formte. Ob er Lady Lux berichtet hatte, was mit mir geschehen war? Sie würde toben. Sie würde ihn für meine Festnahme verantwortlich machen. Immerhin war ich die Quelle ihres Reichtums. Ohne mich musste die Apothekerin einen neuen Goldesel finden. Ich zuckte zusammen, als eine schwere Decke über meine Schultern gelegt wurde.

„Ihr seid eine Frostbeule."

Ich nickte zum Dank und starrte wieder auf die See. Das Gewicht der Decke gab mir Sicherheit, doch die Kälte wollte nicht weichen. Würde mir der Kommandant glauben, dass ich zur Besatzung des Schiffes gehört hatte? Ich seufzte. Er würde mich sofort durchschauen. Mein Haar war verfilzt und meine Kleidung hing mir in Fetzen am Körper. Niemals war ich auf einem Schiff angeheuert worden. Es blieb nur die Wahrheit oder eine Variante davon.

Ein Zischen wie eine Sturmböe riss mich aus meinen Gedanken und ich duckte mich instinktiv. Etwas war auf dem Dach passiert. Der Soldat straffte die Schultern und blickte Richtung Tür. Ich zitterte so stark, dass ich Mühe hatte, die Decke über meinen Schultern zu halten. Ich kniff die Augen zusammen und hoffte darauf, dass ich es nicht bereuen würde, geschwommen zu sein, statt unterzugehen.

Kapitel 3

Ory

Die hölzerne Tür schwang auf und mir stockte der Atem. Der Mann, der dort stand, füllte fast den gesamten Rahmen aus. Unwillkürlich wich ich einen Schritt zurück. Die Uniform des Mannes sah ähnlich aus wie die meines Retters. Der Mann, der jetzt den Raum betrat, trug einen Kurzumhang, der an den Schultern befestigt war. Zudem kreuzte ein Schulterband seine Brust, an dem Abzeichen prangten. Doch was mir ins Auge fiel, waren die muskulösen Arme des Mannes. Es schien, als könnte er ganze Baumstämme durchbrechen und Schiffe aus dem Wasser heben. Seine hellen grauen Augen musterten mich von den Füßen bis zum Scheitel, bevor er sich an den Mann neben mir wandt.

„Berichte, Offizier Chu."

Ich blinzelte schnell, als mir klar wurde, dass ich nicht gewusst hatte, wie der Name meines Retters lautete.

„Ich habe sie im Wasser erspäht und bin in die Bucht gelaufen, um sie aus den Fluten zu ziehen. Sie ist durch den Wall geschwommen. Sie sagt, sie gehöre dem menschlichen Volk an."

Wieder richteten sich die hellen Augen des Kommandanten auf mich. Sein Gesicht war schmaler als Chus. Sein spitzes Kinn bildete mit der kantigen Nase eine Symbiose, die auf der einen Seite von langen geflochtenen Zöpfen gerahmt wurde, die ihm bis auf die Brust fielen. Die andere Hälfte seines Schädels war kahl rasiert.

„Sprich, Mensch."

Eingeschüchtert drehte ich mich zu Chu um, der mir zur Bestätigung zunickte. Diese Geste, so klein sie auch war, beruhigte mein pochendes Herz ein wenig.

„Ich ... ich bin über Bord gegangen. Es war überall Meer. Da habe ich mich für eine Richtung entschieden und bin geschwommen. Weil es mir so vorkam, als läge dort ... Hoffnung."

Der Kommandant verzog keine Miene, als er fragte: „Wie heißt ihr?"

„Ory, mein Name ist Ory."

Wieder diese Musterung.

„Drei Buchstaben?", fragte der Kommandant.

Wieder blickte ich Chu an, der mich interessiert betrachtete, als wäre ihm soeben aufgefallen, dass er mich nicht nach meinem Namen gefragt hatte.

„Ja, wieso?"

„Wer sind eure Eltern?"

Schon wieder diese Frage.

„Meine Mutter starb bei meiner Geburt, zumindest hat mir das die Bäuerin erzählt, bei der ich aufwuchs, bis ich elf war. Wer mein Vater ist, weiß ich nicht."

„Also wisst ihr nicht, ob ihr menschlich seid?"

Die Frage traf mich wie ein Schlag. Natürlich war ich ein Mensch! Ich hatte ein Herz, eine Seele, ich aß, schlief und lebte wie alle Menschen. Doch wenn ich mir diese beiden Männer so ansah, wirkten auch sie nicht wie Monster. Zumindest äußerlich.

„Sie kommt von der verdammten Insel. Es lebt nur das menschliche Volk auf diesem Land. Sie muss ein Mensch sein."

Ich sah dankbar zu Chu und dann wieder zu dem Kommandanten.

„Sie behauptet, dass sie von dort kommt."

Diesmal trafen mich seine Augen wie Rasierklingen.

„Ich habe es gesehen. Sie sagt die Wahrheit", klärte Chu ihn auf.

Der Kommandant wandt sich wieder an mich.

„Tritt vor."

Ich rührte mich nicht.

„Ich will es selbst beurteilen."

Meine Beine wollten nicht gehorchen. Ich wagte nicht, zu atmen, krallte meine Finger nur fester in die Decke.

Ich glaubte, ein leises Schnauben zu hören, bevor der Kommandant mit zwei schnellen Schritten bei mir war. Unsanft zog er mich an sich. Ich hätte beinahe geschluchzt, doch dann bemerkte ich, was er tat. Er *roch* an mir. Ich hörte, wie er tief durch die Nase einatmete. Schon ließ er wieder von mir ab.

„Sie riecht menschlich."

Ich atmete erleichtert aus.

„Aber da ist noch etwas. Etwas Ungewöhnliches. Habt ihr Kräfte, die ihr uns verschweigt?"

„Ich habe keine Kräfte", antwortete ich schnell. Ich wollte, dass diese Leibesvisitation endete. Ich war erschöpft und durstig. Mir war nicht aufgefallen, dass mein Körper nach Wasser verlangte.

„Dürfte ich etwas trinken?", fragte ich an Chu gewandt, der einen Seitenblick auf seinen Kommandanten warf. Dieser nickte und Chu zog eine Flasche aus einem Unterschrank. Ich hätte weinen können, bei dem Gefühl, das die seidige Flüssigkeit in meiner Kehle auslöste. Ich trank und trank, bis die Flasche leer war. Ich reichte sie an Chu zurück.

Die ganze Zeit über hing der Blick des Kommandanten an mir. Ich trat von einem Fuß auf den anderen. Würde er mich in einen Kerker werfen? Oder zurück ins Meer?

„Wir sollten noch ein Mal beginnen. Ich habe mich gar nicht vorgestellt", sagte der Kommandant plötzlich und lächelte. Seine geraden weißen Zähne und die geschwungenen Lippen ließen ihn weicher wirken als zuvor.

„Mein Name ist Amo."

„Drei Buchstaben?", fragte ich.

Sofort bereute ich die Frage, doch das Lächeln des Kommandanten wurde breiter. Ich kannte viele Menschen, deren Name aus drei Buchstaben bestand. Allen voran Lio und Lady Lux. Wobei sich Lios vollständiger Name aus sechs Buchstaben zusammensetzte und auch Lady Lux war ein Spitzname, den wir uns für die Apothekerin ausgedacht hatten.

„Genau. Ich bin Kommandant im Verschollenen Volk. Meine Familie stammt aus dem Tal und ich verbringe meine Zeit am liebsten zu Pferd. Jetzt ihr."

Sollten wir uns in einen Kreis setzen und Armbänder flechten? Ich sah ihn stirnrunzelnd an. „Kommt schon, ich möchte etwas über euch erfahren."

Chu hob leicht die Schultern, als wolle er mir zeigen, dass nichts dabei wäre.

„Okay, ich bin Ory. Ich lebe wie alle Menschen auf der Letzten Hoffnung und ich wünschte, ich hätte trockene Kleider am Leib."

„Um eure Kleider kümmern wir uns gleich. Aber ich möchte etwas über euch erfahren. Vielleicht habt ihr ja doch eine Kraft und sie ist euch nicht bekannt. Sprecht ihr mit Tieren oder könnt ihr in die Zukunft blicken?"

Ich schüttelte verlegen den Kopf.

„Weder noch. Sogar im Gegenteil. Ich bin krank und die meisten Menschen schrecken vor mir zurück."

Interessiert hob Amo eine Braue.

„Was meint ihr mit krank?"

„Mein Kopf. Ich bekomme Schmerzen und es hilft ..."

Ich wollte ihm nicht erzählen, was ich für den lindernden Trank von Lady Lux tat und weshalb ich über Bord eines Schiffes geworfen wurde.

„Ich kann nicht mehr gerade denken, wenn diese Schmerzen einsetzen. Aber sonst bin ich fit. Ich kann auf Bäume klettern, Tiere schießen und auf dem Feld arbeiten. Das habe ich alles getan. Ich kann es euch zeigen. Ich bin also nicht unnütz."

Als ich bei der Bäuerin gelebt hatte, ließ sie mich auf dem Hof arbeiten. Ich war durch meine Tätigkeit für die Lady zwar in diesen Dingen eingerostet, doch ich würde sie schnell wieder beherrschen.

Amo sah mich lange an, seine hellen Augen hatten einen weichen, verständnisvollen Blick angenommen. „Das habe ich auch nicht behauptet."

Ich zog die Decke fester um mich. Hatte ich zu viel preisgegeben?

„Was war das für ein Schiff, mit dem ihr gesegelt seid?"

Ich seufzte und schloss die Augen, als ich antwortete: „Ich wurde zusammen mit anderen über Bord geworfen."

„Weil ihr ... unnütz seid?", fragte er.

Ich nickte. Tränen stiegen mir in die Augen.

„Und der Schutzwall? Habt ihr einen Zauber genutzt, um hindurch zu kommen?"

Bei dem Wort *Zauber* zuckte mein Kopf und ich sah ihm direkt in die Augen. Allein die Vermutung, jemand hätte einen Zauber gesprochen, wäre ein Todesurteil auf der Letzten Hoffnung gewesen.

„Ich habe es euch schon gesagt: Ich habe keine Kräfte. Ich kann keinen Zauber sprechen. Kein Mensch ist dazu fähig. Ich bin geschwommen, plötzlich tauchte diese Insel auf und dann hat mich Chu aus dem Wasser gezogen."

Chu nickte erneut knapp. Amo sah mich einen Moment an, bevor er sagte:

„Ich habe genug gehört. Kommt mit, Kar wird euch sehen wollen."

Chu

Bei dem Namen des grausamen Kommandanten lief mir ein Schauer über den Rücken.

„Warum, verdammt, sollte Kommandant Kar sie sehen wollen? Ihr habt doch erkannt, dass sie ein Mensch ist." Ich war unwillkürlich zwischen Ory und meinen Vorgesetzten getreten. Sie weckte ein Mitleid in mir, das ich nicht verbergen konnte. Weit weg von ihrer Heimat stand sie zwei Geschöpfen und einer unbekannten Zukunft gegenüber. Meine Reaktion schien Ory verunsichert zu haben.

„Wer ist dieser Kar?"

Ich schluckte und sah ihr in die geweiteten Augen.

„Kar ist, genau wie Amo, Kommandant in unserer Armee. Er ist bekannt für seine -"

Ein Knurren ging von Amo aus, so bedrohlich, dass ich verstummte. Amo und Kar standen sich nahe, doch er konnte nicht verbergen, was Kar war. Er hatte einen verflucht grausamen Teil in sich, der ihn, den Gerüchten zufolge, nicht nur für unsere Feinde zu einer Bedrohung machte.

Ory war zusammengezuckt und sprach zu meinem Kommandanten:

„Wenn er den gleichen Rang hat wie ihr, reicht es doch, wenn ihr mich seht, nicht wahr? Warum die gesamte Armee mit hineinziehen?"

Sie versuchte zu lächeln, doch scheiterte kläglich.

Amo ging nicht auf sie ein.

„Gebt ihr Wechselkleidung, Chu. Wir brechen auf, sobald ihr umgezogen seid."

Ich nickte steif und führte Ory am Rücken aus der Tür. Ich spürte, wie sie unter der Decke zitterte. Ob aus Kälte oder Angst, vermochte ich nicht zu sagen. Vermutlich beides. Wir stiegen die Treppen hinab und bogen gleich darauf in eine der Kammern ab. Hier lagerte Verpflegung und zusätzliche Kleidung.

„Sollte ich mich vor diesem Kar fürchten?"

Die Frage war kaum lauter als ein Wispern und mir zog sich das Herz zusammen. Ory hatte keine Ahnung, wo sie hier gelandet war.

„Er ist Kommandant, er wird nichts Unbedachtes tun. Nur ..."

„Ja?"

„Verärgert ihn nicht. Er ist zum Teil vom Grausamen Volk und, nun ja, dieses Volk macht seinem Namen alle Ehre. Dieser Teil, er lässt sich schwer kontrollieren."

Sie schwieg und nickte nur ernst mit dem Kopf. Ich kramte in den Regalen und fand eine schlichte dunkle Trainingshose und ein langärmliges Shirt. Sie würde in den Sachen versinken, aber scheiß drauf, immerhin waren sie trocken.

„Amo sagte, ihr seid vom Verschollenen Volk. Warum ist Kar dann vom Grausamen Volk?"

„Das Volk der Verschollenen setzt sich aus Mischwesen zusammen. Wir alle haben mindestens zwei verschiedene Volksanteile. Manche mehr, so wie Amo. Seine Familie lebt schon lange im Tal und viele Völker vereinen sich in seinem Stammbaum."

„Im Tal?"

Ich zeigte auf den Raumtrenner. Dort konnte Ory sich umziehen. Sie schnappte sich die Klamotten und verschwand.

„Dort lebt unser Volk."

Ich hörte Kleidung rascheln und nassen Stoff auf den Boden platschen, bevor sie fragte: „Welche Teile habt ihr?"

„Meine Mutter war vom Schönen, mein Vater vom Reitenden Volk."

Ory murmelte etwas, dass ich nicht verstand.

„Und warum bleibt ihr nicht bei einem der zwei Völker, von denen ihr abstammt?"

Ich seufzte bei dieser verdammt unschuldigen Frage. Wären die Regeln des Imperiums nicht so gnadenlos, hätten viele Mischwesen eine Zukunft gehabt. Hätte *ich* eine andere Zukunft gehabt. Aber das war nicht die Welt, in der wir lebten.

„Die Völker akzeptieren keine Vermischung des Blutes. Sie sind da eigen. Und verflucht erbarmungslos. Kommt ein Kind auf die Welt, dass nur teilweise einem Volk angehört ... nun ja. Deshalb sucht das Volk der Verschollenen diese Sprösslinge im Geheimen. Sogenannte Sammler ziehen los und bringen die Kinder in Sicherheit. Auch Amo -"

„Seid ihr fertig? Wir müssen los."

Amos Stimme hallte in der kleinen Kammer wieder. Mit gebeugtem Rücken kam Ory hinter dem Trenner hervor. Ich legte ihr beruhigend eine Hand auf die schmale Schulter.

Amos Stimme donnerte durch die Tür: „Kar wartet. Auf jetzt!"

Kapitel 4

Amo

Die Menschenfrau hielt Abstand zu mir. Ich verübelte es ihr nicht. Ihr Geruch war ... interessant gewesen. Sie war eindeutig menschlich und doch war da noch etwas anderes. Ich konnte den Geruch nicht greifen, die Menschlichkeit lag wie ein Schleier über ihr, umhüllte sie und verbarg ihr wahres Inneres. Doch was auch immer in ihr schlummerte, sie war ein Mensch, der es geschafft hatte, durch den Schutzwall auf die Insel zu kommen. Auf unser Land. Dieser Gedanke kreiste seit meiner Ankunft in meinem Kopf umher. Wenn unser Land nicht mehr sicher und verborgen lag, waren wir in Gefahr. Das Volk der Verschollenen könnte aufgespürt werden. Das galt es um jeden Preis zu verhindern.

Ich ballte die Fäuste, meine letzte Mission steckte mir noch in den Knochen. Ich hatte einiges aufs Spiel gesetzt, doch ich war erfolgreich gewesen. Die Gesetze dieses Imperiums machten mich krank. Ich spürte, wie die Wut sich einen Weg durch meinen Magen bahnte und atmete tief durch, im Versuch, sie unter Kontrolle zu halten. Ich wünschte, ich könnte mir ein Blättchen Spiks auf die Zunge legen, aber dafür war jetzt keine Zeit. Die beruhigende Wirkung, die die Droge auf mich hatte, musste bis heute Abend warten. Ich wollte wissen, was Kar von dem Menschen hielt. Es stimmte, was Chu gesagt hatte. Kar war Kommandant, genau wie ich, doch er war auch mein engster Vertrauter und Bruder und sah die Dinge oft aus einem anderen Blickwinkel, was sich des Öfteren als hilfreich erwiesen hatte.

Wir waren am Ende der Treppe angekommen, die durch eine Luke auf das Dach des Gebäudes führte. „Da wären wir. Offizier Chu, halten Sie den Posten. Ich werde Verstärkung schicken, falls es weitere Durchbrüche geben sollte."

Chu nahm den Befehl nickend entgegen.

„Chu bleibt hier?", fragte Ory verwundert.

„Der Posten muss besetzt bleiben. Ihr kommt mit mir." Ihre Augen weiteten sich und sie trat einen Schritt zurück. „Ich will nicht mit euch gehen. Ich will bei Chu bleiben."

„Ihr habt keine Wahl", sagte ich und griff sie am Ellenbogen, während ich die Luke über unseren Köpfen öffnete. Wind wehte in das Treppenhaus und streifte meinen Schädel. Der Geruch von Meersalz und Algen stieg mir in die Nase.

Ory schüttelte den Kopf. Chu trat näher an sie heran und sagte sanft: „Ich schaue, wann ich euch besuchen kann. Sie werden euch nichts tun."

„Versprecht ihr es?", fragte sie ihn und ich verdrehte die Augen. Was für eine naive Frage.

Chus Augen fanden meine, doch ich würde kein Versprechen geben. Wir wussten nicht, was in dieser Frau lauerte und ob sie die Wahrheit sprach, auch wenn Chu es annahm.

„Ich bin mir sicher", sagte Chu und ich trat mit Ory auf das Dach hinaus.

Ory

Der Wind zerrte an meinem Haar und ließ meine Augen tränen. Ich war dankbar, dass ich inzwischen trockene Kleidung trug. Zögernd folgte ich Amo. Ob ich die nächste Stunde überleben würde, wusste ich nicht. Mir war nicht entgangen, dass Chu es vermieden hatte, mir ein Versprechen zu geben. Was hatte es mit diesem Kar auf sich? Erst jetzt bemerkte ich, dass auf dem Dach des Postens Zeichen in den Boden eingelassen waren. Die Schrift, wenn es denn eine war, schien aus Linien zu bestehen: längeren und kürzeren, senkrechten und schiefstehenden. Einige Striche waren ein oder zwei mal zerteilt, wie eine Naht aus Fäden, die in den Boden gefädelt war. In der Mitte des Daches befand sich ein leerer Kreis, auf den Linien zuliefen. Als würden die Striche auf einen imaginären Punkt zulaufen, der in der Mitte des Kreises lag. Amo schritt auf die Fläche zu und blieb stehen, die Hand nach mir ausgestreckt. Ich ging zu ihm und legte meine Hand in seine. Seine Haut war überraschend weich und warm, was mir Hoffnung gab, dass ich doch nicht völlig verloren war.

„Das wird jetzt ein wenig unangenehm", sagte er und bevor ich ihn fragen konnte, was er meinte, spürte ich ein Kribbeln an den Füßen. Rasend schnell schoss ein Gefühl von tausend Nadelstichen an meinem Körper hinauf. Ich wollte schreien, doch in meinem Kopf drehte sich alles und kleine Lichtblitze flimmerten vor meinen Augen umher. Dann war es vorbei. Meine Füße hatten wieder festen Boden unter sich und ich atmete keuchend aus. Amo ließ meine Hand los und ich beugte mich vornüber, auf die Knie gestützt, um Atem ringend.

„Man gewöhnt sich daran. Außerdem ist es der schnellste Weg von A nach B zu kommen." Ich sah auf den Boden und bemerkte, dass wir wieder in dem leeren Kreis umgeben von Strichen standen. Doch kein Wind zerrte mehr an meinen Haaren und es duftete angenehm nach Rosen und Jasmin.

„Was war das?", fragte ich.

„Wir haben eine Wegsonne genutzt." Er zeigte auf die Formation aus Strichen im Boden.

„Überall, wo solche Sonnen existieren, gelangen wir hin. Es ist wie ein unsichtbares Netz aus Straßen." Ich kommentierte diese Information mit einem Nicken. Ich hob den Kopf und erstarrte, als ich sah, an was für einen Ort wir gereist waren. Amo stand neben mir in einer Art Innenhof. Die hohen Mauern und vielen Türme ließen vermuten, dass es sich bei dem Gebäude um uns herum um eine Festung handelte. Was mir ins Auge stach, war die Tatsache, dass alles grün war. Pflanzen rankten sich an Steinmauern empor, die Platten des Gehweges waren ordentlich mit Gewächs begrünt, an den Fenstersimsen hingen Grünpflanzen und die Torbögen, die Wege und Gänge markierten, waren überwuchert. Die Luft war warm und trocken, woraus ich schloss, dass wir nicht mehr am Meer waren. Etwas in meinem Herzen öffnete sich und mir stiegen Tränen in die Augen. An einem solchen Ort zu leben kam mir wie ein Traum vor. Ich sah eine Bank inmitten von Rosenbüschen stehen und stellte mir vor, auf dieser Bank mit Lio zu scherzen. Sein strahlendes Lächeln zu sehen. Er hätte die Rosen geschnitten, gebunden und an den Meistbietenden verkauft. Oder er hätte die Rosenbüsche ausgegraben und im Ganzen verschachert. Schnell wischte ich über meine Augen und sah zu Amo, der mich beobachtet hatte.

„Kar erwartet uns."

Ich folgte dem Kommandanten und starrte abwechselnd auf den roten Kurzumhang an seinem Rücken und den Ort, der uns umgab.

„Wo sind wir hier?"

„Die Stadt heißt Mhios, sie liegt im Tal. Dies ist die Festung des Gouverneurs."

„Ich dachte, Kar ist Kommandant wie ihr."

Amo warf mir einen amüsierten Blick über die Schulter zu.

„Das stimmt. Der Gouverneur des Volkes der Verschollenen heißt Lotai."

„Keine drei Buchstaben?", versuchte ich den kleinen Scherz wieder aufleben zu lassen, doch kein Lachen war zu hören. Amo sah sich nicht um, brummte aber gedämpft:

„So ist es. Einem Verschollenen wird für tapfere Dienste ein Buchstabe zuerkannt. So erkennen und ehren wir unsere Helden."

Dieser Lotai musste zwei mal geehrt worden sein. Ich fragte mich, ob das normal war für einen so hohen Würdenträger oder ob er nur deshalb diesen Titel trug. Was diese tapferen Dienste sein mögen, für die Buchstaben verliehen wurden? Und ob Chu und Amo darauf hofften, irgendwann einen Buchstaben zu erhalten?

Wir waren mittlerweile im Inneren der Festung angelangt und nahmen eine Treppe, die uns in eine tiefere Etage führte. Die Mauern strahlten eine angenehme Kühle aus. Die Einrichtung war schlicht und unpersönlich gehalten. Die Wandteppiche zeigten Bergmotive und farbenfrohe Feste in Berglandschaften. Auf den Treppenstufen lag ein dicker Teppich, der unsere Schritte dämpfte und eine angenehme Atmosphäre schuf.

Ein kleiner Mann kreuzte unseren Weg. Er war nicht größer als ein achtjähriges Kind, trug weite Hosen und ein locker sitzendes Hemd. Seine blauen Augen sahen aufmerksam erst Amo und dann mich an, wobei er die Stirn leicht runzelte, als sein Blick auf meine Haare fiel. Ich strich mir mit der Hand über den Kopf und verzog das Gesicht, als mir klar wurde, wie ich aussehen musste.

„Kommandant", nickte der Mann in Richtung Amo.

„Senator", erwiderte Amo knapp.

Wir eilten immer tiefer ins Innere der Festung und die Atmosphäre änderte sich stetig. Je weiter wir nach unten gelangten, umso dunkler wurden die Stufen. Die Kälte, die von den Wänden ausgestrahlt wurde, war nicht mehr angenehm, sondern ließ mich frösteln.

„Hier entlang", sagte Amo endlich und wir verließen die Treppe, um durch weite Flure zu schreiten.

Die Wandteppiche zeigten keine Feste mehr, sondern Schlachtszenen, in denen Armeen über Berghänge zogen und von einem weiteren Heer aufgehalten wurden. Auf einem Gemälde war ein Mann zu Pferd zu sehen. Sein

Umhang wehte um seine Schultern, ähnlich dem Kurzumhang, den Amo trug. Er hielt einen reichlich verzierten Stock in den Händen, kampfbereit über den Kopf
gereckt. Ich fragte mich, ob das Bild Lotai zeigte oder
einen verstorbenen Helden dieses Volkes. Als wir weitergingen, blieb ich noch ein Mal stehen und sah mich zu
dem Bild um. Erst jetzt erkannte ich, dass der Mann auf
dem Gemälde Hörner auf dem Kopf hatte. Sie drehten
sich zum Nacken hin und erinnerten mich an einen
Ziegenbock. Ich atmete zitternd ein.

„Seid ihr bereit?", fragte mich Amo, der vor einer
großen Holztür stehen geblieben war.

Ich straffte zur Antwort die Schultern und reckte mein
Kinn. Es konnte losgehen.

Kapitel 5

Ory

Amo zog die Tür auf, die gedämpft knarrte und ich hörte erst leise Stimmen, die dann aber abrupt verstummten. Amo schaute mich ein letztes Mal forschend an, bevor er eintrat. Ich folgte ihm zögernd.

Der Raum roch nach altem Leder, Wachs und dem leicht metallischen Hauch polierter Waffen. Das Büro selbst war in düsteren, aber eindrucksvollen Farben gehalten. Die Wände waren mit dunklem Holz vertäfelt, das im Licht des Kaminfeuers, das rechts an der Wand prasselte, fast schwarz wirkte.

In der Mitte des Raumes erstreckte sich ein breiter Schreibtisch aus massivem, dunklem Holz. Seine Oberfläche war mit Karten, Briefen und massenweise Büchern überladen.

Eine Frau erhob sich von dem Ledersofa links von mir. Sie hielt ein Buch in der Hand und betrachtete mich aufmerksam durch die dunkelsten Augen, die ich je an einem Menschen gesehen hatte. An einem Geschöpf korrigierte ich mich schnell. Sie war nicht menschlich. Keiner hier war das. Sie besaß die Anmut einer Prinzessin und strahlte eine Autorität aus, die mich den Rücken durchstrecken ließ. Ihre dunkle Haut war makellos, bis auf die Stelle unter ihren Lippen. Waren das Narben? Nein, es war Tinte. Drei senkrechte Striche zierten ihr Kinn von der Unterlippe bis zum Hals. Auf ihrer

Stirn trug sie ein aus Silber gefertigtes Circlet, das in der Mitte von einem blassrosa Edelstein gekrönt wurde. Das Schmuckstück wurde durch ihren rasierten Schädel betont und ich konnte kaum die Augen von ihr nehmen.

„Das ist sie?", fragte eine dunkle Stimme. Mein Kopf zuckte in die Richtung, aus der gesprochen wurde.

Hinter dem Schreibtisch saß eine Gestalt, die mir bei meinem Blick durch den Raum nicht aufgefallen war. Doch jetzt erhob sich die Person und ich trat einen Schritt zurück. Die dunkle Kapuze, die das Gesicht des Mannes verbarg, war aus schwarzem Samt geschneidert und ich erkannte, dass sie zu seinem Kurzumhang gehörte. Seine Arme lagen frei und ich sah das Spiel der Muskeln unter der gebräunten Haut. Die Venen an seinen Armen reichten von den Unterarmen bis zu den kräftigen Händen. Verkrustete Kratzer durchzogen die Haut. Ein Schauer durchlief mich. Das musste Kommandant Kar sein. Er umrundete den Schreibtisch und blieb mit verschränkten Armen davor stehen. Seine langen Beine waren in eine Art Uniform gehüllt, die Schutzpanzer an den Oberschenkeln, Knien und Schienbeinen besaß.

„Komm näher." Es war keine Bitte, sondern ein Befehl, doch jeder Instinkt in mir schrie mich an, durch die Tür zu sprinten und so weit wegzurennen, wie mich meine Beine trugen.

Amo schob mich mit einer Hand am Rücken nach vorne.

Ich wünschte, Chu wäre hier. Er war mir wohlgesonnen, obwohl er mich erst vor ein paar Stunden aus dem Ozean gezogen hatte. Ich hätte bei ihm bleiben sollen!

Meine Gedanken überschlugen sich. Was würde Lio tun? Ein Kloß schnürte mir die Kehle zu. Ich verdrängte den Gedanken und starrte die Dunkelheit unter der Kapuze an.

Als ich mich nicht weiter bewegte, stieß Kar ein amüsiertes Schnauben aus und trat näher an mich ran. Mein Körper schrie mich an, zu flüchten. Wegzukommen von dieser Gestalt, die nichts als Gefahr bedeutete. Wie Amo zuvor, kam Kar mir immer näher und drehte schließlich den Kopf, um an meinem Hals zu riechen. Furcht und Elektrizität kribbelten auf meiner Haut. Mein Puls hämmerte und ich zitterte. Ich nahm seinen Geruch wahr. Er roch nach Tannennadeln und Regenwetter, was ein warmes Kribbeln in meiner Magengrube auslöste. Er hielt mich nicht fest, er berührte mich in keiner Weise. Ich spürte die Wärme, die er ausstrahlte, und erschauderte. Als er wieder zurücktrat, atmete ich erleichtert aus. Ich hatte die Luft angehalten. Er zog seine Kapuze langsam zurück und ich sah in ein Gesicht, wie ich es nie zuvor gesehen hatte. Im Gegensatz zu Chus, dessen Antlitz wie das, eines Gottes erschien, war Kars Gesicht rau und wild. Seine bernsteinfarbenen Augen lagen unter dunklen Augenbrauen verborgen und es war an den Ecken und Kanten seiner Nase zu erkennen, dass sie des Öfteren gebrochen worden war. An seiner linken Gesichtshälfte verlief eine tiefe Narbe vom Augeninnenwinkel quer über die Wange, den Kiefer und seinen Hals hinunter. Seine Barthaare betonten die geschundene Haut und ich fragte mich, was für eine Verletzung eine solche

Narbe verursacht haben mochte. Sein Mund war angespannt, als er sagte: „Menschlich."

„Das habe ich dir bereits gesagt." Amo lief zu Kar, der sich an den Schreibtisch lehnte, sodass beide Kommandanten mich beobachteten.

„Wieso lebt sie noch?"

Mein Herz setzte einen Schlag aus.

„Sie ist durch den Schutzwall geschwommen. Sie hat die Insel gespürt." Das Wort *gespürt* betonte Amo gedehnt und sah Kar von der Seite aus an. Dieser hielt den Blick auf mich gerichtet, hob lediglich eine Augenbraue.

„Dann ist sie kein Mensch", ertönte es hinter mir und ich sah die Frau auf mich zutreten. Sie legte eine Hand auf ihr Herz und beugte leicht den Kopf.

„Mein Name ist Ivy. Wie nennt man euch?"

„Ory", brachte ich gepresst heraus.

„O-r-y", wiederholte Ivy langsam. „Ein schöner Name. Was denkt ihr über die ganze Situation?"

„Ich habe Angst, dass ihr mir etwas antut, obwohl ich nichts verbrochen habe." Wow, schoss es mir durch den Kopf. Ich fühlte mich genau wie auf dem Schiff: Wehrlos, im Begriff zu sterben.

„Bitte, ich wollte nur überleben. Als Chu mich aus den Wellen zog, war ich nur dankbar. Ich hatte keine Ahnung, dass diese Insel zu dem Kontinent – ähm ich meine dem Imperium gehört." So hatte Chu es genannt. Das Imperium der Völker.

Mir versagte die Stimme. Ja, ich hatte nur überleben wollen und nun wusste ich nicht, ob mir etwas Schlimmeres als der Tod bevorstand. Die Ereignisse auf dem Schiff und auf der Letzten Hoffnung erschienen mir so weit entfernt. Als wären sie in einem anderen Leben geschehen. Dabei waren sie höchstens ein paar Tage her.

„Sie sagt, sie hat keine Kräfte. Sie sei aber krank." Bei den Worten runzelte Amo seine Stirn und ich fragte mich, was mir hier entging.

„Etwas stimmt nicht", brummte Kar. „Entweder der Schutzwall ist nicht mehr sicher oder sie ist nicht menschlich. Ein Mischwesen aus einem Volk des Imperiums und dem Volk der Menschen gibt es nicht. Aber sie riecht ... anders."

Amo nickte zustimmend.

„Den Wall lasse ich bereits prüfen."

„Aber warum kann sie kein Mischwesen aus Mensch und einem anderen Volk sein?", fragte Ivy.

„Weil diese Kinder nicht überleben. Es gibt Dokumentationen über die Zeugung solcher Abkömmlinge, aber alle haben den Mutterleib nicht lebendig verlassen. Und die Mütter ... auch sie haben oft nicht überlebt. Ory", wandt sich Amo an mich.

„Sagtest du nicht, deine Mutter wäre bei deiner Geburt gestorben?"

Ich nickte.

Ivy und Amo warfen sich einen Blick zu, den ich nicht deuten konnte.

„Wäre sie ein Mischwesen, wüssten unsere Sammler davon", warf Kar ein.

„Nicht, wenn sie auf der Insel der Letzten Hoffnung lebte. Dort wird nicht gesammelt, weil es niemanden zum

Sammeln gibt." Amo nickte Ivy zu. „Was siehst du in
ihr?"

Was meinte er damit? Ich sah verwundert in die dunklen Augen der Frau, die mich eindringlich musterten.

„Sie lodert, doch dass tut ihr alle. Ihre Arme und Beine
sind zu kalt, doch ihr Herz und ihr Kopf sind wild und
voller Wärme."

Mein irritierter Blick ließ sie Lächeln. Eine ent-
zückende Geste.

„Schau nicht so beängstigt. Ich sehe mit anderen
Augen als ihr. Meine Welt ist vor euch verborgen, doch
genauso ist eure Welt vor mir verdeckt."

„Okay, cool", war alles, was mir dazu einfiel und sie
lachte herzlich. Amo schmunzelte. Nur Kars Blick blieb
starr und unbeugsam.

„Bringt sie um."

Kar

Alle Augen richteten sich auf mich. Amo stieß sich vom
Schreibtisch ab. „Das hast du nicht zu entscheiden. Wir
werden Lotai Bericht erstatten -"

„Er wird zu dem gleichen Schluss kommen. Sie ist
eine Bedrohung."

„Ist sie das?", fragte Ivy herausfordernd und trat zwischen mich und die Frau. „Sie könnte eine von uns sein,
eine Verstoßene, und du willst sie töten?"

„Sie könnte ein Spion sein."

Amo fuchtelte theatralisch mit den Händen durch die Luft.

„Du bist paranoid! Jedes Geschöpf, das wir aufsammeln, könnte theoretisch ein Spion sein. Trotzdem -"

„Nein", unterbrach ich ihn. „Wir wissen genau, was sie sind, wenn sie aufgesammelt werden. Sie ist weder das eine noch das andere. Es ist sicherer, sie zu töten."

Die Menschenfrau blickte panisch umher. Sie suchte nach einem Ausweg, einer Fluchtroute. Wie naiv. Als ob sie jemals vor uns fliehen könnte. Ihr Geruch hing in meiner Nase. Das süßliche Aroma der Menschen. Ich hatte mich zusammenreißen müssen, sie nicht an mich zu drücken, und meine Nase weiter an ihrem Hals zu vergraben. Sie roch wie süße Milch an einem Lagerfeuer und ich hatte wissen wollen, ob sich ihre Haut genauso weich anfühlen würde. Solche Gedanken waren unpassend. War das der Plan gewesen? War sie von einem anderen Volk geschickt worden? Verschleiert und betörend, um uns zu schwächen? Ich würde unseren Feinden nicht die Gelegenheit geben, uns zu korrumpieren.

Ivy tat einen Schritt nach vorne.

„Ich sehe keine Verschleierung. Lasst sie zu Kräften kommen und wir werden herausfinden, was sie ist und wie sie in unser Land gelangen konnte."

Ich sah Ivy gelangweilt an. Auch wenn ich viel von ihr und ihren Fähigkeiten hielt, wenn sie nicht sah, was dieser Mensch in Wirklichkeit war, war sie nutzlos. Wir konnten nicht mit Sicherheit sagen, ob die Frau eine Bedrohung darstellte und ich würde es nicht dazu kommen lassen. Auch dann nicht, wenn sie seit langer Zeit die Erste war, die etwas in mir berührte.

Ory

Ich war unauffällig einen Schritt zurückgetreten. Er wollte mich töten. Dieser Satz hallte in meinem Kopf wieder und ließ mir Panik wie Feuer durch die Adern schießen. Ich musste hier weg. Doch ich war tief in einer Festung mit drei Geschöpfen gefangen, von denen ich nicht wusste, was für Kräfte sie besaßen. Mir traten Schweißtropfen auf die Stirn. Wenn ich die Tür erreichen könnte, würde ich es nicht mal bis zur Treppe schaffen, darüber war ich mir im Klaren. Doch kampflos aufzugeben war keine Option.

„Ich habe in wenigen Minuten eine Sitzung. Amo, hast du deinen Dolch?", fragte der grausame Kommandant.

Eine Sitzung? Meine Hinrichtung war für ihn nicht mehr als ein Kaffee zwischendurch. Ich griff mir an die Kehle und trat einen Schritt nach hinten.

„Bemüh dich nicht, du wirst die Tür nicht erreichen", sagte Kar beiläufig und ohne mich anzusehen. Wut brannte in meinem Magen.

„Amo." Er deutete mit einem Nicken in meine Richtung.

„Ich gebe dir meinen Dolch nicht." Er ging durch den Raum zu Ivy, die sich demonstrativ vor mir aufgebaut hatte.

„Wir bringen sie zu Lotai", sagte sie bestimmt.

„Ich werde den Gouverneur nicht in Gefahr bringen. Und ich brauche keinen Dolch."

„Kar", knurrte Amo und mir brach der kalte Schweiß aus. Ivys Haltung veränderte sich bei Kars Worten.

„Bitte, ich bin kein Spion und auch keine Bedrohung!" Ich zitterte am ganzen Leib und sah flehend zu dem dunklen Kommandanten auf, der so leichtfertig über mein Leben entschied.

„Schweig", befahl er mir in einer Stimme, die tief durch meinen Körper vibrierte und nichts Menschliches mehr hatte. Ich wimmerte und fiel auf die Knie.

„Ich bitte euch, ich kann für euch arbeiten! Ich bin auf dem Feld fleißig und geschickt. Ich werde diesem Volk dienen. Bitte."

„Wir brauchen keine Arbeiter." Er hatte sich ebenfalls vom Schreibtisch abgestoßen. Seine Stimme ließ meinen gesamten Körper erzittern. Heiße Tränen liefen mir über die Wangen.

„Habt ihr noch etwas zu sagen?"

Ich brachte keinen Ton heraus und sah ihm nur sprachlos zu, wie er näher trat und ich ein Knistern vernahm, das mich stutzen ließ. Die Luft lud sich auf und ich spürte eine Kraft, die mir das Atmen schwer machte. Ging diese Macht von ihm aus?

„Kar", die Warnung war eindringlich und doch wusste ich, dass sie mir nicht helfen würde. Ich konnte nicht ein Mal sagen, ob sie von Amo oder Ivy kam.

Plötzlich riss ich die Augen auf und kroch in einem Anfall von Entsetzen rückwärts Richtung Tür. Das Knistern wurde lauter und mit Blitzen, als wäre die Luft statisch aufgeladen, erschienen an Kars Schultern Hörner, die sich leicht nach außen drehten. Ich schrie auf und kroch immer weiter, bis ich etwas Hartes an meinem Rücken spürte. Ich musste die Wand erreicht haben.

Doch mein Schrei verstummte abrupt, als ich etwas hinter Kar bemerkte, dass sich fließend bewegte. Ich dachte zunächst, dass es sich um eine Schlange handelte, doch dann wurde mir schwindelig, als ich erkannte, was ich sah. Kar hob seinen Schwanz, einen echsenartigen Schwanz mit einer Kugel am Ende, und ließ ihn auf den Schreibtisch donnern, woraufhin dieser zerbarst. Der Knall ließ die Wände wackeln und ich hörte eilige, fast panische, Schritte hinter der Tür. Splitter flogen durch den Raum. Mein Schädel begann zu brummen und ich keuchte vor Entsetzen. Mein Gehirn war von Nebel umgeben und das Brummen wurde immer lauter und lauter. Durch die Geräusche in meinem Kopf hörte ich Stimmen, doch ich verstand nicht, was sie sagten. Ich hielt mir die Stirn in dem Versuch, die Schmerzen unter Kontrolle zu behalten, doch der Schmerz durchfuhr meinen Nacken und Rücken, schoss mir in die Augen und ich schrie, als die Welt in Schwärze und Schmerz verschwand.

Amo

„Kar, hör auf damit!", schrie ich durch das Brüllen meines Bruders und das Wimmern und Schreien der Menschenfrau hindurch. Die Festung hatte unter der Machtdemonstration gezittert. Er hatte sich zu seiner vollen Form aufgebaut und jagte dem Menschen Todesangst ein. Die Schulterhörner und der Schwanz hatten schon mächtigere Gegner eingeschüchtert. Die Frau war so verängstigt, dass ich nicht anders konnte, als sie zu verteidigen. Ich war überzeugt, dass Kar sie nicht töten wollte. Ich hoffte es zumindest. Okay, ich hoffte mehr, als dass ich es wusste, daher hatte ich nicht aufgehört ihn zu ermahnen. Dieser verdammte dickköpfige Angeber!

„Amo, schau doch." Es war Ivy, die mir in die Seite stieß und als Kar nur noch einen Schritt von Ory entfernt war, riesig gegen die winzige Menschenfrau, durchfuhr eine Vibration die Luft. Eine Druckwelle entlud sich und die Luft um sie herum bewegte sich in Wogen. Kars Bewegungen wurden langsamer, als würde er durch Wasser waten. Seine Arme hingen in der Luft und seine Beine waren zum Gehen geknickt, doch er bewegte sich nicht mehr. Wie eine Statue stand er still im Raum, die Glieder grotesk eingefroren. Ich starrte auf die Frau am Boden, die sich den Schädel hielt und einen Schrei, so schrill wie der einer Nixe, ausstieß. Kar starrte durch die steinharte Luft auf die Frau. Langsam, ganz langsam, verschwanden seine Schulterhörner und sein Schwanz. Er versuchte, sich zu bewegen, ich sah es an dem Zucken seiner Arme und Beine, doch es gelang ihm nicht. In dem

Moment versuchte ich, meine Arme zu heben. Ich schaffte es, doch wie in Schlamm gefangen, fiel es mir unheimlich schwer. Auch Ivy bewegte sich gedämpft und wie mit Seilen gefesselt. Ihre dunklen Augen starrten mich entsetzt an. Was war das für eine Kraft? Sie war mir von keinem der Völker des Imperiums bekannt und ich sah an Ivys Reaktion und Kars Augen, dass sie das gleiche dachten. Der Schrei der Frau verstummte und Stille erfüllte den Raum.

Kapitel 6

Ory

„Keine Kräfte, ja?", hörte ich Kar in den stillen Raum hinein sagen. Mein Kopf hatte sich beruhigt und ich atmete heftig ein und aus. Ich lag völlig erschöpft auf dem Boden. Der Schmerz war höllisch gewesen. Als hätte mir ein Monster den Inhalt meines Schädels in Fetzen gerissen. Ich sah zu ihm auf. Seine Hörner und sein Schwanz waren verschwunden. Er ragte über mir auf, wie ein brutaler Gott über einem Bettler. Mein Atem kam stoßweise. Die Kluft zwischen uns konnte nicht größer sein und doch spürte ich eine unerklärliche Verbindung. So fürchterlich und mächtig er war, ich hatte ihn bezwungen. Auch wenn es mich einiges gekostet hatte. Ich fühlte mich ausgelaugt und so erschöpft wie nie in meinem Leben.

„Es hätte eine andere Möglichkeit gegeben, das herauszufinden", sagte Ivy gereizt.

Kar schnaubte. „Es war der einfachste und schnellste Weg. Die Frage ist nur, hat sie es gewusst und gelogen oder wusste sie es nicht."

Ich schnaubte.

„Ich habe so etwas noch nie gesehen", sagte Ivy. „Mir ist kein Volk bekannt, dass eine solche Kraft besitzt. Aber wenn diese Gabe im Kampf genutzt würde ..."

„Sie könnte einen Krieg für uns entscheiden."

Kar starrte mich an und ich erschauderte. Was sah er, wenn er mich so betrachtete? Wie sollte ich, die auf dem Boden vor ihm lag, einen ganzen Krieg entscheiden. Der Gedanke klang wie Spott für mich. Ich war keine Hilfe, nur eine Last.

Ein fester Arm griff mir unter die Schulter und ich wurde vorsichtig auf die Beine gestellt. Amo blickte mir sanft ins Gesicht, bevor er mich an der Hüfte packte und zur Tür führte. „Ich bringe sie in ein Zimmer. Sie muss sich ausruhen. Dann reden wir."

Ich sah nicht, ob Kar ihm zustimmte, doch er führte mich aus dem Raum und schloss die Tür mit einem Knall.

Wir gingen den kalten Flur entlang und die Treppe hinauf. Mein Kopf war schwer und er fiel immer wieder auf Amos Schulter. Irgendwann blieb mein Begleiter vor einer Tür stehen und schob mich hindurch. Der Raum war klein, aber hell, mit einem bodentiefen Fenster, das von beigen Gardinen umrahmt wurde. Ein Bett stand an der rechten Wand und ein Tisch mit Stuhl an der anderen Seite.

„Dort ist das Bad", Amo zeigte auf eine Tür links von mir, doch ich sah nicht hin. Ich sehnte mich nach Schlaf. Ich nahm an, dass meine Hinrichtung vertagt wurde und dieses Wissen, ließ alle Kraft aus meinen Knochen weichen. Sie hatten die Krankheit, dieses Brummen in meinem Kopf, eine Gabe genannt. Und es war ohne Trank verschwunden. Hatte ich doch Kräfte? Auf der Letzten Hoffnung war nie etwas in der Art geschehen. Nur diese lähmenden Schmerzen in meinem Kopf.

Der Kommandant legte mich auf das weiche Bett nieder und im nächsten Moment versank ich in einen traumlosen Schlaf.

Kar

Amo trat durch die Tür in mein Büro. Sein Blick war finster und ich wusste, dass er mir eine Predigt halten würde. Der Sammler in ihm hatte Mitleid mit der Frau. Doch ich hatte den Auftrag, unser Volk zu schützen.

„Diese Show war völlig unnötig!", fauchte mein Bruder.

„Wohl kaum. Jetzt wissen wir, dass sie Kräfte hat. Mächtige Kräfte. Sie hat mich völlig erstarren lassen. So etwas ist noch keinem Wesen gelungen."

„Weil niemand den großen Kar besiegen kann?", spottete Amo, doch ich ignorierte ihn.

„Aber sie hat Schmerzen dabei", warf Ivy ein. Ich würdigte diesem Einwand keine Reaktion.

„Was hast du gesehen, als sie ... zu Boden ging", fragte ich.

Ivy zögerte mit ihrer Antwort. Sie hatte die Kraft des Menschen, oder was immer sie war, nicht gesehen. Zweifellos kratzte das an ihrem Ego. Sie war darauf trainiert worden, Verschleierungen zu erkennen. Ory musste mit einem machtvollen Zauber belegt worden sein. Doch wer war so mächtig?

„Sie brannte förmlich. Sie flackerte in Weiß und Blau. Ein wenig ...“ Sie zögerte und sah mir dann in die Augen. „Ein wenig wie du Kar.“

Ich quittierte ihr Geständnis mit einem Nicken, doch es war unmöglich, dass Ory einen Teil mit mir gemein hatte. Der grausame war immer der dominante Teil, wie ich nur allzugut wusste. Die dauernde Düsternis lauerte nah an der Oberfläche und ich kämpfte zu jeder Zeit darum, sie dort zu halten. Denn immer wenn sie ausbrach ... nun ja.

„Was machen wir mit ihr?“, fragte Amo und ließ sich auf das Ledersofa fallen. „Ich könnte ihr einen Seelsorger schicken, wie ihn die Eingesammelten bekommen.“

Ich verdrehte die Augen.

„Sie hat uns angelogen, Amo! Sie hat Kräfte verschwiegen, die *mich* aufgehalten haben!“

Die Heftigkeit ihrer Kraft war besorgniserregend. Es gab selten Geschöpfe, die eine Chance gegen mich hatten. Ich war völlig unfähig gewesen, mich zu bewegen. Sie war faszinierend. Ihre Kraft war gewaltig. Was sie in einem Kampf anrichten könnte, wäre von großem Vorteil für uns. Oder ein Riesenproblem.

„Sie scheint es nicht gewusst zu haben. Sie hielt das für eine Krankheit.“ Amo war wieder aufgesprungen.

„Klar, eine Krankheit, die Geschöpfe bezwingt? Was tut diese Kraft dann Menschen an? Ich werde Lotai von ihr berichten und sein Urteil annehmen.“

„Du weißt nicht, ob ihre Gabe sich auf der Insel der Menschen gezeigt hat. Vielleicht sind ihre Kräfte hier im Imperium stärker“, schlug Amo vor.

„Ich werde dich zu Lotai begleiten", sagte Ivy. „Ich biete ihm eine objektive Sichtweise. Du bist voreingenommen Kar."

Ich schnaubte.

„Sie hat recht", mischte Amo sich ein. „Nimm sie mit zu Lotai. Du preschst mal wieder mit dem Kopf durch die Wand."

Das Knurren, was meiner Kehle entwich, wurde von Amo mit einem Lächeln quittiert. Ich wusste, dass er die Wahrheit sprach. Die Menschenfrau faszinierte mich und das machte mich angreifbar. Das würde ich nicht zulassen.

„Du hast Mitleid mit ihr", sagte ich zu ihm. „Aber du hast sie nicht eingesammelt, sie ist in unser Land eingedrungen."

Ich betonte das letzte Wort, weil es das war, was mich beschäftigte. Wie hatte sie unsere Grenzen überwunden? Wenn sie ein Mischwesen war, besäße sie die Fähigkeit. Aber wie war sie an diese abgelegene Insel gekommen? Ich musste mehr Informationen aus ihr herausbekommen, das war ich meinem Volk schuldig.

Amo

Ich wartete nicht mit Ivy und Kar, bis Lotai sie empfing. Ich musste mich um eine andere Angelegenheit kümmern. Ich verließ die Festung durch die östliche Treppe, die in Richtung Stadtmitte führte. Ich sah den blauen

Himmel, durch den weiße Wolken zogen, und fragte mich, wieso ich den Anblick nicht genießen konnte. Mhios lag vor mir, mit seinen Fachwerkhäusern, den Straßen aus Kopfsteinpflaster und dem geselligen Treiben. Ich war hier aufgewachsen, nicht wie so viele andere, die erst hierhergebracht werden mussten, um in Sicherheit zu sein. Ich sollte mich dankbar schätzen, dass mir als Kind kein Leid angetan wurde, dass meine Eltern es für selbstverständlich hielten, Mischwesen zu sein, und doch fühlte ich kaum etwas. Diese Leere drückte von innen gegen meine Brust und ließ mich gelegentlich fast schwerelos wirken. Plötzlich prallte ich mit einem Bauern zusammen. Sein dickes Gesicht war mit Erde beschmiert und er schob einen Karren voll Kartoffeln. Sein Lächeln erhellte seine Züge und er tippte sich zum Gruß an die Kappe.

„'tschuldigung Kommandant", sagte er freundlich, doch es gelang mir nicht, mich zu einem Lächeln durchzuringen. Vor Kar und Ivy setzte ich eine Maske auf, doch sobald ich frei von ihren Blicken war, ließ ich diese Scharade fallen.

Ich sah auf zwei Jungen, die am Wegesrand spielten. Sie erinnerten mich an Kar und mich, als wir noch Kinder waren. Doch das hohe Lachen und freudige Quietschen der Kleinen verpuffte in meinem Herzen und es blieb nur Leere. Ich seufzte. So konnte ich nicht an den Ort gehen, zu dem ich auf dem Weg war. Ich fasste in eine Tasche an meiner Uniform, zog eine kleine goldene Schachtel hervor und klappte sie auf. Kurz sah ich mich um, ob mir jemand seine Aufmerksamkeit schenkte. Als ich sicher war, dass mich keiner sah, nahm ich eines der Blättchen, hauchdünn und so groß wie ein Fingernagel, heraus und legte es auf meine Zunge. Ich spürte, wie es sich auflöste. Wie der Stoff, der es schaffte, diese Leere zu füllen, in meine Blutbahnen geriet und ich atmete tief durch. Es waren nur noch zwei Blättchen übrig, ich musste dringend welche besorgen. Ich lief weiter über die Straßen, wich mehreren Karren aus und trat schließlich durch einen Torbogen. Die Gärten, wie wir diesen Ort nannten, waren verschiedene Gebäude, durch einen riesigen Park verbunden. Hier konnten die Gestalten, die weniger Glück hatten als ich, zur Ruhe kommen. Sammelten wir ein Mischwesen ein, dann brachten wir sie hier her. Es gab eine Klinik für physische Verletzungen, eine für die psychischen Folgen sowie Schlafräume und kreative Therapieangebote. Für die Kleinsten gab es Trauma-Tagesstätten und Pflegefamilien, die ein eingesammeltes Kind aufnahmen, bekamen hier Hilfe. Auch meine Eltern fanden Anschluss, als sie Kar zu uns holten. Ein Pflegekind in der eigenen Familie willkommen zu heißen ist im Volk der Verschollenen eine Ehre und viele Familien wagen es, wenn sie es sich leisten können. Doch ein Kind mit grausamem Anteil aufzunehmen war auch für unser Volk eine Herausforderung. Der grausame Teil war schon immer in Kar zu erkennen gewesen und als er in der Pubertät seine volle Form entfaltete ... Viele in unserem Volk, so divers wir auch waren, hatten Vorurteile gegen das Grausame Volk.

Der Duft der Rosen und der Kirschblüten streifte meine Sinne und ich sah mich um, auf der Suche nach ihr. Der Garten stand in voller Pracht und ich verstand, weshalb dieser Anblick den geschundenen Seelen Trost bescherte. Der weiche Klee unter meinen Füßen gab nach, als ich mit den groben Stiefeln darüber lief. Die Bänke, die überall verstreut standen, waren vollständig belegt. Eine Frau, klein und rund, saß auf einer Bank, ihr Bein in einem Verband gewickelt. Sie sprach leise mit einem Kind, nicht älter als fünf Jahre alt, dass ausgemergelt aussah. Seine Augen standen hervor und die Wangenknochen schnitten durch die Haut. Der Anblick versetzte mir einen Stich und ich wusste, dass das Spiks auf meiner Zunge gewirkt hatte. Die Leere wich langsam. Eine andere Frau mit braunen langen Haaren, eindeutig aus dem Reitenden Volk, spielte mit einem Mann Karten. Der Mann wirkte gottgleich und ich wusste, dass er einen Teil aus dem Schönen Volk besaß. Doch seine Haare waren unordentlich abgesäbelt worden und seinem Blick fehlte jeder Glanz. Ich ging an ihnen vorbei, an einer großen Weide bog ich ab und fand sie an dem blauen See sitzend. Sie ließ die langen Finger durch das Wasser gleiten und sang leise dabei. Ihr verträumter Blick streifte mich erst, als ich mich neben ihr niederließ.

„Hi Mix", sagte ich vorsichtig. Ihre anmutige Gestalt zeigte kaum eine Reaktion. Es kribbelte mich in den Fingerspitzen, sie zu berühren, doch ich wusste, dass es ihr Angst einjagen würde. „Ich habe dir etwas mitgebracht."

Ich griff in meine Tasche, fühlte die Schachtel mit Spiks darin und holte schließlich eine Muschel hervor. Es war eine einfache flache Muschel, wie es sie überall an der Küste gab. Ich hatte sie auf der Insel gesehen, auf der Ory angekommen war und hatte sie für Mix eingesteckt. „Danke", hauchte sie leise und betrachtete die Muschel andächtig von allen Seiten. Ihre langen weißen Haare fielen bis auf ihre Hüften und wurden heute von einem blauen Band gehalten. Ihre langen Arme und Beine steckten in einem wallenden Kleid, dass mich an Wasser erinnerte und sich um ihren Körper schlang. Ihre blauen Augen, die die Farbe des Meeres hatten, huschten über jede Ecke, jede Rille der Muschelschale und ich wünschte, sie würde mich so ansehen. Seit ich sie in diesem gottlosen Dorf eingesammelt und hierhergeholt hatte, hatte sie mir nicht ein Mal in die Augen geschaut. Bei dem Gedanken an die Scheune, die Kette um ihren Hals und die verfaulten Zähne ihres Sklavenhalters, stieg gleißende Wut in mir auf. Doch ich beruhigte mich mit dem Gedanken, dass der Scheißkerl bekommen hatte, was er verdiente. Mix griff nach dem Beutel an ihrem Gürtel und zeigte mir, was sich darin verbarg. Sie legte die einzelnen Objekte andächtig in eine Reihe. Ein Kronkorken, eine Kastanie, eine Eichel, zwei Glasscherben und nun die Muschel. Sie lächelte ihre Schätze an und mein Herz bekam einen Sprung.

Kar

Ich saß am Bett des Menschen. Wüsste Ivy, dass ich in das Zimmer der Frau eingebrochen war, würde sie mir die Hölle heiß machen. Gut also, dass niemand gesehen hatte, wie ich mich leise durch die Tür geschlichen hatte.

Auch wenn wir jetzt wussten, dass die Frau vor mir nicht nur menschlich war, blieb sie ein Rätsel. Diese Kraft, ihre Stärke, hatte mich den Tag über begleitet. Wie ein Prickeln lag sie auf meiner Zunge. Wie kam es, dass wir noch nie von ihr gehört hatten? Und wie kam es, dass sie nicht aus Versehen die Insel, auf der sie zuhause war, zerstört hatte? Die Verschleierung ihres Wesens war enorm gewesen. Mächtiger noch, als ihre Gabe. Sie kontrollierte ihre Macht nicht, das war in meinem Büro klar geworden. Meine Drohung sie zu töten und die unmittelbare Gefahr, die ich dargestellt hatte, waren es gewesen, die sie dazu gebracht hatte, ihre Kraft freizusetzen. Sie kämpfte um Kontrolle. Ein Problem, dass mir nur allzu bekannt war. Ob sie mir deshalb nicht mehr aus dem Kopf ging? Ich schüttelte mich bei dem Gedanken. Es gab wichtigere Dinge zu klären. Etwa, zu welchem Volk sie gehörte. Um das einzuschätzen wussten wir noch zu wenig über sie. Und doch war sie betörend wie vom Schönen Volk, wobei ihre Anziehungskraft nicht durch ihr Aussehen herrührte. Sicher, sie war attraktiv unter den verfilzten Haaren und dem erschöpften Ausdruck in ihrem Gesicht, doch die Züge passten nicht zu diesem Volk. Das Eisige Volk bestach durch sein helles Äußeres und der Fähigkeit, sich unverwundbar zu machen und gar Schmerzen zu lindern. Das passte nicht zu Orys heftiger Reaktion und zu ihren dunklen Haaren und Augen. Das Blinde Volk, dass die Tempel unter der Erde bevölkerte, war nur selten außerhalb ihres eigenen

Landes unterwegs und ich bezweifelte, dass ihre menschliche Mutter dort hingereist war, um sie dort zu empfangen. Außerdem hätte Ivy gesehen, wenn Ory einen gleichen Teil wie sie besäße. Es blieben das Gesegnete, das Schwimmende, das Reitende und das Grausame Volk übrig. Letzteres schien mir nicht möglich. Ein Mensch, der einen grausamen Teil besaß, ... kein Mensch würde diese Pein, diese Zerrissenheit überleben. Ich wusste, wovon ich sprach. Das Böse, dass meinen Körper und Geist zu übermannen versuchte. Das auch jetzt in meiner Haut saß und nach Kontrolle strebte. Ein Mensch wäre dem ausgeliefert.

Ory seufzte im Schlaf und drehte sich auf die Seite, mir zugewandt. Ihre Haare hingen in Strähnen über ihrem Antlitz. Sie atmete ruhig, in keiner Weise war sie sich der Gefahr bewusst, in der sie schwebte. Die ich für sie darstellte. Ein Lächeln umspielte meine Lippen. Wenn sie diese Kräfte kontrollieren lernte, würde sie eine Waffe sein. Die Stärke ihrer Kraft hatte mich überrascht. So mächtig, war sie ein Ass im Ärmel der Verschollenen. Die letzten Monate ... Ich ließ meinen Kopf in die Hände sinken. Gehäuft waren Späher über den Bergen entdeckt worden. Einige hatten mit ihrem Leben bezahlt, andere waren umgekehrt, bevor sie etwas hätten sehen können. Auch auf dem Wasser waren vermehrt Schiffe unterwegs gewesen. Fast alle waren nun auf dem Boden der See. Und dann tauchte plötzlich der Mensch auf. Ich glaubte nicht an Zufälle, aber sie roch nach Mensch und sie war überzeugend gewesen. Kein Volk wäre so dumm, uns eine Waffe wie sie auszuhändigen. Außerdem war das

Volk der Verschollenen noch immer eine Legende. Die anderen Völker kannten das Tal als einen Ort, von dem niemand jemals zurückkehrte und das es in jedem Fall zu umfahren galt. Niemand wusste, dass die Mischwesen, die verstoßen worden waren, hier eine Heimat fanden. Deshalb war es so wichtig, dass die Sammler ihre Arbeit im Geheimen nachgingen. Mein Magen krampfte sich zusammen, als ich an Don dachte. Der junge Sammler war von seiner Mission beim Reitenden Volk nicht wieder aufgetaucht und auch der Suchtrupp, dem ich unter Amo beigewohnt hatte, konnte Don nicht finden. Er schien über dem Land des Grausamen Volkes, unseren Nachbarn, verschollen zu sein.

Die Menschenfrau bewegte sich erneut und öffnete flatternd ein Auge. Die Sonne war im Begriff unterzugehen und der Himmel war in pinkes Licht getaucht, dass sich auf ihrer Haut spiegelte.

„Was zum -" Sie setzte sich ruckartig auf. Ihre dunklen Augen schreckgeweitet. Sie kroch rückwärts ans Kopfende des Bettes. Ich lächelte sie an. Ein grausames Lächeln, das meine Narbe verzog und schon so einigen Feinden den Mut geraubt hatte.

„Aufgewacht. Lotai will dich kennenlernen."

Kapitel 7

Ory

Meine Zunge fühlte sich pelzig an, ich hatte Kopfschmerzen und mein Hals brannte, trotzdem traute ich mich nicht, aufzustehen, und nach dem Wasserkrug zu greifen, der auf dem Tisch stand. Ich verharrte in meiner Bewegung. Was hatte er hier verloren? Wollte er mir im Schlaf die Kehle durchschneiden? Als hätte er meine Gedanken gelesen, schnaubte er abwertend.

„Wenn ich dich hätte töten wollen, hätte ich das längst getan."

„Wenn du es geschafft hättest", murmelte ich und biss mir sofort auf die Zunge. War ich verrückt geworden, ihn herauszufordern? Aber etwas an seiner arroganten Art reizte mich, ihm die Stirn zu bieten. Meine Krankheit – nein, meine Kraft – hatte ihm Einhalt geboten. Ich spürte Stolz in meiner Brust aufblühen, da ich mir sicher war, dass es nicht viele schafften, ihn erstarren zu lassen. Über die grausamen Schmerzen, die mir meine Krankheit - Kraft! – verursacht hatte, wollte ich nicht nachdenken. Es war Irrsinn, dass diese lähmende Krankheit, die mich mein Leben lang verfolgt hatte, in Wahrheit eine Kraft war. Woher kam sie nur? Und zu was war ich fähig? Der Gedanke machte mir mehr Angst, als die Gestalt vor mir. Eine leise Stimme in meinem Kopf flüsterte mir noch immer zu, dass es alles ein großer Irrtum war. Dass meine Krankheit einfach eine Krankheit war und die

Kraft von jemand anderem ausging. Ich schüttelte den Kopf und ignorierte die Stimme vorerst.

Kar starrte mich noch immer an und blaffte tonlos:

„Geh duschen, mach dich fertig, Lotai wird uns jetzt empfangen."

Vorsichtig schwang ich ein Bein von dem weichen Bett.

„Du wirst nicht hier warten, oder? Und habt ihr Kleidung, die ich mir leihen kann?"

Er musterte mich abschätzig und zeigte auf eine kleine Kommode, die mir vorher nicht aufgefallen war.

„Du hast zehn Minuten. Eine Minute länger und ich gehe alleine zu Lotai und er richtet ohne deine Anwesenheit über dich."

Ich sagte nichts, sondern schaute in diese bernsteinfarbenen Augen, die mich fixierten. Ohne ein weiteres Wort verschwand er durch die Tür und alles, was von ihm blieb, war der Geruch nach Tannennadeln und Regenwetter.

Ich griff mir ein Glas Wasser, schüttete es in meine Kehle und ging in das kleine Bad. Es war spartanisch eingerichtet: Waschbecken, Dusche, Toilette, kein Fenster. An einem Haken an der Wand hingen zwei Handtücher. Ich ließ die Dusche an und war innerhalb von Sekunden aus all meinen geliehenen Kleidern geschlüpft. Das Wasser war warm und so himmlisch weich, dass ich einen Schluchzer der Erleichterung nicht unterdrücken konnte. Die Seife und das Shampoo, das an der Wand der Dusche befestigt war, roch nach Honig und ich schäumte mich von Kopf bis Fuß ein. Auch wenn es mich reizte,

Kar warten zu lassen, wollte ich nicht riskieren, dass er ohne mich zu dem Gouverneur ging, daher drehte ich die Dusche allzu bald wieder ab und suchte mir Kleidung heraus. Ich fand eine weite Hose, die an meinen Knöcheln zusammenlief, sowie ein Oberteil mit flatternden Ärmeln, das einen Streifen Haut an meiner Taille entblößte. Als ich in den runden Spiegel über dem Waschbecken blickte, verzog ich entgeistert das Gesicht. Wann waren meine Haare das letzte Mal gebürstet worden? Ich griff nach dem Kamm, der neben der Zahnbürste lag, und begann meine Haare zu entwirren. Als ich genau zehn Minuten später aus dem kleinen Zimmer trat und Kar gegenüber stand, fühlte ich mich wie neu geboren.

Kar

Auf die Minute genau kam Ory aus dem Zimmer getreten. Ich hätte gewettet, dass sie zu spät kommen würde. Es war ein Bluff gewesen, dass ich ohne sie gegangen wäre. Lotai wollte sie sehen, mit ihr sprechen. Er hatte uns vor ein paar Stunden wissen lassen, dass er beschäftigt war und uns auf eine spätere Zeit vertagt. Ich drückte den Transmitter an meiner linken Schulter.

„Oberoffizier, wir sind auf dem Weg."

Ory sah mich fragend an, was ich ignorierte. Sekunden später hörte ich Ivys Stimme. „Ich bin schon da. Ich warte vor dem Saal."

Ich lief neben Ory die Gänge entlang und der Geruch von süßer Milch und ... war das Honig? ... umspielte meine Nase. Ich schnaubte und legte einen Schritt zu. Ich wollte mich nicht von ihrem Duft ablenken lassen. Wir mussten einen ganzen Flügel der Festung hinter uns lassen, um den Empfangssaal zu erreichen. Ich sah Ivy in ihrem wallenden rosafarbenen Kleid und dem Circlet mit dem Quarzstein schon von weitem. Sie beobachtete, wie wir näher kamen und nickte mir zu, bevor wir drei uns zu dem Saal umdrehten. Die Wache rechts von mir öffnete die Tür und ich ließ Ivy den Vortritt, bevor ich Ory durch die schwere Holztür schob. Die Wachen schenkten uns keine Beachtung und wir liefen schnurstracks an ihnen vorbei. Es war das erste Mal, dass ich Orys Körper berührte. Der Stoff ihres Oberteils drückte weich gegen meine Finger. Schnell zog ich meine Hand weg, bevor ich den kleinen Streifen Haut berühren konnte, der meine Augen wie magisch anzog.

Der Empfangssaal des Gouverneurs war nicht so groß, wie man es für das Oberhaupt eines Volkes erwarten konnte. Es war Lotai und seinen Vorgängern nicht um Protz gegangen, als diese Festung errichtet wurde. Da unser Volk nicht mit anderen Völkern interagierte, zumindest nicht offiziell, gab es keine Empfänge anderer Adeliger oder Herrscher. Dieser Saal diente zum Besprechen von militärischen Verteidigungsstrategien oder dem Empfang von Kritik aus dem Volk. Jeder Einwohner des Tals und darüber hinaus hatte das Recht mit dem Gouverneur zu sprechen und Probleme offen darzulegen.

Lotai hatte sich sein Amt als Gouverneur verdient. Zu Lebzeiten mit zwei Buchstaben geehrt zu werden war äußerst selten. Ich war dankbar, ihn als Mentor an meiner Seite zu haben. Er glaubte an mich, trotz meines grausamen Anteils, wofür ich mehr als dankbar war. Außer Amo und unseren Eltern, Enok und Kaya, war er der Einzige, der mir zugetraut hatte, diesem Volk zu dienen.

Der Gouverneur erhob sich würdevoll aus seinem Stuhl und blieb neben seinem Sessel stehen. Die Mitte des Saales wurde von einer langen Tafel gefüllt, an der an jeder Seite sechs Stühle standen. Ich hatte Stunden in diesem Saal verbracht und musste mir ein Knurren unterdrücken, wenn ich an die letzten paar Besprechungen dachte. Der Sessel des Gouverneurs am Kopfende des Tisches war höher als die anderen. Die Rückenlehne lief kantig zu und war an seiner Spitze mit einer Wegsonne gekrönt. Die Sonne schien förmlich zu pulsieren und mich in ihren Bann zu ziehen. Sie strahlte etwas aus, dass mich gefangen nahm und gleichzeitig mein Blut in Wallung brachte, wodurch die Wut stärker gegen meine Haut zu drücken schien.

„Gouverneur", sagte ich mit einer Hand auf meinem Herzen.

Ivy tat es mir gleich. Ory betrachtete Lotai verhalten und ich gab ihr ein Zeichen, woraufhin sie unsere Geste nachahmte. Auch Lotai nahm die Hand zur Brust.

„Kommandant. Oberoffizier. Ory, richtig?"

Ory nickte.

„Ich habe schon viel von dir gehört. Bitte, setz dich."

Wir ließen uns auf den Stühlen nieder. Ory neben Lotai, ich daneben und zu meiner Rechten Ivy. Zwei Bedienstete erschienen. Sie schoben einen Wagen voller Speisen vor sich her. Es roch nach Eintopf und Reis. Nach und nach verteilten die Bediensteten die Teller und zogen sich dann zurück.

„Ich war so frei, Essen zu bestellen. Ich habe noch nicht gespeist. Bitte, lasst es euch schmecken."

Ich musterte Lotai düster. Wir waren hier um über den Menschen, oder Halbmensch oder was auch immer sie war, zu urteilen, nicht um sie zu bewirten! Lotai bemerkte meinen Blick und grinste schelmisch. Mein Frust amüsierte ihn. Na toll. War ihm nicht klar, dass sie eine potenzielle Gefahr für unser Volk darstellte? Dass sie ein Spion sein könnte. Ivy räusperte sich und gab mir zu verstehen, dass ich essen sollte. Es war mir egal, ich hatte keine Zeit für solch formalen Firlefanz. Unsere Grenzen wurden ausgekundschaftet. Ich konnte nicht hier sitzen und so tun, als ob dies ein Dinnerdate wäre.

„Gouverneur -", begann ich mit aufsteigender Wut.

„Spar dir das, Kar. Ich sitze seit heute Morgen in irgendwelchen Besprechungen. Ich habe Hunger und werde essen, bevor du mir all deine Bedenken schilderst und Ory hier, sich vorstellen darf."

Der scharfe Blick des Gouverneurs ließ mich innehalten und ich kämpfte die Wut nieder, die sich durch meine Haut zu fressen versuchte.

Ory

Der Unmut vibrierte aus jeder Pore seines Körpers und ich lächelte, als ich mir einen weiteren Löffel köstlichen Eintopf in den Mund schob. Ich hatte nicht bemerkt, wie hungrig ich gewesen war. Mein Körper verlangte nach mehr. Als mein Teller leer war, nickte ich dem Bediensteten zu und der junge Mann mit Schürze und Flaum über der Lippe brachte mir einen weiteren vollen Teller. Ich hatte mir den Gouverneur wie einen schrecklichen Herrscher vorgestellt, der auf einem Thron aus Knochen saß und Hinrichtungen befehligte ohne mit der Wimper zu zucken. Tatsächlich war Lotai nicht viel größer als ich, in jedem Fall kleiner als Kar und er hatte ein zerfurchtes aber freundliches Gesicht mit spitzer Hakennase. Der Brustpanzer seiner Uniform war V-förmig und mit Schnallen zusammengehalten. Sein Umhang fiel ihm bis zu den Knöcheln und hatte die Farbe wie Walnüsse. Sein gewelltes Haar war mit weißen Strähnen durchzogen und schien spröde zu sein. An seiner linken Hand trug er einen Ring mit schwarzem Stein und ich fragte mich, ob es der Ring oder der Umhang war, der ihn als Gouverneur auszeichnete.

„Köstlich! Wie immer köstlich, Eik!", verkündete Lotai und der Bedienstete mit dem Oberlippenflaum errötete leicht.

Kar schob seinen noch vollen Teller mit Schwung von sich. „Können wir endlich anfangen?"

Lotai schnaubte genervt und wandt sich dann an mich. „Du musst entschuldigen, der Kommandant ist sehr um das Wohle unseres Volkes besorgt und anscheinend hält er dich für eine Bedrohung."

„Ich bin keine Bedrohung", sagte ich und hoffte, dass es stimmte. Ich verstand nicht, was mit mir passierte, doch ich wusste, dass ich niemandem schaden wollte.

„Ich bin bloß um mein Leben geschwommen und irgendwie hier gelandet."

Der Gouverneur starrte mir mit waldgrünen Iriden, die von einem goldenen Ring umgeben waren, tief in meine Augen. Seine Pupillen weiteten sich und zogen sich wieder zusammen und ich hätte schwören können, dass er direkt in meine Gedanken sah. Seine Augen hypnotisierten mich und ich war unfähig, meinen Blick von ihm abzuwenden. Nach einiger Zeit sagte er: „Ich glaube dir."

Ich hörte Ivy scharf ausatmen und Kar erhob sich so schnell aus seinem Stuhl, dass dieser krachend zu Boden fiel.

„Bist du sicher? Wenn sie eine Spionin ist, könnte das unser ganzes Volk gefährden!"

Der Gouverneur erhob eine Hand und Kar verstummte. Seine Kiefermuskeln malmten und er blieb mit geballten Fäusten stehen. Die Venen auf seinen Armen standen hervor und ich blickte schnell wieder auf meinen Teller.

„Also gut. Eine letzte Überprüfung", sagte der Gouverneur.

„Ory, bist du eine Spionin?"

„Nein", schoss es aus mir heraus.

„Willst du meinem Volk schaden?"

„Nein."

„Willst du die Identität dieses Volkes enttarnen?"

„Natürlich nicht!"

„Willst du, dass der Kommandant endlich aufhört zu nerven?"

Ivy verschluckte sich an ihrem Trinken und ich musste grinsen.

„Ja."

Ein gewaltbereites Knurren entwich Kar. Die Bediensteten wichen durch die Tür zurück.

„Sie sagt die Wahrheit, ich habe es gesehen. Ende der Diskussion. Also Ory", wandt sich der Gouverneur an mich. „Erzähl mir von dieser Krankheit, die dich quält."

Kar schnaubte verächtlich und blieb hinter meinem Stuhl stehen. Jemand musste dem Gouverneur Bericht erstattet haben und ich tippte auf Ivy oder Kar.

„Ich habe schon immer schnell Kopfschmerzen bekommen. Schon als Kind war ich manchmal tagelang ans Bett gefesselt, weil ich meine Augen kaum öffnen konnte. Als ich älter wurde, gingen die Schmerzen nicht weg, aber ich ..." Ich wollte ihm nicht von Lady Lux und ihrem Trank erzählen, also sagte ich: „Ich lernte, damit zu leben. Aber manchmal da, nun ja, in manchen Situationen fängt es in meinem Kopf an, zu brummen, richtig zu vibrieren, und ich fühle mich, als würde mein Gehirn in Stücke gerissen."

„In welchen Situationen?", fragte Lotai sanft.

Ich dachte darüber nach. Meine Krankheit war auf der Letzten Hoffnung schlimmer geworden, wenn ich Angst bekam. Aber diese neue Kraft ... sie gab mir ein Gefühl der Sicherheit, trotz der Schmerzen.

„Wenn ihr Leben bedroht wird", mischte Kar sich ein.

Ich dachte über seine Worte nach. Die Umstände auf der Letzten Hoffnung, beim Schwimmen im Meer, in Kars Büro. Es stimmte. Am schlimmsten waren meine Anfälle, wenn ich in Gefahr schwebte und kein Trank bereitstand.

„Ja", gestand ich kleinlaut.

Der Gouverneur nickte verständnisvoll und legte eine Hand auf meine. „Und was geschieht dann?"

Ich sah Lotai in die Augen, in der Hoffnung, er würde erkennen, dass ich auch jetzt die Wahrheit sagte.

„Ich weiß es nicht. Meine Schmerzen werden so stark, dass ich nicht mitbekomme, was um mich herum passiert. Auf der Letzten Hoffnung ist nie so etwas ... so etwas geschehen, wie hier."

Am Tisch herrschte Schweigen und ich sah in diese waldgrünen Augen, die mir nichts verrieten.

„Du kannst es also nicht kontrollieren?", fragte Ivy von ihrem Platz aus. Ich hatte vergessen, dass sie ebenfalls bei diesem Treffen dabei war.

„Nein, ich kann nicht kontrollieren, wann ich die Anfälle bekomme."

„Aber sie lassen sich provozieren, so wie in meinem Büro." Ich warf Kar einen mörderischen Blick zu. Er starrte mit bernsteinfarbenen Augen zurück, in denen so etwas wie Verständnis schwamm. Mir war nicht entgangen, wie die Bediensteten vor ihm zurückgeschreckt waren. Mir fiel Chu und seine Warnung vor dem Kommandanten wieder ein. Für ihn war ich ein interessantes Spielzeug, was ausprobiert werden durfte, doch für mich waren diese Anfälle die reinste Qual.

„Ory", richtete Lotai das Wort wieder an mich. „Wärst du bereit in Anwesenheit eines Heilers eine solche Reaktion deines Körpers provozieren zu lassen? Um dir helfen zu können, aber auch um herauszufinden, wozu du in der Lage bist, wird eine Provokation von Nöten sein. Du könntest von enormen Wert für unser Volk sein. Auch wenn wir noch nicht wissen, welche Völker sich in dir vereinen, bist du als Mischwesen herzlich willkommen, ein Teil dieses Volkes zu werden."

Tränen stiegen mir in die Augen. Ich sah mir den Gouverneur des Volkes der Verschollenen an und wusste, dass ich keine Wahl hatte. Er würde mich vielleicht nicht hinrichten lassen, aber ich würde die Letzte Hoffnung nie wieder betreten. Ich sollte erleichtert sein. Die Insel der Menschen hatte sich nie wie ein Zuhause angefühlt. Dort war ich eine Ausgestoßene. Eine Ungewollte. Ich hatte ums Überleben gekämpft und verloren. Sie hätten mich im Meer sterben lassen. Und doch war die Welt der Menschen alles, was ich kannte. Bis jetzt.

Ich wünschte, Lio wäre mit mir auf dem Schiff gewesen. Ich wünschte, sie hätten ihn mit mir geschnappt und zum Tode verurteilt. Dann wären wir geschwommen und er wäre jetzt hier. Bei mir. Doch von nun an trennten uns Welten.

Lotai betrachtete mich noch immer mit seinen waldgrünen Iriden. Meine Kraft schien wertvoll zu sein, auch wenn sie mir Schmerzen zufügte. In diesem Moment, als ich in das Gesicht des Mannes schaute der hier das Sagen hatte, zerbrach etwas in mir. Mit gesenktem Kopf nickte ich.

Kapitel 8

Lotai

„Wie sicher bist du dir, dass sie die Wahrheit sagt?", fragte Kar mich zum dritten Mal und ich verdrehte die Augen. Nach einem Tag voller Sitzungen und Problembesprechungen hatte ich Kopfschmerzen. Kar war gewiss ein vorbildlicher Kommandant und es war löblich, wie sehr er sich um dieses Volk sorgte, doch heute ging er mir auf die Nerven.

„Kar", ich bemühte mich um einen versöhnlichen Ton. „Ich habe es gesehen, ok? Wie du weißt, habe ich die Gabe des Schönen Volkes. Sie hat nicht gelogen, ich hätte es erkannt."

„Und wenn sie verschleiert war?" Seine Fäuste waren geballt. Meine Wachen zuckten nervös bei der Bedrohung, die von meinem Kommandanten ausging.

Ich presste mir die Daumen in die Nasenwurzel.

„Kar, auch ich könnte verschleiert sein und hier sitzen und du wüsstest nichts davon." Mein Kommandant schnaubte heftig. „Ivy hat keine Verschleierung, kein falsches Spiel erkennen können und ich -"

„Sie hat auch nicht erkannt, dass mehr in der Frau steckt als ein Mensch!"

Meine Wache trat einen Schritt neben mich, doch ich gab ihm das Zeichen, sich zurückzuziehen, was er erleichtert tat. Ich war sicher, er würde sich nicht mit Kar anlegen wollen. Ich war auch sicher, dass er keine Chance gegen ihn hätte.

„Und ich bin davon überzeugt, dass sie das noch eine Weile beschäftigen wird."

Ivy und Ory hatten uns nach dem Essen verlassen. Allein mit Kar und meinen Wachen saß ich in diesem verfluchten Saal. Noch vor Tagesanbruch war ich hierhergekommen, und inzwischen war die Sonne längst untergegangen – und immer noch saß ich hier. Ich musste dieses Thema zu einem Ende bringen, bevor es Mitternacht wurde.

„Wenn du so argwöhnisch bist, beauftrage ich dich gerne mit ihrer Provokation. Wie Ivy mir mitteilte, ist dir das ja schon ein Mal gelungen. Nimm einen Heiler mit, provoziere einen Anfall, wie sie es nennt, und finde heraus, was sie kann. Die Helden wissen, dass wir eine Kriegerin wie sie gebrauchen könnten."

Kar blickte zum Fenster in die Nacht hinaus. Die Lichter der Stadt erhellten die Dunkelheit. All diese Wesen in ihren Häusern. Sie wussten nicht, dass ihre Sicherheit in Gefahr war.

„Was hast du über die letzten Späher des Imperiums erfahren?", fragte ich, um das Thema zu wechseln.

„Zwei Späher haben versucht, den Gebirgspass an der Nordwestgrenze zu überwinden. Sie wurden früh genug erkannt. Doch sie sind rechtzeitig umgekehrt, sodass wir sie weder gefangen nehmen noch töten konnten."

„Wie viele Späher waren es in den letzten Wochen?" Der Kopfschmerz in meiner Stirn wurde immer drückender.

„Elf Späher über den Bergen, vier Schiffe an unseren Küsten. Acht Späher sind tot, vier sind entkommen. Alle Schiffe bis auf eines sind am Meeresboden." Kar schwieg und ich ließ ihn. Die Sorge stand ihm ins Gesicht geschrieben. „Es sind zu viele. Das Imperium will uns herausfordern. Sie wissen, dass es uns gibt."

„Nein. Sie ahnen, dass es hier jemanden gibt. Aber das ist nicht das Problem. Wir sind eine Legende. Die Geschöpfe des Imperiums haben schon immer geahnt, dass hinter den Bergen ein Volk lebt. Aber ja, es sind zu viele Beobachter." Ich sah meinem Kommandanten in die Augen. „Wir müssen uns auf eine Invasion vorbereiten. Das Imperium wird versuchen das Tal einzunehmen. Ich erkenne die Zeichen. Ich habe schon ein Mal eine Invasion verhindert und du weißt, was es mir eingebracht hat?" Als Kommandant Lot war ich in diese Schlacht auf unserem Land gezogen und als Lota, kurz darauf als Lotai, wieder hervorgekommen. Auch Kar war ein vierter Buchstabe gewiss, wenn er es schaffen würde, die Entdeckung dieses Volkes zu verhindern.

„Du wirst dieses Volk schützen, Kommandant."

Kar nickte pflichtbewusst. Er war jung und stärker, als ich es gewesen war. Ich vertraute auf seine Fähigkeiten, mit meinem Leben und meinem Volk.

Amo

Ich hatte Mix mit dem Versprechen verlassen, beim nächsten Besuch weitere Schätze mitzubringen. Sie hatte gelächelt und ich wusste, würde sie mich je um das Herz eines Feindes bitten, würde ich ihr auch dieses an den kleinen Teich bringen. Ich schritt durch die dunkeln Gassen von Mhios. Der Mond erhellte die Nacht und ließ Schatten über die Wegplatten tanzen. Pflanzen hingen von Fenstersimsen hinab und als mich eine besonders lange Ranke am Kopf streifte, zuckte ich zurück. Ich erinnerte mich daran, als ich das erste Mal diese Straßen entlanggelaufen war. Unentschlossen, ob ich so tief sinken wollte. Ich hatte überlegt, Kar zu bitten, mit mir zu kommen, doch eine Schwäche wie diese hätte er nicht akzeptiert. Daher war ich alleine gegangen. Die Leere in meiner Brust war unerträglich gewesen, wie nie zuvor. Meine ersten Missionen als Sammler lagen hinter mir und das Imperium war brutaler, als ich es erwartet hatte. Auch die Ausbildung in der Akademie hatte uns nicht auf die barbarischen Riten und den gnadenlosen, kaltherzigen Umgang mit Unseresgleichen vorbereitet. Ohne jedes Gefühl, ohne Mitleid, wurden die Mischwesen brutal gejagt. Verunsichert hatte ich Stunden in den Straßen verbracht. Ich hatte das Fenster schon beim ersten Anlauf gesehen, doch bis ich mich getraut hatte, daran zu klopfen, waren Stunden vergangen. Meine Eltern waren in meinem Kopf herumgeschwirrt. Was wohl Enok und Kyla von einem Sohn halten würden, der den Kummer der Welt kaum aushielt und sich trotz all der Privilegien fühlte, als würde sein Innerstes von einer Leere verschlungen, die größer war als Raum und Zeit? Der Sohn von Helden, die vier Buchstaben trugen und hofften, dass einer ihrer Söhne eines Tages ebenfalls so weit kommen würde. Ich war versucht gewesen umzukehren und bei einem Heiler, um Hilfe zu fragen, doch dann dachte ich an dieses Gefühl. Ein Oberoffizier hatte mir Spiks zugeschoben, als ich völlig außer mir war und ich erinnerte mich, wie ich plötzlich atmen konnte. Wie dieses kleine Blättchen, so hauchdünn wie der Flügel eines Schmetterlings, mir meine Kraft, meinen Mut und meine Stärke wiedergegeben hatte.

Je weiter ich ging, umso drückender wurde die Stille. Der Geruch von Pfeifenrauch stach mir in die Nase und ich beschleunigte meine Schritte zu dem unscheinbaren Fenster, das mich wie ein leeres Auge anzustarren schien. Ich klopfte an und wartete, bevor das Fenster einen Spalt weit geöffnet wurde.

„Fünfzig Blättchen?", fragte eine heisere Stimme, zu der ich kein Gesicht kannte.

„Mach gleich hundert."

Die Stimme verschwand, das Fenster wurde geschlossen, nur um sofort wieder geöffnet zu werden. Auf dem Sims lagen zwei Schachteln Spiks und ich griff danach, legte das Geld ab und war schon wieder in der Dunkelheit der Gassen verschwunden.

Ory

Ivy begleitete mich zu meinem Zimmer, als das Treffen mit Lotai zu Ende war. Auch wenn ich die Festung und Mhios gerne erkunden würde, war ich immer noch erschöpft.

„Darf ich dich etwas fragen?", setzte ich schüchtern an.

„Aber natürlich. Lotai hat dich in unserem Volk willkommen geheißen und ich kann mich da nur anschließen." Mir stieg die Röte in die Wangen. „Danke." Aus mir unerklärlichen Gründen standen mir Tränen in den Augen. Ich musste schlucken, um mich nicht völlig zum Narren zu machen. Ich fühlte mich seltsam ... angekommen. Auch wenn ein gewisser Verlust an mir haftete, spürte ich, dass ich dort war, wo ich hingehörte. Ich wusste zwar nicht, was ich war, aber ich wurde akzeptiert und das war mehr, als die Menschen je für mich aufgebracht hatten.

„Du wolltest mir eine Frage stellen."

„Genau. Es ging bisher nur um meine Kräfte, aber was sind deine? Du siehst die Welt anders, aber was hat das zu bedeuten?"

Ivy lächelte gütig.

„Nun, du musst wissen, ich bin zum größten Teil vom Blinden Volk. Meine Mutter war ein Mischwesen und mein Vater ein Priester des Blinden Volkes, was mich mit vielen Kräften dieses Volkes ehrt. Das Blinde Volk besteht aus Geschöpfen, die in den Tempelanlagen unter der Erde leben. Das ist der Grund, weshalb sie die Welt nicht so sehen, wie die anderen Völker."

„Lebt deine Mutter auch hier im Tal?"

Ivys Blick wurde traurig.

„Nein. Sie wurde als Gefangene im Land des Blinden Volkes gehalten. Was aus ihr geworden ist, weiß ich nicht."

Ich legte ihr eine Hand auf die Schulter, die sie mit ihrer bedeckte.

„Wurdest du auch von einem Sammler hierher gebracht?"

„Das ist eine lange Geschichte, aber nein. Es war Kar, der mich aus der Gefangenschaft des Reitenden Volkes befreite."

„Des Reitenden Volkes?", fragte ich verwirrt.

Ivy lächelte. „Wie gesagt, es ist eine lange Geschichte. Aber zu deiner eigentlichen Frage zurück. Meine Kräfte ermöglichen es mir, Geschöpfe wirklich zu erkennen. Wenn ich ein Geschöpf sehe, dann erkenne ich eine Art Aura, wenn ich es so nennen kann. Ich sehe normalerweise Verschleierungszauber, die über dem Geschöpf liegen, aber auch die Farben, in denen das Geschöpf brennt. Du brennst zum Beispiel blau und weiß. Amo dagegen ist rot und orange."

„Und Kar?", fragte ich wie nebenbei und meine Wangen wurden heiß.

Sie seufzte. „Er würde nicht wollen, dass ich darüber rede."

Ich runzelte die Stirn. Wieso nicht? Waren die Farben von Bedeutung?

„Wie seht ihr euch selbst?", fragte ich, um nicht weiter an Kar zu denken.

„Das hat mich noch nie jemand gefragt!" Ihr Lachen war herzlich und echt und so wunderschön, wie ein Nebel am Morgen. Ich musste unwillkürlich lächeln. „Ich brenne rosé und silbergrau. Deshalb sind es meine Lieblingsfarben." In Anbetracht ihres Kleides und des Circletes war meine Frage überflüssig gewesen. Beides erstrahlte in diesen Farben.

„Was hat es mit den Strichen auf deinem Kinn auf sich?" Ich wusste in dem Moment, in dem ich die Frage gestellt hatte, dass ich zu weit gegangen war.

„Es tut mir leid Ivy, ich wollte nicht ..."

„Nein, es ist schon gut. Ich verstehe deine Neugierde. Aber ich möchte nicht darüber reden, wenn das ok ist."

„Natürlich!" Ich betrachtete verlegen meine Hände.

„Und die Kräfte der Anderen? Amo und Kar? Oder Lotai?"

„Lotai sieht deine Lügen. Deshalb ist er so erfolgreich geworden. Er hat einen Teil vom Schönen Volk." Ich sah sie stirnrunzelnd an. Der Gouverneur war nicht ansatzweise so schön, wie Chu es war.

„Ich weiß, was du denkst. Du musst verstehen, wir sind Mischwesen mit dominanten Teilen, doch auch weniger ausgeprägte Teile sind vorhanden. Wenn ein Kind aus zwei Völkern entsteht, ist es unmöglich, zu sagen, welche der Kräfte und welches Aussehen es erben wird. Außer, nun ja."

„Außer was?"

Ivy zögerte. „Ein grausamer Teil ist immer dominant, so wie auch bei Kar. Seine vollständige Form, seine Wut, sein ganzes Wesen ist vom grausamen Teil geprägt."

Ich musste schlucken. „Du meinst die Hörner und den Schwanz?"

Ivy nickte. „Dieses Volk kann Dämonen beschwören und im Laufe der Zeit sind einige dämonische Teile auf sie übergegangen. Deshalb sind sie so stark. Und deshalb haben die anderen Geschöpfe Angst vor ihnen."

Chu hatte mich vor Kar gewarnt. Er hatte mir gesagt, dass das Grausame Volk seinem Namen alle Ehre macht.

„Und was ist mit Amo?"

„Amos Familie lebt schon viele Generationen lang im Tal. In ihm vereinen sich allerlei Völker, daher ist keines mehr dominant. Er hat also keine speziellen Kräfte. Ab und zu scheint eine Kraft durch, aber nur sehr gering ausgeprägt. Dieser Verlust der Kräfte ist einer der Gründe, warum die Vermischung der Völker im Imperium nicht gut angesehen ist. Wir wissen allerdings nicht, wie die Kräfte sich in der Nähe des jeweiligen Energiesterns ausprägen würden."

„Des was?"

„Jedes Volk zieht die Energie ihrer Kräfte aus einer Quelle. Etwa aus dem Eis, dem Meer oder der Natur. Wenn die Völker jedoch in Kriegen kämpfen oder auf anderen Ländern unterwegs sind, benötigen sie die Quelle der Kräfte außerhalb ihres Landes, um nicht wehrlos zu sein. Dafür hat jedes Volk einen Energiestern. Es sind sehr wertvolle, heilige Kraftquellen."

Mir schwirrte der Kopf von all diesen Informationen.

„Du bist also vom Blinden, Kar vom Grausamen und Lotai vom Schönen Volk -"

„Jeweils zum Teil, ja."

„Und gibt es noch mehr Völker?"

„Natürlich. Das Eisige Volk lebt auf einer Insel im Norden. Sie können ihre Wunden heilen und es gibt Gerüchte, dass sie sich ganz unverwundbar machen können. Aus dem Grund haben viele Heiler in unserem Volk einen eisigen Anteil. Das Gesegnete Volk ist naturverbunden und beherrscht das Wetter und die Pflanzen."

„Lass mich raten: Diese Mischwesen haben Mhios begrünt."

„Ganz genau. Das Reitende Volk ist ein Kriegervolk, das wilde Tiere zähmt und nun ja. Dort war ich gefangen, bevor ..."

Ivy schwieg und ich drängte sie nicht. Die Erinnerungen schienen sie zu verletzen und ich fragte mich, wie lange sie schon im Verschollenen Volk lebte. In Anbetracht ihres Ranges nahm ich an, dass sie schon eine Weile hier leben musste.

„Ich glaube, es ist besser, wenn ich dir zu einer späteren Zeit von den anderen Völkern berichte. Du bist erschöpft, genau wie ich."

Ich stimmte ihr zu und sie blieb sogleich vor der Tür zu meinem Zimmer stehen. Ich hatte gar nicht bemerkt, wie weit wir gegangen waren. Aber es stimmte, mein Körper war schwach und vom Essen gesättigt. Ich würde morgen besser denken können.

„Ich danke dir, Ivy."

„Gerne. Ruh dich aus. Ich bin mir sicher, dass die Provokation in den nächsten Tagen stattfinden soll und so wie ich Kar kenne, wird er dir einiges abverlangen."

Kar

Es war weit nach Mitternacht. Amo lümmelte auf dem braunen Ledersofa in meinem Büro. Er hatte die Beine ausgestreckt und einem Arm über die Augen gelegt. Durch die Fenster schien silbernes Mondlicht, was sich in dem Dolch an seiner Hüfte spiegelte.

„Du musst dich zusammenreißen", sagte mein Freund und Bruder mit gedehnter Stimme. Er war hier aufgetaucht, als ich über einem Haufen Berichte gegrübelt hatte. Es waren keine weiteren Späher gesichtet worden, doch das war nur eine Frage der Zeit. Sammler hatten in den anderen Völkern Unruhen bemerkt, die sich nicht einordnen ließen und die sie nicht untersuchen konnten, ohne aufzufallen. Wir sollten mit Kommandant Col sprechen, ob seine Spione etwas bemerkt hatten.

Ich griff nach meinem Kaffee und verzog angewidert das Gesicht. Diese scheußliche Brühe. Es war lange her, seit ich einen anständigen Kaffee getrunken hatte.

„Wie meinst du das?", brummte ich. Ich wollte es eigentlich gar nicht wissen. Mein ganzes Leben lang wurde mir gesagt, ich solle mich benehmen, zusammenreißen, höflich sein. Sie wussten nicht, dass ich mich in jedem Moment des Tages zusammenriss, um nicht aus der Haut zu fahren.

„Bei der Provokation. Ich verstehe, dass du scharf darauf bist, Orys Kräfte zu erforschen, aber sie kann sie nicht kontrollieren und sie hat Schmerzen."

Ich verdrehte die Augen. Jedes Geschöpf hatte ab und an Schmerzen.

„Sie muss lernen, sie zu kontrollieren, sonst wird sie uns nichts nützen."

Amo nahm den Arm von den Augen und sah mich forschend an.

„Du weißt, was Mitgefühl ist, oder?" Dann flüsterte er: „Und lass das nicht Pyro hören."

Ich ignorierte sein Kommentar zu dem Minister. „Wir brauchen kein Mitgefühl, wir benötigen im Falle eines Angriffs jede Waffe, die wir bekommen können und sie ist stark. Ihre Kraft ist einmalig und wäre eine hervorragende Waffe."

Ich konnte mir ihr gegenüber keine Schwäche erlauben. Und Mitgefühl wäre eine Schwäche. Wenn ich es zulassen würde, dass meine Gefühle für sie mein Handeln beeinträchtigen, könnte das unser Volk zerstören. Aber dennoch ... Orys Kampf um Kontrolle erinnerte mich so sehr an meinen eigenen Kampf gegen die Wut, die mich beherrschte. Ihr Schicksal, von den Menschen für eine Krankheit verstoßen worden zu sein, glich meinem Leben unter Mischwesen, die mich für ein Monster hielten. Wie gerne würden sie mich über Bord eines Schiffes werfen?

Mein Bruder setzte sich auf. Sein breiter Rücken wurde von dem Kurzumhang verborgen. Ich selbst hatte den Umhang abgelegt. Er lag in einem Knäuel auf dem Boden neben meinen Füßen.

„Tust du mir einen Gefallen?", fragte Amo seufzend.

„Nein", knurrte ich zurück.

„Komm schon. Für deinen Lieblingsbruder."

„Ich bleibe bei meinem Nein."

Amo verdrehte theatralisch die Augen. „Dann seh es nicht als Gefallen, sondern als Taktik. Sei nett zu Ory. Gib ihr eine Chance. Wenn sie das ist, was wir glauben, wird sie uns helfen können. Also schluck deine Wut und dein Misstrauen hinunter und sprich normal mit ihr. Mach ihr nicht andauernd Angst."

Jetzt hätte ich gerne die Augen verdreht.

„Das soll eine Taktik sein? Sie mit Samthandschuhen anfassen? Und wenn sie nicht das ist, was wir uns erhoffen?"

Amo grinste. „Dann darfst du wieder du selbst sein."

Ich schnaubte, dachte jedoch einen Moment über seinen Vorschlag nach. Amo wusste für gewöhnlich, wie man mit anderen Geschöpfen umging, um am Ende zu erreichen, was man sich wünschte. Die Helden mussten mich wahnsinnig gemacht haben, doch ich antwortete: „Also schön, außerhalb der Provokation werde ich mich benehmen, aber währenddessen halte ich mich nicht zurück."

„Deal", rief Amo zufrieden. Ich hatte wenig Interesse, irgendwen zuvorkommend zu behandeln, aber Amo hatte recht, wir brauchten sie.

Amos Stimme riss mich aus meinen Gedanken.

„Wie ist der Stand der Dinge? Hat Lotai dir Befehle gegeben?"

„Ich soll das Volk schützen. Als ob das nicht unsere stetige Aufgabe wäre."

„Lotai hat bereits die erste Invasion verhindert, er wird auch eine zweite abwenden können."

Ich war mir nicht so sicher. Der Gouverneur war älter und schon lange nicht mehr im aktiven Dienst. Seine Fähigkeiten waren eingerostet und er würde nicht dieselbe Leistung bringen können, wie beim letzten Mal. Er verließ sich auf mich. Auf meine Jugend und die Kraft, die in mir schlummerte. Außerdem wusste er, dass ich alles für das Volk geben würde, dass mich gerettet hatte.

„Ich will verhindern, dass es überhaupt so weit kommt. Haben dir die Sammler etwas berichtet, dass nicht in den offiziellen Papieren steht?"

Amo war Kommandant der Sammler und immer wieder selbst als einer auf Missionen unterwegs. Vielleicht wussten seine Männer und Frauen mehr, als sie sich trauten zu berichten.

Er schüttelte den Kopf. „Sie merken, dass etwas nicht stimmt, aber keiner weiß, was los ist. In ein paar Tagen bin ich wieder unterwegs und werde Augen und Ohren offen halten."

„Habt ihr etwas von Don gehört?"

„Nein", sagte Amo scharf. Es waren immer noch Suchtrupps unterwegs, um den Sammler aufzuspüren, das wusste ich.

Ich strich mir erschöpft über das Gesicht.

„Der Gouverneur ködert mich mit einem vierten Buchstaben." Der Kopf meines Weggefährten schoss herum. „Das ist eine riesengroße Sache!"

Ich ließ mein Gesicht in meine Hände sinken.

„Ich weiß nicht, was ich davon halten soll."

„Du solltest dich freuen! Ein weiterer Buchstabe ... dafür würde ich über Leichen gehen."

„Genau das ist es. Lotai weiß, dass ich alles tun würde, um das Volk der Verschollenen zu schützen. Warum noch dieser Köder? Außerdem müsste er das Gremium dazu überreden, mir einen zu verleihen."

„Pff. Das Gremium wird sich kaum dagegen wehren können, wenn du eine Invasion verhinderst."

Ich sah Amo ungläubig an. „Sie können und sie werden es verhindern. Sie halten es für einen Fehler, dass Lotai mich zum Kommandanten gemacht hat. Warum sollten sie einem vierten Buchstaben zustimmen?"

„Ganz einfach, weil das Volk und alle Mitglieder der Regierung wissen, was du leistest und wenn sie dir den Buchstaben verwehren, wird das Fragen aufwerfen."

„Hm", war meine Antwort. „Aber keine Sorge, ich bin sicher, wenn es tatsächlich zu einer Invasion kommt, wirst auch du auf der Liste des Gremiums stehen. Bei deiner Abstammung."

Amos Kiefer mahlte.

„Wir haben dieselbe Abstammung", sagte mein Freund und Ziehbruder, was ich ihm hoch anrechnete, auch wenn ich wusste, dass es Schwachsinn war.

„Ich wurde von eurer Familie aufgenommen, aber ich bin nicht aus eurer Linie, das weißt du genau. Aber der

Sohn des Bürgermeisters ..."

„Ich will keinen Buchstaben, nur weil meine Eltern Helden sind. Wir werden ihn uns verdienen. Du und ich, Kar. Zusammen."

Ory

Seit gefühlten Stunden wälzte ich mich hin und her. Ich war wie tot in das Bett gefallen, auf das mich Amo am ersten Tag in dieser Festung gelegt hatte. Schon einige Stunden später war ich erwacht und seitdem war an Schlaf nicht mehr zu denken. Zu viel war passiert. Mein Gehirn hatte noch keine Zeit gehabt, sich an alles Neue zu gewöhnen. Ich lag in den weichen Laken und wälzte mich von einer zur anderen Seite. Was war das nur für eine Kraft in mir? Ich wusste nicht, ob ich mich freuen sollte oder ob ich mir meine Krankheit zurückwünschte. Nein, das tat ich nicht. Auf keinen Fall. Doch die plötzliche Erkenntnis, dass ich eine Kraft besaß, verwirrte mich. Genau wie die Gestalten, die ich kennengelernt hatte, allen voran Kar. Seine Wut machte mir Angst, und doch spürte ich eine Verbindung, die ich mir nicht erklären konnte. Es war so leicht, mit Amo und Ivy zu sprechen und gar zu scherzen, doch Kar schien in seiner eigenen Welt gefangen. Ich wollte versuchen, einen Blick hinter diese Fassade zu erhaschen. Und sei es nur, um zu verstehen, woher diese Verbindung herrührte.

Ich räusperte mich. Meine Kehle fühlte sich ausgetrocknet an und ich spürte ein Kratzen am Hals. Was würde ich nur für einen warmen, beruhigenden Tee tun? Lavendel oder Hopfen. Oder Kamille. Ich stöhnte leise auf. Ich hatte vorhin – es musste gestern gewesen sein – einiges von der Festung gezeigt bekommen, und ich hatte erfahren, dass es einen Frühstücksraum im oberen Stock gab. Da ich jedoch nicht wusste, ob es dort immer etwas zu trinken gab, entschied ich mich dazu, in die Angestelltenküche im Untergeschoss zu gehen. Ich schlug die Decke zurück, warf mir einen flauschigen Bademantel über und schlüpfte in meine Schuhe.

Als ich mich aus meinem Zimmer schlich, vernahm ich kein Geräusch. Der Flur lag mucksmäuschenstill da. Der Mond beschien den Gang und zog lange bläuliche Schatten an den Wänden. Ich hatte die erste Treppe bereits hinter mir gelassen, als ich bei dem Knall einer Tür zusammenzuckte. Ich drückte mich in die Schatten einer Statue. Am anderen Ende der Halle erschienen zwei Wachen, die eine Gestalt zwischen sich zogen. Ich fragte mich, weshalb ich mich versteckt hielt, immerhin tat ich nichts Verbotenes. Sicher ist sicher. Die gefangene Gestalt hatte einen Sack über dem Kopf gestülpt und rutschte auf den Knien, während die Soldaten sie jeweils an einem Arm zogen. Ich beobachtete die drei Männer, die nicht sprachen, bis sie in die Dunkelheit eines abgelegenen Flures verschwanden. Wohin dieser Flur wohl führte? Ivy hatte nichts über diesen Teil der Festung gesagt.

„Warum versteckst du dich hier?"

Ich fuhr kreischend herum. Mein Herz sprang fast aus meiner Brust. Ich drückte meine Hand darauf, während ich versuchte, wieder zu Atem zu kommen. Das Kratzen in meinem Hals ließ mich husten.

„Kar, du hast mich fast zu Tode erschreckt!"

Seine große Gestalt wurde ebenfalls von Schatten verborgen. Ich erkannte nur einen Teil seines rauen Gesichts. Seine Narbe schien im Mondlicht. Seine Augen funkelten mich misstrauisch an. Seine vollen Lippen waren zu einem Strich verzogen.

„Das weiß ich. Was ich nicht weiß, ist, warum du dich hier versteckt hältst."

Mein Herzschlag beruhigte sich langsam und ich blickte noch ein Mal in die Richtung, in die die Gestalten verschwunden waren.

„Ich wollte mir aus der Angestelltenküche einen Tee holen. Da sind drei Gestalten hier aufgetaucht. Ich wusste nicht, was ich machen sollte, deshalb habe ich mich im Schatten versteckt."

Kar sah mich abschätzend von oben bis unten an. Ich war mir sicher, er registrierte meine vom Schlaf wirren Haare und den Bademantel über meinem Schlafanzug. Er war noch immer in seine Tageskleidung gehüllt und ich fragte mich, ob er aus seinem Büro kam. Er atmete einmal tief durch, als würde er seine Worte mit bedacht wählen.

„Das waren Wächter. Sie haben einen Angeklagten geliefert."

Sein freundlicher Tonfall irritierte mich, fühlte sich jedoch gut an.

„Woher weißt du das?", fragte ich unsicher.

„Ich habe den Bericht auf meinem Schreibtisch liegen. Der Angeklagte ist ein Kadett aus Askoth. Ich wollte zu seiner Verurteilung erscheinen."

Wieder beobachtete er mich eindringlich. Bildete ich mir das ein, oder blieb sein Blick an meinem Hals und meinen Lippen kurz hängen? Ich schluckte schwer.

„Komm mit. Ich zeig dir, wie das Verschollene Volk mit Verrätern umgeht."

Er machte auf dem Absatz kehrt und ich folgte seinen breiten Schultern mit dem wallenden Umhang in den Gang, der die drei Männer so eben verschluckt hatte.

Die Dunkelheit war eine Illusion, denn je weiter wir gingen, umso mehr Kurven wir nahmen, umso mehr Lampen beleuchteten die Gänge.

„Ist es normal, dass diese Angelegenheiten mitten in der Nacht geklärt werden?", fragte ich Kars Rücken.

Er blickte nur flüchtig über die Schulter, als er sagte: „Sie werden erledigt, wenn sie zu erledigen sind. Nachts, tags, an Feiertagen und an jedem gewöhnlichen Tag."

„Was hat er denn verbrochen? Der Mann mit dem Sack über dem Kopf, meine ich."

„Er hat versucht, vertrauliche Informationen über unser Volk zu verkaufen."

Ich zog scharf die Luft ein. Soweit ich das verstanden hatte, war die Existenz dieses Volkes ein Geheimnis auf dem Kontinent. Wenn er versucht hatte Informationen weiterzugeben ...

Wir erreichten eine große eiserne Tür. Kar öffnete sie schwungvoll und ich erwischte mich dabei, wie ich mich hinter ihm versteckte. Sein breiter Rücken eignete sich hervorragend als Schutz. Wir standen auf der obersten Stufe eines Atriums. Vereinzelt waren Plätze belegt, und unten, im Zentrum, kniete der Mann, der noch immer den Sack über dem Kopf trug. Mehrere Gestalten standen vor ihm, die schweren Kapuzen tief in ihre Gesichter gezogen. Ein Tribunal. Ein Gericht. Ihre Köpfe drehten sich zu uns und ich erkannte, dass sie Masken unter den Kapuzen trugen.

„Kommandant", sprach die eine Gestalt und nickte Kar zur Begrüßung zu. Kar nickte ebenfalls und ging ein paar Stufen hinunter, bevor wir uns auf zwei Sitzplätze niederließen. Mir war inzwischen eiskalt und mein Herz klopfte wild in meiner Brust. Ich hatte doch nur einen Tee trinken wollen.

„Das ist das Gremium. Sie werden das Urteil verkünden", flüsterte Kar mir zu. Sein warmer Atem streifte meine empfindliche Haut.

„Ist Lotai auch im Gremium?", fragte ich vorsichtig.

„Die Identitäten des Gremiums sind geheim. So soll sichergestellt werden, dass sie nicht bestechlich sind. Das Gremium ist es auch, das vierte Buchstaben verleiht."

Ich starrte die fünf Gestalten in ihren Kapuzen an.

„Also kann jeder im Gremium dienen? Oder nur ranghohe Gestalten?"

„Nein, absolut jeder. Ein Straßenkehrer, ein Fußsoldat, eine Hausfrau oder ein Minister."

„Und wie wird man ausgewählt?", fragte ich neugierig. Unbewusst rückte ich näher an Kars große Gestalt heran.

Sein Körper strahlte Ruhe aus, wohingegen ich vor Nervosität zitterte.

„Das ist nur dem Gremium bekannt. Aber es darf keine Verwandtschaft zwischen ihnen bestehen. Auch so soll Missbrauch verhindert werden."

Ich wollte eine weitere Frage stellen, da hörte ich die Tür erneut knarren und weitere Gestalten drangen in den Raum, bevor sie sich in großem Abstand zu uns auf die Besucherplätze setzten. Einige wurden begrüßt, andere nicht.

„Schließt die Türen", verkündete ein Mitglied des Gremiums und Wachen erschienen, die die Aufgabe übernahmen.

„Das Urteil zu dem Prozess des Angeklagten", der Mann ratterte eine Zahlenreihenfolge nieder, „wird hiermit verkündet. Der Angeklagte wird schuldig gesprochen, während seiner Stationierung im Zuge der Ausbildung zum Offizier der Verschollenen Kontakt zu einem anderen Volk aufgenommen und Informationen zum Verkauf angeboten zu haben. Der Handel wurde verhindert und der Kontakt beseitigt. Die Schuld wurde durch ein Mischwesen des Schönen Volkes enttarnt. Die Fähigkeit des Lügenerkennens wurde genutzt. Daher ergeht folgende Strafe: Zum Schutze des Verschollenen Volkes wird der Angeklagte zur Exekution durch unser Gremium verurteilt. Mögen die Helden ihm gnädig sein."

Ich stöhnte keuchend auf und wollte von meinem Sitz aufspringen, als Kar seine große Hand auf meine Beine legte und mich davon abhielt. Seine Hand war warm und seine Haut durch meinen dünnen Schlafanzug gefährlich nahe an meiner Haut. Ich beobachtete mit schreckgeweiteten Augen, wie eine der Kapuzengestalten vor die kniende Gestalt in der Mitte trat und Ranken aus dem Boden schossen. Das Gesegnete Volk, das Pflanzen beherrschte, schoss es mir durch den Kopf. Die Gestalt gab gedämpfte Laute von sich, als wäre er geknebelt und rüttelte an seinen Fesseln. Schnell wie eine Schlange schoss eine Ranke durch den Rücken der Gestalt, geradewegs durch sein Herz. So schnell wie sie gekommen war, zog sie sich wieder zurück und die gefesselte Gestalt brach leblos mit einem klaffenden Loch in der Brust zusammen.

Kapitel 9

Ory

Ich öffnete die Augen und blickte aus einem Fenster, das halb mit Pflanzen verhangen war. Die Bilder der letzten Nacht zuckten mir durch den Kopf. Die Gestalten in der Dunkelheit, das Atrium, das Gremium und der Verurteilte. Sein lebloser Körper mit dem Loch in der Brust. Kar hatte mich nach der Hinrichtung zu meinem Zimmer gebracht. Mein Hals hatte nicht mehr gekratzt. Der Schock musste den Reiz verdrängt haben. Ich war in Sekunden eingeschlafen, erschöpft von den neuen Informationen über dieses Volk. Ich hatte von einer warmen Hand auf meiner nackten Haut geträumt. Ich schüttelte eilig den Kopf. Die Sonnenstrahlen schienen in mein Gesicht und ich zog die Decke bis zum Kinn hinauf. Die Wärme umhüllte mich, lullte mich ein und am liebsten hätte ich die Augen wieder geschlossen, doch ich erinnerte mich, dass Ivy versprochen hatte, mir die Stadt zu zeigen. Zuvor wollte sie mir noch etwas anderes zeigen. Ob sie von der Verhandlung gewusst hatte? Oder waren diese Hinrichtungen alltäglich? Ich würde sie fragen müssen. Ich schlug die Decke zurück und ging zu dem bodentiefen Fenster. Meine nackten Füße sanken in den tiefen Teppichboden. Die Festung lag auf einer Erhebung und ich konnte auf das geschäftige Treiben der Stadt hinabblicken. Ich sah hunderte kleine Häuser, die von der grünen Pflanzenpracht fast verschlungen wurden.

Die orangenfarbenen Dächer der Bauten standen kreuz und quer und ich konnte es kaum erwarten, durch die Straßen der Stadt zu spazieren. Auf den Wegen mit Kopfsteinpflaster tummelten sich Geschöpfe aller Art. Ich erkannte hell weiße Männer, die fast bis unter die Hausdächer reichten, kleine gestauchte Gestalten mit dicken Bäuchen und kahlen Köpfen. Eine Frau mit blonden Haaren, gebräunter Haut und dem Gesicht einer Göttin lehnte aus einem der Fenster und hing nasse Wäsche auf eine Leine. Ich wusste, dass sie zu einem Teil vom Schönen Volk abstammte. Ihre Züge, die Mandelaugen und der Glanz ihrer Haut erinnerten mich an Chu. Ob der Verurteilte auch in diesen Straßen gelebt hatte? Ich schüttelte schnell den Kopf. Er hatte dieses Volk verraten wollen. Diese Schönheit und diesen Frieden. Was hatte ihn nur dazu getrieben?

Ich sprang unter die Dusche und zog mich, so schnell ich konnte, an. Als ich gerade meine Weste zuschnürte, die ich über eine Bluse mit langen und weiten Ärmeln gezogen hatte, klopfte es an meiner Tür.

Ivy war in ein graues Gewand gekleidet, in das rosafarbene Fäden gewebt waren. Ihre Arme lagen frei, doch der Rock fiel ihr bis zu den Knöcheln. Das Circlet ruhte auf ihrem Kopf und sie trug mehr Make-up als am Tag zuvor. Die tätowierten Striche unter ihrem Kinn waren nur blass zu sehen. Ich fragte mich unwillkürlich, ob sie einen schönen Anteil besaß, obwohl sie kaum etwas mit Chu oder der Schönheit an dem Fenster gemein hatte.

„Guten Morgen, bist du fertig?"

„Ja. Kann losgehen."

Ich folgte ihr in ein höheres Stockwerk der Festung. Die Flure waren lichtdurchflutet. Schon gestern waren mir Wandbehänge aufgefallen, die in diesem Stock eine Unterwasserwelt voller Höhlen zeigten, in denen Gestalten zu wohnen schienen. Muscheln und Perlen schmückten die Gewölbe der Höhlen und Gärten schienen aus Seealgen angelegt zu sein. Farbenfrohe Fische schwammen im Einklang mit langgliedrigen Gestalten durch diese Welt.

„Das ist das Land des Schwimmenden Volkes. Wir wissen nicht genau, wie weit ihr Land sich erstreckt, da sie als einziges Volk unter der Wasseroberfläche leben", erklärte Ivy und zeigte auf den Wandbehang.

„Was sind die Kräfte dieses Volkes?"

„Sie können sich mental verständigen, das ist unter Wasser vermutlich sehr sinnvoll. Außerdem ist es ihnen möglich, Spiegelbilder zu erschaffen. Sie können sozusagen eine Projektion von sich erstellen."

Auch das erschien mir nützlich, vor allem, wenn man etwas an Land zu erledigen hatte, aber das Wasser nicht verlassen wollte.

„Weißt du von den Gerichtsverfahren, die hier stattfinden?", fragte ich vorsichtig.

Ivys Kopf schnellte zu mir herum. „Natürlich. Woher weißt du davon?"

„Sind sie etwa geheim?" Davon hatte Kar nichts gesagt.

„Nein, sie sind öffentlich. Aber ich weiß, gestern wurde ... eine Strafe vollstreckt."

Ich sah in ihren Augen Trauer.

„Ich war dabei. Kar hat mich mit zu der Urteilsverkündung genommen."

„Er hat was?", fuhr sie mich an. „Ory, das tut mir so leid! Er hätte wissen müssen, wie das Urteil lauten wird. Warum hat er dir das nur gezeigt?"

Ich zuckte mit den Schultern. „Ich nehme an, er wollte mir klarmachen, was mit Verrätern passiert."

Ivy ließ ein wütendes Knurren hören, bevor sie eine wilde Schimpftirade abließ.

„Dem werd ich was erzählen!", endete sie ihren Ausbruch.

„Nein, ich bin froh, dass er es mir gezeigt hat. Und ich würde niemals etwas in der Art tun. Das glaubst du mir doch, oder?"

Ivy blieb stehen und nahm meine Hände liebevoll in ihre.

„Ich gehe nicht davon aus, dass du uns schaden willst, Ory. Du musst mir nichts beweisen. Schon gar nicht, dass du keine Verbrecherin bist. Kars Methode war ... unkonventionell, aber er macht sich Sorgen. Bitte nimm das nicht persönlich."

„Es ist alles gut, wirklich. Er hat mir einiges erklärt. Ich bin nicht sauer oder so."

Ivy drückte ein letztes Mal meine Hände, bevor wir weitergingen. Wir bogen noch zweimal ab, bevor wir fast mit zwei Gestalten zusammenstießen.

„Minister Joz, Minister Pyro." Ivy nahm die Hand zum Herzen und deutete eine Verbeugung an. Die Männer taten es ihr gleich. Beide Minister waren älter, mit grauen

Haaren und faltigen Gesichtern, der eine groß und schlaksig, der andere klein und rund.

„Ah, ihr müsst der Mensch sein. Ory, richtig?", fragte der kleinere Mann. Ich nickte höflich.

„Ihre Ankunft hat sich schnell herumgesprochen, immerhin kommt es nicht oft vor, dass ein Mensch den Kontinent betritt, geschweige denn einfach eindringt."

Ivy trat kaum merklich einen Schritt vor mich.

„Sie ist kein Mensch, sie ist ein Mischwesen, wie wir alle, Minister Joz. Von welchem Volk bleibt noch zu klären, wenn wir es denn können. Sie hat in unserem Land Schutz gesucht und gefunden. Lotai hat bereits mit ihr gesprochen."

Der kleine dicke Minister musterte erst Ivy und dann mich abfällig. Der große dürre Mann, das musste Minister Pyro sein, starrte mich aus Mausaugen an, wodurch sich meine Nackenhaare aufrichteten. Sein Blick wanderte von meinem Gesicht über meinen Körper und wieder hinauf.

„Ich versichere Ihnen, ich stelle keine Gefahr für Sie oder dieses Volk dar. Ich bin Lotai unendlich dankbar, dass er mich hier willkommen heißt."

„Diese Regierung scheint allen Wesen Zuflucht zu gewähren, egal, wie gefährlich. Manche macht der Gouverneur sogar zu Kommandanten."

Minister Pyro schnaubte abwertend.

Ivys Miene verriet ihre Abneigung, bevor sie ein falsches Lächeln aufsetzte.

„Wir müssen weiter. Einen schönen Tag."

Damit schritten wir an ihnen vorbei, noch weitere zwei Treppen empor.

„Wer waren die beiden? Sie wirken nicht sehr -"

„Pst. Ich erkläre es dir gleich. Komm erst mal mit", flüsterte Ivy.

Ich blickte durch die kleinen Fenster der letzten Wendeltreppe, die uns an unser Ziel brachte, und spürte den Wind durch meine Haare wehen. Ich zog tief die Luft ein und selbst hier oben war der Geruch von Rosen und Jasmin zu vernehmen. Vögel zogen an uns vorbei und brachten Stöckchen und Würmer zu ihren Nestern.

„Wir sind da", verkündete Ivy und zog eine schwere Holztür auf. Ich kniff die Augen wegen der plötzlichen Helligkeit zusammen, dann trat ich auf das Dach der Festung. Nein, kein Dach, eine Art Dachterrasse mit grünen Pflanzen und bunten Blumen, die ihren herrlichen Duft verbreiteten. In der Mitte der Terrasse befand sich ein hölzernes Podest. An den vier Ecken ragten Holzbalken in die Höhe, die am oberen Ende mit Schnüren verbunden waren. Zwischen ihnen wehten cremefarbene Vorhänge. Der Wind erfasste meinen gesamten Körper und ich streckte die Arme aus, um ihn willkommen zu heißen. Ich verlor mich für einen Moment in den Empfindungen. Dem Wind, dem Duft, der Sonne. Als ich die Augen aufschlug, lächelte Ivy mich gütig an und Röte stieg mir in die Wangen.

„Komm", sagte sie und führte mich zu einem Stapel Kissen, die neben dem Podest lagen. Ich schnappte mir eines und folgte ihr die zwei Stufen hinauf, wo sie den Vorhang zur Seite schob und mich eintreten ließ.

Ich erblickte Amo auf einem Kissen sitzen. Seine Augen waren geschlossen und sein imposanter Körper befand sich im Schneidersitz, seine Hände ruhten entspannt auf seinen Knien. Sonst war niemand hier. Als Ivy ihr Kissen auf das Holz fallen ließ, öffnete er ein Auge.

„Morgen", krächzte er, als hätte er seine Stimme heute noch nicht benutzt. „Ich bin gleich fertig."

„Was machst du da?", fragte ich den Kommandanten, der jetzt so gar nicht gefährlich aussah.

„Ich meditiere. Das machen wir jeden Morgen. Ist gut für die mentale Gesundheit. Hält die Dämonen im Zaum."

Er grinste schelmisch und zwinkerte mir zu.

Ivy hatte sich neben ihm niedergelassen und nahm die gleiche Position ein.

„Versuche es mal, es ist toll, aber es bedarf einiger Übung."

Ivy erklärte mir in kurzen Sätzen, was ich zu tun hatte. Ich setzte mich auf mein Kissen und schloss die Augen. Bunte Farben tanzten auf meinen geschlossenen Liedern und ich atmete tief ein. Doch ich empfand keine Ruhe, Gedanken wirbelten durch meinen Kopf. Bilder des Schiffes tauchten vor mir auf, die Panik, als ich über Bord geworfen wurde. Die Dankbarkeit und Chus Gesicht, als ich am Strand lag, mein erster Eindruck von Amo und die Angst, einem skrupellosen Kommandanten vorgestellt zu werden. Ich spürte die Nadelstiche der Wegsonne und sah Mhios vor mir, als ich es das erste Mal betrat. Ivys gutmütiges Lächeln und Kars volle Gestalt. Kars Gesicht, die dunklen Augenbrauen und die lange Narbe, die seine Züge verunstaltete. Woher nur stammte diese Narbe? Was war geschehen? In meinem Geist strich ich mit meiner Hand über seine Haut. Sie fühlte sich rau an und die Bartstoppeln auf seiner Wange kratzten mich, doch sein Blick entfachte etwas in mir. Ich riss die Augen auf. Ivy und Amo saßen völlig ruhig neben mir. Mein Herz klopfte schnell in meiner Brust und ich atmete erneut tief ein.

„Gar nicht so leicht, oder?", fragte Amo mit einem Lächeln auf den Lippen.

„Nein", antwortete ich mit belegter Stimme. Ich kaute nachdenklich auf meiner Lippe herum, versucht, die Gedanken von Kar wegzulenken.

„Was waren das für Minister auf dem Flur?", fragte ich an Ivy gewandt.

Sie hielt die Augen geschlossen, als sie sagte: „Das waren Minister Joz, für Finanzen und Wirtschaft, und Minister Pyro, für innere Angelegenheiten. Beide nicht die nettesten Gesellen."

Ich rutschte auf meinem Hintern herum, um eine bequemere Position zu finden.

„Sie schienen etwas gegen mich zu haben", flüsterte ich vorsichtig.

„Mach dir nichts draus", sagte Ivy. „Sie können kaum jemanden leiden. Sie halten immer noch an dem Glauben fest, dass nicht alle Mischwesen ein Recht haben, hier zu leben."

„Aber wie kommen sie darauf?", fragte ich erstaunt.

„Mach es nicht so kompliziert, Ivy. Die beiden haben was dagegen, dass Lotai Kar zum Kommandanten gemacht hat. Sie haben Angst vor ihm, weil er zum Teil aus dem Grausamen Volk stammt. Sie denken, dass der grausame Teil eines Wesens nicht bezwungen werden kann. Allerdings beweist ihnen Kar jeden Tag das Gegenteil und das ärgert sie. Und uns können sie nicht leiden, weil wir Kar unterstützen. So einfach ist das."

Ich blickte gedankenverloren auf die Vorhänge, die sich im Wind wiegten.

„Und Ory, was steht heute bei dir an?", fragte Amo, der sich nun erhob und sein Kissen aufsammelte.

„Ich zeige ihr die Stadt", antwortete Ivy für mich.

„Ich freue mich, die Straßen zu erkunden. Bisher habe ich sie nur aus meinem Fenster heraus gesehen."

„Du wirst Mhios lieben", sagte Amo strahlend. „Zeig ihr auch die Pubs und die Destillerie, nicht nur den langweiligen Quatsch."

Ivy verdrehte die Augen.

„Was ist der schönste Ort in Mhios?", fragte ich Amo und ein schiefes Grinsen erhellte sein Gesicht.

„Die Gärten! Sie sind ruhig und warm, aber voller Leben und Hoffnung. Oder die gewöhnlichen Straßen der Stadt. Dort begegnest du allen möglichen Gestalten und es wird nie langweilig. Meistens finden wir einen Grund, zu feiern. Dann werden die Straßen für irgendein Fest geschmückt, oder es ist Markt und du kannst dich durch die verschiedenen Stände schlängeln. Ivy, was sagst du?"

Ivy hielt noch immer ihre Augen geschlossen, als sie antwortete.

„Die Halle der Helden. Sie erzählt viel über die Geschichte des Volkes und unsere Interessen. Oder die Buchhandlungen."

„Streber", flüsterte Amo und zwinkerte mir zu.

„Die Festung ist der schönste Ort der Stadt", ertönte es hinter mir und meine Nackenhaare stellten sich auf. Meine Nerven flatterten und ich spürte mein Herz rasen. Kar ließ ein Kissen fallen und setzte sich darauf. Humpelte er? Keine Spur von Hörnern und Schwanz, dafür aber dieser Duft nach Tannennadeln.

„Hier findet man alles, was man braucht, ohne im Trubel unterzugehen. Die Stadt ist zu voll."

„Magst du keine Menschen?", fragte ich und alle Köpfe drehten sich ruckartig zu mir um.

„Geschöpfe, meinst du", stellte er kalt fest und ich biss mir auf die Lippe, als mir klar wurde, was für ein Missgeschick mir passiert war. Mein Gesicht wurde heiß und ich nickte kurz zur Bestätigung.

„Sie sind ok, aber sie mögen mich nicht, daher kann ich auf sie verzichten."

„Na, vielen Dank", knurrte Amo.

Kar zuckte nur mit den Schultern.

„Irgendwie hätte ich nicht erwartet, dass du auch meditierst", hauchte ich und bereute die Worte in dem Moment, als sie meinen Mund verließen.

Er zog die Augenbrauen tiefer und sah mich durchdringend an.

„Ich mag es nicht, aber ich versuche es", knurrte er.

Amo kicherte. „Er hält es höchstens fünf Minuten aus, bevor er wütend abdampft."

Dann klopfte er Kar im Vorbeigehen auf die Schulter und verschwand hinter dem Vorhang.

Eine Windböe streifte Kars Haare und ließ die Strähnen in die Höhe steigen. Ich ertappte mich dabei, wie ich die weichen Wellen beobachtete und sah schnell weg, als ein Kribbeln in meinem Bauch aufflammte.

Kar lehnte seine große Gestalt in meine Richtung, sodass ich die Narbe auf seiner Wange nun genauer erkennen konnte. Sie war nicht glatt, sondern ausgefranst und wulstig. Die Haut spannte sich und war heller als der Rest seines Gesichtes. Meine Augen glitten zurück zu seinen, die mich aufmerksam beobachteten. Ich schluckte schwer, bevor er sagte: „Ich möchte keine Zeit verlieren. Ich habe einen Heiler für heute Nachmittag bestellt."

Sein finsterer Blick ruhte auf mir und ich sah, wie seine Augen blitzten. Einen Moment lang wusste ich nicht, was er meinte, doch dann setzte er nach: „Die Provokation wird heute beginnen."

Mein Magen krampfte sich zusammen und ich atmete scharf ein. Ich bekam einen halben Tag Zeit, um mich mit meiner Umgebung vertraut zu machen, bevor ich wie ein Versuchskaninchen untersucht werden würde. Doch ich hatte Lotai mein Wort gegeben und ich war entschlossen, es auch zu halten.

Ory

Ich keuchte und ließ die Hände auf meine Knie sinken. Vornübergebeugt rang ich nach Atem. Ivy stand mit einem Grinsen vor mir. Kein Schweißtröpfchen war auf ihrer Stirn zu sehen, während mein Rücken nass geschwitzt war. In den letzten Stunden waren wir durch die Straßen von Mhios spaziert, hatten Bewohner, Ladenbesitzer und Reisende getroffen. Ich liebte die grüne, helle Atmosphäre der Stadt. Die Gärten, von denen Amo gesprochen hatte, waren tatsächlich wunderbar gewesen, auch wenn sie meine Stimmung getrübt hatten. All die Mischwesen, die bei den anderen Völkern so viel Leid erfahren hatten ... Ivy hatte mir geraten, mich darauf zu konzentrieren, dass die Geschöpfe nun in Sicherheit waren. So wie ich auch.

Ich richtete mich auf, stemmte die Hände in den Rücken und betrachtete die Stadt von der Erhebung aus, auf der wir uns befanden. Der Weg hinauf zur Halle der Helden war steil und zu guter Letzt mit hunderten von Stufen gespickt. Die Erhebung, auf der das Bauwerk thronte, war auf der anderen Seite der Festung gelegen, weshalb sie mir gestern und heute Morgen nicht aufgefallen war. Wie konnte es erst gestern gewesen sein, dass ich in die See geworfen wurde und um mein Leben schwimmen musste? Ich atmete tief durch. So viel war passiert.

„Hier entlang. Es wird dir gefallen."

Ich folgte Ivy durch einen Torbogen aus hellem Sandstein hindurch. Hier war es nicht so grün wie in der Stadt oder in der Festung. Es war hell und friedlich. Ich spürte eine Wärme in mir aufsteigen, die nichts mit der Sonne zu tun hatte, die hoch am Himmel stand. Wir gingen den schmalen Pfad weiter, durch einen zweiten Torbogen, der mit Schriftzeichen verziert war. Die Striche, meist senkrecht, andere in einem Winkel gelehnt, wieder andere unterbrochen, füllten die gesamte Steinfläche aus und ich ließ andächtig eine Hand darüber gleiten.

„Was steht hier geschrieben?"

Ivy trat neben mich. „Diese Schrift ist alt und wird vornehmlich nur noch in spirituellen Zusammenhängen genutzt. Das meiste sind Schutzzauber, die Eindringlinge abwehren sollen. Außerdem liegt eine Verschleierung über diesem Ort, dass im Falle der Fälle diese Halle unentdeckt bleibt."

„Im Fall der Fälle?", fragte ich irritiert.

Ivy verzog das Gesicht und ging weiter. Ich blieb dicht bei ihr und als wir einen weiteren Bogen durchschritten, stockte mir der Atem. Vier Riesen, aus der Steinwand gehauen, ragten vor mir auf. Größer als jedes Schiff, als jedes Bauwerk, das ich jemals gesehen hatte.

„Wie -", setzte ich an, doch mir fehlten die Worte.

„Wie hast du sie von der Stadt aus übersehen können? Das ist die Verschleierung. Sie schützt unsere Helden."

Ich trat näher, streckte meine Finger aus und hielt dann inne. Über die Schulter blickte ich auf Ivy, die mir mit einem Nicken gestattete, die Riesen zu berühren. Meine Finger fuhren über den kalten Stein, glatt und seidig an meiner Haut. Die Gesichter der Riesen waren schwer zu erkennen, doch es handelte sich um Krieger, wie ihre

Rüstung, die Helme und die vier Schwerter verrieten. Ohne nachzudenken, senkte ich meine Lippen auf den Stein und schloss die Augen. Der Stein sendete eine Kraft aus, die ich tief in meinem Inneren spüren konnte. Zwischen zwei der Riesen zog sich ein Spalt durch den Felsen. Ich spürte die kalte Luft, die aus dem Inneren nach außen strömte. Ivy trat durch den Spalt und ich tat es ihr gleich. Alle Geräusche verstummten. Ich hatte Dunkelheit erwartet, doch im Inneren herrschte eine gedämpfte Helligkeit. Als ich nach oben sah, erkannte ich tausende Risse in der Decke, die sich wie das Fell eines Tigers durch den Stein zogen und die Höhle erhellten. Sie war so hoch wie ihre Beschützer, und ich wusste nicht, wann ich mich das letzte Mal so klein gefühlt hatte. Das Bild von Kar, der über mich aufragte und drohte, mich zu töten, schoss durch meinen Geist, doch ich verdrängte es schnell wieder.

Die Höhle wurde immer breiter und breiter, bis wir in einen riesigen Raum traten. Ivy blieb stehen und griff sich mit den Händen an die Ellenbogen, bevor sie ihren Kopf in die Lücke zwischen ihren Armen sinken ließ. Ich schaute weg, weil ich nicht wusste, ob es unhöflich war, sie so anzustarren, und betrachtete lieber den Saal. Von Säulen gestützt, eröffnete sich eine Halle vor uns, die tausenden von Gestalten Platz bot. Die Wände des Raumes waren mit Statuen gespickt, die auf beschrifteten Sockeln standen. Die Statuen trugen Uniformen und Helme. Einige hielten Schwerter vor sich, andere Pfeil und Bogen. Wieder andere hielten Bücher, Pflanzen oder sogar Babys. Als ich die lange Reihe der Figuren entlang blickte, sah ich, dass im hinteren Teil des Raumes leere Sockel standen.

„Diese Statuen symbolisieren unsere Helden. Ihre Namen sind hier unten geschrieben", erklärte Ivy mit gesenkter Stimme. „Sie alle haben unserem Volk gedient, ob als Krieger, als Anführer, Heiler oder als Oberhäupter einer Familie, sie alle sind zu unseren Helden geworden."

Ich ging die Reihe entlang und schaute auf die Inschriften. Ich wünschte, ich könnte lesen, was dort geschrieben stand.

„Und das hier", Ivy zeigte auf die Mitte des Raumes. „Ist unser Mondfeuer."

Ich trat zu ihr und sah in den Boden eingelassen eine runde Aussparung, in der kleine hellblaue Flammen züngelten. Es war kein Holz zu sehen, das Feuer brannte im Stein und verursachte keinen Rauch. Die Flammen tänzelten und knisterten und erschufen ein wunderschönes, warmes Licht.

„Wenn ein Held sein Ende findet", sagte Ivy. „Wird er hier verbrannt und sein Andenken wird verewigt."

Ich starrte in die züngelnden Flammen, als ein Geräusch die Stille unterbrach und Ivy einen genervten Seufzer von sich gab. Sie griff an ihre linke Schulter und Kars Stimme ertönte.

„Bring sie zurück. Der Heiler ist hier."

Kapitel 10

Kar

Ich wartete an der Wegsonne im Innenhof der Festung. Ich konnte meine Aufregung, das Kribbeln in meinen Fingern, kaum zügeln. Ich wollte endlich mit der Provokation beginnen. Ich brannte darauf, herauszufinden, was der Mensch konnte. Wie würde sie sich im Angesicht der Gefahr verhalten? Würde sie vor Panik weinen oder den Kampf aufnehmen? Wenn sie als Waffe dienen sollte, musste sie mental stabil genug sein, um ihre Kräfte zu bewältigen. Ich musste mich zusammenreißen. Als wir das Urteil des Gremiums verfolgten, hätte ich ihr am liebsten die Augen zugehalten, um ihr den Anblick zu ersparen. Doch sie hatte sehen sollen, was mit Verrätern geschah. Ich hatte mich im letzten Moment davon abgehalten, sie zu schützen. Heute würde ich sie angreifen. Der Heiler, der nun neben mir stand, war mir ein Dorn im Auge. Lotai hatte auf seiner Anwesenheit bestanden. Er könnte mich behindern, was wir auf keinen Fall gebrauchen konnten. Ich war entschlossen, all meine Fähigkeiten einzusetzen, um sie zu brechen. Ich ballte die Hände zu Fäusten und öffnete sie wieder. Wo waren die zwei? Diese Sightseeing-Tour war völlig unnötig gewesen. Wäre es nach mir gegangen, hätten wir vor Sonnenaufgang mit dem Training begonnen und heute Nacht aufgehört ... wenn sie so lange durchgehalten hätte. Wenn nicht, hatte das Volk keine Verwendung für sie.

Endlich hörte ich das vertraute Zischen, das die Ankunft einer Gestalt ankündigte und im nächsten Moment standen Ivy und Ory vor mir. Ory war blass um die Nase und sie sah aus, als müsste sie sich gleich übergeben. Ivy war wie immer die Anmut in Person.

„Wir waren noch nicht fertig." Zischte sie mich an.

„Doch, wart ihr. Die Provokation ist wichtiger als euer kleiner Spaziergang."

„Lotai hat Ory eingeladen, in diesem Volk zu leben. Sie soll dieses Land und diese Stadt kennenlernen."

„Das hat Zeit bis nach ihrer offiziellen Einführung in unser Volk", zischte ich.

Oder bis nach der Vereitelung einer Invasion, dachte ich mürrisch. Und wenn nicht, gäbe es kein Land mehr, das sie kennenlernen müsste. Die Menschenfrau sah immer noch blass aus, hatte aber wieder eine gewisse Röte in die Wangen bekommen. Ihr Magen schien nicht sehr stark zu sein. Ich rümpfte die Nase.

„Mach den Weg frei, Ivy. Wir müssen los."

„Los? Wo geht ihr hin? Ich dachte, die Provokation findet hier statt?" Ivy bewegte sich nicht. Ich schob sie zur Seite und bedeutete der Menschenfrau, dass sie zur Wegsonne treten solle, was sie schweigend tat.

„Falsch gedacht. Wir sehen uns später."

„Warte", zischte Ivy und trat dicht an Ory heran. „Bist du sicher, dass du das machen möchtest?", fragte sie sanft und ich verdrehte die Augen.

„Ich bin sicher. Wenn meine Anfälle keine Krankheit sind, sondern eine Kraft, dann will ich wissen, wie ich sie beherrschen kann." Ory sah mir über Ivys Schultern fest in die Augen und ich erkannte eiserne Entschlossenheit in den dunklen Tiefen ihrer Iriden.

„Außerdem", fuhr sie fort. „Habe ich es Lotai versprochen. Er hat mir ein Zuhause gegeben und ich werde alles tun, um zu beweisen, dass ich ein wertvoller Teil dieses Volkes sein kann."

„Okay, das reicht."

Damit trat ich zu Ory, griff ihren Oberarm und wir verschwanden aus der Festung.

Ory

Das Kribbeln, das sich von meinen Füßen aus über meinen ganzen Körper ausgebreitet hatte, hallte noch in mir nach. Ich blinzelte, um die Lichtblitze aus meinen Augen zu vertreiben. Zwei Wegsonnen so kurz hintereinander zu nutzen, war schlimm. Säure kroch meine Speiseröhre empor und ich schluckte mehrfach, um mich nicht zu übergeben. Ich fragte mich, ob ich mich je daran gewöhnen würde. Ein eisiger Wind erfasste mich und ich rieb mir unwillkürlich die Arme. Die grünen Pflanzen des Innenhofes waren verschwunden, und ein riesiger Himmel öffnete sich über uns.

„Wo hast du mich hingebracht?", fragte ich Kar, der bereits zu einem Holzgestell getreten war, an dem Waffen aller Art lehnten. Die Stelle, an der er meinen Arm gepackt hatte, fühlte sich seltsam leer an. Hinter ihm ragte ein riesiges Bergmassiv in den Himmel. Die Bergspitzen waren mit Schnee bedeckt und ich zählte über zehn von ihnen um uns herum. Wir selbst standen auf einer Art Plateau. Das Geröll aus grauem Stein stach mir in die Fußsohle, aber es war noch nicht gefroren. Wir konnten also nicht allzu weit oben sein. Trotzdem trieb mir der beißende Wind Tränen in die Augen.

„In die Berge."

Wirklich witzig, der Kerl.

„Das sehe ich selbst", schrie ich ihn durch den pfeifenden Wind hindurch an.

„Warum fragst du dann?"

Arschloch.

„Lass es mich anders fragen: Was machen wir in den verdammten Bergen?"

„Wir -"

„Und wenn du sagst: *Wir starten die Provokation*, dann werfe ich diese Steine nach dir." Ich zeigte auf einen Haufen faustgroßer Steine.

Seine Lippen umspielte ein Lächeln und er zog herausfordernd die Augenbrauen in die Höhe.

„Du darfst es gerne versuchen."

Ein Zischen ertönte und der Heiler, der zuvor mit uns im Innenhof der Festung gestanden hatte, erschien. Er ging wortlos zur einen Seite des Plateaus und packte seinen kleinen Koffer aus. Es erschienen Verbände, Klammern, Salben und weiteres medizinisches Material.

Er schien gewusst zu haben, dass wir in die Berge gehen würden, denn er trug eine Jacke und Ohrenschützer.

„Also?", verlangte ich weiter nach einer Erklärung.

Kar atmete genervt aus.

„Wir sind im Grenzgebiet zum Grausamen Volk im Südwesten unseres Landes. Dieses Bergmassiv dient als natürliche Grenze zum restlichen Imperium der Völker. In diesen Bergen werde nicht nur ich dein Feind sein, sondern auch der Abhang." Er deutete auf den Abhang, keine drei Meter von mir entfernt, der allem Anschein nach hunderte von Metern in die Tiefe reichte. „Außerdem das Wetter und die Tatsache, dass es keinen Fluchtweg gibt."

Sein freudiges Grinsen ließ mir einen Schauer über den Rücken fahren.

„Bist du öfter hier oben?", fragte ich, um mein unausweichliches Ende ein wenig hinauszuzögern.

Er zuckte mit den Achseln, was nicht so recht zu dem großen bösen Kar passte, den er so gerne gab.

„Ich mag die Abgeschiedenheit. Außerdem ..."

„Außerdem was?"

Er sah mich mit seinen bernsteinfarbenen Augen eindringlich an.

„Hier lässt sich meine Wut besser kontrollieren."

Ich nickte. Sein grausamer Teil. Es musste ihn enorm viel Kraft kosten, sich ständig unter Kontrolle zu halten.

„Die Herrschaften", sprach nun der Heiler zu uns. „Mein Name ist Pas und ich werde heute ihr Heiler sein."

Ich nickte dem großen drahtigen Mann zu und er errötete leicht.

„Der Gouverneur hat mich damit beauftragt, sie zu unterstützen. Bevor wir beginnen, muss ich einige Dinge klarstellen. Etwa, dass abgetrennte Gliedmaße nicht mehr heilbar sind."

Wie bitte, was? Ich starrte Pas mit offenem Mund an.

„Das gilt auch für gewisse Verletzungen des Kopfes und des Bauchbereiches. Bitte versuchen sie, die Wunden in diesen Regionen auf ein Minimum zu beschränken. Bissspuren sind ebenfalls schwer zu behandeln, wenn es sich um ein Gebiss aus dem Grausamen Volk handelt."

Pas warf Kar einen vielsagenden Blick zu. Ich war mir nicht sicher, ob er ihn leiden konnte. Ich vermutete eher, dass er kein Fan des Grausamen Volkes war. Ich stimmte ihm im Moment zu.

Kar grinste, was einem Zähneblecken nahe kam. Mein Magen sackte mir in die Knie, als ich begriff, was der Heiler da erzählte. Was hatte Kar mit mir vor? Mir schwirrte der Kopf und ich atmete keuchend ein und aus. Vielleicht wäre es doch besser gewesen, im Meer zu ertrinken als hier in diesem Bergmassiv von einem durch-geknallten Mischwesen Gliedmaßen abgerissen zu bekommen. Ich hoffte, Pas wusste, was er tat.

„Jetzt wo das geklärt ist, los geht's", sagte Kar fröhlich und stürzte sich auf mich.

Ich machte einen Satz nach hinten und stolperte fast über meine eigenen Füße.

„Das ist unfair, ich habe noch keine Waffe." Ich sprin-tete in Richtung des Holzgestelles und Kar sprang erneut auf mich zu. Ich schlitterte zur Seite, wobei mir die spitzen Steine das Bein aufschürften.

„Du brauchst keine Waffe, du bist die Waffe."

Es knisterte und blitzte und ich brauchte mich nicht umzudrehen, um zu wissen, dass Kar in seiner vollen Gestalt hinter mir stand. Der Echsenschwanz und die Hörner auf seiner Schulter hatten sich in mein Gedächtnis gebrannt. Es zischte und ich spürte etwas an meinem Ohr vorbeifliegen. Ein Gegenstand landete klirrend auf dem Boden.

„Hast du gerade ein Messer nach mir geworfen?", schrie ich panisch.

Er wollte mich töten! Die anderen hatten es ihm in seinem Büro verboten, doch vielleicht hatte er es so geplant, dass ich hier oben, alleine mit ihm sterben würde. Er könnte Lotai sagen, dass mein Tod ein Unfall bei der Provokation war. Gütiger Himmel! Und ich hatte von diesem Mann geträumt! Ich Idiotin!

Ich war am Holzgestell angekommen und griff kopflos zwei kleine Dolche heraus, die ich mit Schwung in seine Richtung feuerte. Er lachte, ein tiefer grollender Laut, als ein Dolch etwa drei Fuß vor ihm landete und der andere mit dem Knauf an seinem Arm abprallte.

Scheiße, ich konnte das nicht. Ich hatte nie gelernt, mit irgendeiner Waffe umzugehen. Vielleicht hatte er recht und ich sollte mich voll auf meine Krankheit, nein Kraft, konzentrieren. Panik raubte mir die Sicht, als Kar seinen Schwanz so heftig auf den Boden aufschlug, dass der gesamte Berg zu zittern schien. Eine Wolke aus Steinen und Erde spritzte auf, und es blieb eine Kuhle im Boden zurück. Ich griff nach einem Schwert, doch es rutschte mir aus den Händen. Waren Schwerter immer so schwer?

Wer konnte sowas in der Luft hin und her schwingen? Ich blickte von Dolch zu Kurzschwert, zu Kampfstock und dann auf eine Armbrust, die ich mir Sekunden, bevor das Holzgestell in tausend Stücke zerschellte, schnappte. Ich wusste nicht, was passiert war, aber Kar zog seinen Schwanz aus den Trümmern und ich rappelte mich keuchend auf und sprintete los. Hauptsache weg von ihm und diesem todbringenden Schwanz.

„Dir ist schon klar, dass du keinen Pfeil auf der Armbrust hast, oder?", fragte er diebisch grinsend.

Keuchend sah ich auf die Waffe in meiner Hand. Er hatte recht! So eine Scheiße! Ich sah Kars leuchtende Augen und gebleckte Zähne, als er sich erneut auf mich stürzte. Ich schleuderte die Armbrust so fest ich konnte in seine arrogante Visage.

Kar

Mein Gesicht pochte und ich schmeckte Blut in meinem Mund. Grinsend leckte ich über meine aufgeplatzte Lippe, was Ory ein Keuchen entlockte. Sie war nicht geschickt im Kampf. Wie hatte sie nur so lange überlebt? Die Insel der Menschen schien friedvoller zu sein, als ich es erwartet hatte. Andererseits bestand kein Kontakt zwischen dem Imperium und der Insel. Was wusste ich also schon?

Ich kickte die nutzlose Armbrust zur Seite und fixierte meine Beute. Komm schon, Ory! Konzentriere dich und lass mich deine Kraft sehen. Doch sie rannte noch immer. Der Heiler kauerte hinter hüfthohen Felsen und war beim Anblick meiner vollen Gestalt kalkweiß geworden. Ich hatte ihm noch in der Festung eingebläut, was er sagen sollte. Dass er von abgerissenen Gliedmaßen und Kopfwunden sprechen sollte. Ich wollte, dass Ory in mir eine echte Bedrohung sah, die ich je nach Ausgang der ganzen Situation tatsächlich darstellte. Auch wenn Lotai ihr glaubte und sie für genau das hielt, was sie sagte, war ich noch nicht überzeugt. Mir war klar, dass Lotai jede Lüge durchschaut hätte, immerhin war er teilweise vom Schönen Volk, doch sie könnte unter einem Verschleierungszauber stehen oder Ähnlichem. Außerdem beschäftigte mich ihr Geruch. Da war etwas Vertrautes, das ich nicht deuten konnte und das mich bis in meine Träume verfolgte.

Vor mir lagen zerstreut die Waffen, und ich griff mir das Schwert, nachdem Ory zuvor gegriffen hatte. Ich ließ es durch die Luft sausen und zerschnitt die Luft mit der rasiermesserscharfen Klinge.

„Auf eine Hand kannst du verzichten, oder?", fragte ich neckisch und sie wurde blass.

„Ich kann auf dein arrogantes Grinsen verzichten!", spuckte sie mir entgegen.

Gut, sie hatte nicht nur Angst, sie war auch wütend. Ihr Blick schweifte umher und ich nutzte ihre Zerstreutheit, um den Abstand, den sie geschaffen hatte, zu halbieren. Sie schrie auf und warf sich zur Seite, gerade noch rechtzeitig, um der Klinge zu entkommen, die ich präzise auf den Stein knallen ließ. Komm schon, Ory!

„Du hättest mich fast zerteilt!", schrie sie mir ins Gesicht und ich ließ erneut die schwere Klinge auf die Felsen schlagen. Sie krabbelte zu einer Ansammlung von Steinen und begann, das faustgroße Geröll nach mir zu werfen.

Ich ließ das Schwert lässig hängen, während mich die Steine berieselten. Sie waren so schwer, dass Ory sie nicht einmal richtig werfen konnte.

„Was soll das werden? Ich habe ein Schwert und du denkst, Kieselsteine halten mich auf?"

„Ich habe keine Waffe! Und leider bin ich auch keine übergroße Echse mit Superkräften! Was bleibt mir also übrig?", fragte sie und warf einen besonders großen Stein in meine Richtung, der schmerzhaft auf meinem Zeh landete. Ich schüttelte den Schmerz ab und ließ die Wut, die immer unter meiner Haut saß, aufkochen.

„Das reicht!" Meine Stimme klang grober, gutturaler als gewöhnlich. Ich ließ die Maske fallen. Die Maske der Beherrschung, die ich mein Leben lang aufgebaut hatte.

Orys Augen wurden groß und sie suchte panisch mit ihren Händen einen weiteren Stein, doch ich war in zwei Schritten bei ihr und riss sie mühelos hoch. Sie hatte nie eine Chance gegen mich gehabt.

„Ich habe keine Lust mehr auf Spielchen. Zeig mir, was du kannst, oder ich habe keine Verwendung für dich."

Ory zappelte panisch in meinem Griff. Ich schlang die Arme fester um sie. Ich nahm meinen Schwanz zur Hilfe und schloss auch ihn um ihren Körper. Ihr Rücken presste gegen meine Brust und ein Knurren entwich meinem Innersten. Ich spürte ihren weichen Körper und musste dem Instinkt widerstehen, in ihren blassen Hals zu beißen, dessen köstlicher Anblick sich mir bot.

„Ich kann es nicht kontrollieren, bitte", schluchzte sie, doch ich ließ nicht nach. Ich drückte weiter zu und stieß einen Schrei aus, der aus meiner zornigen Seele zu entweichen schien. Der Heiler ließ sich mit den Armen schützend über dem Kopf auf den Boden fallen.

Abrupt hielt ich inne. Stille senkte sich über uns, nur unterbrochen von Orys Schluchzen und meinem Herzschlag. Ich roch etwas. Auch wenn Orys süßes Aroma mich umgab, war es eindeutig. Doch das konnte nicht sein. Noch nie war so etwas auf unserem Gebiet eingedrungen.

„Zu Wegsonne, sofort!", zischte ich in Orys Ohr. Mein Griff war locker geworden und ich setzte sie mit den Füßen auf den Boden ab.

„Wa- was?" Sie zitterte, doch dafür war jetzt keine Zeit. Ich hatte ihr Angst gemacht, ja, doch nichts hatte geknackt, kein Knochen war gebrochen und sie hatte atmen können.

Der Geruch wurde stärker, verbrannte mir die Nase.

„Geh sofort zur Wegsonne. Heiler, bringen Sie sie -", doch es war zu spät.

Der Höllenhund sprang hinter den Felsen hervor, zerrte den Heiler von den Füßen und riss ihm mit spitzen Zähnen und einem Heulen, das mir bis ins Mark reichte, die Kehle heraus. Pas gurgelte und spuckte, doch der Hund biss erneut zu. Fetzen von Fleisch und Sehnen hingen in dem Gebiss des Dämons und der Heiler bewegte sich nicht mehr. Die Lache aus Blut wurde größer und größer. Als der Dämon sicher war, dass er sein Opfer getötet hatte, richtete er seine bösartigen Augen auf Ory.

Ory

Ich starrte in die Augen eines Alptraumes. Dieses ... Wesen hatte die Schnauze eines Hundes, aber die Augen einer Hyäne. Die borstigen Haare, die aus der schuppigen Haut ragten, erinnerten mich an eine Drahtbürste. Doch der Körper war massig und über und über mit Blut bespritzt. Pas Blut. Die leeren Augen des Heilers waren weit aufgerissen und starrten in den Himmel hinauf. Sein Hals ... ich spürte Säure in mir aufsteigen.

Kar stieß ein markerschütterndes Knurren aus und die Bestie richtete seine Augen auf ihn, statt auf mich. Mit einem Satz sprang das Höllenwesen auf Kar zu und ich schrie panisch auf. Kar sprang der Bestie entgegen, nutzte den Schwung und rammte es mit einer solchen Kraft in den Boden, dass ich meine Arme hochriss, um mein Gesicht vor dem umherfliegenden Geröll zu schützen. Staub vernebelte mir die Sicht. Es dauerte eine Ewigkeit, bis ich Umrisse ausmachen konnte. Ich zog die Luft scharf ein. Kar lag auf dem Rücken, nur wenige Zentimeter von dem Abhang entfernt, das Wesen über ihm. Er hatte seine Hand um die Kehle des Biestes gelegt und hielt es mit größter Mühe auf Abstand. In meinem

Schädel begann es zu brummen. Ich sah den Speichel der Bestie an den nadelspitzen Zähnen hinabrinnen und auf Kars Gesicht tropfen. Die Vibration in mir steigerte sich und ich spürte den vertrauten Schmerz in meinem Schädel.

Plötzlich gab das Wesen einen winselnden Ton von sich und brach auf Kar zusammen. Er schob es von sich hinunter und ich sah das Messer, dass er nach mir geworfen hatte, in der Seite des Biestes stecken. Ich atmete erleichtert aus und das Brummen in meinem Kopf verschwand wieder. In dem Moment bewegte sich etwas hinter dem Felsen, von wo aus das Biest aufgetaucht war. Direkt hinter Pas Leiche. Etwas wehte im Wind. Ein rotes Stück Stoff. Plötzlich war Kar neben mir.

„Weg hier!"

„Nein, warte, dort hinten -"

„Ich hole die Leiche später. Das Biest ist nur verletzt. Ein einfaches Messer kann einen Höllenhund nicht töten. Ich muss dich sofort wegbringen."

Er zog mich mit sich auf die Wegsonne. Das Kribbeln in meinen Füßen begann, an meinen Beinen hinaufzukrabbeln, doch ich riss mich von Kar los, verließ die Wegsonne und lief zu dem Felsen. Ich hörte Kar wüst hinter mir schimpfen.

„Bist du verrückt? Wir müssen hier weg!"

„Aber hier ist etwas." Ich machte einen großen Bogen um die Überreste des Heilers und musste mich zusammenreißen, nicht hinzusehen und mir die Seele aus dem Leib zu kotzen.

„Hier, hinter dem Felsen."

Wir traten um das Gestein herum und ich hielt den Atem an. Kar versteifte sich. Er starrte mit offenem Mund auf die Gestalt, die dort am Boden lag. Es war ein Mann, der eine ähnliche Uniform wie Kar trug, doch sie war zerfetzt und tiefe Wunden erstreckten sich über seinen Körper. Das Gesicht des Mannes war zu Brei geschlagen worden. An seiner Schulter waren Bissspuren zu erkennen. Im Geröll zeichneten sich Schleifspuren ab. Ich sah mindestens zwei Knochen aus dem Körper des Mannes herausragen und drehte mich schließlich um.

„Don", flüsterte Kar. Er beugte sich über den Körper und legte sein Ohr auf die Brust des Mannes. „Er lebt. Ich kann sein Herz hören. Wir müssen ihn wegbringen."

Er sah mir tief in die Augen. „Danke."

Kar schob seine Hände unter den Mann und hob ihn vorsichtig hoch. Als wir hinter dem Felsen heraustraten, erstarrten wir. Der Höllenhund knurrte uns mit gefletschten Zähnen wütend an. Nein, nein, nein. In seiner Seite steckte das Messer. Ich warf einen Blick auf die Waffen, die auf dem Boden verstreut lagen, doch sie waren viel zu weit entfernt. Wir hätten ihn vierteilen sollen! Kar hielt den Mann auf den Armen, er war wehrlos, genau wie ich. Das Biest setzte zu einem Sprung an. In diesem Moment schoss ein Schmerz, so heftig, wie ich ihn noch nie erlebt hatte, von meinem Kopf über meinen Rücken bis in meine Beine hinab. Ich sank auf die Knie und schrie mir die Seele aus dem Leib. Das Brummen war ohrenbetäubend und mein Körper vibrierte unaufhörlich. Ich zwang mich, meine Augen offen zu halten und sah den Höllenhund in Zeitlupe durch die Luft fliegen. Kar stand steif vor dem Biest. Es würde ihn zerfetzen. Kars Augen wanderten zu mir und schienen mir etwas mitteilen zu wollen, doch ich konnte meine Augen nicht länger offen halten. Der Schmerz schnürte mir die Kehle zu. Ich hatte das Gefühl, als hätte der Höllenhund einen Weg in meinen Schädel gefunden und kratzte mein Gehirn in Stücke. Die Hände an den Kopf gepresst, hörte ich vage ein Knurren durch den Schmerz und sah mit meiner letzten Kraft Kar an, der mich mit seinen Augen aufzuspießen drohte. Der Höllenhund war nur noch wenige Zentimeter von seinem Gesicht entfernt. Konnte Kar sich nicht bewegen? War er wie der Hund in meiner Starre gefangen? Scheiße, ich konnte meine Kraft nicht nur *nicht* kontrollieren, ich brachte andere auch noch in Gefahr. Ich hielt Kars Blick stand. Sein Knurren wurde weicher, sanft, als wolle er mich beruhigen, und ein Teil der Vibration in meinem Körper verblasste und gab ihn frei.

Kar fiel fast zu Boden, als er meiner Kraft entkam. So, als hätte er zuvor mit aller Kraft gegen die Starre angekämpft. Der Hund hing noch immer in der Luft. Kar schlang seinen Schwanz blitzschnell um meine Hüfte und zerrte mich über den Boden, zur Wegsonne. Schon kroch das Kribbeln an meinem Körper empor und wir waren fort.

Kapitel 11

Ory

Wir kamen nicht im Innenhof an. Wir landeten auf einer Art Balkon, der so groß wie die Wegsonne war, auf der wir standen. Meine Kopfschmerzen und das Brummen waren zwar verschwunden, doch ich war schwach. Ich kniete noch immer auf dem Boden, als Kar ohne ein Wort zu sagen, eilig mit dem Mann in seinen Armen durch die Glastür trat, die in das Innere der Festung führte. Meine Knie brannten, wo Kar mich über den Boden geschleift hatte. Er hatte mich gerettet, zweimal. Ich hörte gedämpfte Stimmen und ließ mich vollends zu Boden sinken. Die Stimmen wurden hektischer. Rufe ertönten.

„Wir brauchen sofort Heiler. Schnell!"

Kurze Zeit später eilten Schritte auf mich zu.

„Ory, geht es dir gut?" Es war Amos weiche Stimme und seine raue Hand, die mir über die Stirn strich.

Ich sah in seine hellen, grauen Augen, in denen echte Besorgnis lag.

„Wir wurden angegriffen. Ich habe Kar in Gefahr gebracht."

Amo zog die Brauen zusammen und grinste traurig.

„Kar kann auf sich aufpassen. Bist du ok?"

Ich nickte, obwohl ich schreien wollte. Ich hatte die Kraft wieder nicht kontrollieren können und Kar auch noch bewegungsunfähig gemacht.

„Werdet ihr dem Mann helfen können?"

Amos Gesicht war eine steinerne Miene.

„Wir wissen es nicht. Die Heiler müssen gleich hier sein. Er ist -"

Ich nickte wieder.

„Er ist Sammler", sagte Amo. „Er kam von einer Mission nicht zurück. Wir haben ihn seit Wochen gesucht. Ihr habt ihn gefunden und uns so die Chance gegeben, ihn zu retten."

Tränen füllten meine Augen.

„Aber Pas, der Heiler, er ist ... er wurde -"

Amo strich mir beruhigend über die Haare und ich ließ meinen Tränen freien Lauf. Warme Nässe rann bis auf mein Kinn hinab.

„Ich weiß. Kar hat es uns gesagt. Wir schicken jemanden dorthin, der seine Leiche holt."

„Was war das für ein Biest?"

„Kar sagt, es war ein Höllenhund. Ein Dämon, heraufbeschworen vom Grausamen Volk."

Amo half mir auf und wir traten ins Innere. Der Empfangssaal war so, wie ich ihn in Erinnerung hatte, nur dass jetzt ein halbtoter Sammler auf dem großen Tisch lag und mehrere Heiler um ihn herum schwirrten.

Amo

Ich hatte mit Lotai im Empfangssaal gesessen und über die Aufstellung der Sammler im Imperium gesprochen, als Kar mit Don auf dem Arm durch die Außentür gehechtet war. Don war ein guter Sammler, erfahren und professionell, ein netter Kerl und Familienvater, so viel wusste ich. Nun lag sein geschundener Körper auf dem riesigen Tisch. Wer auch immer dafür verantwortlich war, hatte ganze Arbeit geleistet. Kar hatte in kurzen Sätzen von dem Angriff und dem toten Heiler berichtet, jedoch nicht ein Wort über Ory verloren, bis ich sie durch die Glastür erspäht hatte. Sie sah schlimm aus. Sie war bleich und verschwitzt und ihre Knie waren blutig. Ihr Blick war leer und vor Schock geweitet. Mir war auch Kars Blick nicht entgangen, der voller Schuldgefühle und roher Wut brannte.

„Kommandant Amo", sagte der Gouverneur leise, als er zu mir und Ory trat. Mir fiel auf, wie alt sein Gesicht geworden war. Wie tief die Falten um seinen Mund lagen und wie glanzlos sein Haar schien. War das in den letzten Minuten geschehen?

„Verstärken sie alle Grenzposten. Es sollen mindestens doppelt so viele Offiziere und Oberoffiziere abgestellt werden."

Ich hob meine Brauen.

„An allen Grenzposten?", fragte ich erstaunt. Unser gesamtes Land wurde von Grenzposten eingerahmt, er verlangte eine Menge Leute. Lotai nickte ernst.

„Kommandant Kar berichtet, dass Schleifspuren zu sehen waren. Zusammen mit den tiefen Bisswunden in Dons Schultern, gehen wir davon aus, dass das Wesen damit beauftragt wurde, Don am Bergpass abzulegen. Vermutlich, um uns eine Botschaft zu übermitteln."

Ory zog scharf die Luft ein und meine Brust zog sich zusammen, in dem Verlangen ein Blättchen Spiks auf meine Zunge zu legen. Kar erschien mit geballten Fäusten neben uns. Seine Arme zitterten vor Wut.

„Die Heiler geben ihm kaum eine Chance."

Alle schwiegen. Wir wussten wie der Tod roch und es war eindeutig, dass er durch den Raum schwebte. Kar schien mit jeder Minute wütender zu werden und ich fragte mich, ob es Dons Zustand, dem Höllenhund, dem toten Heiler oder Ory zuzuschreiben war, dass er bald einen Mord begehen würde.

Knall!

Mein Kopf zuckte zur Eingangstür. Minister Pyro stürmte wutschäumend in den Saal.

„Was hat er mit Don gemacht?", schrie der Minister an Lotai gewandt. Sein Finger zitternd vor Zorn auf Kar gerichtet. „Da haben wir es! Er ist eine Gefahr für uns alle!"

Ich hielt meinen Bruder an den Armen zurück.

„Beruhigen Sie sich, Minister. Kommandant Kar hat Don hierhergebracht. Er hat ihm nichts getan", sagte Lotai bestimmt.

„Pah, das kann er behaupten. Aber kann er es beweisen?"

„Ich war dabei", herrschte Ory ihn mit fester Stimme an. „Wir haben ihn gefunden."

Das Gesicht des Ministers nahm eine bedrohliche rote Farbe an, ehe er an uns vorbei stürmte zu dem verletzten

Don. Kars Augen funkelten in Orys Richtung. Was ging da zwischen ihnen vor?

„Also, woher wusste ein Höllenhund, dass ihr auf dem Plateau sein würdet?", fragte Lotai mit zum Zerreißen gespannter Stimme.

„Ich glaube nicht, dass er es wusste", sagte ich. „Vermutlich sollte das Biest Don so weit wie möglich in unser Land schleifen."

„Vielleicht", stimmte Lotai mir zu.

Ory sah immer wieder vorsichtig zu Kar hinüber, der mit angespannten Muskeln einfach nur da stand. Ich kannte dieses Verhalten. Er verlor die Kontrolle. Kar musste bald etwas gegen seine Wut unternehmen, sonst würde sie aus ihm herausbrechen und dann ... die Helden stehen uns bei.

„Kann es nicht sein, dass der Dämon Don zufällig angegriffen hat?", fragte Ory. „So wie den Heiler."

Lotai blickte sie müde an. Kar malmte mit dem Kiefer.

„Leider nein. Sie haben eine Botschaft hinterlassen."

„Was für eine Botschaft?", fragte ich.

Lotai sah erst Kar und dann mir in die Augen, bevor er sagte: „Es war in seinen Rücken geritzt worden. Dort steht: Wir kommen."

Ory

Wir kommen.

Bei dem Gedanken, dass jemand diesem Land und dieser Stadt etwas antun könnte, durchlief mich ein Schauer.

„Ich werde die Sammler informieren. Sie haben ein Recht, es von mir zu erfahren", sagte Amo mehr zu sich selbst als zu uns und verschwand durch die Tür.

Kar trug noch immer seine Schulterhörner und seinen Schwanz, der gefährlich zuckte. Sein starrer Blick und das Zucken seiner Narbe verrieten, wie es um ihn stand. Er bebte vor Zorn. Ich traute mich nicht, ihm in die Augen zu blicken. Fast wäre ich auch für seinen Tod verantwortlich gewesen. Erneut liefen mir Tränen über die Wangen, doch keiner achtete auf mich.

Ein Heiler trat zu uns und bedeutete Lotai mit einem Kopfnicken, dass er ihn sprechen wollte.

Ich wagte es, einen Blick auf Don zu werfen. Eine Blutlache hatte sich unter der herabhängenden Hand des Sammlers gebildet. Ich musste schlucken. Dieser Geruch, der in der Luft hing, drückte mir die Kehle zu. Ich hörte, wie eine Wache an der Tür sich übergab.

„Verschwinde, Ory. Du kannst hier nichts tun."

Kars Worte waren kalt und versetzten mir einen Stich.

„Es tut mir so leid. Ich wollte dich nicht erstarren lassen, ich wollte -"

„Hör auf." Ich zog bei der Wut in seiner Stimme die Luft scharf ein. „Geh endlich. Ich lasse Ivy wissen, was passiert ist."

„Ich brauche keinen Babysitter. Ich will euch helfen."

„Helfen? Du kannst nicht helfen. Die Heiler tun, was sie können und der Rest von uns ... wir müssen ein Volk schützen."

Stille Tränen liefen über meine Wangen, doch ich bewegte mich nicht vom Fleck.

„Ory", knurrte Kar. „Raus hier."

Ich warf einen letzten Blick auf die leblose Hand des Sammlers und verließ den Saal. Im Flur konnte ich das Schluchzen nicht mehr zurückhalten, das mir die Kehle hochstieg. Ich hatte Kar in Gefahr gebracht. Ich besaß keine Kontrolle über meine Kraft. Null. Überhaupt nicht. Vollkommen nutzlos.

Dass wir lebend zurückgekehrt waren, grenzte an ein Wunder. Pas hatte nicht dieses Glück gehabt. Ich schluckte schwer. Ich hätte den Dämon früher erstarren lassen können. Vielleicht wäre der Heiler dann noch am Leben.

Kontrolle.

Es ging einzig um Kontrolle.

Mit schnellen Schritten eilte ich durch die Flure. Ich wünschte, ich könnte vor dieser Kraft, diesem Schmerz in meinem Schädel, davonlaufen. Doch ich wusste, dass es unmöglich war. Ich musste also lernen, damit zu leben. Okay, Ory. Du wirst es lernen. Lernen, die Kraft zu kontrollieren. Lernen, die Schmerzen auszuhalten und lernen, diesem Volk zu helfen. Entschieden wischte ich die Tränen aus meinem Gesicht. Ein Schritt nach dem anderen hatte Lio immer gesagt. Ich wusste genau, wohin der nächste Schritt mich führen würde.

Kar

Sie hätte sterben können! Wegen meines falschen Sicherheitsgefühls, meiner Arroganz. Mein Herz pochte in meiner Brust und die Wut schnürte mir die Luft ab. Die kalten Wände des Kellergewölbes schabte an meinen Schulterhörnern, was ein lautes Kratzgeräusch verursachte. Wassertropfen fielen in meine Haare und ich war sicher, dass die Kälte mir in die Knochen kriechen würde, wäre mein Körper nicht vor Wut am Kochen. Es hatte mich mehr Mühe gekostet als sonst, den Zorn im Zaun zu halten, als wir in die Festung zurückgekehrt waren. Manchmal hatte ich den Eindruck, die Festung würde meinen Zorn noch verschärfen. Ihm Luft in die Glut pusten, bevor das Feuer mich verschlang. Es war unsere Gemeinsamkeit, Orys und meine. Wir rangen beide um Kontrolle. Sie versuchte, ihre Kräfte zu kontrollieren - ich meine Wut. Ich ballte die Fäuste. Ory hätte sterben können! Es war Zufall gewesen, dass der Höllenhund den Heiler und nicht sie attackiert hatte. Dass Pas mit herausgerissener Kehle auf dem Plateau zurückgelassen wurde und nicht sie. Mein Herz gefror zu Eis bei dem Gedanken. Und Don ... Mit Wucht krachte mein Schwanz an die Steinwand. Der Schmerz, der durch ihn hindurch in meinen Rücken schoss, dämpfte die Wut für einen kleinen Moment. Es blieb ein dumpfes Pochen zurück, das ich willkommen hieß. Doch es war nicht genug. Seit ich denken konnte, schlummerte diese Wut in mir. Seit Enok und Kaya mich in ihrer Familie aufgenommen hatten, versuchte ich, den Zorn zu kontrollieren. Er kämpfte sich jede Minute an jedem Tag seinen Weg durch meine Haut und verbrannte mich von innen. Zunächst ließen meine Zieheltern mich gewähren, die Wut ausleben. Doch als ich meine volle Gestalt ausgebildet hatte, wurde meine Wut zu stark, zu zerstörerisch. Amo versuchte sein Bestes, mir die Stirn zu bieten und mir eine Möglichkeit zu geben, Dampf abzulassen, doch ich hielt mich zurück. Zu groß war meine Angst vor meiner eigenen Kraft und den Konsequenzen meiner Wut. Die Erinnerung an Ils tauchte in meinem Kopf auf, doch ich verbannte sie schnell wieder. Auch ihretwegen war mir klar geworden, wie gefährlich diese Wut für andere war. Auch für Ory wäre ich eine Gefahr. Würde sie mir zu nahe kommen, ich könnte mich nicht mehr beherrschen. Würde sie mich berühren ... ihre Lippen tauchten vor meinem inneren Auge auf. Nein! Ich war eine Gefahr. Daher brauchte ich einen Weg, mich abzureagieren. Einen Weg, der mir irgendwann zum Verhängnis werden würde, das wusste ich. Doch mein grausamer Anteil war zu stark. Ich brauchte ein Ventil. Etwas, das keiner Gestalt schaden würde. Ich erreichte eine Biegung, die tiefer in die dunkelsten Ecken dieser Festung führte. Der Gang war nur schwach beleuchtet, doch ich hätte ihn auch blind gehen können, so oft kam ich hier her. Ich stieß die alte Metalltür auf, die völlig verbeult war und warf sie mit einem lauten Knall zu.

Es herrschte Stille.

Der Raum hatte kein Fenster, nur eine kleine Lampe hing hinter einem Gitter über der Tür. Sie flackerte schwach und ich schrie. Schrie die Wut heraus, die sich seit unserer Rückkehr in die Festung in meiner Brust gesammelt hatte. Die Wände zitterten und das Licht begann zu flackern. Ich spürte meine Kraft, wie sie durch meine Arme fuhr. Durch meine Adern schoss roher Zorn und ich nutzte ein umgebogenes Stück Metall, früher mal zum Befestigen von Ketten gedacht, um die Haut meiner Hand aufzureißen. Ich genoss den Schmerz, die rohe Gewalt. Blut ergoss sich über meine Handfläche und ich ließ es auf den Boden tropfen. Ein Knistern zuckte durch den Raum, als ich der Wut freien Lauf ließ. Mein Schrei vermischte sich explosionsartig mit all der Energie, die die Wut in mir erzeugte, und das Blut auf dem Boden begann zu brodeln. Es roch metallisch. Ich kniff die Augen zusammen, schrie, bis meine Kehle brannte, ließ meinen Schwanz auf den Boden peitschen und dann ließ ich los. Sofort erfüllte der Geruch von Schwefel den Raum und als ich meine Augen wieder aufschlug, sah ich, was ich jetzt brauchte.

Mein Ventil.

Ory

Ich verließ die Festung über die Treppe, die vom Innenhof in die Stadt führte. Gedankenverloren folgte ich dem Weg, den Ivy und ich heute Morgen genommen hatten. Meine Tränen waren getrocknet und ich war fest entschlossen zu zeigen, zu was ich fähig war. Das Grün der Stadt wurde dunkler und die ersten Häuser waren im

Inneren beleuchtet, was die Wege in warmes, goldenes Licht tauchte. Die mit hängenden Pflanzen dekorierten Straßenlaternen brannten und führten mich immer weiter ins Innere von Mhios. Nachdem ich einige Biegungen passiert hatte und die Schönheit dieses Ortes die Schatten der letzten Stunden ein wenig vertrieben hatte, betrat ich die Gärten, die vollkommen still da lagen. Dieser Ort war nicht beleuchtet und die vielen Bäume schirmten den letzten Rest Tageslicht ab. Die Dunkelheit hatte hier bereits vollständig Einzug erhalten. Ich zog die Luft ein, die nach Kirschblüten roch und lächelte. Ich dachte an einen großen Kirschbaum, den ich auf der Letzten Hoffnung immer wieder besucht hatte, um mir die süßen Früchte zu klauen.

Ich entschied mich dagegen, die Wege zu nutzen, die durch diese wunderschöne Natur führten, sondern lief quer durch die kleinen Baumgruppen und die kleebewachsenen Grünflächen bis ich zu dem See kam. Er lag ruhig da, dunkel und schimmernd. An seinem Ufer wuchs an manchen Stellen Schilf, das mir weit über den Kopf ragte. An anderen Orten kroch der weiche Klee bis zum Wasser und wieder an einem anderen Bereich konnte ich Wasserpflanzen erkennen, deren Namen ich nicht kannte. Die hinteren Ufer waren für mich nicht zu erkennen und ich schritt auf die Stelle zu, an der der Klee in das Wasser überging. Ich streifte meine Schuhe und Hose ab und sah nach oben in den schwarzen Himmel, der von vereinzelten Sternen durchbrochen wurde. Der Mond war eine düstere Ahnung hinter einer Wolke verborgen und ich schloss die Augen, atmete tief durch meine Nase ein und durch den Mund aus. Ich war eine Waffe. Eine unnütze Waffe, die nicht wusste, wie sie selbst funktionierte und andere gefährdete. Die Bilder des halbtoten Sammlers in Kars versteinerten Armen tauchten vor meinen Augen auf. Ebenso der Heiler, mit herausgerissener Kehle. Ich musste es kontrollieren lernen, musste herausfinden, wie meine Kraft funktionierte, damit ich diesem Volk helfen konnte, das mich eingeladen hatte, ein Teil von ihnen zu sein. Ich zog mir mein Oberteil über den Kopf und warf es achtlos auf meine restliche Kleidung. Als mein Fuß in das Wasser tauchte, war ich überrascht, wie warm es war. Es umgab meine Haut wie eine wohlige Umarmung. Ich lief langsam weiter und ließ meinen Körper im Wasser verschwinden. Als die Oberfläche über meinem Kopf zusammenschlug, zog ich ein paar kräftige Züge und tauchte in der Mitte des Sees wieder auf.

Ich atmete tief ein, und bereute es sofort, bevor ich mich erneut unter Wasser drückte, um zum Grund des Sees zu gelangen. Das Rauschen, das meine Ohren erfasste, war auf unheimliche Weise entspannend und meine Augen nahmen die Dunkelheit an, die mich nun vollständig erfasst hatte. Nach und nach ließ ich Luft aus meiner Lunge entweichen. Viele kleine Bläschen kitzelten mich, als sie aus meiner Nase drangen und an die Wasseroberfläche hinaufstiegen. Mein Herz begann immer schneller zu pumpen und ich unterdrückte den Impuls wieder an die Oberfläche zu schwimmen. Als das letzte bisschen Luft meine Lungen verlassen hatte, schrie alles in mir, aufzutauchen, doch ich drückte meinen

Körper unermüdlich nach unten. Plötzlich stießen meine Finger an etwas Hartes und ich betastete das Gebilde aus rauer Oberfläche und zerklüfteter Struktur. Ich konnte nichts erkennen, ich sah verschwommene Schatten in der Dunkelheit. Doch ich erkannte, was ich erfühlte. Ich hatte einen Baumstamm gefunden. Ich umklammerte den Stamm wie einen Anker, der mich an Ort und Stelle hielt. Meine Lungen drohten zu explodieren und mein Herz sprang fast aus meiner Brust, doch ich gab nicht nach, als ich ein feines, aber reales Brummen vernahm. Meine Kraft! Ich riss meine Augen auf, von denen ich nicht gemerkt hatte, dass ich sie geschlossen waren, und lauschte auf das Brummen in meinem Schädel. Zum zweiten Mal an diesem Tag sandte es eine Vibration aus, die meinen Körper erfasste. Ich konzentrierte mich auf das Brummen und sah den Höllenhund vor mir. Und Kar. Und Don. Ich dachte schon, ich sei dabei, es zu kontrollieren, als ein Schmerz mich durchfuhr, der mich innerlich aufschreien ließ. Mein Kopf schien ausgehöhlt zu werden, meine Lungen brannten, wie ich es noch nie erlebt hatte, und doch zwang ich mich mit zitternden Armen, den Baumstamm umklammert zu halten.

Plötzlich sah ich etwas Helles vor mir schweben, wie ein Hoffnungsschimmer in der Nacht, und ich zwang mich durch den Schmerz zu blicken. Es war eine Gestalt, eine helle Gestalt, die vor mir im Wasser schwebte und mich mit eisblauen Augen fixierte.

Was tust du da?

Ich zuckte zusammen. Neben dem Schmerz war eine Stimme in meinen Kopf eingedrungen. Ich hatte sie klar und deutlich gehört. Sie klang besorgt. *Du musst loslassen!* Rief sie nun dringlicher in meinem Schädel, doch der Schmerz war lauter. Er zertrümmerte mein Gehirn, meinen Verstand und meine Seele. Ich versuchte, mich zu konzentrieren, irgendwie die Kontrolle zu erlangen, doch es war vergebens. Ich konnte kaum noch die Augen offen halten. Das Pochen meines Herzens wurde langsamer. Ich konnte es spüren, wie die Kraft aus meinen Gliedern floss. Etwas zerrte an mir, doch ich musste mich festhalten, ich würde die Kraft beschwören können, sie war da gewesen, doch der Schmerz war wieder fort und das Brummen hatte aufgehört. Versagt, ich hatte versagt. *Lass los!,* schrie es in meinem Kopf und meine Finger glitten von dem Stamm und ich schwebte durch das dunkle Wasser.

Amo

Ich rannte so schnell, dass ich kaum den Boden berührte. Meine Schritte flogen über das Pflaster. Mein Atem kam stoßweise. Der Wind rauschte in meinen Ohren und ich bereute es, zwei Blättchen Spiks genommen zu haben. Eigentlich bedauerte ich es nicht. Als ich den Sammlern mitteilen musste, was mit Don passiert war, hatte ich den Extrakick gebraucht. Ich erreichte die Gärten, hielt mich an dem Torbogen fest und flog um die Kurve, um keine Geschwindigkeit zu verlieren. Sie hatte mich gerufen. Erst war ihre Stimme leise in meinem Kopf gewesen, ein sanftes Flüstern. Doch je mehr ich mich konzentriert hatte, umso deutlicher hörte ich sie.

Du musst kommen.

Jetzt.

Bitte.

Ich wusste genau, wo sie war und dass sie mich niemals ohne Grund rufen würde, also war ich losgesprintet. Den Helden sei Dank für diese Fähigkeit des Schwimmenden Volkes! Die Äste zerrten an meinen Armen und Beinen. Ich hechtete durch die Büsche, um den See schneller zu erreichen. Noch bevor ich völlig aus dem Gebüsch gestolpert war, konnte ich sie sehen. Ihre weiße Gestalt. Sie kniete am Rande des Sees, über etwas anderes gebeugt. Als ich näher kam, hob Mix ihren Kopf und sah mir direkt in die Augen. Ich erstarrte. Nie zuvor hatte sie mir in die Augen geblickt. Das eisige Blau ihrer Iriden spießte mich förmlich auf und brachte mein Herz zum Beben. Ihre langen weißen Haare klebten nass an ihren Wangen, den Schultern und den Armen.

„Sie braucht Hilfe." Mix Stimme war ruhig und sanft, was kaum zu der Dringlichkeit passte, mit der sie sprach.

Ich riss mich von ihren Augen los und schaute endlich auf das, was vor ihr lag. War das ... Ory? Bei den Helden! Ihre Haut war kalkweiß und ihre Lippen blau. Sie war ebenfalls nass. War sie im See gewesen? Vor meinem Treffen mit den Sammlern hatte ich sie noch in der Festung gesehen.

„Was ist passiert?", fragte ich bestürzt.

„Sie war unter Wasser. Ich habe sie hierher gebracht." Ich drückte mein Ohr an ihre Brust. Nichts. Oder doch? Ich konnte es nicht mit Sicherheit sagen. Ich aktivierte den Transponder an meiner linken Schulter. „Ich brauche sofort Heiler. Ich bin in drei Minuten im Innenhof."

Ich wartete auf keine Antwort, sondern nahm Ory behutsam auf meinen Arm.

„Danke", hauchte ich an Mix gewandt, bevor ich losrannte, zur nächstgelegenen Wegsonne.

Kapitel 12

Ivy

Ich hatte zwei Heiler auftreiben können, die nun mit mir an der Wegsonne im Innenhof der Festung warteten. Ich blickte nervös auf die Sonne vor mir. Amo Nachricht hatte weder beinhaltet, wer Hilfe benötigte, noch, was passiert war. Don war vom Empfangssaal in die Klinik von Mhios gebracht worden, wo er immer noch um sein Leben kämpfte. Außerdem hatte man seiner Frau mitgeteilt, was geschehen war, sodass sie bei ihm sein konnte. Ich hatte ihn gesehen, bevor er weggebracht wurde und seine Flammen, seine Energie in der Welt, war kaum noch ein Züngeln gewesen. Den Gesichtern der anderen nach zu urteilen, war es allen klar, dass der Sammler sterben würde. Die Macht der Heiler war begrenzt. Kar war mit einer mörderischen Selbstbeherrschung verschwunden und unser Gouverneur hatte alle notwendigen Dinge veranlasst. Einige weitere Kommandanten und Oberoffiziere waren mit Aufgaben weggeschickt worden, als mich Amos Nachricht erreichte.

Ich hörte ein Zischen und blickte einen Moment später auf Amos große Gestalt mit seinem Kurzumhang und den langen geflochtenen Zöpfen, die ihm auf der einen Seite auf die Schultern fielen. Seine hellen Augen waren hinter einem Schleier verborgen und ich fragte mich, wieso ich in letzter Zeit immer wieder den Eindruck hatte, als wäre etwas in seinen Flammen zu sehen. Der Gedanke blieb mir im Hals stecken, als ich sah, was Amo in seinen muskulösen Armen hielt. Orys lebloser Körper hing wie ein Sack an ihm herab. Ihr Feuer brannte, doch nicht so stark, wie es sollte. Ich stürmte auf die beiden zu.

„Was ist passiert?"

„Sie war im See."

„Bei den Gärten? Was hat sie da gemacht? Sie kann doch schwimmen! Warum -"

„Mach Platz, Ivy", blaffte mich Amo an und ich trat schnell zur Seite. Die Heiler rauschten an mir vorbei. Ich sah, wie Amo Orys Körper sanft auf dem Boden ablegte und dann ebenfalls zur Seite trat.

„Was ist passiert?", fragte ich.

„Mix, ein Mischwesen, das ich vor einiger Zeit eingesammelt habe und das in den Gärten lebt, hat mich alarmiert. Sie hat Ory im See gefunden und an Land gebracht. Mehr weiß ich nicht. Ich bin nicht geblieben, um mehr Fragen zu stellen."

„Wie hat sie dich alarmiert? Hat sie einen Transponder oder -"

„Sie ist vom Schwimmenden Volk. Sie war in meinem Kopf. Ich wusste nicht, dass die mentale Kommunikation auch auf Distanz funktioniert. Na ja, jetzt weiß ich es."

Wir starrten beide auf Ory hinab. Die Heiler hatten ihre Koffer geöffnet und ihr bereits einen Trank eingeflößt, der die blau weißen Flammen ihrer Aura höher schlagen ließen.

„Was ist nur mit ihr passiert?", fragte ich mehr mich als Amo.

Er seufzte. „Ich weiß es nicht. Es war sonst niemand dort, nur Mix und Ory. Ich denke -"

Amo verstummte, als wir gleichzeitig das Knurren wie eine Gerölllawine hinter uns hörten. Ein kalter Schauer lief mir über den Rücken. Ich brauchte ihn nicht zu sehen, um zu wissen, dass Kar kurz vor einer Explosion stand. Ich trat einen Schritt zu Seite und Amo tat es mir gleich. Kar stellte sich in unsere Mitte, brodelnd und vor Zorn pulsierend. Seine Arme waren aufgeschürft und an seiner Hand tropfte Blut auf den Steinboden. Seine Aura brannte lichterloh.

„Was – bei den Helden – geht hier vor sich?"

Kar

Ich spürte, wie mir die Kontrolle über meine Wut entglitt. Schon wieder! Erst vor wenigen Momenten war ich erschöpft, aber ruhiger aus dem Kellergewölbe der Festung zurückgekommen. Mein Kampf mit dem Dämon hatte tödlich für ihn geendet und meine Wut schien verraucht zu sein. Doch nun war sie schlagartig zurück. Ory lag vor mir auf dem kalten Stein. Sie war bewusstlos und ihre nassen Haare klebten an ihrer bleichen Haut. Mein Magen verknotete sich und ich biss die Zähne so fest zusammen, dass mein Kiefer schmerzte. Ich hoffte bei den Helden, dass sie lebte, denn wenn nicht ... es wäre um mich geschehen.

„Was ist mit ihr passiert?", blaffte ich meinen Bruder neben mir an.

Amo hob abwehrend die Hände. „Ich habe sie nur her gebracht. Sie war im See in den Gärten."

Mein Inneres schwoll an und drohte aus jeder Pore meines Körpers auszubrechen. Dieser Sturm, dieses Monster in meinem Inneren, benötigte nur einen Funken, um zu explodieren und alles um sich herum mit sich zu reißen.

Ich spürte eine weiche Hand an meiner Schulter und sah in Ivys dunkle Augen.

„Sie wird wieder. Ich kann es sehen. Die Heiler leisten gute Arbeit." Ich schüttelte ihre Hand schroff ab, obwohl ich dankbar war für ihre Worte.

„Ich will es hoffen, sie ist die beste Waffe, die wir haben."

Orys leblose Glieder lagen ausgestreckt in der Nacht. Blanke Angst mischte sich in die Wellen aus Zorn. Was auch immer ich für sie empfand, es war nicht der einzige Grund für meine Wut. Sie war die Waffe, die wir im Kampf gegen diejenigen benötigten, die Don das angetan hatten. Ich ballte die Hände zu Fäusten, um nicht zu ihr zu rennen.

„Kar." Amos Blick war vorwurfsvoll. „Sie ist ein Geschöpf, keine Waffe."

Wenn mein Bruder nur wüsste, was in mir vorging.

„Ihre Kraft ist stark. Geschöpf oder Mensch, es ist mir egal. Sie. Ist. Eine. Waffe."

„Gib ihr Zeit", wandt Ivy ein. „Sie hat schlimme Schmerzen, wenn ihre Kraft sich entfaltet. So wird sie uns nicht helfen können."

„Es ist mir völlig egal, wie viele Schmerzen sie hat! Wenn sie die Kraft hat, mich und den Höllenhund aufzuhalten, wird sie auch weitere grausame Gestalten aufhalten können!", ich schrie, doch es war mir egal. Das Knistern und Blitzen der Luft untermauerte mein Gebrüll und ich spürte meinen Schwanz ausschlagen. Die Heiler zuckten zusammen, bevor sie sich weiter um Ory kümmerten. Sollten doch alle daran erinnert werden, dass ein Teil von mir zu unseren Feinden gehörte. Sie fürchteten mich, ob ich sie daran erinnerte oder nicht. Es war mir gleich! Ich würde nicht zulassen, dass ein anderes Volk oder das ganze Imperium das zerstörte, was das Verschollene Volk aufgebaut hat.

„Sie wird lernen, es zu kontrollieren, und dann wird sie lernen, diesem Volk zu dienen! Und wenn es sie umbringt! Das Volk der Verschollenen ist zu wichtig!"

Ich atmete schwer ein und aus. Der Innenhof war verstummt, nur die Vögel und Bienen waren zu hören, die in den Pflanzen wohnten, die unsere Festung begrünten. Ich wusste, dass meine Worte nur eine halbe Wahrheit waren. Ich würde sie nicht sterben lassen. Niemals. Ich starrte meinem Freund und Bruder in die hellen Augen. Als Kind schon nutzte ich ihn, um wieder Erdung zu erhalten, wenn meine Wut mit mir durchgegangen war. Amo hielt meinen Blick und ich sah eine Sanftheit darin, von der ich wusste, dass sie mir fehlte und so sehr ich es bestritt – ich beneidete ihn darum. Er war das einzige Wesen, das nicht vor Furcht vor mir zurückwich, obwohl er wusste, wozu ich fähig war. Ich hätte nicht so die Kontrolle verlieren dürfen, aber mein Körper war bis zum Bersten gespannt. Dieser Mensch trieb mich in den Wahnsinn, neben allem, was mit Don geschehen war. Sie weckte etwas in mir, über das ich nicht weiter nachdenken wollte.

Ich drehte mich abrupt um und wollte gerade aus dem Innenhof stürmen, als ich sie sagen hörte:

„Ich werde euch helfen."

Ich blieb wie angewurzelt stehen. Ihre Stimme war leise und weich wie Honig. Meine Arme kribbelten und ich drehte mich langsam zu Ory um. Sie saß auf dem Boden, rechts und links ein Heiler neben ihr. Ihre Wangen hatten etwas Farbe bekommen, ihre Lippen waren jedoch noch immer blau gefärbt und für eine Sekunde dachte ich an die Möglichkeiten, diesen Mund mit meinem zu wärmen.

„Ich werde lernen, meine Kraft zu kontrollieren und euch helfen. Deshalb war ich in dem See. Ich habe versucht, dieses Brummen in meinem Schädel heraufzubeschwören, indem ich mich ertränke. Es hat auch kurz funktioniert, doch dann erschien eine Gestalt und ich wusste, sie würde mich aus dem Wasser ziehen und dann ... verschwand die Kraft wieder."

Ivy lief auf sie zu und schloss sie in ihre Arme. Auch Amo ging neben ihr auf die Knie. Ich ließ meinen Blick über das Innere der Festung gleiten. All diese Pflanzen, das Grün und Braun der Fauna umgab uns. Ory gab sich so viel Mühe und doch schien es nicht auszureichen.

Meine Augen erblickten eine Gestalt an einem der Fenster, das vom Flur im zweiten Stock abging. Die Gestalt war klein und rund und beobachtete uns mit abfälligem Blick. Ich lenkte meine Aufmerksamkeit zurück zu Ory, die mich noch immer aus dunklen, weichen Augen betrachtete. Ich nickte ihr zu und verschwand.

Amo

„Wir hätten nicht so lange warten sollen. Ich bin der Kommandant der Sammler, wieso habe ich so spät an das Ritual gedacht?"

Ich lief neben Ivy den Flur der Festung entlang. Sie war es gewesen, die vorgeschlagen hatte, das Fest zur Einführung in unser Volk endlich zu vollziehen. Dieses Ritual diente dazu, die eingesammelten Mischwesen offiziell in unserem Volk willkommen zu heißen. Es war wichtig, um den Wesen klarzumachen, dass sie nun einen Platz in der Welt gefunden hatten. In den Gärten wurde dieses Ritual fast täglich praktiziert, doch da Ory nicht eingesammelt wurde, hatte ich es völlig vergessen. Sie war auf besonderem Weg zu uns gekommen und ich freute mich, sie nun offiziell in unseren Reihen zu begrüßen.

„Du hast genug um die Ohren. Außerdem habe ja ich daran gedacht. Du kannst mir morgen dafür danken, indem du mir das gute Meditationskissen überlässt."

Ich grunzte. „Alles klar, es gehört dir."

„Ja!"

„Nur für morgen, damit das klar ist." Ich lächelte immer noch, als wir an Orys Tür ankamen.

Ory öffnete nach dem ersten Klopfen. Sie schien hinter der Tür auf uns gewartet zu haben. Mir stockte der Atem bei ihrem Anblick. Sie trug ein nachtschwarzes Kleid, das an den Schultern mit goldenen Broschen zusammengehalten wurde. Der Stoff umschlang ihren Leib und fiel wallend bis auf den Boden. Es war kein imposantes Kleidungsstück, doch an Ory wirkte es phänomenal.

„Du siehst toll aus!", stieß Ivy hervor und ich nickte zustimmend.

Orys Wangen färbten sich rot und erst jetzt bemerkte ich, dass die gleiche goldene Spange in ihren dunklen Haaren ruhte.

„Bist du bereit?", fragte ich lächelnd und bot ihr meine Hand an.

„Ich kann es kaum erwarten", hauchte sie.

Der Innenhof sah aus wie immer, mit Kletterpflanzen, Blumenranken und Moosen, wohin das Auge reichte. In der hinteren Ecke, zwischen einer großen Weide und Rosenbüschen, hatte Ivy einen metallenen Bogen aufgebaut. Grüne Kletterpflanzen wanden sich empor und ich wusste, dass sie die Hilfe eines Mischwesens aus dem Gesegneten Volk in Anspruch genommen hatte, um die Pflanze so imposant wachsen zu lassen. Lange Ranken hingen von dem Bogen hinab. Sie versperrten die Sicht und den Weg hindurch. Ich geleitete Ory hinter den Bogen und bedeutete ihr, dort zu warten. Ivy und ich griffen uns zwei Säcke, die sie dort platziert hatte. Ich ließ meinen Blick über den Innenhof gleiten und betrachtete die Uhr an einem der Türme. Ich hatte Kar gebeten, an der Feierlichkeit teilzunehmen, doch er war nirgendwo zu sehen. Ich unterdrückte ein mürrisches Knurren und konzentrierte mich auf Ory und den freudigen Anlass, den wir zelebrierten.

Ory

Ich knetete nervös meine Hände. Eine warme Brise umspielte meine Haare und ich atmete tief ein. Der Blick durch den Bogen blieb mir durch die blättrigen Ranken verborgen, doch ich wusste, dass Amo und Ivy auf der anderen Seite auf mich warteten.

Ich hörte gedämpfte Schritte und dann leise Stimmen.

„Okay Ory, es geht los", rief Amo mir zu. „Du darfst jederzeit durch den Bogen treten, damit begibst du dich offiziell in unser Volk. Wann immer du bereit bist, du bist willkommen. Alles klar?"

Ich nickte, bis mir einfiel, dass er mich nicht sehen konnte, also rief ich ihm zu, dass ich verstanden hatte.

Ich zog die frische Luft, die nach Rosen und Jasmin duftete, tief ein und wollte gerade einen Schritt nach vorne machen, als Ivy und Amo ein Lied anstimmten. Die Töne ließen mich innehalten. Ich erkannte die Sprache nicht, doch eine Gänsehaut zog über meine Kopfhaut bis zu meinen Füßen und mir schossen Tränen in die Augen. Ivys Stimme war wunderschön, weich und stark zugleich, und Amos tiefe Töne ergänzten sie wunderbar. Sie verliehen dem Lied Fülle. Die Melodie klang melancholisch und doch hoffnungsvoll. Ich spürte, wie eine Träne über meine Wange floss. Ich lauschte dem Lied, auf die Höhen und Tiefen und fühlte die Wärme und den Frieden, den es ausstrahlte. Ich hätte den beiden noch eine Ewigkeit lauschen können, doch ein Ruck ging durch meinen Körper und eine Freude wie nie zuvor erfasste mich. Ich war angekommen. In diesem Volk, bei diesen Geschöpfen. Hier gehörte ich hin. Ich wünschte, Lio würde mit mir hinter diesem Bogen stehen. Er hatte diesen Frieden genauso verdient wie ich. Ich schloss die Augen und versuchte, den Gedanken an ihn in meinem Herzen einzuschließen und ihn so mit durch den Bogen zu nehmen. Trotz meiner unkontrollierbaren Kraft und dem Desaster mit Don und dem Höllenhund wollten mich diese Gestalten als eine von ihnen akzeptieren. Ich krallte meine Hände in den Rock meines Kleides und schritt vorsichtig, einen Fuß vor den anderen, durch den Bogen hindurch. Die Ranken streichelten meinen Kopf, meine Haare und meine Schultern und ich trat in mein neues Leben.

Als ich den Bogen hinter mir gelassen hatte, sah ich Ivy, die die letzte Note des Liedes ausklingen ließ und Amo, der mich mit breitem Grinsen betrachtete, und ich sah Kar, der grimmig auf mich blickte. Mein Herz setzte aus. Auch er war gekommen, um mich in seinem Volk willkommen zu heißen. Ich schluckte schwer. Doch schon im nächsten Moment zuckte ich zusammen, als ein bunter Regen aus Blütenblättern auf mich hinab rieselte.

„Wir heißen dich in unserem Volk willkommen, von heute an und auf ewig. In uns hast du eine Gemeinschaft, einen Rückhalt, eine Familie gefunden. Gibt uns deine Hand, und wir lassen dich nimmer mehr los." Amos feste Stimme ließ mich erneut verschwommen sehen, doch ich schüttelte glücklich meinen Kopf und sah auf Ivy, die einen Schritt auf mich zu machen wollte, doch zu meiner Überraschung war es Kar, der mit einem großen Schritt bei mir war und mir seine Hand entgegenstreckte. Ich sah in seine dunklen Augen, die groben Züge seines Gesichts, und legte meine Hand in seine. Ivy stand die Verwunderung ins Gesicht geschrieben, doch sie fing sich schnell wieder. Sie griff mit beiden Händen in einen Sack voll Blütenblätter, die sie in die Höhe warf, sodass sie auf mich und Kar hinab rieselten.

„Weiße Petunie, für das Eisige Volk", zählte Amo auf.

„Blaue Bartiris für das Schwimmende Volk." Amo hielt nun ebenfalls einen Sack voller Blütenblätter und sie beide warfen und warfen farbenfrohe Blütenblätter, sodass ich kaum noch etwas sah, außer einem wunderschönen bunten Regen und Kars dunkle Züge. Er hielt meine Hand in einem sanften Griff und betrachtete mich mit einem Blick, den ich nicht deuten konnte.

„Gelbe Chrysantheme für das Gesegnete Volk."

Ivys Lachen drang an mein Ohr. Die Blütenblätter sammelten sich in Kars dunklen Haaren und ich musste ebenfalls lachen, was auch ihm ein Lächeln entrang.

„Orange Gerbera für das Reitende Volk."

Kars Handfläche war rau, doch ich griff ihn fester, nur einen leichten Druck, den er erwiderte. Mein Herz machte einen Satz.

„Dunkle Lenzrose für das Blinde Volk." Die Säcke hatten sich geleert und Ivy griff noch einmal mit beiden Händen in den Sack, bevor sie einen Schwall der bunten Blätter über uns ergoss.

„Und rote Rosen für das Schöne Volk", beendete Amo seine Aufzählung.

Die letzten Blätter rieselten hinab. Ich sah an mir herunter und erkannte, dass ich in alle Farben, die Amo aufgezählt hatte, gehüllt war. Sie hatten sich im Stoff meines Kleides verfangen und ich lachte fröhlich auf, als ich meinen Kopf schüttelte und weitere bunte Blätter von meinem Kopf fielen. Kar ließ meine Hand los und Ivy stürzte sich auf mich und schloss mich in eine herzliche Umarmung.

„Willkommen Zuhause, Ory."

Ory

Drei Tage waren vergangen, seit der Höllenhund uns angegriffen und wir den Sammler gefunden hatten. Drei Tage, seit ich versucht hatte, meine Kraft heraufzubeschwören. Zwei Tage, seit ich offiziell mit einer wunderschönen Zeremonie in das Volk der Verschollenen aufgenommen wurde. Ich hatte noch immer die Melodie des Liedes im Kopf, das Ivy mit ihrer klaren Stimme für mich gesungen hatte. Ich freute mich auf den Moment, in dem ich die bunten Blütenblätter auf ein Mischwesen werfen durfte und es damit in unserem, meinem Volk willkommen hieß.

Doch nach der Zeremonie war ich in ein Loch gefallen. Ich kam nicht mehr aus dem Bett. Kars Worte nach der desaströsen Provokation schwirrten in meinem Kopf umher. Auch wenn er nichts gesagt hatte, was ich nicht bereits wusste, so hatten sie mich doch verletzt. Ja, er sah mich als Waffe und nicht als Mensch oder Gestalt, aber dass er so kalt über mich urteilte, versetzte mir einen Stich. Ich würde ihm und den anderen beweisen, dass ich meine Kräfte kontrollieren und ihnen helfen könnte. Ivy und sogar Amo hatten mich in meinem Zimmer besucht, Kar nicht. Ivy hatte mir Tränke der Heiler mitgebracht, die die Kälte in meinem Inneren linderten und mir Energie verliehen. Außerdem hatte sie mir Bücher zur Unterhaltung mitgebracht. Die meisten handelten von der Geschichte des Imperiums, andere von dem Verschollenen Volk im Speziellen.

Die Lektüre war einschläfernd, und doch hatte ich mich dazu gezwungen, wenigstens die Bilder zu betrachten. Lotai war an mehreren Stellen abgebildet gewesen, sowohl als Gouverneur, als auch als Held der ersten Invasion. Die Seite, die im Moment aufgeklappt auf meinem Nachtschrank lag, nannte Kars Namen. Er war als Kommandant für Ausbildung und besondere Aufgaben in einem großen Organigramm aufgelistet. Amo stand auf derselben Stufe wie er und wurde als Kommandant der Sammler geführt. Unter den Kommandanten standen die Oberoffiziere. Ich wusste, dass Ivy dieses Amt begleitete, auch wenn keine Namen dabeistanden. Darunter waren die Offiziere, die Rekruten und die Anwärter genannt. All diese Ämter waren unter dem militärischen Zweig aufgezählt. Daneben gab es den politischen Zweig, der auf der Stufe der Kommandanten Minister führte, aber nur drei, darunter Senatoren und dann Abgeordnete. Die Namen der Senatoren hatten mir nichts gesagt, aber ihre Aufgaben waren in Soziales und Bildung, Finanzen und Wirtschaft, sowie Inneres, unter anderem Justiz und Städtebau, unterteilt. Sowohl über dem politischen, als auch über dem militärischen Zweig, war Lotai als Gouverneur gelistet. In einer Randnotiz hatte ich gelesen, dass er von einem Gremium gewählt wurde, doch ein Bild zu diesem Gremium gab es in dem Buch nicht.

Ich sah zu dem Fenster, das die Sonne in mein Zimmer scheinen ließ. Es wurde von grünen Pflanzen gerahmt. Ivy hatte darauf bestanden, dass ich im Bett bleibe, um mich vollständig zu erholen. Vielleicht hatte sie auch deshalb darauf bestanden, damit ich nicht einen weiteren Versuch unternahm, mich selbst in Gefahr zu bringen. Sie erinnerte mich mit ihrer fürsorglichen Art an Lio. Ich vermisste meinen Freund. So gerne würde ich mit ihm darüber reden, dass meine Krankheit, die mich immer wieder eingeschränkt hatte, in Wirklichkeit eine Kraft war. Oder über dieses Volk, wo Ausgestoßene und Mischwesen ein neues Zuhause fanden. Er würde Mhios lieben, auch wenn er die Küste vermissen würde. Das Rauschen des Meeres, der weiche Sand der Strände auf der Letzten

Hoffnung oder die morgendlichen Runden, die wir im Wasser zogen, bevor wir uns Gedanken machten, wie wir den Tag überstehen würden. Mir war aufgefallen, dass ich das Meer nicht vermisste. Auch wenn ich es mein Leben lang um mich hatte, so fehlte mir nichts daran. Ich musste an das Schiff denken, von dem ich so gnadenlos in den Tod gestoßen wurde oder an die Algen, die mir einen wochenlangen Ausschlag an den Beinen beschert hatten oder an die Menschen, die ihre Leichen brennend auf das Meer entsandten. Nein, ich vermisste es nicht. Mhios und die Berge, die das Tal umgaben, vermittelten mir Sicherheit. Ivy hatte mir erzählt, dass riesige Bergmassive das Tal, also das Land des Volkes der Verschollenen, umgab. Wie eine natürliche Schutzmauer, die nur schwer zu überwinden war. Im Westen zogen sie eine natürliche Grenze zwischen dem Tal und dem Land des Grausamen Volkes und an den Küsten versperrten sie den Blick auf das Land dahinter. Ob die Berge natürlichen Ursprungs waren oder durch Zauber heraufbeschworen wurden, konnte sie mir nicht sagen. Bisher war es nicht oft versucht worden, die Berge zu überwinden, um das Volk der Verschollenen anzugreifen. Doch jetzt waren alle in großer Alarmbereitschaft. Es schüttelte mich, als ich an die ins Fleisch eingeritzten Buchstaben dachte.

Das Klopfen an der Tür riss mich aus meinen Gedanken.

„Darf ich reinkommen?", Ivy steckte den Kopf durch den Türspalt und trat, als ich zustimmend nickte, in mein Zimmer. Sie war in eine zarte roséfarbene Hose gehüllt, die von einem silbernen Gürtel mit kleinen Schmuckscheiben gehalten wurde. Ihr silbergraues Oberteil ließ ihre Arme frei und betonte den Rosenquarz, wie ich jetzt wusste, den sie auf der Stirn trug. Bisher hatte sie mir nicht verraten wollen, welche Bedeutung die tätowierten Striche auf ihrem Kinn hatten und ich drängte sie nicht. Sie setzte sich auf den Stuhl neben meinem Bett und sah aus dem Fenster hinaus.

„Don ist heute Nacht gestorben."

Ich wusste nicht, was ich sagen sollte. Ich hatte damit gerechnet, dass es passieren würde.

„Es tut mir so leid, Ivy."

Noch immer blickte sie aus dem Fenster auf die Stadt unter uns.

„Es ist keine Überraschung und doch -" Sie beendete den Satz nicht. Ich richtete mich auf und nahm ihre Hand in meine, die eisig war.

„Kann ich etwas für dich tun?", fragte ich, um ihr zu zeigen, dass ich für sie da war. Sie schüttelte den Kopf.

„Die Beerdigung wird morgen oder übermorgen stattfinden. Alle würden sich freuen, wenn du dazu kommst. Du bist jetzt ein Teil dieses Volkes."

Bei ihren letzten Worten bildete sich ein Kloß in meinem Hals. Ja, das war ich und ich würde jede Pflicht erfüllen, die damit einherging.

„Ich werde da sein. Ich kenne mich nur nicht aus. Vielleicht kannst du mir sagen, was sich bei einer Beerdigung gehört und was nicht?"

„Natürlich."

Sie sah auf unsere Hände, die ineinander lagen.

„Ich bin froh, dass du hier bist."

Erneut musste ich schlucken.

„Ich werde mich nützlich erweisen, ich verspreche es dir."

Ivy sah mir mit diesen dunklen großen Augen ins Gesicht, als sie sagte: „So meine ich das nicht. Waffe hin oder her, ich bin froh, dass *du* hier bist. Ich hatte lange Zeit keine Freundin mehr."

Ich schüttelte verwirrt und beschämt den Kopf. Ivy tätschelte mir die Hand und stellte sich ans Fenster, als wüsste sie, dass mir ihre Zuneigung unangenehm war.

„Ich weiß, dass du Kar nach deinem Versuch ... im Innenhof gehört hast. Auch wenn ich nicht behaupten kann, dass er es nicht so meint, sollst du trotzdem wissen, dass wir anderen nicht seiner Meinung sind. Noch nie hat sich jemand im Volk der Verschollenen beweisen müssen, um aufgenommen zu werden. Wir sind alle verbunden, weil wir sonst nirgendwo hingehören, das schweißt uns zusammen. Aber wenn du mich fragst ...."

Sie schwieg und ich starrte ihre Gestalt an, die wie ein Heiligenschein von der Sonne umhüllt wurde. Ivy drehte sich zu mir um, ihre Augen hatten einen trotzigen, wissenden Ausdruck angenommen.

„Wenn du mich fragst, Ory, beschäftigst du Kar weit mehr, als er zugeben will."

Kapitel 13

Lotai

„Die Nachricht über Dons Tod hat sich wie ein Lauffeuer in ganz Mhios und darüber hinaus verbreitet. Die Bewohner sind aufgebracht", sagte Amo ernst. Mein Kommandant der Sammler an einer Seite des Tisches, Kommandant Kar ihm gegenüber. Kar war erst vor kurzem zu dieser Runde dazugekommen. Ich hatte ihm, gegen den Willen einiger Minister des politischen Lagers, den Posten des Kommandanten für Ausbildung gegeben. Er leitete die Rekruten in der Festung sowie die Anwärter in der militärischen Akademie in Askoth. Er blieb jedoch im Hintergrund, da eine grausame Gestalt nicht gerne gesehen wurde. Ich hatte die beiden, zusammen mit den drei anderen Kommandanten, zu einer Besprechung geladen.

„Was für Gerüchte?", fragte ich.

„Tausende Dämonen sollen bereits in den Bergen positioniert sein, bereit, die Dörfer in der Nähe anzugreifen."

„Ich habe gehört", es war Kommandant Col, der sprach. „Dass die ersten Dörfer bereits vom Grausamen Volk überfallen worden sein. Die Gestalten sollen verschwunden sein." Col war mein Kommandant für Informationsbeschaffung und Spionage. Er saß neben Kommandant Amo und Kommandant Levi, meinem Taktiker und Strategen.

„Und, ist etwas an den Gerüchten dran?", fragte ich herausfordernd.

„Natürlich nicht. Bisher ist der einzige Hinweis auf eine mögliche Invasion die Warnung auf Dons Rücken." Schweigen legte sich über den Tisch. Ich betrachtete meine Kommandanten. Ihre Gesichter waren ernste Mienen, einige besorgt, einige wütend. Kar war die kalte Wut deutlich anzusehen, die seinen Körper dauerhaft zu beherrschen schien.

Kommandantin Hill, die für die innere Sicherheit unseres Landes verantwortlich war, saß mit einem Sitz Abstand neben Kar. Ihr leises Räuspern durchbrach die Stille.

„Wir sollten jetzt besonnen reagieren. Das Volk braucht die Gewissheit, dass wir alles unter Kontrolle haben und sie nicht in Gefahr sind."

„Ist das so?", fragte Kar durch zusammengebissene Zähne. „Das Grausame Volk hat Don zu Tode gefoltert und uns eine klare Botschaft geschickt. Wir sollten alle Hebel in Bewegung setzen, um die Stadt und das ganze Land abzuriegeln."

Ich hob eine Hand und brachte sie damit zum Schweigen.

„Das Volk muss wissen, dass wir alles unter Kontrolle haben. Dennoch bereiten wir uns auf Krieg vor. Auf eine Invasion von allen Seiten. Kommandant Amo, rufen sie die Sammler zurück. Wir brauchen alle Kräfte, die verfügbar sind. Wir setzen die Sammlung aus." Amos Knurren machte deutlich, dass er nichts davon hielt, doch er nickte.

„Kommandant Col, die Informanten sollen auf ihren Posten bleiben. Weiterhin gilt: Sie sollen sich verborgen halten. Ich möchte über alles informiert werden, was sie herausfinden." Ich wandt mich an seinen Kollegen.

„Kommandant Levi, erarbeiten Sie mit Ihren Oberoffizieren eine Strategie aus. Wir brauchen für jede Eventualität einen Plan." Zuletzt sah ich Kar eindringlich an. „Kommandant Kar, Sie werden die Reservisten einberufen. Geben Sie ihnen einen schnellen, effizienten Auffrischungskurs. Erinnern Sie sie daran, was es heißt, Teil unserer Verteidigung zu sein. Die Rekruten und Anwärter sollen ihr Training beschleunigen."

„Schlechte Soldaten werden uns nichts nützen. Sie müssen eine ordentliche Ausbildung erhalten", knurrte der Kommandant.

„Ich stimme Ihnen zu, doch die Dringlichkeit der Warnung lässt uns keine Wahl."

„Was soll ich im Inneren unternehmen?", fragte Hill.

Ich faltete die Hände vor den Lippen. Wir mussten mit allem rechnen, auch mit dem Undenkbaren.

„Verstärken Sie die Patrouillen und Personenkontrollen im Land. Ich will nicht glauben, dass es dem Grausamen Volk bereits gelungen ist, Spione in unser Land einzuschleusen, aber wir dürfen nichts ausschließen. Sprechen Sie sich mit dem Bürgermeister von Mhios ab."

Ich warf Kommandant Amo einen Blick zu, der bei meinen Worten starr geradeaus blickte.

„Ich frage mich, was das Grausame Volk von uns will." Levi schaute fragend in die Runde. „Was haben sie davon, uns zu überfallen? Wir haben keine Bodenschätze, so wie sie. Hätten wir Zugang zu Krotok, ihrem Vulkan, und ihrer Schmiedekunst, würde ich es verstehen, aber dieses Land hat ihnen nichts zu bieten."

„Vielleicht wissen sie das nicht", warf Col ein. „Vielleicht erhoffen sie sich Reichtum oder eine Erweiterung ihrer Landesgrenzen."

Levi schüttelte den Kopf. „Das kann ich mir nicht vorstellen. Dann könnten sie genauso gut in Richtung Westen vordringen."

„Vielleicht tun sie das." Es war Amo, der sprach. „Nur weil sie in unser Land gelangen wollen, heißt das nicht, dass sie es nicht auch anderswo versuchen."

„Das wüsste ich", knurrte Kommandant Col.

Kar erhob sich. „Sind wir entlassen?"

Ich sah auf seine Hände, die vor unterdrücktem Zorn zitterten.

„Noch eine Sache, ich muss die Außenposten besuchen, ihnen klarmachen, was auf sie zukommt. Ich werde morgen abreisen. Kommandant Kar, sie übernehmen meine Vertretung in der Festung."

Col, Hill und Levi wechselten verwunderte Blicke, blieben aber still. Sie hatten Vorbehalte gegen Kar wegen seines grausamen Anteils, doch ich wusste, dass niemand mehr für dieses Volk einstehen würde als er.

„Ich muss nach Askoth. Die Anwärter und Rekruten sollen im Bilde sein und außerdem -"

„Sie sind meine Vertretung. Sie bleiben in der Festung. Besprechen Sie sich mit der Direktorin der Akademie, zeigen Sie sich kurz und dann vertreten Sie mich hier. Verstanden?"

Kars Nicken war kaum zu erkennen, bevor er aus dem Raum stürmte.

☼

Ory

Nach Ivys Besuch hatte ich es in meinem Zimmer nicht mehr ausgehalten. Ich hatte mir ein schlichtes, bodenlanges Kleid übergeworfen und war in der Festung umhergeirrt. Ich fühlte mich körperlich erholt, auch wenn mein Kopf schwer war von der Trauer und dem Wissen, dass ich noch immer keinen Schritt weiter war, meine Kräfte kontrollieren zu können. Als ich vom Balkon der Festung aus auf die Stadt blickte, konnte ich den Torbogen erkennen, der den Eingang zu den Gärten markierte. Der Duft von Tannennadeln und Regenwetter stieg mir in die Nase und hüllte mich mit einem warmen Gefühl ein.

„Haben die Heiler dich für genesen erklärt?" Seine Stimme war tief und mein Herz machte einen Sprung.

Ich schnellte herum und sah Kar, der hinter mich getreten war. Sein Gesicht war fahl. Die Narbe, die sich über seine Wange zog, stand deutlich hervor. Seine bernsteinfarbenen Augen waren mit schokoladigen Punkten gesprenkelt, wie mir jetzt auffiel. Ich erkannte die unterdrückte Wut in ihnen, die seinen Körper zu jeder Zeit in Schach zu halten schien. Die Wut, die er Tag und Nacht zu kontrollieren schien. In den zwei Tagen, die ich in meinem Zimmer verbracht hatte, hatte ich über die

Widersprüche in Kars Verhalten nachgedacht. Er war bei meinem Ritual dabei gewesen, hatte mir sogar die Hand gereicht, und doch sah er in mir nichts weiter als eine Möglichkeit. Eine Waffe, die nützlich werden könnte, sollte es zu einem Krieg kommen. Auch wenn ich es nicht zugeben wollte, ich wünschte, er würde mehr in mir sehen.

„Das mussten sie nicht. Mir geht es gut. Ich bin bereit für eine weitere Provokation, falls das der Plan ist."

Er schüttelte den Kopf und seine dunklen Haare fielen ihm weich in die Stirn. Seine Lippen bildeten einen Strich.

„Ich muss mich um andere Angelegenheiten kümmern."

„Also lässt du mich einfach fallen?"

Sein Blick bohrte sich in meinen und für einen Moment dachte ich, dass er etwas sagen wollte. Mein Magen sank in meine Knie, als er unsere Verbindung unterbrach.

„Wir müssen uns auf eine riesengroße Gefahr vorbereiten. Deine Kraft könnte nützlich für uns sein. Könnte. Aber es steht zu viel auf dem Spiel. Ich werde niemanden in Gefahr bringen, nur weil ich aufs falsche Pferd gesetzt habe."

Seine Hände zu Fäusten geballt drehte er sich um und verschwand den Flur entlang.

„Es tut mir leid", flüsterte ich, doch er war bereits zu weit weg, um mich zu hören.

Ich marschierte in die Stadt hinein und ließ mich vom regen Treiben der Bewohner verschlingen. Der Markt, der auf einem kleinen Platz um einen Brunnen herum stattfand, bot allerlei Köstlichkeiten. Bisher war ich im Speisezimmer der Festung, mit einer wunderschönen Aussicht über die Stadt, verköstigt worden. Heute hätte ich mir gerne einen der saftig aussehenden Äpfel gekauft oder einen Saft, der aus mir unbekannten Früchten frisch gepresst wurde. Die pinke Farbe des Getränkes ließ mir das Wasser im Mund zusammenlaufen. Es juckte mich in den Fingern, denn es wäre so einfach. Wobei ich es hier nicht mit Menschen zu tun hatte, erinnerte ich mich. Ob diese Geschöpfe Kräfte besaßen, die sie und ihre Geldbörsen vor meinen geschickten Fingern schützen würden? Ich wollte es nicht herausfinden. Dieses Volk war meine Zuflucht. Ich würde ihnen nicht schaden. Ich musste Ivy fragen, ob es einen Job für mich in der Küche gab oder in den Ställen, völlig egal, solange ich ein wenig Geld verdienen konnte. Ich schlenderte weiter durch diese grüne Oase und merkte, wie die Sonne mein Haar und den Scheitel verbrannte. Als ich in die Schatten der Bäume trat, seufzte ich erleichtert auf. Die Gärten waren grün und wild, voller Leben und Fülle. Ich folgte den verschlungenen Wegen und nickte den Gestalten zu, die hier Zuflucht suchten. Ich konnte mir nicht vorstellen, welche Schicksale sie durchlebt hatten und welche Narben ein solches Leben hinterlassen mussten.

Sie saß an dem See, der mir fast zum Verhängnis geworden wäre. Hätte sie mich nicht entdeckt. Ich blieb an einer großen Weide stehen und beobachtete sie. Ihr

Körper war groß und auffallend schmal, mit langen Beinen und Armen. Sie hatte glänzende weiße Haare, die zu einem langen Zopf geflochten waren und ihren grazilen Rücken hinabreichten. Ihre Haut war so hell wie ihr Haar. Ich musste daran denken, wie es ihren Kopf umgeben hatte, als sie im Wasser vor mir erschienen war. Sie schien mit kleinen Steinen zu spielen, die sie vor sich aufgereiht hatte. Ich trat näher an sie heran.

„Hallo", sagte ich vorsichtig.

„Hi", kam die schwache Antwort, ohne dass sie aufsah.

„Ich bin Ory, du hast mich aus dem See gezogen. Ich bin gekommen, um mich bei dir zu bedanken."

Noch immer sah sie nicht auf. „Du wolltest nicht gerettet werden. Aber ich konnte dich nicht sterben lassen."

Ich schluckte schwer.

„Ich habe etwas ausprobiert und es hat nicht so funktioniert, wie ich gehofft hatte. Wärst du nicht gekommen, hätte ich nicht überlebt."

Sie blieb still und schob weiterhin die Steine vor sich herum. Ich erkannte jetzt, dass es sich um Glasscherben, Nüsse und eine Muschel handelte, die sie besonders oft in die Hand nahm.

„Darf ich mich zu dir setzen?", fragte ich sanft und ließ mich nieder, als sie stumm blieb. Der Klee unter mir war warm und weich. Ich verstand, weshalb sie sich hier niedergelassen hatte.

„Wie ist dein Name?"

„Mix."

Als sie nichts weiter sagte, lehnte ich mich zurück und faltete die Hände vor dem Bauch. Die vereinzelten Wolken, die am Himmel entlangzogen, erinnerten mich an die Letzte Hoffnung. Wie oft hatte ich mit Lio im Gras gelegen und die Wolken beobachtet? Es war verrückt, dass der Himmel immer noch der gleiche war, auch wenn mich Welten von meinem alten Zuhause trennten. Ob Lady Lux ihren täglichen Geschäften nachging? Und ob sie noch immer meinen Trank zubereitete? Plötzlich fiel mir etwas auf. Es war seltsam, aber seit ich auf dem Kontinent gestrandet war, hatte ich kein Verlangen nach dem Trank gehabt. Sicher, die Anfälle waren schmerzhaft, doch abgesehen davon ging es mir gut.

„Ich bin noch nicht lange hier", begann ich zu erzählen und schloss die Augen. „Ich bin ein Mensch, oder zumindest teilweise, und habe auf der Insel der Menschen gelebt. Als ich, ähm, als sie mich dann nicht mehr haben wollten, wurde ich auf offenem Meer über Bord geworfen. Ich schwamm um mein Leben und bin auf einer Insel gelandet. Dieses Volk hat mich aufgenommen und hier hergebracht. Amo, Chu, Ivy, sogar Lotai, haben mich mit offenen Armen empfangen. Kar toleriert mich im besten Fall, aber das ist okay. Ich bin ihnen unendlich dankbar. Ich bin in den See gegangen, weil ich eine Kraft habe, die ich für eine Krankheit hielt. Ich kann sie nicht kontrollieren oder abrufen. Sie tritt nur auf, wenn ich in Gefahr bin. Deshalb wollte ich mir etwas antun, um sie heraufzubeschwören. Kurz bevor du mich im See gefunden hast, war sie da, die Kraft. Das Brummen in meinem Kopf. Doch es war zu stark und ich konnte es wieder nicht kontrollieren oder stoppen. Es ist erst verschwunden, als ich dich gesehen habe."

Zu meiner Überraschung lag Mix neben mir, als ich die Augen öffnete. Eine Weile sagten wir nichts, beobachteten nur die Wolken, doch dann fragte sie: „Wie war es auf der Insel der Menschen?"

„Es war ... schwierig. Meine Krankheit hat mich eingeschränkt und mich zu Dingen getrieben, die ich nicht machen wollte. Ich wurde benutzt, um andere zu bereichern. Aber es war die einzige Möglichkeit, ohne Schmerzen zu leben. Ich hatte einen Freund, deshalb gab es auch schöne Momente, aber es ist nicht wie hier. Es ist ... kälter. Ich habe mich nie dazugehörig gefühlt, aber hier ... hier werde ich akzeptiert."

„Als du in das Meer geworfen wurdest, hast du dich da frei gefühlt?"

Ich sah sie verwundert an.

„Für einen kurzen Moment", gab ich zu. „Aber dann hatte ich schreckliche Angst. Das Meer war wild und eiskalt. Es war das Bedrohlichste, was ich je gesehen habe."

Abgesehen von Kar, dachte ich.

„Ich fühle mich frei, wenn ich schwimme."

Ihre türkisblauen Augen füllten sich mit Tränen, die ihr langsam aus den Augenwinkeln liefen.

„Hast du einen Teil des Schwimmenden Volkes?"

Sie schüttelte den Kopf. „Ich weiß es nicht. Amo behauptet es und ich denke, es macht Sinn. Als ich noch an einem anderen Ort war, konnte ich meine Wunden heilen, daher denkt er, dass ich auch zum Teil aus dem Eisigen Volk bin."

„Das ist beeindruckend."

„Es war nützlich, auch für sie." Ich spürte, dass sie nicht mehr darüber sprechen wollte, also sah ich wieder gen Himmel. Mein Körper entspannte sich und ich schloss erneut die Augen. Als ich sie wieder öffnete, saß Mix an ihrem alten Platz und reihte ihre Schätze auf. Ich musste eingeschlafen sein. Der Himmel wurde langsam dunkler und mir lief ein Frösteln die Arme hinauf.

„Ich sollte gehen. Darf ich dich wieder besuchen?"

„Natürlich."

Ich erhob mich und klopfte meine Kleider sauber, als sie sich ebenfalls erhob. Sie kramte in einem kleinen Lederbeutel, den sie an der Hüfte trug, und streckte mir ihre geballte Faust entgegen.

„Was ist das?", fragte ich.

„Das habe ich auf dem Boden gefunden, dort, wo ich früher war. Es gehörte zu einer Kette. Ich denke, es könnte dir mit deiner Kraft helfen. Ihnen schien es wichtig gewesen zu sein."

Mix ließ den kleinen Gegenstand in meine Hand fallen. Es war eine Münze aus Metall mit einem Loch in der Mitte. Schriftzeichen waren darin eingestanzt worden und wieder wünschte ich, ich wüsste, was sie bedeuteten.

„Vielen Dank."

Sie lächelte und setzte sich wieder an den See.

Kapitel 14

Chu

Ich betrat einen geräumigen Frühstücksraum und musste trotz meines schmerzenden Schädels und meiner schlechten Stimmung anerkennen, dass der Ausblick verdammt phänomenal war. Mhios erstreckte sich vor einem riesigen Fenster und ließ mich einen Moment innehalten. War all das in Gefahr?

Ein Räuspern ertönte. „Kann ich Ihnen helfen?"

Oh verflucht, ich hatte die Frau am Ende des Tisches glatt übersehen. Sie las das Heldenblatt, die Tageszeitung von Mhios, und sah mich aus dunklen Augen heraus an. Als ich erkannte, wer sie war, nahm ich Haltung an.

„Oberoffizier, ich bin Offizier Chu von der 8. Einheit. Außenposten. Ich suche Ory und mir wurde gesagt, dass ich sie hier finden würde. Ich bin für Dons Beerdigung gekommen."

Ihre dunklen Augen wurden weich und sie nickte leicht.

„Rührt euch. Und setzt euch bitte, es gibt genug Essen für alle. Ory wird bestimmt gleich zu uns stoßen."

Ich nahm mir einen Stuhl in gebührendem Abstand und ließ mich darauf nieder. Seit Dons Auffindung hatte ich nichts mehr runterbekommen. Mein Magen war ein einziger verdammter Knoten.

„Wollt ihr einen Saft?"

Ich nickte aus Höflichkeit, wohl wissend, dass ich das süße Getränk nicht anrühren würde.

„Außenposten, ja? Ich nehme an, ihr wart es, der Ory aus dem Meer gezogen hat?"

Ich nickte erneut und schaute aus dem Fenster, um sie nicht anzustarren. Ich spürte ihren Blick auf mir, aus diesen dunklen wissenden Augen, die unsere Welt so anders sahen. Ich wusste, dass Ivy einen Teil des Blinden Volkes innehatte. So gerne hätte ich sie gefragt, was sie in diesem Moment sah. Plötzlich wurde die Tür geöffnet und Ory betrat den Raum. Ihre Augen weiteten sich, als sie mich erkannte. Mein Herz wurde weich. Sie sah gut aus. Gesund.

„Chu! Du bist gekommen!", rief sie und umarmte mich herzlich. Diese menschliche Geste brachte mich zum Lächeln und ich drückte sie kurz.

„Bist du hier, um mich zu besuchen?", fragte sie strahlend, immer noch einen Arm um meine Schultern gelegt. Ihre Freude zauberte mir ein Lächeln aufs Gesicht. Vielleicht könnte ich den verdammten Saft ja doch trinken.

„Eigentlich bin ich hier -"

Ein Knurren ertönte von der Tür. Ich sprang hastig von dem Stuhl auf. Ory wurde durch meine plötzliche Bewegung zur Seite gestoßen. Ich nahm schnell Haltung an.

„Kommandant."

Ich schluckte hörbar. Kommandant Kars Ruf eilte ihm voraus. Er war bekannt für seine gnadenlose Ausbildung und furchteinflößende Kräfte. Ich hatte Gerüchte über seine volle Gestalt gehört. Ich konnte gerne darauf verzichten, sie in Aktion zu erleben. Seine Augen wanderten zu Ory und dann zurück zu mir. Mit mörderischem Blick fixierte er mich, bevor er nach einer Tasse griff, in die er sich Kaffee einschenkte. Scheiße, war seine Warnung eine Reaktion auf meine Nähe zu Ory gewesen, oder bildete ich mir das nur ein? Amo hatte sie ihm vorgestellt, als er Ory von meinem Außenposten weggebracht hatte. Was war danach zwischen den beiden vorgefallen?

Der Raum blieb ruhig, bis Kar mit einem erneuten Knurren in meine Richtung aus dem Raum verschwand. Ich entspannte mich und ließ mich auf meinen Stuhl fallen. Ory zog ebenfalls einen Stuhl an den Tisch.

„Ist er immer so ein Morgenmuffel?", fragte Ory Ivy, die ungerührt ihr Rührei verspeiste.

„Ich glaube nicht, dass seine schlechte Laune an der Tageszeit liegt", sagte sie kryptisch. Ich fragte mich, ob Ory verstand, was die Oberoffizierin meinte. Sie wandt sich mir zu.

„Also, warum bist du hier, wenn du mich nicht einfach besuchen willst, wie du versprochen hast?"

Meine Wangen wurden rot, bei dem spielerischen Seitenhieb.

„Ich bin für Dons Beerdigung gekommen."

Die Farbe fiel aus Orys Gesicht, als sie eine Hand vor den Mund schlug.

„Das tut mir so leid, Chu. Ich hab mich gefreut, dich wiederzusehen, da habe ich glatt vergessen ... es tut mir leid. Standet ihr euch nahe?"

„Wir waren zusammen in Askoth, der Militärakademie", ergänzte ich zur Erklärung. „Wir haben uns im ersten Jahr ein Zimmer geteilt und sind dann in Kontakt geblieben. Ich war bei seiner Vermählung vor zwei Jahren dabei." Mir versagte die Stimme, als ich an Tia denken musste. Sie waren so glücklich, so verflucht unbeschwert gewesen an diesem Tag. Sie hatten in einem Vorort von Mhios gefeiert. Der Priester, wie Ivy, mit Teilen aus dem Blinden Volk, hatte eine Ansprache gehalten, bei der Don die Tränen nicht zurückhalten konnte. Er war ein weinendes Häufchen Glückseligkeit gewesen, als er endlich seinen Vermählungsschwur herausbrachte. Tia, mit ihrem Kleid aus bunter Seide und Blumen in ihrem langen Haar, hatte die Anwesenden verzaubert. Das hatte so gar nicht zu der Tia gepasst, die ich während der Ausbildung kennengelernt hatte. Sie hatte bis zur Hüfte im Schlamm gekämpft und mit wutverzerrtem Gesicht und verfilzten Haaren auf der Lauer gelegen.

Ory legte eine warme Hand auf meinen Arm und holte mich in die Gegenwart zurück.

Ich räusperte mich. „Hast du Lust auf einen Spaziergang? Dann kannst du mir erzählen, was du alles erlebt hast."

Ory schnappte sich eine Banane und einen Toast und wir verließen die Festung.

Amo

„Aber warum müssen wir die Sammlung einstellen?" Es war Ras, der sich lautstark Luft machte.

„Die Entscheidung ist gefallen. Wir benötigen zu viel Personal, um die Grenzposten zu verdoppeln. Wenn wir die Sammlung nicht einstellen, sind wir angreifbar. Außerdem ist es im Moment zu gefährlich, in den anderen Ländern unterwegs zu sein", erklärte ich erneut sachlich.

Wie Lotai verlangte, hatte ich die Sammler zurückberufen. Nun saßen wir in dem Lager außerhalb von Mhios. Noch waren nicht alle zurückgekehrt, es galt äußerste Vorsicht beim Rückzug durch das Imperium. Einige Sammler hatten die letzten Mischwesen, die sie einsammeln konnten, mitgebracht. Es würden die letzten für eine ganze Weile sein.

„Das ist doch Schwachsinn", tobte Ras weiter. „Die Spione sind nicht einberufen worden und die sammeln nur Informationen. *Wir* sammeln Gestalten ein! Gestalten, die gefoltert und misshandelt werden oder zum Spaß von anderen -"

„Ich weiß, was wir tun, Ras. Die Spione sind unverzichtbar, wenn wir weitere Informationen erhalten wollen. Lotai war eindeutig mit seiner Anweisung."

Ras Schnauben hallte durch den Raum. Das Lager, das uns zur Verfügung gestellt wurde, umfasste ein ganzes Dorf. Hier gab es Baracken, eine Feldküche, Trainingsplätze und Unterrichtsräume. Ein solcher Unterrichtsraum war nun bis zum Bersten mit wütenden Sammlern gefüllt. Einige waren direkt hier hergekommen, andere hatten Zuhause haltgemacht. Ich sah in die Gesichter der Gestalten vor mir. Sie sollten wissen, dass ich einer von ihnen war. Auch wenn ich Befehle zu befolgen hatte. Mir wurde schwer ums Herz, wenn ich daran dachte, was passiert wäre, wenn mir jemand den Befehl gegeben hätte, Mix zurückzulassen und dafür Grenzposten zu sichern.

„Ich weiß, dass ihr alle wieder losziehen wollt, deshalb seid ihr gute Sammler. Aber unser Land, unser Volk, ist in Gefahr. Das Grausame Volk hat deutlich gemacht, dass sie in unser Land eindringen wollen. Wir müssen die Mischwesen, das Verschollene Volk, diejenigen, die ihr eingesammelt habt, schützen! Also reißt euch zusammen. Tut, was man euch sagt. Stellt sicher, dass unsere Familien und alle Bewohner dieses Landes weiterhin in Frieden leben können!"

Ein Murren ging durch den Raum.

„Aber was ist mit den Bergdörfern? Ist es dort nicht schon zu spät?", fragte ein Sammler, Pes, der noch nicht allzu lange dabei war.

„Das sind Gerüchte, fallt nicht darauf rein! Ich gebe euch Informationen, sobald ich mehr weiß. Bis morgen bleibt ihr hier. Alle diejenigen, die in Mhios leben, können zu ihren Familien gehen. Für alle anderen gilt: Es wurden Zelte für euch hergerichtet. Morgen früh wird angetreten. Ihr werdet auf Grenzposten verteilt, auf denen ihr bis auf Weiteres bleibt."

„Warum greifen wir nicht zuerst an?" Die Stimme kam aus dem Raum, doch ich konnte sie niemandem zuordnen.

„Wir sind immer noch eine Legende für alle anderen Völker in diesem Imperium. Wir werden uns nicht verraten, weil ein illusorisches Volk glaubt, es könnte bei uns einmarschieren."

Zustimmende Rufe wurden laut.

„Minister Pyro sieht das anders", drang es an mein Ohr.

Blut schoss mir in den Kopf und meine Hände ballten sich zu Fäusten. Ich atmete einmal tief durch, bevor ich antwortete. Was würde ich in diesem Moment für ein Blättchen Spiks tun?

„Ich werde nicht kommentieren, was der *Minister* für Meinungen vertritt. Aber es sind nicht die des Gouverneurs. Und es sind nicht die eures *Kommandanten*." Das letzte Wort schrie ich in die Runde. Ich musste mich beruhigen. Mir entwich ein Seufzer und ich sah meinen Sammlern in die Augen.

„Ich weiß, dass wir nicht immer einer Meinung sind. Aber wir müssen jetzt zusammenhalten. Wir haben alle ein Ziel: den Schutz dieses Volkes. Also lasst uns tun, was getan werden muss. Lotai hat in dieser Sache das letzte Wort. Halten wir uns daran."

Einen Moment lang herrschte Stille.

„Was wollen die dann von uns? Haben die zu viele Dämonen beschworen, die ihnen nun die Hölle heiß machen? Oder ist ihr geliebter Vulkan ausgebrochen und hat alles in Schutt und Asche gelegt?" Ab diesem Punkt war es unmöglich, zu sagen, wer sprach. Alle begannen, durcheinanderzureden.

„Vielleicht sind die Menschen vorgerückt und sie bekommen Schiss." Einige Sammler lachten.

„Die wollen den Stern zurück, ganz einfach."

„Halt die Klappe, Fil. Das ist doch Blödsinn."

„Soweit ich weiß, suchen sie ihn. Das kann doch kein Zufall sein!"

„Sie suchen auch deine Mutter, damit sie ihnen die dämonischen Schwänze lutscht."

Das Lachen und Grölen war ohrenbetäubend. Fil schüttelte den Kopf und lief hochrot an.

Ich dankte den Helden dafür, dass meine Sammler ihren Humor nicht verloren hatten. Meine Arbeit hier war getan. Ich nickte dem Oberoffizier zu und überließ ihm die Meute, während ich ins Freie trat. Ich hörte seine Versuche, die Sammler zu beruhigen, doch noch immer flogen wilde Theorien durch den Raum. Die Stille, die mich empfing, legte sich wie ein Mantel um mich. Die Sammler hatten jedes Recht, sauer zu sein, und doch waren sie Offiziere. Dazu verdammt, den Anweisungen ihrer Vorgesetzten Folge zu leisten.

Im Gegensatz zu Mhios gab es in diesem Lager nicht eine einzige grüne Pflanze. Es war staubig und kahl. Die Baracken und Zelte hatten die Farbe des Sandes, nur der Trainingsplatz war durch einen orangenfarbenen Kreis auf dem Boden markiert. Zu gerne hätte ich eine Einheit mit Ras im Ring ausgefochten. Er war ein Großmaul und ging mir gewaltig auf die Nerven, doch ich hatte keine Zeit für diesen Schwanzvergleich. Ich bückte mich und hob einen Stein auf, der mit etwas Fantasie die Form eines Herzens hatte. Er würde ihr gefallen. Ich ließ ihn in meine Tasche gleiten und stieß mit den Fingern gegen meine kleine goldene Schachtel. Ich trug sie stets bei mir. Unauffällig legte ich mir ein Blättchen Spicks auf die Zunge und spürte, wie es sich in meinem Mund auflöste. Ich atmete tief ein. Auf mich warteten Berge an Dienstplänen, die geschrieben werden mussten. Ich seufzte, denn ich wollte am liebsten Mix besuchen und mit ihr am See in den Gärten den Tag davonziehen lassen. Ich rieb mir über das Gesicht und straffte die Schultern. Später. Ich würde sie später aufsuchen.

Kar

Zum hundertsten Mal rieb ich mir mein Gesicht, um wach zu bleiben. Der Raum in Askoth war angenehm warm, was mich noch schläfriger machte. Der Stress der letzten Tage holte mich ein. Ich hatte kaum geschlafen. Jedes Mal, wenn ich meine Augen schloss, sah ich Ory mit weit aufgerissenen Augen und herausgerissener Kehle vor mir. Oder ich sah Don, seinen geschundenen Körper und dann wieder Ory, wie sie leblos in Amos Armen hing. Neben all der Panik spürte ich einen Stich, weil er es war, der sie hielt und nicht ich. Ich schüttelte den Kopf. Ich hielt meine Gedanken eisern davon ab, in *diese* Richtung zu gehen. Ory war unsere Waffe, die leider noch völlig unnütz war. Ich verfluchte Lotai zum wiederholten Male dafür, dass ich hier sitzen musste und unseren Ausbildungsplan überarbeitete, anstatt mit Ory zu trainieren. Zu allem Überfluss sollte ich den Gouverneur auch noch vertreten und mich mit Nichtigkeiten herumschlagen. Ich könnte so viel Besseres mit meiner Zeit anfangen. Ich hatte mir ein Grinsen verkneifen müssen, als Kommandant Levi wütend schnaubend aus unserer letzten Sitzung abgehauen war. Er hatte schon seit Jahren ein Auge auf Lotais Position geworfen. Die Tatsache, dass ich ihn vertreten sollte und nicht er, schien ihm gewaltig gegen den Strich zu gehen. Ich hatte kein Interesse an dem Posten des Gouverneurs, doch ich wusste, dass ein Vertrauensbeweis wie dieser bei der Ernennung eines weiteren Buchstabens von Vorteil war. Ich wollte diesen Buchstaben. Ich brauchte ihn! Es sollten alle sehen, dass ein grausames Mischwesen, das sie ablehnten und missbilligten, so weit kommen konnte.

Zia sprach noch immer über die Unterrichtspläne der Rekruten und Anwärter. Zia, mit ihren kurzen rötlichen Haaren und strengem Gesicht, war seit vielen Jahren Direktorin in Askoth. Sie führte die Akademie mit eisernem Regiment, sodass es Gerüchte gab, sie hätte einen grausamen Teil in sich, was Schwachsinn war. Soweit ich wusste, war sie anteilig vom Eisigen und Blinden Volk.

„Außerdem brauchen die Reservisten einen Auffrischungskurs. Wir müssen die Kurse zusammenlegen, um das Personal aufzubringen, aber das dürfte kein Problem sein. Werden Sie hierbleiben, Kommandant?"

Ihre Frage war scharf. Ich wusste, sie mochte es nicht, wenn ich mich zu viel in das alltägliche Geschäft der Akademie einmischte. Als Lotai mir die Verantwortung für die Ausbildung unserer Soldaten anvertraut hatte, war

Zia bereits Direktorin gewesen. Mein Vorgänger hatte ihr freie Hand gelassen. Auch wenn ich ihre Erfahrungen und Kenntnisse zu schätzen wusste, hatte ich doch einige Veränderungen vorgenommen. Nach einigen Streitigkeiten und Reibereien hatten wir es am Ende geschafft, gut zusammenzuarbeiten und eine hervorragende Ausbildungsstätte zu schaffen. Allerdings hatte zum Deal gehört, dass Zia vor Ort ihre Freiheiten hatte und ich regelmäßige Berichte erhielt und mich nur in dringenden Fällen in die täglichen Abläufe einmischte.

„Nein, ich vertrete den Gouverneur in Mhios und muss später wieder zurück."

Sie nickte etwas zu euphorisch, dann wurde sie ruhig.

„Ich möchte Sie etwas fragen, aber ich verlange eine direkte Antwort, keine Ausflüchte."

Ich hob eine Augenbraue.

„Fragen Sie."

„Wird es eine Invasion geben?"

Ich hielt ihren Blick. Die grünen Augen waren ernst, aber ohne Furcht auf mich gerichtet, auf der Suche nach einer Lüge.

„Das Grausame Volk hat damit gedroht. Wir tun alles, um es zu verhindern, aber ..."

Ihre Augen verengten sich.

„Wir können es nicht ausschließen", beendete sie meinen Satz.

„Nein, können wir nicht."

„Ist es wahrscheinlich?"

Wieder hielt ich ihren Blick.

„Ja, ich bin mir sicher, sie werden es versuchen."

Die Wahrheit legte sich wie eine Decke über uns, bleischwer und allumfassend. Wir standen kurz vor einer Schlacht. Die Schüler in ihrer Akademie würden ihren Teil dazu beitragen müssen. Sie faltete die Hände vor ihrem Mund.

„Ist der Gouverneur der Aufgabe gewachsen?"

Ich straffte meine Schultern.

„Das ist er. Er ist zurzeit an den Außenposten, um sicherzustellen, dass wir gerüstet sind. Von wo auch immer sie angreifen werden. Er ist ein Held der ersten Invasion, das dürfen wir nicht vergessen."

„Sie sind nicht alt genug, sich an die erste Invasion zu erinnern, habe ich recht?"

„Das stimmt. Ich kenne nur die Erzählungen."

Sie sah mich fast mitleidig an.

„Das sind Legenden. Geschaffen, nachdem das Chaos und die Verwüstung beseitigt waren."

„Wie meinen Sie das?"

Sie lehnte sich zurück, die Hände immer noch gefaltet, doch jetzt in ihrem Schoß abgelegt.

„Ich war noch ein Kind, als wir angegriffen wurden, aber ich erinnere mich, dass niemand damit gerechnet hatte. Oder zumindest wurde es der Bevölkerung nicht mitgeteilt. Damals war Midr Gouverneur. Wir lebten in einem Dorf an der Küste. Hinter den ersten Bergen, die uns vor neugierigen Blicken der See schützten. Wir wurden überrannt. Die Grenzposten waren zu weit weg, außerdem wurden sie selbst angegriffen. Meine Mutter lief mit mir in die Berge. Ein Großteil unseres Dorfes, genau wie mein Vater und Bruder, hat den Überfall nicht überlebt."

„Das tut mir leid. Sie haben die Angreifer gesehen?"

„Natürlich. Jeder, der überlebt hat, hat sie gesehen. Es waren Gestalten mit Klauen, Fangzähnen, Hörnern und sogar Flügeln."

„Das Grausame Volk."

Sie nickte und ich spürte einen Stich in meiner Brust. Auch ich gehörte zum Teil diesem Volk an. Als Kind hatte ich mir oft gewünscht, den grausamen Teil meines Wesens hinaus schneiden zu können. Ich hatte es mehr als ein Mal versucht, doch ich wusste, es gab kein Entkommen.

„Heute ranken sich Legenden um den Angriff und um den Heldenmut, den Lotai und seine Gefährten bewiesen haben. Doch die Zahlen, die in den Geschichtsbüchern genannt werden, können nicht stimmen. Ich habe es gesehen und ich war nur in einem von dutzenden Dörfern, die damals überrannt wurden. Warum also die Zahlen fälschen?"

Ich sah sie eindringlich an. Ihre Vermutung überraschte mich. Dachte sie schon immer so? Ich vertraute Zias Urteil und es fiel mir schwer, in ihren Aussagen eine Lüge zu vermuten.

„Du lehrst diese Geschichtsbücher hier, richtig?"

Zorn blitzte in ihren Augen.

„Natürlich tue ich das. Ich halte mich genau an die Vorgaben, aber ich lehre unseren Schülern auch kritisches Denken. Sie sollen Quellen und Fakten hinterfragen können."

Ich nickte, bevor ich fragte: „Also, was ist Ihre Theorie?"

Sie zögerte. „Bleibt diese Theorie in Askoth oder wird der Gouverneur davon erfahren?"

„Zurzeit bin ich die Vertretung des Gouverneurs und ich sehe keine Notwendigkeit, ihn mit einer Theorie zu belästigen."

Sie sah mich noch eine Weile an, bevor sie fortfuhr.

„Als die Monster weiterzogen, wurden sie von Lots Einheit - wie er damals noch hieß - besiegt. Alle in einer Schlacht. Wie konnte es Lot als Mischwesen mit den Kräften hunderter von reinen grausamen Gestalten aufnehmen? Sie hatten Dämonen bei sich, die sie für sich kämpfen ließen. Ich weiß, was Sie sagen wollen, der Hinterhalt am Berg Frija habe ihnen den gar ausgemacht. Doch Sie haben die Horden nicht gesehen. Selbst wenn die meisten in einem Hinterhalt getötet worden wären, hätten die restlichen es mit einer ganzen Armee von Mischwesen aufnehmen können. Es gibt nur eine Möglichkeit, wie Lot die Angreifer besiegt haben könnte."

Sie hatte sich in Rage geredet und ich verfolgte ihre Ausführung fassungslos.

„Er muss ihnen ihre Kräfte geraubt haben. Nur ohne ihre volle Form, ihre Kraft, Dämonen zu beschwören, können sie gefallen sein. Und ich weiß, was Sie sagen wollen: Es sei Heldenlästerung und niemals würde ein Held einem Volk den Energiestern rauben, aber ... wie sonst hätte er siegen können?"

Ich schwieg, als mir klar wurde, was sie da sagte und welche Fragen sie aufwarf. Ihre Aussagen grenzten tatsächlich an Heldenlästerung. Minister Pyro würde sie dafür anklagen. Zu ihrem Glück war ich nicht Pyro.

Wenn sie recht hatte, wieso wurde es dann nicht in den Berichten und Büchern über die erste Invasion erwähnt? Lot war als Lota aus der Schlacht herausgekommen, doch kurze Zeit später wurde ihm vom Gremium der äußerst seltene fünfte Buchstabe verliehen. Ich durchforstete mein Gehirn nach der Antwort, wofür er den letzten Buchstaben erhalten hatte, doch ich kannte sie nicht.

Kapitel 15

Ory

Ich betrachtete mich im Spiegel meines kleinen Zimmers. Das hellblaue Kleid, das mir Ivy zur Beerdigung von Don vorbeigebracht hat, schlang sich um meinen Oberkörper. Es ließ die Arme frei und fiel in leichten Falten bis auf den Boden hinab. An meiner Taille glitzerte ein silbernes Band, das mit kleinen Steinen geschmückt war. Es erinnerte mich an Ivys Circlet. An meinem Handgelenk baumelte die kleine metallische Scheibe, die Mix mir geschenkt hatte. Ich hatte ein Lederband von einem der Oberteile in meinem Schrank abgeschnitten und es durch das Loch in der Mitte der Scheibe gefädelt, das mir jetzt als Armband diente. Chu hatte mir bei unserem Spaziergang erklärt, dass im Verschollenen Volk hellblau die Farbe der Trauer war. Die Verstorbenen wurden in hellblaues Feuer gelegt und ihre Seelen stiegen in den hellblauen Himmel über dem Land auf. Deshalb gab es niemals Bestattungen in der Nacht. Ich sah auf die Uhr an der schmucklosen Wand in meinem Zimmer. Ich hatte nur noch ein paar Minuten Zeit, bis wir uns im Innenhof der Festung treffen wollten. Von dort würden wir mit der Wegsonne zur Halle der Helden reisen, wo Dons Bestattung stattfand. Zeit, sich auf den Weg zu machen.

Als ich in den Innenhof trat, zog ich den Duft von Rosen und Jasmin in meine Nase ein und erinnerte mich, wie ich vor gar nicht langer Zeit das erste Mal in diesem

Hof gestanden hatte. Ich empfand eine tiefe Dankbarkeit für alles, was seitdem geschehen war: Dass ich noch immer am Leben war, dass ich Teil dieses Volkes sein durfte und dass ich Ivy, Chu, Amo und Kar kennengelernt hatte. Sie alle standen um die Wegsonne versammelt. Mir stockte der Atem, als Kar sich zu mir umdrehte. Seine große Gestalt war in eine schwarze Uniform gekleidet, die sich an seine trainierten Beine und Arme legte. Seine breite Brust wurde durch den Schutzpanzer mit den verschiedenen Abzeichen noch betont. Seinen Kurzumhang, der normalerweise an seinen Schultern befestigt war, hatte er durch einen bodenlangen hellblauen ersetzt. Den Mund hatte er zu einem Strich zusammengepresst. Die Narbe, die sich über seine Wange zog, war deutlich zu sehen. Seine Augen ruhten auf mir und betrachteten mich von Kopf bis Fuß. Mir jagte ein Schauer durch die Adern, der sich an Stellen sammelte, die unangebracht für die Situation waren. Amo kam auf mich zu, gekleidet wie Kar, und bot mir eine Hand an.

„Schön, dass du mit uns kommst, Ory."

Er führte mich zu Ivy, die in einem fast identischen Kleid wie meinem gekleidet war und mir aufmunternd zulächelte. Chu trug ebenfalls eine schwarze Uniform, ohne jedoch den Umhang. Dafür lag eine hellblaue Schärpe quer über seiner Brust. Seine Abzeichen unterschieden sich von denen von Kar und Amo. Er sah mich mit geröteten Augen und ernster Miene an und ich umarmte ihn fest. Als ich von ihm abließ, trat er schnell einen Schritt zurück. Jemand griff sanft an meinen Ellenbogen.

„Wir gehen jetzt", sagte Kar leiser als gewöhnlich. Ivy, Amo und Chu verließen den Innenhof nach und nach durch die Wegsonne, bis nur noch Kar und ich übrig waren.

Seine Augen betrachteten mich noch immer sanft. Es schien, als würde er die Wut, die seinen Körper sonst beherrschte, wegsperren. Mein Körper reagierte heftiger auf ihn, als mir lieb war.

„Ich wollte mich bei dir bedanken."

Ich blinzelte verwirrt. Bedanken? Ich hatte nichts getan, was seinen Dank verdient hätte.

„Wofür?", fragte ich daher.

„Dafür, dass du mich aufgehalten hast, als ich nach dem Höllenhundangriff verschwinden wollte. Du hast Don gesehen und wärst du nicht zu ihm gelaufen, hätten wir ihn nicht lebend nach Mhios bringen können."

Ich schluckte schwer.

„Es hat ihm nicht geholfen. Er ist trotzdem gestorben."

„Ja, aber seine Frau konnte sich von ihm verabschieden. Er war nicht allein, sondern ist im Kreise seiner Familie zu den Helden gegangen. Das ist allein dein Verdienst."

Meine Augen brannten und mein Herz wurde schwer. Es war ein kleiner Trost. Ich hakte mich bei Kar ein und er legte seine große Hand auf meinen Arm. Ich gönnte mir einen tiefen Atemzug, um den Duft von Tannennadeln in mich aufzunehmen. Wir betraten die Wegsonne. Sein Blick ruhte auf mir und ich hätte wetten können, dass er noch etwas sagen wollte, doch da schoss

bereits das Kribbeln durch meine Beine und wir waren
weg.

Kar

Ory zu berühren, stellte seltsame Dinge mit mir an. Die
Wut, die jede Sekunde des Tages unter meiner Haut lauerte, beruhigte sich für einen Moment. Ich fühlte mich
leichter, freier. Und dann wieder ... ich schüttelte den
Kopf, um die Erinnerung zu verdrängen. Meine Beherrschung hing am seidenen Faden, sobald Ory von einem
anderen berührt wurde. Chu war ihr nun schon zum zweiten Mal nahe gekommen und ich hätte dem Offizier am
liebsten das Herz aufgespießt. Selbst Amo, der sie Immer
wieder zu berühren schien, weckte diese blinde Wut in
mir. Wie konnte ein Mensch so viel Macht über mich
haben? Okay, sie war nicht wirklich ein Mensch. Nicht
ganz. Doch sie benahm sich wie einer. Ich hätte ihr sagen
sollen, dass sie umwerfend aussah in diesem Kleid. Dass
ihre Haare glänzten wie die Sonne und ihre Augen mir
den Atem raubten, doch ich durfte nicht so töricht sein.
Würde ich mich nur einen Moment nicht beherrschen
können ... es könnte sie zerstören. Oder mich. Ils tauchte
in meinen Gedanken auf, doch ich verbannte sie schnell
wieder.

Als wir bei der Halle der Helden ankamen, fiel ihr Arm
von meinem und ich fühlte mich sogleich kalt und
alleine. Gefühle, die ich nur zu gut kannte. Sie starrte die

Gestaltenmenge an, die sich in Richtung Eingang schob. Ich legte ihr eine Hand auf den Rücken, um sie voran zuschieben. Ab und an sah ich ein bekanntes Gesicht, doch die meisten Anwesenden gaben sich Mühe, meinem Blick auszuweichen. Ich schnaubte. Die Menge verdichtete sich, je näher wir dem Eingang kamen. Ory drückte sich näher an meinen Körper. Die Helden stehen mir bei, ich sollte mich auf die Beisetzung konzentrieren, doch ich spürte, wie sich ihre Schenkel an meine pressten. Ihre Hüften waren weich und ich wünschte, ich könnte sie mit meinen Händen packen. Ich musste ein Knurren unterdrücken, als wir die Halle der Helden betraten. Wie alle anderen vor mir kreuzte ich meine Arme, fasste an meine Ellenbogen und neigte den Kopf zu Ehren der Helden, die bereits hier ruhten. Als ich wieder aufsah, erwischte ich Ory dabei, wie sie mich mit großen dunklen Augen beobachtete und meinen Heldengruß nachahmte. Sie war so fremd, so neu, dass es mir die Sprache verschlug. Wann hatte ich mich das letzte Mal so gefühlt? Noch nie, kam mir in den Sinn. Die Gestalten hatten sich um das Mondfeuer im Zentrum der Halle der Helden versammelt. Ich erspähte Ivy auf der anderen Seite. Sie betrachtete mich und dann Ory und zog amüsiert eine Augenbraue in die Höhe. Ivy hatte immer einen Riecher dafür, was um sie herum geschah. Vielleicht lag es an der Art, wie sie die Welt sah. Was es auch war, ihr konnte man nichts vormachen. Chu stand neben Dons Witwe am Feuer und sprach leise mit ihr, während er seinen Arm um ihre Schultern geschlungen hatte.

„Muss ich irgendetwas tun?", fragte Ory leise.

„Nein, bleib einfach bei mir. Es geht gleich los."

Sie nickte und ergriff meine Hand. Den Blick nach vorne auf das Mondfeuer gerichtet. Ich zuckte innerlich zusammen. Eine Wärme ging von ihrer Hand aus, die mir den Arm hinauf kroch und sich in meiner Brust ausbreitete. Ich riss meinen Blick von ihr los und sah ebenfalls nach vorne. Im Augenwinkel konnte ich Gestalten sehen, die Ory skeptisch betrachteten. Ich hätte sie am liebsten alle auf der Stelle in zwei geteilt. Doch die in mir lauernde Wut blieb durch Orys Berührung unter der Oberfläche, wie ein gedämpfter Schall. Ich beschloss, mich zum ersten Mal in meinem Leben in der Öffentlichkeit zu entspannen.

Amo

„Klopfst du nie an?"

Kar sah von einem Stapel Papiere auf, als ich sein Büro betrat. Ich hatte mich nach Dons Beisetzung umgezogen und trug jetzt eine schwarze Militärhose und unsere übliche Oberbekleidung mit dem Kurzumhang. Kar steckte noch immer in seiner Ausgehuniform. Ich vermutete, dass er schnurstracks von der Halle der Helden hierhergekommen war. Ich hatte ihn während der Zeremonie neben Ory stehen sehen. Es war ihr erstes Mal bei einer öffentlichen Feierlichkeit des Verschollenen Volkes gewesen. Sie hatte sich an Kar gelehnt und sogar seine Hand genommen. Er hatte es zugelassen, was mich überraschte. Ich kannte ihn jedoch gut genug, um ihn nicht darauf anzusprechen. Seit Ils war sein Verhältnis zu Frauen nicht mehr das Gleiche. Er verschloss sich, was ihn irgendwann auffressen würde. Aber Ory ... sie schien etwas in meinem Bruder zu beruhigen.

„Du starrst mich an. Was willst du?", fragte er, ohne mich anzusehen.

„Was machst du da?"

„Ich vertrete den Gouverneur, schon vergessen?" Er kritzelte etwas auf das Papier vor sich und legte es zur Seite. Ich ließ mich auf die Couch fallen und streckte meine Beine aus. Sollte er doch arbeiten, ich war außer Dienst.

„Hast du was zu trinken da?", fragte ich deshalb. Das Spiks auf meiner Zunge ließ langsam nach und ich wusste, ich brauchte etwas Vergleichbares.

Er zog die Augenbrauen hoch, deutete mit seinem Kopf aber auf einen Schrank zu seiner Rechten. Ich nahm die Flasche des braunen Getränkes und zwei Gläser heraus und schenkte uns ein. Als Kar nicht nach seinem Glas griff, sondern weitere Papiere wälzte, hob ich mein Glas.

„Auf Don."

Kar sah mich an und hob dann ebenfalls sein Glas, das er in einem Schluck hinunterkippte. Dons Körper war in ein blaues Tuch gehüllt im Mondfeuer verbrannt worden. Der Rauch war in den Himmel gestiegen und sein Name war in eine der Statuen der Helden gehauen worden. Es war seltsam zu wissen, dass auch mein Name eines Tages in eine der Statuen gehauen werden würde. Natürlich nur, wenn ich als einer der Helden sterben würde. Der Rang, den ich begleitete, legte das jedoch nahe. Und als Sammler waren meine Chancen auf ein hohes Alter ohnehin sehr gering.

Ich ging zurück zu der Couch.

„Gibt es Neuigkeiten von den Sammlern?", fragte Kar.

„Wir haben die Dienstpläne fertig. Morgen werden sie ihre Posten einnehmen. Zurzeit sind die Meisten im Lager."

Kar nickte und starrte auf die Papiere vor ihm.

„Haben sie irgendetwas gehört, was die Invasion erklären könnte? Gerüchte, die nur hinter vorgehaltener Hand erzählt werden?"

Ich dachte darüber nach.

„Sie haben alle möglichen Gerüchte gehört, aber nichts Handfestes."

Kar schwieg eine Weile, während ich an meinem Glas nippte. Der Brandy lief feurig meine Kehle hinunter. Ich spürte, wie sich die ersten Dämmerschwaden um mein Gehirn legten.

„Enok und Kaya waren bei der ersten Invasion dabei, richtig?", fragte Kar plötzlich.

Ich hätte mich fast verschluckt bei dem abrupten Themenwechsel.

„Ja, klar. Aber als Eno und Kay. Du kennst doch die Geschichten, die sie immer wieder erzählen."

„Ja." Er rieb mit beiden Händen über sein Gesicht. „Aber ..."

„Aber?", fragte ich, als Kar nicht weitersprach.

„Haben sie je was gesagt, wie sie all die Angreifer besiegen konnten? Nicht ein Einziger überlebte, um von unserem Volk zu berichten."

„Sie lockten sie in einen Hinterhalt. Kar, du kennst doch die Berichte."

„Genau das macht mich stutzig. Wie konnte das Grausame Volk so viele Dörfer und Grenzposten gleichzeitig angreifen, um in unser Land einzudringen, aber dann alle in einem einzigen Hinterhalt getötet werden?"

„Sie ... was? Die Grenzposten wurden überrascht und die Dörfer waren hilflos. Deshalb konnten sie eindringen."

„Das Ganze erscheint mir nicht plausibel", brummte mein Bruder über seine Papiere gelehnt.

Ich stellte den Brandy zur Seite.

„Wie kommst du jetzt darauf?"

„Ich habe mit einer Gestalt gesprochen, die damals dabei war und sie -"

Kar sah aus, als wog er jedes Wort ab, das er sagte.

„Sie sagte, das Grausame Volk hätte mit heraufbeschworenen Dämonen angegriffen. Hunderte von ihnen. Die einzige Möglichkeit, so eine Schlacht zu gewinnen, wäre, ihnen die Kräfte zu rauben."

„Den Energiestern?", fragte ich ungläubig. „Und du glaubst dieser Person?"

„Sie ist vertrauenswürdig. Aber ich habe recherchiert und nachgelesen, in den Berichten zu der Invasion." Er zeigte auf zwei Bücher, die er unter dem Papierstapel verborgen hatte. „Die Angaben können so nicht stimmen. Hast du dir die Zahlen jemals richtig angeschaut? Mit der

Menge an grausamen Soldaten hätten sie zwei Wachposten und vielleicht vier Dörfer überfallen können. Mehr, wenn sie zeitversetzt angegriffen hätten, doch das taten sie nicht."

Ich betrachtete meinen Bruder, während es in meinem Kopf arbeitete. In jeder Schule des Landes wurde über die erste Invasion unterrichtet. Unser Gouverneur war als Held aus ihr hervorgegangen. Ebenso unsere Eltern und einige Mitglieder der jetzigen Regierung.

„Was genau willst du mir sagen?", fragte ich schwummrig und verwirrt.

„Ich glaube, Lotai sah damals nur eine Möglichkeit, unser Volk zu retten. Ich denke, er hat den Energiestern zerstört."

Ich zog scharf die Luft ein. „Dieses Gerücht sollte diesen Raum nie verlassen, das ist dir klar, oder?", fragte ich ernst.

Kar nickte erschöpft. Der Energiestern war das Heiligtum eines Volkes. Er galt als Person, als etwas, das wertvoller war als tausend Armeen. Den Energiestern eines anderen Volkes zu zerstören wäre ... undenkbar. Eine Schande. Moralischer Selbstmord.

„Wofür hat er damals den fünften Buchstaben bekommen?"

„So etwas darfst du nicht fragen, Kar!" Er beging Heldenlästerung. Gerade Kar, der aufgrund seines grausamen Anteils so viel Leid hatte ertragen müssen, sollte niemals unter diesen Verdacht geraten. Trotzdem dachte ich einen Moment über das nach, was er gesagt hatte. Ich schüttelte langsam meinen Kopf. Meine Zöpfe streiften meine Beine.

„Ich weiß es nicht. Es ist nicht bekannt und das muss es auch nicht sein."

Kar stützte den Kopf auf die Hände, er sah erschöpft aus. Ich ging zu ihm und klopfte ihm mitfühlend auf die Schulter.

„Du solltest mit unseren Eltern sprechen. Sie werden die Sache aufklären können."

Ory

Ich sprang aus dem Bett, motiviert und bereit, meinen Tag zu bestreiten. Seit der Beisetzung war einige Zeit vergangen. Ich hatte die Tage damit verbracht, von der Küche zu den Gärten und den Ställen zu laufen, um mir irgendwo einen Job zu sichern. Als ich zum dritten Mal bei den Ställen erschienen war, hatte der Pferdewart meine Suche nach einem Job mitbekommen. Er hatte mir angeboten, für einen geringen Lohn die Ställe säubern zu dürfen. Also hatte ich mit Wys, dem Stalljungen, ausgemacht, dass er mir heute früh alles zeigen würde. Schnell schlüpfte ich in eine enge Hose aus dickem Stoff. Es war früh, die Sonne war noch nicht aufgegangen, und die Kälte der Nacht lag über Mhios. Ich stülpte mir ein Unterhemd und einen Wollpullover über den Kopf und war schon aus dem Zimmer und in Richtung Frühstücksraum unterwegs. Mein Magen rebellierte bei der Vorstellung, jetzt etwas zu frühstücken. Ich flitzte in den verlassenen Raum und schnappte mir eine Banane. Schnurgerade marschierte ich zu den Ställen an der nördlichen Seite der Festung. Ich musste achtgeben, dass ich auf den ungeraden Wegen nicht stolperte. Wurzeln waren aus der Erde gewachsen und kleine Moosinseln drückten sich zwischen den Steinen empor. Als eine Ranke mein Gesicht streifte, schrie ich auf und hoffte gleich darauf, dass mich niemand gehört hatte. Die Ställe waren schwach erleuchtet, wodurch ich die warme Luft erkannte, die von den Boxen der Pferde ausging. Ich drückte mich durch eine Stalltür, die einen Spalt offenstand. Es roch nach Pferd und Stroh, was mir so normal vorkam, dass ich tief einatmete.

„Hallo? Wys?"

Meine Rufe wurden von dem Gewieher einiger Pferde erwidert, die in ihren Boxen standen. Doch außer den Tieren war nichts zu hören.

„Hallo?", fragte ich erneut.

Der breite Gang, der rechts und links von Pferdeboxen gesäumt war, lag verlassen vor mir. Ich trat einen Schritt vor und sah verstohlen in eine dunkle Box. Ich erkannte nur schwache Schemen und schreckte zurück, als plötzlich ein Pferdekopf aus der Dunkelheit auftauchte. Mein Herz raste und ich tätschelte beruhigend den braunen Kopf des Tieres, das sich genüsslich in meine Hand drückte.

„Weißt du, wo Wys ist?", fragte ich das Tier. Plötzlich legte sich eine Hand auf meine Schultern. Ich zuckte zurück.

„Da bist du ja." Wys stand mit einem Eimer in der Hand hinter mir und schaute grimmig. „Hast dich erschreckt, was?"

Ich lachte unsicher.

„Du hast nicht auf meine Rufe reagiert."

„Ich war draußen und habe frisches Wasser geholt. Ich bin es nicht gewohnt, dass so früh am Tag noch jemand hier unten ist. Aber schrei hier nicht so rum, das verstört die Tiere."

Ich lief rot an und folgte ihm, wie er zu einem großen Tank ging, in den er den Eimer Wasser schüttete. Wys war jung, vielleicht noch ein Teenager, mit einem ernsten Mund und pickligen Gesicht. Seine braunen Haare standen in alle Richtungen ab und wurden nur durch die flache Mütze auf seinem Kopf ein wenig gebändigt. Er trug wie ich dicke Hosen und einen warmen Pullover, doch er besaß hohe Stiefel, um die ich ihn beneidete. Meine dünnen Stoffschuhe boten keinen Schutz vor der Kälte. Doch es waren die einzigen, neben Sandalen, die ich im Moment besaß.

„Noch nie mit Pferden gearbeitet, was?"

„Nein, aber mit Kühen und Schweinen."

„Das wird dir hier nichts bringen", seufzte er und lief weiter durch den Stall.

„Fass lieber keine Tiere an, die können dir die Hand abbeißen. Und sprich mit niemandem, hier kommen Oberoffiziere und Kommandanten vorbei, die wollen von keinem Stallmädchen wie dir angequatscht werden."

Ich nickte zaghaft, sagte aber nichts.

„Hier sind die Heugabeln. Du fängst da hinten an und arbeitest dich durch alle Boxen vor. Dort ist frisches Stroh, dort ist eine Schubkarre für den Dreck. Wenn die Karre voll ist, bringst du es raus ins Silo, alles klar?"

„Alles klar."

„Super, na dann viel Spaß."

Damit verschwand er in die Dunkelheit und ich machte mich ans Werk.

Als ich Stunden später bei der letzten Box ankam, rann mir der Schweiß den Rücken hinunter und meine Haare klebten an meiner Stirn.

„Diese verdammte Hose", schimpfte ich vor mich hin. Die Hitze staute sich in dem dicken Stoff wie in einem Kochtopf und ließ mich von einer kalten Dusche träumen.

„Was machst du denn hier?" Die Stimme riss mich aus meinen Tagträumen und ich sah in die hellen Augen von Amo. Er musterte mich schnell von Kopf bis Fuß.

„Ist dir warm?" Sein freches Grinsen ließ seine Augen funkeln.

„Leck mich", erwiderte ich, jedoch ebenfalls grinsend.

„Ich arbeite hier. Heute ist mein erster Tag."

Er zog eine Augenbraue in die Höhe.

„Warum hast du nicht gesagt, dass du eine Arbeit suchst? Du hättest in unseren Büros arbeiten können oder du hättest -"

„Nein, danke. Ich wollte keine Hilfe. Außerdem mag ich die Arbeit draußen."

Ich spießte mit der Heugabel weitere Pferdeäpfel auf und lud sie auf die Schubkarre.

„Du weißt, dass du uns nichts beweisen musst, richtig?"

Ich sah das Mitgefühl in seinen Augen und schluckte schwer.

„Darum geht es nicht. Ich brauche etwas Geld. Ich kann doch nicht ewig in der Festung wohnen, die Klamotten tragen und dort essen."

„Du bist willkommen, solange du willst. Niemand wird dich rauswerfen. Das Volk der Verschollenen ist es seit Generationen gewohnt, Neuankömmlinge zu versorgen. Es ist eine unserer wichtigsten Pflichten als verschollene Gestalten. Wir haben Stiftungen dafür, die alle Kosten decken."

Ich wusste nicht, weshalb, doch mein Blick verschleierte sich und ich blinzelte die Tränen weg, bevor sie mir über die Wangen rollen konnten.

Kapitel 16

Amo

Ich hielt das Pferd ruhig, als ich durch die Straßen von Mhios streifte. Der braune Hengst bewegte sich mit seinen kräftigen Muskeln geschmeidig unter meinen Beinen. Ich mochte die erhöhte Sitzposition, die das Tier mir verschaffte. Wie lange war ich nicht mehr ausgeritten? Erst jetzt merkte ich, wie sehr mir das Reiten fehlte. Kar hatte mich früher damit aufgezogen, dass mein dominanter Teil vom Reitenden Volk sein musste, denn ich hatte jede freie Minute auf einem Pferderücken verbracht. Sicherlich waren in meiner DNA reitende Anteile enthalten, so wie Anteile von jedem anderen Volk, doch einen dominanten Teil besaß ich nicht. Meine Eltern waren stolz darauf, alle Völker des Imperiums zu vereinen. Das Grausame Volk ausgenommen. Ich hatte nie einen Vorteil darin gesehen. Die Kräfte, die unsere Familie noch besaß, waren verschwindend gering. Dafür gehörte unser Stammbaum zum Adel im Tal. Ich schnaubte innerlich. Als ob wir etwas Besseres wären, nur weil unsere Familie schon länger auf diesem Land lebte. Als ob die Geburt über den Wert einer Gestalt bestimmen würde. Ich passierte den Torbogen, der die Gärten von der Stadt trennte und folgte den geschwungenen Wegen zu dem See. Ich blickte über das Ufer und die kleebewachsene Fläche davor, doch ich konnte Mix nicht erspähen. Ich beschleunigte den Gang des Pferdes ein wenig. Jeden Tag saß sie an diesem Ufer. Wo also steckte sie? Ich suchte noch ein Mal mit Blicken das Ufer ab. Nichts. Mit einer hektischen Bewegung stieg ich von dem braunen Hengst und band ihn an einen der Bäume fest. Mix, wo bist du?

Im See.

Ich riss den Kopf herum und blickte auf das Wasser. Die Stimme in meinem Kopf kicherte leise.

Warte, ich bin gleich bei dir.

Mit meinen Augen suchte ich die glatte Oberfläche des Wassers ab. Ich entdeckte eine Stelle nahe dem Ufer, an der Bläschen aufstiegen. Das Wasser wurde unruhig und gleich darauf ein schneeweißer Kopf erschien. Ihre blasse Haut schien zu glänzen und diese strahlenden blauen Augen suchten meine. Als sie mich fanden, sackte mein Herz in die Tiefe. Nur ein Mal hatte sie mir zuvor in die Augen gesehen und ich hatte nicht gewusst, wie sehr ich mich danach gesehnt hatte. Eine Wärme erfüllte meine Brust und ich lächelte sie an. Zu meiner Überraschung lächelte sie zurück. Sie hielt meinen Blick, während sie wie schwerelos durchs Wasser glitt, bevor sie Boden unter den Füßen fand und dem Wasser entstieg. Ich hätte nicht sagen können, ob ich atmete oder blinzelte. Ihre schlanke, lange Gestalt hielt mich gefangen. Das weiße Kleid, das nass an ihren Gliedern hing, umschmiegte sie und der Anblick ließ meine Hände kribbeln und meinen Mund offen stehen. Sie sah mir noch immer in die Augen und ich fühlte mich, als würde ich schweben. Ihre Haut glitzerte unter der Sonne und ich schluckte schwer, als sie vor mir zum Stehen kam.

„Du schwimmst?", fragte ich mit rauer Stimme und ich räusperte mich schnell.

„Ja, seit ich Ory aus dem See geholt habe ... ich konnte an nichts anderes mehr denken."

„Du bist vom Schwimmenden Volk", stellte ich fest, obwohl sie das bereits wusste. Ihr Lächeln wurde breiter. Warum war ich so nervös?

„Ich freue mich, dass du mich besuchst."

Mir stieg Röte in die Wangen und ich vergrub meine Hände in den Taschen meiner Uniform. Ich ertastete etwas in meiner Tasche und hielt es ihr rasch hin.

„Den habe ich dir mitgebracht. Wenn man ihn etwas dreht, sieht er fast aus wie ein Herz."

Ich kam mir plötzlich töricht vor, doch sie griff nach dem kleinen Stein, den ich aus dem Lager der Sammler mitgenommen hatte. Sie drehte ihn in der Hand hin und her und mir fielen ihre Nägel auf, die bei jedem Besuch zuvor brüchig und stumpf ausgesehen hatten. Heute waren sie gesund und schimmerten wie Perlmutt. Sie war wunderschön.

„Danke." Es war nur ein Hauchen und doch trieb es mir erneut Blut in die Wangen.

„Ist dieses Geschenk der Grund für deinen Besuch?"

„Nein, also ja, ich wollte es dir geben, aber ich habe dich ... also ich wollte einfach sehen, wie es dir geht."

Wie schön, hörte ich sie in meinem Kopf sagen.

Noch immer sah sie mir in die Augen und ich fragte mich, ob ihr bewusst war, dass sie mich noch nie so offen angesehen hatte. Ich wollte ihr diese neue Lebensfreude nicht nehmen, doch ich musste auch die schlechten Neuigkeiten überbringen.

„Du siehst sorgenvoll aus. Hat deine Besorgnis etwas mit der Hektik der Stadt zu tun?"

Ich fuhr verlegen über meinen Nacken und ließ die langen Zöpfe vor mein Gesicht fallen. Ich wünschte, ich könnte sie beschützen, doch was auch immer auf uns zukam, ich würde sie nicht anlügen.

„Ja. Die Gestalten werden unruhig, es hat eine Drohung gegeben. Wir wissen nicht, ob sie eintreffen wird, aber -"

„Oh, das wird sie. Sie werden kommen."

Mir fiel die Kinnlade hinunter und ich starrte dieses sanfte Wesen vor mir an.

„Woher weißt du davon?"

„Ich weiß vieles. Diese arme Seele, die Helden mögen sie aufnehmen, hat die Nachricht in die Stadt gebracht. Dabei gibt es hier schon genug Grausames." Sie betrachtete den Stein in ihrer Hand. „Hast du Angst?", fragte sie geradeheraus.

Ich nahm ihre Hände in meine. Noch nie hatte ich es gewagt, sie anzufassen. Ihre Haut war so viel kälter als meine. Ich fragte mich, ob das immer so war.

„Ich habe keine Angst um mich, nur um die, die ich liebe. Aber ich werde alles dafür tun, dass das Volk sicher ist. Dass du sicher bist." Sie löste eine Hand aus meinem Griff und legte ihre Finger so zart wie die Berührung einer Fischflosse auf meine Wange. Vorsichtig lehnte ich mich in die Berührung.

Ich glaube dir.

Kar

„Senatorin? Ihr Sohn ist hier, um sie zu sprechen."

Die Sekretärin schluckte. Auf ihrer Stirn bildete sich ein dünner Schweißfilm. Die Frau war jung, wahrscheinlich hatte ihr ein Verwandter diesen Job besorgt. Wahrscheinlich ein Verwandter, der sie nicht mochte. Kayas Sekretäre blieben nie lange. Schon als Kind hatte Amo Süßigkeiten mit ihnen geteilt, um sie aufzumuntern. Ich hatte die Schwäche dieser Gestalten verhöhnt. Sie hatten es leicht im Leben und doch brachen sie an einer so simplen Aufgabe.

„Die Senatorin mag es nicht, wenn man sie ohne Termin stört", sagte sie nun schon zum zweiten Mal. Der Transmitter an der linken Schulter der Frau ertönte.

„Seien Sie präziser, Kia. Welcher Sohn?"

Die Sekretärin sah mit verängstigten Augen zu mir auf. „Der Kommandant, Miss. Also ich meine, Kar. Kommandant Kar."

Ich fragte mich, was passieren würde, wenn ich sie meine vollständige Gestalt sehen lassen würde. Nur so zum Spaß.

Die Tür zum Büro meiner Ziehmutter öffnete sich und Kaya füllte den Rahmen aus. Sie war eine große Erscheinung, die ihre wilden Haare in langen Zöpfen trug. Genau wie Amo. Allerdings verzichtete sie auf die kahle Seite. Ihre hellen Augen verrieten nicht im Geringsten, was in ihrem Inneren vorging. So war das schon immer gewesen. Amo litt noch immer unter dieser Distanziertheit. Ich empfand sie als angenehm.

„Kar." Sie öffnete ihre Arme für mich und ich hauchte ihr einen Kuss auf die Wange. „Was für eine nette Überraschung. Aber ich mag keine Überraschungen, erinnerst du dich?"

„Sie sagte, das wäre ok." Damit zeigte ich auf die Sekretärin, die ein Wimmern ausstieß.

Ich folgte ihr in den Raum und schloss die Tür hinter uns. Die Büros meiner Eltern befanden sich nicht in der Festung, sondern in der Stadtverwaltung von Mhios. Die Festung fungierte als Sitz der verschollenen Regierung und hatte nur wenig mit dem Geschehen in der Stadt zu tun. Ich hatte so gut wie nie in diesem Gebäude zu tun und war dankbar für den Abstand zwischen meinem Alltag und der Arbeit meiner Eltern. Amo hatte direkt nach dem Militärdienst für zwei Jahre in der Stadtverwaltung gearbeitet, bevor auch er in die Festung gewechselt war. Es war Fluch und Segen, Helden als Eltern zu haben, doch für Amos Psyche war der ständige Vergleich die Hölle gewesen.

„Wo ist der Bürgermeister?"

„Dein Vater ist in einer Besprechung. Er dürfte in einer Stunde wieder da sein. Also, was verschafft mir die Ehre?"

„Wir bereiten uns auf eine Invasion vor."

„Das weiß ich. Wir organisieren zusammen mit Kommandantin Hill die Schutzräume für die Bevölkerung sowie Notfallpläne und Versorgungsrouten." Sie musterte mich mit ihrem undurchdringlichen Blick. „Wie geht es dir dabei? Musst du nach Askoth?"

Ich schüttelte den Kopf. „Ich war schon dort. Die Lehrpläne für die Reservisten stehen und die Ausbildung der Rekruten und Anwärter wird beschleunigt. Zia hat alles unter Kontrolle."

„Du hast mir nicht gesagt, wie es dir dabei geht."

„Mir geht es gut. Wie immer."

Die Augen meiner Mutter ruhten weiter auf mir.

„Ich habe von der Menschenfrau gehört."

„Sie ist ein Mischwesen und sie heißt Ory."

Ein überraschter Ausdruck erschien im Gesicht meiner Mutter.

„Erzähl mir von ihr."

Ich atmete tief durch. „Sie ist stark. Sehr sogar. Sie konnte meinen Angriff abwehren. Außerdem ist sie mutig und sie will sich unbedingt beweisen."

Meine Mutter hob neugierig eine Augenbraue.

„Aber sie ist nicht einsatzbereit. Leider. Ich würde sie dem Risiko eines Kampfes nicht aussetzen. Noch nicht."

Kaya blieb ruhig, also sprach ich weiter.

„Sie ist zu unerfahren und sie kann sich nicht ... sie hat keine ...."

„Kontrolle?", fragte meine Mutter erstaunt.

„Genau."

Für einen Moment starrte meine Mutter mich ungläubig an und ich bereute, ihr so offen von Ory erzählt zu haben.

„Nun, das verbindet euch, nehme ich an. Sie hat keine Kontrolle über ihre Kraft und du ... wie gelingt dir die Kontrolle über deine Wut? Benötigst du viel", sie wägte ihre Worte genau ab, „Ausgleich?"

Ich war froh, dass sie das Thema wechselte. Kaya war die Einzige, die wusste, wie ich meiner Wut Luft machte. Welche Ventile ich im Keller der Festung für mich nutzte. Nicht einmal Amo kannte die Wahrheit.

„Wie immer", blockte ich die Frage ab. Ich wollte nicht über meine Probleme sprechen. „Ich muss dich etwas fragen, aber ich weiß nicht, ob hier der geeignete Ort dafür ist."

Sie hob eine Augenbraue und ihr Körper versteifte sich. „Ich kann dir versichern, dass mein Büro sicher ist. Nichts verlässt diesen Raum."

Ich warf der Tür einen misstrauischen Blick zu, doch ich hatte keine Wahl. Meine Eltern lebten in ihren Büros. Wozu sie ein Haus besaßen, wusste ich nicht. Sie waren niemals dort anzutreffen.

„Ich habe mich gefragt, ob du mir sagen kannst, wofür Lotai seinen fünften Buchstaben bekommen hat?"

Meine Mutter zog scharf die Luft ein und für einen kurzen Moment sah ich Entsetzen in ihrem Gesicht.

„Du verstehst, dass alleine die Frage ein Affront gegen den Gouverneur und alle anderen Helden darstellt?"

Ich nickte, ließ sie jedoch nicht aus den Augen. Sie atmete tief durch und straffte den Rücken.

„Ich kann dir nichts Genaues sagen und das möchte ich auch nicht. Ich vertraue auf die Entscheidung des Gremiums und bin mir sicher, dass er dem Buchstaben würdig war."

„Gesprochen, wie eine echte Politikerin", spuckte ich aus.

Nun war Kaya an der Reihe, zur Tür zu blicken, bevor sie wieder mich ansah.

„Warum willst du das wissen, Kar? Wenn jemand mitbekommt, dass du nach so etwas fragst ... jeder weiß, dass du selbst kurz davor stehst, einen vierten Buchstaben zu bekommen. Die bevorstehende Invasion könnte deine Chance sein. So schlimm die Situation auch ist. Versau dir das nicht. Oder Amo."

Ich fuhr mir über das müde Gesicht.

„Ich werde nichts tun, was Amos Karriere gefährdet. Aber ich habe etwas recherchiert, zur ersten Invasion. Die Zahlen der Angreifer können nicht stimmen. Oder die Dokumentation zum Sieg über das Grausame Volk ist nicht genau. Bei einer solchen Anzahl von Angreifern ist es unmöglich, mit einem Hinterhalt alle auf einen Schlag zu vernichten."

„Es ist möglich", raunte Kaya bestimmt. „Lotai hat es getan."

„Aber am Berg Frija gibt es keine Fläche für so einen großen Hinterhalt. Es gäbe nur eine Möglichkeit, wie -"

„Sei still, Kar!"

Ich sah meine Mutter überrascht an. Einen solchen Ton hatte ich noch nie an ihr gehört.

„Wir waren dabei. Dein Vater und ich. Ich kann dir versichern, die Dokumentation ist korrekt. Der Ort ... das Schlachtfeld, sie wurden alle besiegt."

Kaya war weiß geworden und ich merkte erst, dass ich nickte, als sie sich umdrehte und hinter ihren Schreibtisch trat.

„Es ist besser, wenn deine Recherche damit abgeschlossen ist. Überlass die Strategien Kommandant Levi, und konzentriere dich auf deine Aufgaben." Damit lehnte sie sich über die Dokumente auf ihrem Schreibtisch. Ich wusste, ich war entlassen.

Ory

Yeah, eine Stunde und achtunddreißig Minuten! Der Schweiß stach in meinen Augen und meine Kehle ächzte nach Wasser. Ich lief zu der Stelle, an der ich meine Flasche abgestellt hatte. Gierig trank ich einige Schlucke. Luo, eine Gestalt aus der Küche, hatte mir die verbeulte Blechflasche überlassen, damit ich während meiner Arbeit etwas zu trinken hatte. Um ein wenig Freude bei der Arbeit zu haben, hatte ich aus dem Ausmisten der Ställe einen Wettlauf gegen die Uhr gemacht. Wys war ein grummeliger Zeitgenosse. Sonst war niemand hier, daher hatte ich mir etwas ausdenken müssen, um die Zeit besser herumzukriegen. Ein Tropfen Wasser fiel von meinem Mund auf meine robusten Stiefel. Ich hatte meinen ersten Lohn genutzt und mir sofort ein Paar gebrauchte Stiefel besorgt. Sie passten mir wie angegossen. Ich bewegte meine Zehen fröhlich, da sie noch immer mollig warm waren.

„Ory!" Ich fuhr herum und sah Chu auf mich zukommen. Sein schönes Gesicht schützte er mit einer Hand gegen die Sonne.

„Hallo Chu. Brauchst du heute ein Pferd?"

Jeden Tag brachte Wys eine Liste mit Namen in den Stall, auf der er sehen konnte, welches Pferd er für wen herrichten musste. Manchmal überflog ich die Liste, doch Chus Namen hatte ich noch nicht gesehen.

„Nein, ich bin hier, um mich zu verabschieden. Ich muss wieder zurück auf meinen verdammten Posten. Wenigstens werde ich nicht mehr alleine sein. Alle Außenposten sind verstärkt worden, daher habe ich jetzt Gesellschaft."

„Wann wirst du gehen?"

„Ich habe eben den Befehl erhalten. Ich bin auf dem Weg zur Wegsonne hier vorbeigekommen."

Ich zog meinen Freund in eine feste Umarmung. Seit Chus Rückkehr in die Festung hatten wir jeden Tag einen Spaziergang unternommen. Manchmal hatte Ivy uns begleitet. Die beiden hatten mir alles Mögliche über unser Volk und die anderen Völker des Imperiums erzählt und ich hatte ihnen tausend Fragen gestellt.

„Ich werde dich vermissen. Bitte pass auf dich auf!", sagte ich aufrichtig.

„Danke, das mache ich. Wir sehen uns bald wieder."

Damit gab er mir einen Kuss auf die verschwitzten Haare und ich winkte zum Abschied, während er die Treppe zur Festung erklomm.

Ich wandt mich wieder den Ställen zu und bemerkte erst jetzt, dass alle Pferde in ihren Boxen aufgestanden waren und nervös mit den Köpfen wackelten. Ein großer Hengst in der Box zu meiner rechten wieherte laut auf. Die anderen Tiere taten es ihm gleich. Ich hörte Ruten an die Wände schlagen und sah, dass Amos Lieblingspferd auf die Hinterbeine stieg.

„Ruhig, Großer, ruhig", wies ich es an, doch das Tier wieherte nun lauter als alle anderen.

Wys tauchte plötzlich neben mir auf. „Was ist hier los?"

„Ich weiß es nicht. Sie haben plötzlich damit angefangen."

Ich hörte einen Knall und Wys und ich fuhren herum, als die Tür des schwarzen Hengstes aufflog und das Tier Reißaus nahm. Ich schmiss mich gegen die Wand, als es im Galopp an mir vorbeiraste.

„Sichere die Türen! Schließ den Stall!", schrie Wys mir zu, als er hinter dem Pferd davon sprintete. Ich sah nur noch, wie die flache Mütze von seinem Kopf davonflog.

Ich wollte gerade zur ersten Box rennen, als mich ein Knurren innehalten ließ. Ich blieb ruckartig stehen. Die Pferde drehten nun völlig durch. Sie wieherten und traten aus, als stünde der Stall in Flammen. Meine Nackenhaare stellten sich auf, als ich mich langsam umdrehte. In der Tür zum Stall stand eine Bestie, wie ich sie noch nicht gesehen hatte. Der Körper des Dämons war lang und dünn und endete in spitzen Krallen, wo Finger und Zehen sein sollten. Sein Kopf war schmal und bestand nur aus einem aufgerissenen Maul, in dem sich mehrere Reihen kleiner tödlicher Zähne aufreihten.

Ich stieß ein Japsen aus. Als wären alle Dämme gebrochen, hastete das Biest auf mich zu. Ich wich panisch zurück. Raus, ich musste hier raus! Ich rannte an den

Pferdeboxen vorbei, immer weiter und weiter. Bloß weg hier. Was war das und was wollte es von mir?

Ich schoss durch den Stall und zur Hintertür hinaus, wobei ich im Rennen die Tür zuknallte. Ich hörte den Dämon fauchen, als die Tür durch das Gewicht seines Körpers zerbarst und er weiter hinter mir herjagte. Mein Herz hämmerte wie wild in meiner Brust. Ein Stechen begann sich in meiner Seite zu bilden. Bloß nicht langsamer werden, Ory!

An meinem Arm sammelte sich Wärme, doch ich ignorierte das seltsame Gefühl. Ich wechselte plötzlich die Richtung, in der Hoffnung, das Biest abzuschütteln. In meinem Kopf begann es zu brummen. Nein, nein, bitte nicht jetzt! Nicht hier! Wenn ich auf die Knie ging, würde die Bestie mich in Stücke reißen. Das Brummen steigerte sich und etwas brannte sich in meinen Arm. Ich blieb ruckartig stehen, als ich sah, wo ich hingerannt war. Nur noch ein kleines Stück und ich würde in die Straßen von Mhios laufen. Mit einem Dämon hinter mir. Ich drehte mich auf der Stelle um. Die Bestie kam auf allen vieren langsam auf mich zu. So, als hätte sie begriffen, dass ich nicht weiter laufen konnte. Ich würde keine Gestalten in Gefahr bringen. Ich würde das Volk schützen, das mich aufgenommen hat, auch wenn es meinen Tod bedeutete. Das Brummen in meinem Kopf übertönte nun alle Geräusche. Ich spürte einen leichten Schmerz, als würde ein Ballon in meinem Schädel aufgeblasen werden. Mein Handgelenk brannte und ich griff unwillkürlich danach, als ich verstand, was mir meinen Arm verbrannte. Es war die Scheibe, die Mix mir geschenkt hatte und die ich als Armband trug. Sie hatte bereits einen roten Fleck auf meiner Haut hinterlassen. Jetzt begriff ich! Mix hatte gesagt, die Scheibe würde mir helfen.

Mein Körper wurde von Euphorie erfasst, die wie ein Feuerwerk durch meine Adern schoss. Ich sah den Dämon an, der noch immer sein Maul aufgerissen hatte und drohend mit den Krallen scharrte. Ein Lächeln umspielte meine Lippen. Zum ersten Mal in meinem Leben nahm ich das Brummen, das sich in meinem Kopf sammelte, und ließ es durch mich hindurchgleiten. Ich ließ es zu. Es gehörte mir und ich würde es benutzen. Wie eine Welle durchströmte mich die Vibration und ich ließ sie frei. Als würde der Ballon in meinem Kopf sich in meinen Körper entladen. Kein Schmerz vernebelte mir die Sicht. Ich sah dem Dämon zu, wie er mitten in der Bewegung erstarrte und eine Kraft, wie ein heftiger Ruck, zog an mir. Ich hatte Mühe, dieser Kraft standzuhalten, doch es gelang mir. Das Biest blieb starr. Ich hatte es geschafft! Ich beherrschte meine Kraft! Tränen rollten über meine Wangen und ich hieß auch sie willkommen.

Kapitel 17

Kar

Sie war nicht weiter gelaufen. Sie hatte sich dem Dämon ausgeliefert, um die Bewohner der Stadt zu beschützen. Und nun beherrschte sie den Gharron-Dämon, den ich beschworen hatte. Stolz schwoll in meiner Brust heran. Ich trat aus meinem Versteck hinter einer großen Eiche hervor. Mit dem Wisch meiner Hand ließ ich den Dämon verschwinden und Ory kippte vorn über. Sie landete mit den Knien und den Händen im grünen Gras. Ihr Atem ging heftig. Ich schritt langsam zu ihr.

„Das war beeindruckend."

Sie warf mir einen tödlichen Blick zu.

„Was machst du hier?"

Ich zog eine Augenbraue in die Stirn.

„Ich habe beobachtet, wie du deine Kräfte kontrollierst. Wie gesagt, sehr beeindruckend. Nicht jeder kann sich gegen einen Gharron behaupten."

Langsam erhob Ory sich.

„Wenn du sogar weißt, was das für ein Biest war, wieso hast du mir nicht geholfen?"

„Habe ich doch. Ich habe ihn verschwinden lassen."

Sie starrte mich mit offenem Mund an. Ihre Augen vor Entsetzen geweitet.

„Das warst du? Warum hast du ihn nicht schon verschwinden lassen, als er mich als Frühstück verspeisen wollte?"

Ich zuckte mit meinen Schultern, auf denen die Hörner meiner vollen Gestalt zu sehen waren. Mein Schwanz zuckte hinter mir im Gras. „Ich wollte wissen, ob du gegen ihn gewinnst. Sonst hätte ich ihn nicht auf dich losgelassen."

„Du hast *was*?" Ihre Stimme überschlug sich und ich verzog das Gesicht.

„Du hast das Biest auf mich losgelassen? Bist du irre? Was, wenn es mich in Stücke gerissen hätte? Was, wenn es auf die Bewohner der Stadt losgegangen wäre? Oder auf dich selbst? Ist das überhaupt erlaubt? Weiß Lotai das? Oder Amo? Oder Ivy?"

„Jetzt beruhige dich erst mal."

„Beruhigen? Du hast einen Dämon auf mich angesetzt!"

„Um zu sehen, ob du deine Kräfte kontrollieren kannst."

Ein schrilles Lachen kam über ihre Lippen.

„Ach so, na dann! Alles klar. Das sind total normale Methoden, jemandem zu helfen, eine Kraft zu kontrollieren, die normalerweise grauenhafte Schmerzen verursacht."

Ihr Lachen steigerte sich zu Hysterie und irgendwann lachte sie so heftig, dass sie sich den Bauch halten musste.

„Ich kann den Dämon kontrollieren, wenn ich ihn beschwöre. Es sei denn, ich möchte das nicht. Er hätte dir nichts getan, das hätte ich nicht zugelassen. Aber du durftest das nicht wissen."

Ich war mir nicht sicher, ob sie mich über das anhaltende Lachen gehört hatte. Plötzlich verstummte sie und sah mir mit Lachtränen auf den Wangen und einem Blick, der töten konnte, direkt in die Augen. Sie durchbohrte mich förmlich, was meine Knie weich werden ließ, auch wenn ich das nie zugeben würde.

„Du bist verrückt. Halte dich gefälligst von mir fern!"
Damit rauschte sie an mir vorbei.

Ory

„Das ist nicht dein Ernst?", fragte Ivy so schockiert, wie ich mich fühlte.

„Doch. Völlig verrückt. Wys ist immer noch auf der Suche nach dem dunklen Hengst, der ihm durch die Lappen gegangen ist. Ich war mir nicht mal sicher, ob ich heute meinen Job noch habe."

Ich hatte Ivy alles erzählt, was am Vortag passiert war. Ich fühlte mich immer noch wackelig auf den Beinen. Sobald ich eine dunkle Ecke sah oder einen Hund knurren hörte, geriet ich in Panik. Gestern hatte ich mich in meinem Zimmer eingeschlossen. Jedoch nur zum Teil aus Angst. Vor allem wollte ich mich davon abhalten, Kar umzubringen.

„Wusstest du, dass Kar Dämonen beschwören kann?", fragte ich Ivy, die neben mir einen alten Eimer vom Weg kickte. Wir spazierten durch die Straßen von Mhios und ich war froh, draußen zu sein. Das Grün der Straßen kam mir wie eine beruhigende Decke vor, die sich kuschelig um meine Schultern schloss. Der blaue Himmel wirkte so einladend, dass ich immer noch kaum glauben konnte, dass dieser Ort meine neue Heimat war.

„Gewusst habe ich es nicht, aber vermutet. Ab und zu ... seine Aura ist manchmal verunreinigt. Sein Feuer brennt zu hell sozusagen. Das ist ein Zeichen, dass dämonische Energie freigesetzt wurde. Allerdings habe ich ihn nie danach gefragt." Sie knabberte nachdenklich an ihrer Unterlippe, was die drei tätowierten Striche deutlich sichtbar machte.

„Ich könnte ihn umbringen. Was wäre passiert, wenn der Dämon auf die Straßen von Mhios gelaufen wäre?", fragte ich und deutete um uns herum.

„Aber du sagtest, Kar konnte ihn verschwinden lassen."

„Ja", gab ich mürrisch zu. Ok, ok. Er hatte den Dämon unter Kontrolle gehabt. Trotzdem war ich wütend.

„Ory, ich weiß, du willst das nicht hören, aber ich denke, Kar hat dir einen Gefallen getan."

Ich blieb so abrupt stehen, dass Ivy einige Schritte vor mir stand.

„Wie meinst du das?"

„Sieh mal, der Dämon war keine echte Gefahr für dich, was du nicht wusstest. Natürlich ist es schlimm, dass du Todesangst hattest, aber du konntest deine Kraft kontrollieren. Fast ohne Schmerzen. Das ist eine riesige Sache!"

„Das hat nichts mit Kar zu tun! Mix hat mir die Scheibe geschenkt. Sie war es, die mir den Gefallen getan hat. Kar ist einfach größenwahnsinnig."

Ivy betrachtete mich mit einem Blick, der mich Lügen strafte. Ja natürlich war es gut, dass ich jetzt wusste, dass ich meine Kraft beherrschen konnte, doch die Methode war zum Kotzen gewesen!

„Diese Scheibe", wechselte Ivy das Thema. „Sie scheint aus Krotok-Stahl gefertigt zu sein."

Ich betrachtete die kleine Scheibe an meinem Handgelenk.

„Was soll das sein?"

„Der Vulkan Krotok liegt auf dem Gebiet des Grausamen Volkes. Sie schmieden mit seiner Hilfe unheimlich mächtige Waffen, aber auch Schutzschilde und Schmuck. Mix sagte, sie wäre von einem Schmuckstück abgefallen, richtig?"

Ich nickte.

„Darf ich sie mir genauer ansehen?"

Nach dem gestrigen Angriff hatte ich das Band so fest an mein Handgelenk gebunden, dass ich es nicht mehr abstreifen konnte. Daher hob ich meinen Arm vor Ivys Gesicht. Sie murmelte etwas, als sie die Inschrift darauf las.

„Was steht dort?"

„Ich weiß es nicht. Es ist unsere Schrift, aber die Sprache ist mir nicht bekannt. Lass mich ein wenig darüber lesen, vielleicht finde ich ja etwas heraus."

Lotai

Der Empfangssaal lag verlassen vor mir. Die leeren Stühle standen wie Mahnwachen um die lange Tafel herum. Meine Augen flogen durch den stillen Raum, in dem die Sonne lange Schatten zog. Kommandant Col war vor einiger Zeit gegangen. Seine Spione waren im gesamten Imperium verteilt und jetzt, da die Sammler einberufen wurden, bildeten die Spione die einzigen Informationsquellen, die uns noch blieben. Ihre Informationen waren jedoch dürftig gewesen. Wir kamen einfach nicht an die Quelle der Bedrohung heran. Es war unmöglich, für die Spione, sich als grausame Gestalten auszugeben. Ohne einen solchen Anteil zu besitzen, fielen sie sofort auf. Daher gab es nur sehr spärliche Informationen aus dem Land unserer Nachbarn.

Meine Augen brannten und ich schloss sie für einen Moment. Ich saß in meinem gewöhnlichen Sessel. Die hohe Lehne mit der Wegsonne über mir. Ich spürte sie, auch wenn ich nicht hinsah. Sie war dort. Wenn es nach mir ginge, würde sie für immer hier in diesem Saal, in dieser Festung, bleiben. Ich war vor Stunden nach Mhios zurückgekehrt. Die Grenzen waren nun voll besetzt. Ich spürte noch immer die brodelnde Anspannung und den Tatendrang meiner Offiziere. Sie konnten es kaum abwarten, ein paar grausame Gestalten den gar auszumachen. Gut so. Sie würden nicht in unser Land eindringen. Es würde nicht gelingen. Und schon gar nicht bis hierher. Mhios war das Herz unseres Volkes und mit Absicht in der Mitte des Tals gelegen. Feinde mussten sich durch die Gebirgsketten hindurchkämpfen, bis sie auch nur in die Nähe dieser Stadt kommen konnten.

Es würde nicht so weit kommen.

Dieser Satz war mein Mantra. Sie hatten es schon ein Mal versucht, doch ich hatte sie bezwungen. Ich hatte getan, was von mir verlangt wurde, und ich hatte es gerne getan. Es war unsere einzige Chance gewesen, das Volk zu schützen. Gleichzeitig hatten wir sie für immer geschwächt. Kar machte mir Sorgen. Er war verhalten gewesen, als er mir berichtete, was in meiner Abwesenheit angefallen war. Seine Arbeit war sorgfältig gewesen und doch ... seine Augen hatten etwas in meinen gesucht. Er hatte Mühe gehabt, die Wut zu kontrollieren, die in ihm tobte. Er ahnte etwas. Ich wusste, es war nicht fair ihm gegenüber gewesen, doch Kaya und Enok waren damals bereit gewesen, ihn in ihrer Familie aufzunehmen. Er war meine tägliche Erinnerung, dass wir in Sicherheit waren. Ihm war ein vierter Buchstabe sicher, dafür würde ich sorgen. Das Gremium würde sich meinem Willen beugen. Seine Loyalität würde nicht wanken, dafür musste ich sorgen. Solange Kar als Kommandant hinter mir stand, würde Amo es auch tun und somit auch Kaya und Enok. Der Bürgermeister war ein zusätzlicher Wall der Verteidigung dieser Stadt.

Es würde nicht so weit kommen.

Ja, ich würde es verhindern. Unsere Armee war so stark wie nie. Auch das hatten wir Kar zu verdanken. Seit seiner Ernennung zum Kommandanten war der Stundenplan in Askoth erneuert und die Ausbildung praktischer geworden, was hervorragende Offiziere hervorgebracht hatte.

Unsere Außengrenzen waren sicher. Und eine der größten Waffen der letzten Generation befand sich in der Festung. Die Menschenfrau, Kar nannte sie noch immer so, hatte es geschafft, ihre Kraft zu kontrollieren. Ich hatte Mühe gehabt, zu verbergen, wie wichtig diese Neuigkeit war. Wenn ihre Kraft tatsächlich einen Dämon aufhalten konnte, geschweige denn eine Gestalt wie Kar, wäre sie in der Festung von großer Bedeutung. Sie würde sie verteidigen können.

Doch es würde nicht dazu kommen. Sie würden es versuchen. Sie würden scheitern. Ich war mir sicher. Alles würde gut werden.

Ory

Ich spürte, wie sich meine Muskeln entspannten, als ich langsam durch das seidige Wasser glitt. Mit jedem Zug löste sich die Anspannung aus meinen Schultern. Während ich dem leisen Plätschern des Wassers lauschte, atmete ich tief durch. Ich war allein und kein Geräusch durchbrach die Stille, als ich meine Bahnen durch das weitläufige Becken zog. Die Bäder der Festung waren die reinste Oase. Ivy hatte sie mir gezeigt, und ich war sofort verliebt gewesen. Riesige Fenster, die von kletternden Pflanzen gerahmt wurden, ließen bei Tag das Sonnenlicht auf das Becken scheinen. Der Raum war mit dunklen

Fliesen ausgelegt. Der Geruch von schweren Lilien hing in der Luft und erfüllte auch inmitten des Wassers meine Sinne. Ich genoss das Gefühl des Wassers, das an meinen nassen Haaren zog. Ich konnte nicht anders, als unter die Oberfläche zu tauchen und die Stille und Einsamkeit auszuschöpfen.

Mein Badegewand bestand aus einem dünnen Stoff, der glatt wie Seide auf meiner Haut lag und meine Beine vollständig bedeckte. Meine Brust wurde nur von einem schlauchförmigen Stoff verborgen, der meine Schultern, Arme und einen Streifen meiner Taille freiließ. Es ermöglichte mir, völlig frei im Wasser zu gleiten. Ich drehte eine Pirouette, wie ich es als Kind im Meer getan hatte. Lio war damals neben mir geschwommen. Ein Stich traf meine Brust, als ich auf den leeren Platz neben mir blickte. Ich schämte mich dafür, schon so lange keinen Gedanken mehr an meinen besten Freund verschwendet zu haben. Doch dieses Leben war so anders, so völlig neu, dass ich ihn fast vergessen hatte. Wie schrecklich, jemanden zu vergessen, der einem doch so viel bedeutete. Oder bedeutet hatte? Nein, ich liebte Lio wie einen Bruder für all die Tage, Wochen und Jahre, die wir gemeinsam als Menschen durchs Leben gegangen waren. Doch dieses Leben, das Leben in Mhios und im Volk der Verschollenen, war ein besseres. Daran gab es keinen Zweifel und ich wusste, Lio würde mir zustimmen.

„Versuchst du wieder, dich zu ertränken?"

Ich zuckte zusammen, als die Stille dieses Ortes von der tiefen Stimme durchbrochen wurde. Das Wasser um mich herum plätscherte laut durch meine hektischen Bewegungen.

„Was willst du hier? Ich habe dir gesagt, dass du dich von mir fernhalten sollst."

Meine Stimmung hatte sich schlagartig verändert. Ich schwamm wütend an den Rand des Beckens, wo ich mich kraftvoll aus dem Wasser stemmte.

„Geht es dir gut?" Kars Blick wirkte ehrlich besorgt, doch ich war noch immer zu aufgebracht, um seine Sorge anzuerkennen.

„Hier." Kar reichte mir mein Handtuch und ich grunzte mürrisch.

„Ich werde mich nicht bei dir bedanken", zischte ich in seine Richtung.

„Für das Handtuch oder dafür, dass du deine Kräfte nun beherrschen kannst?"

Ich japste auf. Wie dreist konnte ein Mensch – eine Gestalt – sein?

„Du hast damit nichts zu tun! Die Scheibe hat mir geholfen."

Er blickte auf mein Armband, das ich auch zum Schwimmen nicht abgenommen hatte.

„Ich nehme an, es ist aus Krotok-Stahl gefertigt?"

„Das sagt zumindest Ivy."

Ich betrachtete Kar genauer. Seine Narbe wurde von den schwummrigen Lichtern beleuchtet und seine bernsteinfarbenen Augen wirkten nicht so hart wie sonst. Die Luftfeuchtigkeit ließ seine Haare in weichen Wellen um sein Gesicht fallen, was meine Finger kribbeln ließ. Für einen Moment überlegte ich, sie zu berühren.

Er war nicht zum Schwimmen gekleidet, sondern steckte in seiner üblichen Uniform mitsamt dem Kurzumhang. Seine Hände hingen locker an ihm herab. Mir fielen erst jetzt die frischen Wunden an seinen Knöcheln auf.

„Hast du dich geprügelt? Deine Knöchel sind ja ganz zerschunden."

Ein Lächeln umspielte seine weichen Lippen.

„Ich prügel mich nicht, ich bin kein dummer Jüngling mehr."

Ich schnaubte und lief an ihm vorbei, in Richtung der Umkleidekabinen.

„Falls du es unbedingt wissen willst, ich muss mich ab und zu abreagieren. Mir raubt eine neue Gestalt in Mhios den letzten Nerv."

„Du hast gut reden! Ich werde von einem arroganten Besserwisser in lebensbedrohliche Situationen verwickelt."

Kars Blick wurde ernst.

„Das mit dem Höllenhund in den Bergen tut mir leid. Wir hätten nicht dorthin gehen sollen."

„Das meine ich nicht. Du hast nicht wissen können, dass der Dämon dort auftaucht", sagte ich nun sanfter.

„Wovon sprichst du dann? Soweit ich weiß, warst du es, die auf die Idee kam, sich zu ertränken, um die eigene Kraft zu provozieren. Und das ohne Heiler und ohne Hilfe."

Mir stieg die Röte ins Gesicht, als ich an meinen ersten Versuch dachte, alleine mit meiner Kraft zurechtzukommen.

„Ich spreche von dem Angriff in deinem Büro am ersten Tag, sogar in der ersten Stunde, als ich in dieser Stadt war. Ich spreche von der Provokation, bevor der Dämon aufgetaucht ist, bei der du ein Messer nach mir geworfen hast. Du hast mehrmals mit einem Schwert nach mir geschlagen. Ich spreche von der völlig bescheuerten Idee, mir einen heraufbeschworenen Dämon auf den Hals zu hetzen!"

Der Kerl hatte tatsächlich die Frechheit, die Augen zu verdrehen. Wenn ich wüsste, welche Strafe in diesem Volk auf Mord stand ... Kar wäre eine Leiche zu meinen Füßen.

„An deinem ersten Tag habe ich dich höchstens etwas erschreckt und das Messer habe ich *neben* dich geworfen, oder hat es dich vielleicht getroffen? Das Schwert habe ich ebenfalls nicht auf dich, sondern auf den Stein aufschlagen lassen, und der Gharron-Dämon war eine fantastische Idee. Hätte ich dir davon erzählt, hätte es nicht funktioniert. Außerdem konnte ich ihn kontrollieren."

„Stört es dich nicht, dass ich dachte, ich würde sterben? Dass ich Angst hatte, in Stücke gerissen zu werden?"

Er trat einen Schritt auf mich zu. Sein Gesicht kam meinem gefährlich nahe.

„Nein, tut es nicht. Ich habe dir die Chance geboten, herauszufinden, wie du deine Kraft kontrollieren kannst, denn ich weiß, wie Kontrollverlust sich anfühlt. Es raubt einem den Verstand."

Er sprach von seiner Wut, so viel war klar. Im Gegensatz zu mir hatte er jedoch niemanden, der ihm helfen konnte. Oder wollte. Mein Herz schmerzte für ihn, auch wenn ich das nicht wollte.

„Lieber provoziere ich dich in einer solchen Situation als bei einer möglichen Invasion, in der echte Feinde vor dir stehen. Und weißt du was? Ich glaube, du weißt auch, dass ich recht habe!"

Kapitel 18

Kar

Orys wütende Augen funkelten mich an, als wünschte sie, ich würde in Flammen aufgehen. Doch ich wusste, dass ich recht hatte. Es war nötig gewesen, ihr Angst zu machen, damit sie ihre Kräfte beherrschen konnte. Ich würde mich nicht dafür entschuldigen. Ich würde sie nicht alleine lassen.

„Einen Scheiß hast du! Ich verbiete dir, mir noch mal so Angst zu machen!", fauchte Ory mich an.

Ich schnaubte laut auf.

„Du verstehst das wirklich nicht, oder? Es geht mir nicht darum, dir Angst zu machen oder auf deine armen menschlichen Gefühle Rücksicht zu nehmen."

Sie starrte mich aus großen dunklen Augen an. Wenn sie nicht begriff, dass ich ihr helfen wollte, dann verstand sie vielleicht, dass ich ein Volk zu schützen hatte.

„Wir stehen kurz vor einer Invasion. Unser Volk und unser Land sind in Gefahr. Ich tue alles, um meine Heimat zu schützen. Du, Ory, bist eine Waffe, die wir nur zu gut gebrauchen können. Leider bist du uns keine Hilfe, wenn wir nicht wissen, wie wir dich -" Ich stoppte mich und meine anschwellende Wut, die sich mit Stärke einen Weg durch meine Haut zu brechen versuchte. Kontrolle. Ich brauchte Kontrolle.

„Wenn ihr nicht wisst, wie ihr mich *benutzen* könnt? Wolltest du das sagen?"

Ihre dunklen Augen funkelten zornig, doch ich sah die Verletzlichkeit, die dahinter lag.

„Ja."

Mein Geständnis hing bedeutungsschwer zwischen uns.

Ich würde sie nicht anlügen. Nicht in dieser Sache.

„Wir alle werden zum Wohle des Volkes benutzt. Ich bin genauso eine Waffe wie du. Ich bin bereit, mich benutzen zu lassen, wenn ich das Verschollene Volk damit retten kann."

„Geh mir aus den Augen." Damit rauschte sie an mir vorbei und der Duft nach süßer Milch und Honig streifte meine Nase. Ohne zu überlegen, schoss mein Arm nach vorne und ich hielt Ory zurück. Die Berührung ihrer noch feuchten Haut sendete Schockwellen durch meinen Körper. Auf unerklärliche Weise wurde ich noch wütender. Ich spürte, wie mir die Kontrolle entrann.

„Lass mich los!"

Ein Knurren entwich mir. Ich konnte nicht anders, als auf ihre sonst so weichen Lippen zu starren, die sie zu einem Strich zusammengezogen hatte. Meine Wut auf sie wurde allumfassend. Ich versuchte krampfhaft, eine Explosion zu verhindern.

Sie entriss mir ihren Arm und stieß mich vor die Brust, was mich nach hinten taumeln ließ.

„Was fällt dir ein hierherzukommen, mich verbal anzugreifen und mich dann auch noch davon abhalten zu wollen, den Raum zu verlassen?"

Ich hörte kaum noch, was sie sagte. Mein Zorn und meine ungehemmte Frustration kämpften sich durch jede

Pore, durch jede Zelle meines Wesens. Da war nicht nur Wut, musste ich mir eingestehen. Ory zog mich magisch an. Etwas an ihr rief nach mir. Ich versuchte verzweifelt, mich dagegen zu wehren. Ich hörte, dass Ory sprach, doch ich verstand nicht, was sie sagte. Ich starrte wie gebannt auf ihren Mund und erkannte nur an ihren weichen Lippen, dass etwas nicht stimmte, als sie wieder und wieder meinen Namen sagte.

„Was ist los? Was machst du?", zitterte ihre Stimme. „Kar?"

Ich musste diese Anspannung loswerden, aber nicht hier. Ils tauchte vor meinem inneren Auge auf und blanke Panik erfüllte mich. Ich wusste nicht, was ich ihr antun würde, würde ich jetzt loslassen. Ich würde über sie herfallen und sie verschlingen. Das durfte nicht geschehen. Ich würde ihr weh tun, sie verletzen, im schlimmsten Fall ... Aber die Versuchung war so groß. Mein Schwanz krachte heftig auf die Fliesen, die schellend zerbrachen und in alle Richtungen flogen. Moment, mein Schwanz? Wann hatte ich meine volle Gestalt angenommen?

Ory stieß einen Schrei aus und riss die Hände vor ihr Gesicht, um sich zu schützen. Die Wut in mir bildete einen Kloß in meinem Magen. Ich wusste, dass sie jeden Moment ausbrechen würde. Schweiß rann mir den Rücken hinunter. Ils hatte genauso schockiert ausgesehen, wie Ory es nun tat. Bei den Helden, das durfte nicht passieren.

„Renn, Ory", presste ich fast flehend hervor.

Sie sah mich mit blanker Furcht an, drehte sich auf der Stelle um und rannte zum Tor und die Treppen hinauf.

Sie war weg. Ich holte mit aller Macht aus und schnellte meinen Schwanz so heftig gegen die Wand, dass der Raum erzitterte und Mörtel und Steine die Luft erfüllten. Der Schmerz zog in meinen Rücken, meine Beine, doch er erreichte meinen Magen nicht, wo die Wut sich noch immer bündelte. Ich brauchte einen Reiz, einen Schock, um mich wieder zu kontrollieren. Ich sah das ruhige, glitzernde Wasser und sprang mit einem Schrei hinein. Ich wurde von dem kühlen Nass umhüllt, das ich so gewaltsam entzweigerissen hatte. Ich schrie, so laut ich konnte. Meine Lungen pressten den letzten Rest Luft aus mir heraus, während ich alle Wut und allen Frust aus meinem Körper stieß. Besser, viel besser, doch ich wusste, dass ich noch nicht über den Berg war. Ich hatte einen dünnen Faden der Selbstbeherrschung gesponnen, der jederzeit wieder reißen konnte. Ich musste runter, in den Keller der Festung, und zwar schnell. Ich brauchte ein Ventil.

Ich stieg aus dem Wasser und schaffte es nicht, die Hörner und den Schwanz verschwinden zu lassen. Kein gutes Zeichen. Der Knoten in meinem Magen hatte sich gelöst, doch ich spürte den Druck in meinem Inneren pulsieren. Er wollte aus mir herausbrechen.

„Kar!" Orys Stimme schallte aus dem Treppenaufgang. Das konnte doch nicht wahr sein. Sie sollte verschwinden! Ich würde mich nicht beherrschen können, solange sie in der Nähe war.

„Verschwinde!" Meine Stimme war ein tiefes Grollen, das ich selbst kaum wiedererkannte.

„Kar!", hörte ich sie wieder rufen. Ich ließ den Blick schweifen. Gab es hier noch einen Ausgang? Ich musste weg, bevor sie das Ende der Treppe erreichte. Ich würde nicht dafür garantieren können, dass sie unversehrt blieb. Der Knoten in meinem Magen nahm wieder Form an. Ich wurde von einer Welle aus Angst überrollt. Ich würde Ory verletzen. Vielleicht würde ich sie töten. Das durfte nicht passieren.

„Komm nicht hier her! Dreh um, Ory! Du darfst mir nicht zu nahe kommen!"

Doch in diesem Moment erreichte sie die Türschwelle. Ory, mit den großen Augen, den weichen Lippen und dem glänzenden Haar. Meine Kraft versagte. Der Knoten explodierte, Wut, Frust und Erregung schossen durch meine Glieder. Meine Haut wurde von dem Zorn in meinem Inneren zerrissen und ich sah nichts mehr, außer einem roten Schleier vor meinen Augen. Ich hörte sie schreien, ich spürte ihre weiche Haut und roch den Duft von süßer Milch und dann nichts mehr. Mein Innerstes verbrannte förmlich und ich bewegte mich nicht mehr. Meine Muskeln kämpften gegen diese neue Kraft, die mich gefangen hielt, doch es war sinnlos. Ich wusste nicht, ob Stunden oder Sekunden vergangen waren, doch endlich sah ich, was um mich geschehen war. Ory stand vor mir, mit unsicherer Miene. Ich stand wie versteinert vor ihr. Ihre Kraft, das war sie. Sie hatte mich aufgehalten. Erleichterung durchflutete mich. Ich hatte ihr nichts getan. Sie war sicher.

„Kar?", fragte sie gehetzt und ich merkte, dass sie außer Atem war. Ihr Gesicht hatte jede Farbe verloren und ... zitterte sie?

„Bitte, ich muss dich wieder frei lassen." Hektisch blickte sie zur Treppe. Ich hörte Geräusche, die mir zuvor entgangen waren. Mein Blut gefror augenblicklich zu Eis.

„Kar, sie sind hier. Die Invasion hat begonnen."

Kapitel 19

Ory

Bitte, bitte, komm zu dir! Es war so weit. Das Volk der Verschollenen brauchte seinen Kommandanten. Wieder blickte ich über meine Schulter. Ich rechnete jeden Moment damit, dass sie die Treppe hinunterkamen. Ich hatte sie gehört, noch bevor ich verstand, was geschehen war. Die rennenden Schritte, die Schreie und das Grunzen und Stöhnen der Kämpfenden. Sie waren hier. In Mhios. In dieser Festung. Nicht an den Außengrenzen. Nicht in den Bergen oder auf See! Wie waren sie nur bis hierhergelangt?

Ich sah in Kars Augen, die nun wieder aussahen wie die Augen des Kommandanten. Nicht mehr wie die eines Dämons. Die reine Wut, die noch vor ein paar Minuten aus ihnen entströmte, war verschwunden. Mein Arm schmerzte, wo er mich gepackt hatte. Ich hatte ihn noch nie so gesehen. Seinen flehenden Worten nach zu urteilen, war ihm die Kontrolle über seinen grausamen Teil entwichen. Die Panik in seiner Stimme hatte mich tief getroffen. Doch ich hatte zurückkommen müssen. Ich legte meine Hand an seine Wange und blickte in die bernsteinfarbenen Augen, die mir mittlerweile so vertraut waren. Ich konnte Überraschung und Kampfgeist in ihnen erkennen. Ich ließ meine Kraft langsam, ganz langsam, aus der Luft verschwinden.

Wie ein Seil, das angespannt in meinen Händen lag, ließ ich nach und gab es frei.

Ich spürte die Muskeln seines Kiefers unter mir. Schnell zog ich meine Hand wieder weg, doch er hielt sie fest und drückte sie an seine weiche Haut. Ich berührte die Narbe und die Bartstoppeln, die an meiner Hand kitzelten.

„Es tut mir leid."

Mein Herz machte einen Satz, doch ich schüttelte nur den Kopf.

„Das warst nicht du. Aber wir brauchen dich jetzt. Den Kommandanten dieses Volkes. Sie sind hier. Ich habe sie gehört."

Er sah zur Treppe, als würde er etwas abschätzen, und ließ dann meine Hand los.

„Wir müssen Waffen besorgen. Hast du gesehen, wie viele es sind?"

„Nein, ich habe sie gehört und bin sofort wieder zurückgelaufen."

„Kennst du einen anderen Ausgang außer über diese Treppe?", fragte Kar mich. Er ließ bereits den Blick durch den Raum gleiten. Ich schaute zu dem Schwimmbecken voller Wasser, den Pflanzen, die jeden Zentimeter des Raumes einzunehmen schienen, und den riesigen Fenstern. Was ich nicht sah, war eine zweite Tür.

„Okay, ich sehe nur einen anderen Weg, hier raus, aber du musst mir vertrauen." Kar sah mich forschend, fast flehend an. Ich betrachtete sein markantes Gesicht und folgte der Narbe von seinem Hals über seine Wange zu seinen Augen. Auch wenn die letzte Stunde eine andere Seite an ihm gezeigt hatte, so wusste ich, wer er war.

„Ich vertraue dir."

Er lief zu einem der großen Fenster, holte aus und zerschmetterte die Scheibe mit seinem Schwanz.

„Los jetzt", hetzte er mich und ich lief zu ihm, die Scherben ignorierend, die mir die Füße aufschnitten. Ich war noch immer in meinen Schwimmsachen gekleidet.

„Steig auf meinen Rücken und halt dich gut fest."

Mit einem Satz sprang ich an seinen Rücken, schlang die Arme um seinen Hals. Mit meinen Beinen umschloss ich seine Hüften. Ich ignorierte geflissentlich das Kribbeln, das sich in meiner Magengrube ausbreitete, und klammerte mich fest. Zu meiner Überraschung schlang Kar seinen starken echsenartigen Schwanz um meine und seine Mitte, sodass wir wie mit einem Seil verbunden waren.

Ich hatte noch gar nicht begriffen, was Kar da tat, als wir schon an der Außenmauer der Festung hingen. Er hatte die Wurzeln und Ranken der Pflanzen gegriffen, die die gesamte Festung umschlossen. Der Wind zerrte an meinen Haaren und ich drängte mich dichter an Kar heran. Zu meiner Überraschung kletterte er nicht nach oben, sondern nach Osten.

„Was soll das? Wo willst du hin?"

„Wenn wir jetzt nach oben klettern, sehen sie uns, bevor wir uns bewaffnen können! Glaube mir, wir brauchen Waffen. Wir müssen in den Keller gelangen. Es gibt einen Außeneingang nahe dem Innenhof."

Ich zuckte zusammen, als Sirenen zu heulen begannen. Der an und abschwellende Ton drang mir durch Mark und Bein.

„Kommandant, Alarm schwarz! Ich wiederhole: Alarm schwarz!"

Die Stimme, die durch Kars Transponder drang, war gehetzt. Ich wusste nicht, wer da sprach. Es waren weder Amo noch Ivy. „FV in der Festung, Zone eins bis drei. Es sind -"

Die Stimme brach mitten im Satz ab und mir rutschte das Herz in die Tiefe. Ich hörte Kar murmeln, als er noch schneller kletterte.

„Was heißt FV?", fragte ich.

„Feindliches Volk", antwortete er mit zusammengebissenen Zähnen.

Mit einem dumpfen Aufprall landeten wir auf den Bodenplatten eines Weges, der dicht an der Festungsmauer entlang führte.

„Hier entlang."

Ich folgte Kar gebückt, bis wir nur ein paar Meter entfernt eine zugewachsene Tür fanden. Kar hielt seine Hand an das Schloss, das aus einer runden goldenen Platte bestand. Die Tür sprang auf. Wir huschten in den engen Gang, der nach abgestandenem Wasser und Moos roch.

„Amo Statusmeldung!" Kar schrie förmlich in seinen Transponder. Seine Stimme hallte von den Wänden des Ganges wieder. Ich lief dicht hinter ihm, darauf bedacht, nicht auf seinen Schwanz zu treten.

„Amo, wo bist du?"

Wieder blieb es ruhig und Kar fluchte lautstark.

„Könnt ihr diese Dinger auch ausschalten? Vielleicht versteckt er sich und du könntest sein Versteck verraten."

Kar blieb so abrupt stehen, dass ich gegen seinen Rücken stieß.

„Er versteckt sich nicht." Seine Stimme war kalt und fest. Ich hatte, ohne es zu wollen, einen Nerv getroffen.

„Schon gut. Vielleicht versteckt er ja unschuldige Bewohner, was weiß ich!"

Kar marschierte weiter und führte uns durch mehrere Bogengänge und Biegungen.

„Wir können die Transponder ausschalten, aber wir machen es kaum. Ich habe meinen in den letzten Jahren nicht mehr abgeschaltet."

Ich nickte, auch wenn er mich nicht sehen konnte.

„Ivy, Statusmeldung", versuchte er es nun.

Mein Herz machte einen Satz, als Ivys gehetzte Stimme durch den Transponder schallte.

„FV in allen Zonen. Ich bin auf dem Weg nach Zone 3. Zone 2 bereits gereinigt. Wo steckst du?"

„Wir brauchen Waffen, ich bin so schnell wie möglich da. Stoße in Zone 3 dazu."

„Wir? Ach, den Helden sei Dank, du bist bei Amo! Sag dem Idioten, er soll das nächste Mal auf seinen Transponder antworten! Ich habe bestimmt zehnmal versucht, ihn zu erreichen."

„Ory ist bei mir. Amo reagiert nicht."

Die Stille, die sich ausbreitete, schien mich zu erdrücken. Wo war Amo und was war mit ihm passiert? Vielleicht war er gar nicht in der Festung, sondern musste erst

hierher gelangen. War es bei einem Angriff sicher, Wegsonnen zu benutzen?

„Drei Minuten, Oberoffizier. Zone 3."

„Verstanden." Hätte ich nicht gewusst, dass Ivy da am
anderen Ende sprach, ich hätte ihre Stimme nicht
erkannt. Die Angst um Amo schien ihr die Luft abzu-
schnüren. Wie gerne hätte ich sie in den Arm genommen
und ihr gesagt, dass alles gut wird. Dass wir ihn finden
werden.

„Stopp!", wies Kar mich an und blieb vor einer alten
Tür stehen. Wieder hielt Kar etwas gegen das Schloss
und die Tür sprang auf.

„Was ist das?", fragte ich verblüfft, als ich die Kammer
betrat.

„Es war mal ein Weinkeller."

„Ich dachte, wir besorgen Waffen, oder hast du Durst
bekommen?"

Ohne mich zu beachten, ging Kar zu einem Weinfass
in der Mitte der Reihe, holte aus, und ließ seinen
Schwanz hinunter schnellen. Das Holz zerbarst in alle
Richtungen. Als ich wieder hinschaute, sah ich jede
Menge Waffen auf dem Boden liegen.

„Wer hat die da versteckt?"

„Ich", antwortete er, während er damit begann, Dolche
und Messer einzustecken.

In dem Chaos konnte ich Kurzschwerter, einen Bogen,
Äxte, eine Armbrust und mehrere Schlagringe erkennen.
Ich griff mir die Armbrust und wühlte mich durch den
Haufen, um die passenden Pfeile zu finden.

„Bist du fertig?", fragte mich Kar, der nun bis unter die Zähne bewaffnet zu sein schien. „Ich kenne mich nicht aus, aber die Armbrust wird hoffentlich reichen. Oder was denkst du?", fragte ich unsicher.

„Sie wird passen." Damit verließ er den Raum und ging nur eine Tür weiter. Die Metalltür war völlig verbeult, so als wäre etwas von innen dagegen gestoßen. Ich bildete mir ein, einen Hauch von Schwefel wahrzunehmen. Mit einem Klicken sprang auch diese Tür auf.

„Okay, jetzt da rein." Er zeigte in die dunkle Kammer und ich steckte neugierig den Kopf durch den Spalt. Der Raum war leer und fensterlos. Ich machte einen Schritt hinein und sah dunkle Flecken, die sich auf dem Boden abzeichneten.

Mit einem Knall zog Kar die Tür hinter mir zu und ich hörte das Schloss klicken. Panik erfüllte meinen Körper und ich donnerte gegen die Tür.

Kar

Ich hörte gedämpft, wie sie nach mir rief und mit ihren Fäusten auf die Tür einschlug. Sie würde die Invasion nicht überleben. Ihre Kraft war noch lange nicht einsatzbereit und ich würde nicht zulassen, dass ihr etwas passiert. Hier war sie sicher. Selbst wenn ich es nicht schaffen würde, sie würde leben. Ein neues Gefühl breitete sich in meiner Brust aus. Ich wünschte mir, sie in den

Arm genommen zu haben. Ihre Haare gerochen und ihren Mund gekostet zu haben. Ich berührte für einen Moment die Tür, bevor ich die Schultern straffte.

„Du bist zu neu. Du wärst dem Grausamen Volk völlig ausgeliefert. Das lasse ich nicht zu", schrie ich ihr durch die Tür zu.

Ich hörte sie toben und schreien, doch ich war schon zu weit entfernt, um die Worte zu verstehen. Ich musste schnell handeln, bevor ich es mir noch einmal anders überlegte und sie in meine Arme riss. Das musste warten. Falls es jemals dazu kam.

Ich schüttelte mich, doch etwas ging mir nicht aus dem Kopf: Sie war zu mir zurückgekehrt. Trotz meiner Wut, trotz meines Kontrollverlustes, war sie zu mir zurückgekehrt. In ihrem Blick war keine Verachtung gewesen, kein Ekel, nur ein sanftes Flehen. Mein Herz schmolz bei dem Gedanken.

Ich bog um die Ecke des Kellergewölbes, die Waffen fest im Griff. Ich war bereit für diese Schlacht. Ein Knoten bildete sich in meinem Magen, bei dem Wissen, dass ich Ory soeben in eine Falle gelockt hatte. Ich ignorierte ihn. Neben meinen Gefühlen gab es auch faktische Gründe für mein Verhalten. Sie war erst seit kurzer Zeit im Tal und hatte kaum jemals Training mit Waffen erhalten. Außer der grandios gescheiterten Provokation mit mir und den zwei, drei Trainings Sessions, von denen Ivy mir berichtet hatte. Sicher, sie hatte ihre Kraft, doch das Risiko, dass sie in Panik verfallen würde und uns am Ende mehr schadete, als nützte, wäre zu groß.

Wo war nur Amo? Ich verdrängte meine eigene panische Angst um meinen Freund und Bruder und lief geradewegs in die dritte Zone. Die Festung war in insgesamt neun Zonen aufgeteilt: Zone 1 bildete der Empfangssaal, Zone 2 alle angrenzenden Räume des Stockwerkes, Zone 3 den Eingangsbereich und so weiter. Ich eilte auf die Treppe zu, die mich zur dritten Zone brachte, als ich sie sah. Zwei grausame Gestalten. Blut bedeckte ihre schweinsartigen Gesichter und ich spürte ein Pulsieren, das durch meine Adern schoss. Ihre langen Ohren erinnerten an Fledermäuse, ihre spitzen Zähne an die von Schlangen. Wie viele dämonische Einflüsse sich wohl in ihnen vereinten? Noch ehe sie mich sahen, schleuderte ich ein Messer durch die Luft. Es traf die erste Gestalt mit Wucht in der Brust. Doch, anstatt zusammenzusacken, stieß er ein markerschütterndes Kriegsgeschrei aus und blickte mir mit seinen kleinen Mausaugen direkt ins Gesicht. Ich stürzte mich auf die zwei und katapultierte ihnen mit meinem Schwanz die Füße unter den Beinen weg. Ich griff nach meinem Kurzschwert und trieb die Klinge mit solcher Wucht durch den Hals der Gestalt, dass ich eine Kerbe in dem Boden hinterließ. Mit einem weiteren Ruck trennte ich den Kopf vom Körper. Die zweite Gestalt rappelte sich auf und wollte sich gerade auf mich stürzen, als ich herumwirbelte und seinen Bauch aufschlitzte, sodass sich Gedärme auf den Fliesen ergossen. Ich schaute nicht mehr zurück, sondern rannte die Treppen hinauf, darauf brennend, Ivy und meinem gesamten Volk zur Hilfe zu eilen.

Ich roch das Blut. Der Gestank nach Eisen und Tod. Der Gang, der sich vor mir erstreckte, war gefüllt von Leichen. Grausamen und verschollenen Gestalten. Schnell scannte ich die Gesichter der Toten und atmete erleichtert auf, als ich weder Ivy noch Amo unter den Leichen sah. Ich eilte in Richtung des Lärms, der aus der Eingangshalle zu kommen schien. Ivys Stimme erhob sich aus der Masse an Schreien und dem Klirren von Klingen.

„Zone 1, na los! Schützt den Gouverneur! Priorität 1. Wir halten Stellung."

„Wir brauchen den Befehl eines Kommandanten! Euer Rang reicht nicht aus!"

Ich rannte, so schnell ich konnte.

Ivy Stimme wurde lauter und deutlicher.

„Verarschst du mich, Offizier Cyx? Beschütze den Gouverneur! Sofort!"

Ich erreichte die Eingangshalle, als Ivy einer grausamen Gestalt den Schädel spaltete. Blut und Gehirnmasse spritzten durch die Luft und bedeckten Ivys Gesicht, das vor Wut zu einer Grimasse verzogen war. In einer anderen Ecke der Eingangshalle drängten zwei verschollene eine grausame Gestalt zurück. Sie versuchte, sich den Weg in den ersten Stock zu bahnen. Ich zog meine Klinge und trennte den Kopf der Gestalt aus dem Rückhalt ab.

„Zum Gouverneur. Sofort!", knurrte ich die beiden Gestalten an. Einer von ihnen, Offizier Cyx, sah so aus, als wolle er mir als Nächstes den Kopf abschlagen.

„Das sind doch Gestalten wie du! Woher sollen wir wissen, dass du nicht die Seiten wechselst? Oder vielleicht ist das ja schon passiert?"

„Cyx!", Ivys entsetzter Schrei füllte den Raum.

„Er ist einer von ihnen! Wir sollten ihm den Schädel abschlagen."

Noch bevor Offizier Cyx einen Schritt auf mich zu machte, trat ich nach vorne. „Versuche es doch!" Der Offizier musterte mein Gesicht, meinen Schwanz und die Hörner an meinen Schultern.

„Schützt den Gouverneur. Sofort." Meine Stimme war zum Zerreißen gespannt. Wir hatten keine Zeit für solchen Schwachsinn.

Er fixierte mich mit einem tödlichen Blick, eilte dann jedoch mit seinem Kameraden davon.

„Was für ein Schwachkopf", schnaubte Ivy angewidert. Wir mussten die Zone reinigen, bevor die Gestalten zu Lotai vordrangen.

„Kar, pass auf!", Ivys Stimme warnte mich gerade noch rechtzeitig. Ich wirbelte herum. Meinen Arm riss ich zum Schutz in die Höhe. Sofort wurde er von einer silber leuchtenden Klinge aufgeschlitzt. Es brannte und ätzte an meiner Haut, doch ich riss meinen Schwanz herum und beförderte die Gestalt mit einem dumpfen Aufprall auf den Boden. Die Gestalt hielt seine Klinge fest umschlungen, doch ich holte ein weiteres Mal aus und zertrümmerte seinen Brustkorb mit der Kugel meines Schwanzes. Ivy trat neben mich und holte aus. Mit einem Hieb ihrer Axt war auch sein Kopf vom Körper getrennt.

„Nur zur Sicherheit", sagte sie beiläufig.

Ich sah mich in der Eingangshalle um. Vier tote grausame Gestalten, keine Leichen auf unserer Seite. Gut.

„Der Schnitt sieht schlimm aus", sagte Ivy mit Blick auf meinen Arm.

„Das muss Krotok-Stahl sein. Es brennt wie Feuer."

Ich hob den Degen auf, der für meine Wunde verantwortlich war. Ich wiegte ihn in meiner Hand. Es fühlte sich nicht anders an als ein Dolch aus meiner Waffenkammer.

„Wir müssen weiter. Los!" Ivy machte sich schon auf den Weg, wie Cyx die Treppen zu erklimmen, als ich sie zurückhielt.

„Wieso sind sie hier?", fragte ich nachdenklich.

„Wie meinst du das? Seit Wochen bereiten wir uns darauf vor!"

„Ich meine nicht die Invasion, ich meine hier. In der Festung. Wie sind sie hierhergekommen? Warum sind sie nicht an den Außengrenzen abgehalten worden?"

„Bei den Helden, Kar! Darüber können wir später nachdenken. Wir müssen los. Wir müssen sie aufhalten, bevor Lotai etwas zustößt oder sie in die Stadt laufen!"

Sie hatte recht, doch die Fragen brannten in meinem Herzen. Hielten es eisig gefangen. Etwas stimmte nicht. Wir rannten die Treppe empor und den ganzen Weg bis zum Empfangssaal. Auch wenn eindeutige Kampfspuren die Gänge zeichneten, entdeckten wir keine weiteren Leichen. Ich sah im Rennen aus den Fenstern und erkannte, dass eine Einheit den Weg zur Stadt verbarrikadiert hatte. Ich bildete mir ein, meinen Vater an vorderster Front zu erkennen.

Als wir in dem Saal ankamen, in dem ich so viele Stunden meines Lebens verbracht hatte, hörte mein Herz auf zu schlagen.

Kapitel 20

Ory

Er war weg.

Ich starrte ungläubig auf die robuste Tür, die nur von einer schwummrigen Lampe erhellt wurde. Er hatte mich ausgetrickst – nein, er hatte mich geradewegs in die Falle gelockt – und dann war er einfach abgehauen! Warum war ich nur so naiv? Ich war mit offenen Augen in ein Verlies gelaufen. Nicht einmal die Ratten ließen sich so leicht fangen wie ich!

Ich versetzte der Tür einen weiteren Schlag. Oh verdammt! Meine Haut war aufgerissen und Blut lief mir über den Unterarm. Ich hatte eine scharfe Kante getroffen. Klasse, ich ließ mich nicht nur fangen, ich verletzte mich auch selbst. Wut kroch in mir hoch. Auf mich, auf Kar, auf die ganze verdammte Welt. Ich wollte für dieses Volk kämpfen! Ich wollte nützlich sein. Zeigen, dass ich meine Kraft unter Kontrolle hatte. Ich betrachtete den Anhänger an meinem Arm, der mit rotem Blut besprenkelt war. Ich müsse mich nicht beweisen, hatte Ivy gesagt. Ich spürte, dass sie es ernst gemeint hatte. Doch es ging mir um mehr als das. Dieses Volk, diese Gestalten, hatten mich aufgenommen, mir ein Zuhause, eine Unterkunft, ein neues Leben geschenkt. Ich würde mein Leben für sie lassen. Das spürte ich, als die Wut immer weiter wuchs. Anstatt zu kämpfen, war ich eingesperrt. Nutzlos, wie ein kleines Kind. Die Hilflosigkeit, die in mir aufstieg, übermannte meine Wut und verwandelte sich in Verzweiflung. Etwas verbrannte mich und ich schrie, nicht nach Kar, sondern um Kontrolle. Ich schrie und wütete, schlug gegen die Tür, bis mein Blut spritzte und den Boden bedeckte. Ich schrie so lange, bis meine Lunge brannte und mein Hals rau wurde. Dann sackte ich schluchzend zusammen. Ich wollte nicht weinen, aber ich konnte es nicht verhindern. Gerade als ich mich etwas beruhigte, merkte ich, dass der Geruch nach Schwefel immer stärker wurde. Etwas zischte und als ich meine Augen öffnete, hatte ich keine Zeit mehr zu schreien. Ich blickte in die wütenden Augen eines Dämons. Die gelben Iriden des Biestes starrten mich an. Feixend, abwartend. Ich wagte nicht, mich zu bewegen. Noch immer auf dem Boden kauernd, befand ich mich auf Augenhöhe mit dem Monster. Es erinnerte mich an einen Bock. Riesige gedrehte Hörner ragten aus dem Schädel hinaus. Ein massiger, muskelbepackter Körper hielt es aufrecht. Sein Atmen schlug mir ins Gesicht. Ich musste würgen. Wo kam das Vieh nur her? Panisch suchten meine Augen nach einem Schlupfloch, durch das der Dämon gekommen war. Es gab nichts dergleichen in diesem Raum. Ich atmete so heftig, dass ich mein Keuchen von den Wänden widerhallen hörte. Doch, anstatt mich anzugreifen, starrte mich das Biest weiter an.

Okay Ory, konzentriere dich. Die Scheibe an meinem Arm brannte bereits, wie mir jetzt auffiel, und versengte meine Haut. Das Brummen in meinem Kopf steigerte sich. Es breitete sich bis in meine Gliedmaßen aus. Ich ließ die Kraft meinen Körper erfüllen und Wellen in den

Raum strömen. Doch – nichts geschah. Die Bestie starrte mich weiter an und blies seinen stinkenden Atem in mein Gesicht.

Ich musste hier raus!

Wie auf Knopfdruck verschwand das Brummen in meinem Schädel. Der Dämon veränderte sich, verlagerte sein Gewicht auf die Hinterbeine. Er senkte den Kopf, die Hörner zum Angriff bereit auf mich gerichtet. Gerade noch rechtzeitig rollte ich mich zur Seite. Die Bestie krachte mit einem markerschütternden Knall gegen die Metalltür, vor der ich eben noch gekauert hatte. Gestein und Mörtel flogen durch die Luft und nahmen mir den Atem. Ich hustete, bis der Staub einigermaßen verflogen war. Konnte das sein? Tatsächlich, dort, wo die Tür gewesen war, klaffte nun ein Loch in der Wand. Aber wo ... der Raum war leer. Kein Dämon weit und breit. War er durch die Öffnung abgehauen?

Ich rappelte mich mit zitternden Beinen auf und sah vorsichtig auf den Flur hinaus. Auch dort war kein Dämon zu sehen. Meine Kleidung, noch immer die Schwimmklamotten, waren mit Schutt beschmutzt. Ich klopfte mich sauber und trat argwöhnisch auf den Flur hinaus. Wohin nur war das Biest gelaufen? Die Mauerbrocken rissen an meinen nackten Füßen, doch ich schlich mich weiter. Ich spähte um die Ecke des Flures. Ich erwartet, jeden Moment von dem Monster aus der Kammer oder einer grausamen Gestalt angegriffen zu werden. Ich spürte meinen Herzschlag bis in meinen Hals. Als alles ruhig blieb, atmete ich erleichtert aus. Ich brauchte Schuhe und eine Waffe. Die Armbrust, die ich mir aus Kars Waffenversteck mitgenommen hatte, musste noch auf dem Boden der Kammer liegen. Ich seufzte. Auf meinen nackten Ballen machte ich kehrt und schrie gellend auf. Mein Herz drohe zu explodieren. Wie konnte das sein?

Vor mir stand Mix. Doch ihre Erscheinung war trügerisch, durchsichtig und irgendwie verzerrt. Ihr blasses, geisterhaftes Gesicht zu einer Maske des Schmerzes verzogen. Ihr langes weißes Haar fiel matt und strähnig bis auf ihre schmale Hüfte. Die langen Finger zu Fäusten geballt, starrte sie mich an.

„Du musst ihn retten!", schrie sie mich an.

„Was - Wie bist du hier hereingekommen? Es sind Feinde in der Festung! Du musst dich verstecken."

„Geh zum Empfangssaal – sofort! Bitte!" Ihre Stimme brach und ich wollte sie greifen, sie stützen, doch ich fasste durch sie hindurch.

„Was zum …"

„Du siehst nur eine Spiegelung von mir. Du musst dich beeilen. Er ist im Empfangssaal. Noch kannst du ihn retten."

„Wer ist verletzt? Kommst du von dort?"

„Es ist keine Zeit! Geh jetzt. Beeil dich! Du kannst ihm geben, was sie ihm genommen haben. Ersetze es. Nimm den Feind im Hause zu Hilfe, wenn es sein muss. Aber bitte, beeil dich!"

„Was kann ich ersetzen? Ich verstehe dich nicht. Und ich glaube nicht, dass unsere Feinde mir helfen werden."

„Geh!", schrie sie. Das Geräusch, so laut und durchdringend, dass ich es unter meiner Haut zu spüren schien.

Ohne darüber nachzudenken, drehte ich auf dem Absatz um und rannte, so schnell mich meine Beine trugen.

Kar

Der Empfangssaal stand in Flammen. Meterhoch und brennend heiß, züngelten sie sich über den Teppich. Sie bildeten eine Wand, die sich quer durch den Raum erstreckte. Ich roch, wie der Stoff sich der Hitze ergab, wie die Flammen an Körpern rissen. Der Geruch von gegrilltem Fleisch erfüllte den Raum. Ich würgte bei dem Wissen, dass die Flammen Leichen meiner Gefährten verschlungen. Ich hoffte, dass es Leichen waren, denn andernfalls - ich erstarrte, als ich lange Zöpfe sah, die sich auf dem Boden ergossen. Trotz der Hitze gefror mein Innerstes zu Eis.

Nein. Bei den Helden, nein.

Mein Gesicht gegen die Flammen schützend, rannte ich den kurzen Weg zum Körper meines Bruders. Er lag friedlich da, das Gesicht entspannt, vom Licht der Flammen erhellt, ein versengtes Loch in der Brust, wo sein Herz lag. Sein mitfühlendes, selbstkritisches Herz, das doch so viel besser war als mein eigenes. Ich legte meine Hand auf die Stelle an seinem Hals, wo sonst ein kräftiger Puls schlug. Ich spürte nichts. Kein Pochen, kein – doch, da war etwas Leichtes, Zartes. Wie ein letzter Hauch des Lebens, der durch seinen Körper zog. Die eisige Faust, die mein Herz umklammert hatte, löste sich ein wenig und machte Platz für eine Wut, gewaltiger, als ich sie je erlebt hatte. Sie drängte mit solcher Macht gegen meine Haut, dass ich wusste, sie würde uns alle zerstören, würde ich sie jetzt frei lassen. Erst jetzt bemerkte ich das schrille Lachen, das den Raum erfüllte. Ich sah über die Flammen hinweg. Schemenhaft bewegten sich Gestalten, doch ich konnte sie nicht richtig ausmachen. Ein Schmerzensschrei durchbrach das schrille Lachen und das Knacken des Feuers. Lotai.

„Ich kann durch das Feuer nichts sehen. Du musst den Gouverneur retten, ich bleibe bei Amo", sagte Ivy und kniete sich neben unseren Freund nieder. Ich hatte vergessen, dass sie bei mir war. Sie hatte die Augen gegen die Flammen zusammengekniffen, die in ihrer Wahrnehmung vermutlich noch blendender stachen.

Mit einem letzten Blick auf Amos friedlich daliegenden Körper, sprang ich in die Flammen.

Nur einen Augenblick lang umgab mich das Feuer. Es war heiß, doch es verbrannte mich nicht. Selbst wenn, es wäre mir egal gewesen. Die Wut in mir verbrannte mich bereits von innen, wieso nicht auch von außen?

Das schrille Lachen verstummte, als ich durch die Flammen brach. Zuerst sah ich Lotai. Er war gefangen in einem Ring aus eben dem Feuer, das den Saal verschlang. Er hatte gekämpft, das verriet sein verwundetes Gesicht und seine zerrissene Kleidung. Das Schwert hielt er angriffslustig in den Händen, als wäre er bereit, anzugreifen, sobald das Feuer ihn lassen würde. Ihm gegenüber stand eine Gestalt, die ich noch nie gesehen hatte. Eine Gestalt, die größer war als die Statuen der Helden. Mit breiter Brust, gekleidet in weite Röcke, die mit Stahlpanzern verstärkt waren. Seine Schultern und sein Haupt standen in Flammen. Sie leuchteten orange und rot. Ich wusste nun, wer der Feuerteufel war. Er grinste, als er mich sah. Das hysterische Lachen setzte erneut ein, was meinen Blick zu einer kleineren Gestalt führte.

Bei den Helden, was ging hier vor sich? Die Frau, sie war, nein ... sie ... ich hatte sie im Keller zurückgelassen. Wie konnte sie hier sein? Meine Gedanken überschlugen sich. Etwas in mir zerbrach, als mir das Ausmaß des Verrates klar wurde.

Etwas gellend Weißes zuckte durch den Raum. Blitzschnell drehte ich mich gerade so weit, dass das Geschoss mich verfehlte und in der Flammenwand in meinem Rücken verschwand. Sie schoss auf mich. Wie hatte sie mich so täuschen können? Bei der Provokation, eben im Keller, in den Bädern ... Ich war ein Narr, wie ich es bei Ils gewesen war. Ein gefährlicher Narr, der sein Volk verraten hatte.

„Töte sie, Kommandant!", schrie Lotai aus seinem Gefängnis heraus. Doch ich war wie gelähmt vor Schmerz, als ich in Orys Gesicht blickte, auf den Mund, diese Lippen, die das schrille Lachen ausstießen.

Etwas stimmte nicht.

Ihre Augen waren nicht dunkel genug, ihre Nase zu breit. Als ich ihre Arme sah, gezeichnet von Verbrennungen, wusste ich es. Das war nicht Ory. Ohne Luft zu holen, donnerte ich meinen Schwanz gegen die Frau, die wie eine Puppe durch das Feuer geschleudert wurde. Der riesige brennende Kerl verzog keine Miene.

„Jetzt, Kommandant!" Lotai setzte zu einem Sprung durch die Flammen an, doch sie schossen in die Höhe, wo sie sich zu einer Kuppel verflochten. Er war gefangen.

„Er wird mich nicht töten", sagte die Gestalt mit tiefer Stimme. Seine Augen fixierten mich. „Er erkennt seinen Fürsten, wenn er ihn sieht."

Er war es also, der Fürst des Grausamen Volkes. Ich wusste einiges über die Herrscher und Könige der anderen Völker, doch die Spione und Sammler hatten nie viel über den Fürsten des Grausamen Volkes herausfinden können.

„Ihr seid nicht mein Fürst", knurrte ich. „Lotai ist mein Gouverneur."

Die Gestalt schnaubte.

„Was tust du überhaupt hier? Es wundert mich, dass sie dich aufgenommen haben. Dir anscheinend einen Rang überlassen haben. Sie wissen doch, was du bist!"

„Nur weil ich zum Teil aus dem Grausamen Volk stamme, seid ihr noch nicht mein Fürst."

Seine Augen verengten sich.

„Zum Teil?"

„Kar, pass auf!", schrie Lotai aufgebracht.

Ich duckte mich gerade rechtzeitig, bevor die Frau, die nicht Ory war, sich durch die Flammen auf mich stürzte. Ihre schlanken Finger gruben sich in mein Fleisch. Sie biss mit spitzen Zähnen in meine Schulter, knapp neben den Hörnern, die daraus hervorragten. Ich schrie und ließ mich nach hinten fallen. Mein Gewicht landete auf ihr.

Sie blieb regungslos liegen. Schnell stand ich auf, der Fürst hatte sich nicht bewegt.

„Wer ist sie?", fragte ich.

Endlich fiel der Blick des Fürsten auf die Frau am Boden.

„Warum interessiert dich das?"

„Sie ist eine grausame Gestalt", stellte ich fest.

„Natürlich ist sie das."

„Das muss seine Tochter sein", mischte sich Lotai ein. Er hielt sein Schwert noch immer angriffslustig in Stellung, während der flammende Käfig ihn umgab.

„Tochter?" Mein Magen sackte in meine Knie und trotz der Flammen fröstelte ich. Das war die Tochter des Fürsten? Ein Ebenbild von Ory. Mir wurde schlecht bei dem Gedanken, was das bedeutete. Und Lotai musste es ebenfalls bewusst sein.

„Hast du es gewusst?", schrie ich nun Lotai an.

„Kommandant, konzentriere dich!"

„Hast du es gewusst, als du Ory gesehen hast?"

Der Kopf des Fürsten flog von mir zu Lotai und zu mir zurück. Ein triumphierendes Grinsen im Gesicht. Dabei bewegten sich die Flammen, die auf seinem Schädel und den Schultern brannten im Wind.

„Nein! Ich wusste nicht, wie sie aussieht. Aber die Sammler haben Gerüchte gehört, dass er eine Tochter hat."

„So sehr mich dieses Interesse an Tilay auch amüsiert, ich möchte doch zurück zu meinem eigentlichen Anliegen." Der Fürst ließ die Flammen um Lotai bedrohlich aufleuchten. „Wo ist mein Energiestern? Ich kann ihn spüren. Wenn dir diese Festung und alle Bewohner deiner Stadt wertvoll sind, dann sag mir, wo er ist."

Mein Kopf flog zu Lotai herum, dessen Hand um das Schwert zu zittern begann. Schweißperlen liefen über seine faltige Stirn und ich sah die angespannten Muskeln seines Kiefers.

„Nachdem was ihr getan habt, war es das Beste, euch den Stern zu nehmen. Ich werde nicht dabei zusehen, wie ihr ihn euch nehmt und das gesamte Imperium überrennt."

„Er gehört uns!" Bei diesen Worten schossen die Flammen auf dem Körper des Fürsten bis zur Decke des Empfangssaals und hinterließen dunkle Flecken. Ich wich zurück.

„Ich werde persönlich dafür sorgen, dass jeder Einwohner dieser Stadt abgeschlachtet wird, wenn ich nicht bald den Stern bekomme. Und glaube mir, Gouverneur, ich kann ihn spüren. Ich weiß, dass ich nahe bin. Die Gestalten, die euer Land bewohnen, werden umsonst gestorben sein."

Lotai blieb stumm und starrte den Fürsten durch die flammenden Gitterstäbe hindurch an.

„Gut, wieso also nicht hier anfangen?"

Feuerschlingen schossen aus dem Boden und banden sich um meine Arme, meine Beine und meinen Schwanz. Ich riss an ihnen. Das Feuer verbrannte meine Haut, doch ich zerrte mit aller Kraft. Es war sinnlos. Angst durchzog mich. Amo lag noch immer auf der anderen Seite der Feuerwand, Ivy war dort, und ich war gefangen. Ich sah keinen Ausweg.

Kapitel 21

Ivy

Meine Augen tränten. Es war hell, zu hell, als dass ich etwas hätte erkennen können. Die Flammen bildeten eine Wand und ich konnte nur einen Augenblick dorthin blicken, bevor meine Netzhaut sich anfühlte, als würde auch sie in Flammen aufgehen. Mein blinder Teil, der Teil eines Volkes, das unter der Erde in Dunkelheit lebte, schrie in mir. Es war zu viel. Ich konzentrierte mich auf das, was vor mir lag. Amos Aura brannte schwach. Die Rot- und Orangetöne, die ihn sonst umgaben, waren verblasst. Er bewegte sich kaum. Hin und wieder gab er ein Keuchen von sich. Ich wusste, dass ich nichts für ihn tun konnte. Jeder Versuch, ihn von hier wegzubringen, würde mit seinem Tod enden. Doch es sah so aus, als würde auch sein Verbleib zu diesem Schicksal führen. Ich streichelte über seine Haare. Tränen liefen meine Wangen hinab, die nichts mit der Helligkeit zu tun hatten.

Eine Gestalt schoss durch das Feuer und krachte hinter mir auf den harten Boden. Ich beachtete sie nicht. Ich konnte ohnehin kaum etwas erkennen. Ich konzentrierte mich voll und ganz auf den Mann vor mir. Seine langen Zöpfe, der kahle Schädel auf der anderen Seite. Seine tapferen Augen, die nun geschlossen waren. Das spitze Kinn mit den Bartstoppeln, die mir noch nie wirklich aufgefallen waren. Ich wünschte, seine hellen Augen würden mich anstrahlen, wie sie es so oft getan hatten. Mein

Herz zog sich schmerzhaft zusammen und ich zuckte vor Schreck zurück, als weißer Rauch seine Flammen umgab. Etwas kniete neben mir und umfing Amo mit einem Nebel, den ich noch nie zuvor gesehen hatte.

„Was bist du?", fragte ich in die Helligkeit hinein.

„Ich bin nur eine Projektion. Ich warte auf sie."

Ich kniff meine Augen zusammen und meinte, lange weiße Haare zu erkennen. Zarte Finger strichen mit Rauch behaftet über Amos Haut.

„Auf wen wartest du? Ist ein Heiler auf dem Weg?"

Hoffnung breitete sich in mir aus. Ich spürte, wie mein Herz schneller schlug.

„Nein, kein Heiler. Aber sie wird ihm helfen können. Sie muss. Sie ist gleich da."

„Wer ist *sie*? Bitte, er stirbt. Wir müssen einen Heiler herholen."

Der weiße Rauch berührte nun meinen Arm. Er fühlte sich weich und beruhigend an.

„Kein Heiler kann ihn mehr retten. Sein Herz ist verbrannt."

„Nein!", ich schrie das Wort in die Flammen und den weißen Rauch. Heiße Tränen liefen wie Bäche über meine Wangen. „Kar ist gleich zurück, wir finden eine Lösung. Amo wird nicht sterben!"

Der Rauch umhüllte mich zart, doch ich wollte diese Sanftheit abschütteln. Die Realität stürzte über mich hinein und ich schluchzte an Amos Brust. Er würde sterben. Ich drückte mein Ohr an seinen Körper. Sein Herz schlug unregelmäßig und viel zu leise. Der Rauch floss um mein Ohr und flüsterte: „Sie ist da, du musst ihn freigeben."

Ich hauchte einen zarten Kuss auf Amos Brust, die völlig still geworden war, und hob den Kopf.

Ory stand schwer atmend und mit Staub und Schutt bedeckt vor mir. Ihre Hand blutete und ihre Füße waren nackt und aufgekratzt. Ihre Augen waren aufgerissen, der Blick zwischen Amo, mir und dem weißen Rauch hin und her zuckend.

„Ist er ...?", fragte sie vorsichtig. Ihre Stimme wurde fast von anderen Geräuschen geschluckt und erst jetzt fiel mir auf, dass Kar und Lotai schrien und eine weitere Stimme durch die Feuerwand drang. Doch ich konzentrierte mich auf Amos Körper und sah nur noch eine kleine Flamme seiner Aura. Sie war so winzig und zart, dass ich keinen Ton herausbrachte.

„Er stirbt. Du musst es jetzt tun!"

Ory fiel vor uns auf die Knie, das Gesicht vor Verzweiflung zu einer Grimasse erzogen.

„Mix, ich weiß nicht, was ich tun soll. Du musst es mir sagen. Bitte, ich tue alles."

„Du brauchst die Quelle deiner Kraft! Sonst wirst du es nicht schaffen. Hol sie dir und gebe ihm, was er braucht." Orys Schluchzen ließ die Hoffnung, die in mir aufgekeimt war, zunichte gehen. Sie wusste nicht, was zu tun war. Sie konnte nichts tun. Ich verstand genauso wenig wie sie, was der weiße Rauch von ihr verlangte.

„Mix bitte, ich weiß nicht, was das heißt. Was ist die Quelle meiner Kraft? Bitte sag es mir!"

Auch Mix Stimme wurde immer schriller, als könne sie nicht begreifen, weshalb Ory zögerte.

„Du bist wie er! Siehst du das nicht? Du hast es aus dem Kerker geschafft, weil du Kräfte hast, die dich zum Feind machen!"

Ich erstarrte. Ich blickte Ory an ... und begriff.

„Du brennst wie Kar. Deine Farben ... sie sind die gleichen wie Kars."

Orys Augen spiegelten Unverständnis und Panik wider. Ich griff unwillkürlich ihren Arm.

„Du bist vom Grausamen Volk, Ory. Aber die Quelle ... bei den Helden, die Gerüchte müssen stimmen. Der Energiestern muss hier irgendwo sein."

Amos Aura schrumpfte noch ein wenig weiter und die Flamme war kaum noch zu erkennen.

„Es ist etwas, auf das Kar reagiert, etwas, das ihm seine Kraft verstärkt. Aber was?", überlegte ich laut. Ich kniff die Augen zusammen und ließ den Blick über die viel zu hellen Flammen gleiten. Meine Augen brannten, doch ich wusste, dass wir nahe waren. Mein Magen sagte es mir. Ich blickte weiter umher, ein Stechen raste durch meinen Schädel. Die Helligkeit würde mich völlig erblinden lassen, doch wir mussten Amo retten, wir mussten –

Ich sprang auf. Er war nicht hell, er war dunkel. Dunkler als die Nacht. Ein schwarzes Loch, das sich geöffnet hatte und drohte, die Welt zu verschlucken. Warum hatte ich es nie gesehen? Warum war mir die vielen Male der Stern entgangen?

„Weil die Energie nicht gebraucht wurde", antwortete die weiße Rauchgestalt, Mix, obwohl ich nicht gesprochen hatte. „Die Feinde brauchen die Energie. Sie haben ihn erweckt."

„Ory, es ist die Sonne. Auf Lotais Stuhl. Der Energiestern ist die Wegsonne, die auf der Spitze seines Stuhls thront. Hol sie dir!"

Ory

Ich sprang auf und rannte los. Der Stuhl lag umgestürzt am Boden. Als wäre er achtlos zur Seite geworfen worden. Nichts verriet, was sich hinter der schlichten goldenen Kugel mit den strahlenförmigen Lichtstreifen verbarg. Ich griff nach ihr und spürte es. Die Energie, die sich in mir ausbreitete, vibrierte. Sie erfüllte mich. Sie schoss durch meine Glieder und vergrub sich in meinem Herzen. Mein Anhänger glühte und summte, doch ich musste zurück zu Amo. Mit einem leisen Knacken brach der Energiestern vom Stuhl, und ich hielt die Quelle des Feindes, meine Quelle, in den Händen. Eine Kraft so dunkel und kalt wie eine Winternacht schoss durch meine Adern und ich spürte die Veränderung. Etwas wuchs in mir, bildete sich aus. Mein Blick verschleierte sich und ich spürte es, bevor ich es sah. Meine Sicht wurde wieder klarer und ich erkannte Ivy, die mich mit offenem Mund anstarrte und die Projektion von Mix, die keinerlei Überraschung verriet. Als ich loslaufen wollte, erhaschte ich mein Spiegelbild in einer der Fensterscheiben und erstarrte. Zwei Hörner, wie die eines Bockes gedreht, ragten aus meinem Haar hinaus. Ich tastete mit meiner freien Hand danach und schreckte zurück, als ich das feste Horn spürte.

„Beeil dich!", rief Mix mir zu und ich riss den Blick von meinem Spiegelbild los.

Ich kniete mich neben Amo und ich spürte in diesem Moment, dass sich etwas änderte. Ivy stockte der Atem und Mix Miene spiegelte Schmerz und Wut wider.

„Er ist tot. Tu es jetzt, sonst ist er für immer weg!", sagte sie so leise, dass ich sie über das Feuer und die Schreie jenseits der Feuerwand kaum verstand.

„Was soll ich tun? Mix, sag mir, was ich tun muss!"

Mix Augen hefteten sich an mich. Ihre blauen Iriden stachen in meine. Auch wenn sie nur eine Projektion war, sah ich, dass sie gefährlicher war als jedes Monster in dieser Festung.

„Gibt ihm ein Herz. Sofort."

„Was - woher soll ich ein Herz nehmen?"

Ivy atmete stoßweise neben mir.

„Nimm es von denen, die es nicht brauchen, die du rufen kannst, und gib es ihm. Jetzt!"

„Ory -" Es war Ivy, die mich mit panischem Blick betrachtete. Sie hatte verstanden, was Mix von mir verlangte. „Vielleicht sollten wir ihn gehen la-"

„Nein!" Mix Stimme hallte donnernd von den Wänden wieder. „Tu es! Sofort!"

„Aber was, wenn er -" Mix unterbrach Ivy gnadenlos mit einem wütenden Schrei. Ihre Projektion schwoll an. Weißer Rauch, der nun nicht mehr sanft, sondern wie ein aufkommender Sturm um uns peitschte, erfüllte die Luft.

„Jetzt Ory! Jetzt!"

Ich schnappte nach Luft. Der Sturm, das Feuer, Amos Körper, es war zu viel. Mein Körper handelte, ohne dass mein Verstand es mitbekam. Mit Wucht schlug ich auf das versengte Loch in Amos Brust. Der Schnitt in meiner Handfläche riss auf und es knackte, doch ich drückte weiter. Tiefer, bis ich spürte, wie meine Hand in seinen Körper sank. Mein Blut sickerte in Amos Körper und die Kraft, die der Stern mir gab, schwoll an. Immer weiter und weiter, bis ich Schwefel roch und spürte, wie sich etwas in meiner Hand formte. Wie ein mit Wasser gefüllter Beutel, der im Rhythmus zu schlagen begann. Ein Keuchen entkam meiner Lunge. Ich zog meine Hand zurück und sah, wie die Wunde in Amos Brust sich langsam schloss. Mix Projektion brach wie eine Welle über Amos Körper zusammen und verbarg ihn in weißem Rauch, der im Takt der Freudenschreie zitterte.

Kar

Ich riss an meinen Fesseln, als ich es spürte. Eine Welle ging durch die Luft und durchfuhr mich mit neuer Kraft. Der Fürst hatte es auch gespürt. Sein Feuer brannte höher, kräftiger als zuvor.

„Was geht hier vor sich?", fragte Lotai in seinem Gefängnis aus Flammen. Er schien der Einzige zu sein, der es nicht gespürt hatte.

„Der Energiestern. Er wurde genutzt", erkannte der Fürst.

Mit einer Handbewegung erlosch die Flammenwand, die uns von Ivy und Amo getrennt hatte. Die plötzliche Stille im Raum ließ mich erzittern.

„Du!", schrie der Fürst.

Ich erstarrte bei dem Anblick, der sich mir bot. Amos Körper war in weißen Rauch gehüllt, Ivys sonst so braune Haut war blass geworden und sie starrte auf ... war das Ory? Die echte Ory? Aber die echte Ory saß in einem Kerker im Keller der Festung. Sie war in Sicherheit. Ich hatte dafür gesorgt. Es schien, als hätte ich versagt. Aber ... das konnte nicht sein. Aus ihren schwarzen Haaren bogen sich Hörner.

Ihre volle Gestalt.

Mein Herz schrie für sie. Kein Wunder, dass ihr die Kontrolle so schwergefallen war. Dass sie solche Schmerzen aushalten musste. Ein grausamer Teil ist immer dominant. Und niemals leicht zu ertragen. In ihrer Hand hielt sie die Wegsonne, die auf Lotais Stuhl gethront hatte.

„Bei den Dämonen." Der Fürst starrte Ory an, wie ein Wesen aus einer anderen Welt. Sein Blick huschte zu seiner bewusstlosen Tochter und ich sah, wie die Räder in seinem Kopf sich bewegten und er zu demselben Schluss kam wie ich. Die Ähnlichkeit war frappierend.

„Wieso bist du hier?", fragte der furchtbare Fürst mehr sich als sie. „Du dürftest nicht hier sein."

Orys Blick schoss zu mir. Ich sah, wie erschöpft sie war, doch in ihren Augen loderte ein Kampfgeist, der mein Herz anschwellen ließ. Sie betrachte die Fesseln, die mich an Ort und Stelle hielten, und dann sah sie Lotai in seinem Gefängnis aus Flammen stehen. Sie kniff die Augen zusammen und fixierte den Fürsten, der sich noch immer nicht gerührt hatte. Ich spürte die Vibration, diesmal von Ory ausgehend. Trotz ihrer Erschöpfung schien sie eine Kraft zu besitzen, die ich mir nicht erklären konnte. Als hätte sie eine neue ... ich starrte die Wegsonne in ihrer Hand an. Das musste sie sein. Die Energiequelle. Der Energiestern des Grausamen Volkes.

„Was ist das? W-a-s p-a-s-s-i-e-r-t h-i-e-r?", versuchte der Fürst zu fragen, während er durch Orys Kraft erstarrte. Die Fesseln um meine Arme, Beine und meinen Schwanz wurden schwächer, bis ich sie abschütteln konnte. Ich lief zu Lotai. Auch sein Gefängnis ließ sich niederreißen. Ein gutturaler Schrei, gedämpft und gedrückt, entwich dem Fürst, der sich mit aller Macht gegen Orys Kraft zu stemmen schien.

„Töte ihn", kam es gedämpft aus der hinteren Ecke des Saales. Minister Joz, den ich zuvor nicht bemerkt hatte, lag zusammengesackt an der Wand gelehnt. Seine dicken Beine auf dem Boden ausgestreckt.

Lotai erhob sein Schwert.

„Nein! Wir müssen noch etwas klären", fauchte ich meinen Gouverneur an.

„Klären? Er hat mit seiner Armee die Festung und unser Volk angegriffen, Kommandant. Was willst du da klären? Er gehört hingerichtet!" Speichel flog aus Lotais Mund und seine Augen waren wild vor aufgestauter Wut. Ich blickte zu dem Minister auf dem Boden. Er beobachtete mich aus zusammengekniffenen Augen. Ich wandt mich an den Fürsten:

„Wie sind Sie in die Festung gekommen? Wir bewachen alle Außengrenzen und das Meer. Sie müssen irgendwo durchgedrungen sein."

Lotai betrachtete mich einen Moment, bis er sein Schwert senkte.

„Also gut." Der Gouverneur wandt sich an den erstarrten Fürsten. Joz schnaubte hörbar.

„Wie seid Ihr hierhergelangt?", fragte Lotai.

Ich blickte zu Ory, die ihren Kiefer kaum merklich entspannte.

Der Fürst atmete schwer ein, blieb sonst aber unbeweglich. Sein Kopf löste sich aus seiner Erstarrung.

„Glaubt ihr wirklich, ich würde es euch verraten?"

Lotai holte mit seinem Schwert aus, bevor ich reagieren konnte, und rammte es in das Bein des Fürsten. Er schrie aus Leibeskräften auf. Ivy und der Minister zogen scharf die Luft ein. Das Schwert steckte noch in seinem Bein, als Lotai erneut fragte: „Wie seid Ihr nach Mhios gekommen?"

Schweißtropfen liefen über das Gesicht des Fürsten, und seine Haut war teigig geworden.

„Ich werde nicht – Ah!"

Lotai drehte das Schwert in der Wunde.

„Was solls, jetzt ist es nicht mehr wichtig. Nach der letzten Schlacht, als ihr uns den Stern geraubt habt, begannen wir, seine Befreiung zu planen. Wir wussten, ihr würdet die Grenzen bewachen. Wie ihr es immer tut, auch wenn wir euch nicht sehen konnten."

Lotai drehte das Schwert noch ein wenig weiter. Ein Grunzen entwich dem Fürsten.

„Wir haben gegraben! Es gibt Tunnel unter den Bergen. Die Dämonen konnten uns beim Graben helfen. Deshalb habt ihr uns nicht kommen sehen."

„Jetzt tötet ihn", krächzte der Minister. Ich ignorierte ihn.

„Wir müssen diese Tunnel finden, bevor noch weitere grausame Gestalten in unser Land eindringen", sagte Ivy. Ihr Gesicht hatte wieder ihre übliche Farbe angenommen.

Ich blickte von ihr zu Amo, der noch immer in weißen Rauch gehüllt war.

„Ist er ... wie ist die Lage?", fragte ich, ohne zu wissen, ob ich die Antwort hören wollte.

„Ich habe keine Ahnung."

Ich sah zu Ory, die noch immer konzentriert und mit Hörnern auf dem Kopf den Fürsten anstarrte.

„Was kümmerst du dich um dieses Volk? Du gehörst nicht dazu! Ich bin dein Fürst, du solltest *mir* treu sein!"

Lotai zog das Schwert aus dem Bein des Fürsten und hob es über seinen Kopf, bereit, dem Fürsten den letzten Hieb zu versetzen.

„Das reicht!", schrie Lotai.

„Sie haben dich angelogen, wenn du glaubst, du seist nur zum Teil von uns", presste der Fürst durch seine Zähne. Schweiß rann ihm über die Stirn.

Lotai griff das Schwert fester. Sein Blick auf den Kopf des Fürsten gerichtet, der noch immer unbeweglich vor uns stand. Er log. Er log, um sich selbst zu retten.

„Und was ist mit dir?", jetzt sprach der Fürst direkt zu Ory. „Ich wusste, dass sie es schaffen würde. Deine Mutter war außergewöhnlich. Der Zauber hat dich geschützt, aber ich wusste, meine Tochter würde überleben."

Lotais Schwert sauste hinab. Die Klinge zerteilte die Luft und bahnte sich ihren Weg auf den Fürsten zu. Plötzlich erstarrte das Schwert. Zentimeter vor dem Hals des Fürsten entfernt hing es in der Luft. Lotai stieß einen Kampfschrei aus. Ory würdigte ihn keines Blickes.

„Wie meint Ihr das?", fragte Ory mit fester Stimme. Ich konnte die Unsicherheit dahinter hören. Der Fürst grinste.

„Lass das Schwert los, Ory. Das ist ein Befehl!", rief Lotai. „Er lügt, um zu entkommen. Er will dich verunsichern."

„Ist das so?", fragte der Fürst. „Warum bist du meiner Tochter dann wie aus dem Gesicht geschnitten? Warum dachte dein grausamer Freund, du würdest vor ihm stehen und nicht Tilay?"

Orys Kraft schwankte. Sie wollte sehen, um was es ging, doch sie konnte nicht riskieren, ihre Konzentration zu brechen.

„Lass das Schwert los!", schrie Lotai, mit aller Kraft gegen Orys unsichtbare Fesseln kämpfend.

Mit einem markerschütternden Schrei brach die Hölle los.

Kapitel 22

Ory

Ich wurde umgerissen und auf den harten Boden geschleudert. Mein Kopf krachte mit den Hörnern zuerst auf den Untergrund. Für einen Moment verlor ich die Orientierung. Ich sah schwarze Haare, blasse Haut und Augen, die Feuer spuckten, als sich Hände um meinen Hals legten. Ich starrte in ein Gesicht, das meinem so ähnlich war. Der Schock ließ mich erstarren. Hände grüben sich in die dünne Haut meines Halses. Ich bekam keine Luft mehr. Sterne flimmerten vor meinen Augen. Etwas krachte und mein Hals war wieder frei. Kar hatte die Frau von mir geschleudert. Begierig atmete ich Luft ein. Er riss mich unsanft auf die Beine. Sein Blick bohrte sich in meinen. Die Sorge darin ließ mich erschaudern.

„Renn, Ory! Nimm den Energiestern und verschwinde. Ich bringe das in Ordnung."

Kar riss mich zu Boden, als ein Feuerball an uns vorbeiflog. Sein Körper drückte sich auf mich. Ich spürte die Hitze des Geschosses auf meiner Haut. Ivy hatte die Frau, meine Schwester, auf dem Boden festgenagelt und versuchte nun, ihr die Luft abzudrücken. Lotai kämpfte mit seinem Schwert gegen den Fürsten, den seine klaffende Wunde am Bein kaum beeinträchtigte. Der dicke Minister krabbelte panisch umher, auf der Suche nach einem Versteck. Nicht weit von mir entfernt lag die Wegsonne achtlos auf dem Boden. Sie war mir aus der Hand geschleudert worden, als die Frau mich angegriffen hatte. Ich zappelte mich unter Kars Körper frei. Ich sprang darauf zu und griff sie mir. Fest an meinen Körper gedrückt, sprintete ich in Richtung Tür. Eine Feuerwand schoss in die Höhe und versperrte mir den Durchgang.

„Gib mir den Energiestern, Tochter!"

Der Fürst stieß Lotai mit einem Schrei von sich. Mein Gouverneur flog auf den fliehenden Minister, sodass beide bewusstlos zusammensackten. Kar sprintete auf mich zu. Der grausame Herrscher riss mir die Wegsonne aus der Hand, noch ehe ich meine Kräfte sammeln konnte. Ich spürte einen Verlust in mir, als wäre mein Herz aus meiner Brust gerissen worden.

Als der Fürst des Grausamen Volkes den Energiestern in die Höhe reckte, stieß eine Druckwelle mich auf den Boden und ich landete hart auf meinem Gesäß. Auch Kar war umgestoßen worden. Er lag nur wenige Meter von mir entfernt auf den Steinfliesen.

„Endlich habe ich ihn zurück! Er wird an seinem rechtmäßigen Platz erwartet! Dein Volk hat dich vermisst!" Die Wegsonne glühte und pulsierte.

Der Fürst sah mir in die Augen und ich erkannte, dass es meine Augen waren.

„Komm mit mir, Tochter. Ich werde dich schützen."

Ich hörte meine Schwester warnend knurren.

„Vor wem schützen? Vor dir und deinem Volk?" Ich schüttelte heftig den Kopf. „Ich gehöre hierher. Dies ist mein Volk."

Der Fürst lachte höhnisch, bevor er mit den brennenden Schultern zuckte.

„Zu schade, aber wie du willst. Ich gebe dir etwas Zeit, doch sei dir sicher; ich werde dich zurückholen."

Meine Schwester kicherte und hüpfte näher an ihren Vater heran. Es war absurd, jemanden zu sehen, der mir so ähnlich sah, aber sich so anders verhielt. Sie spuckte vor meine Füße. Ich versuchte, einen Schritt nach vorne zu tun, stieß jedoch an eine unsichtbare Wand. Der Fürst musste sie mithilfe des Energiesterns aufgebaut haben.

„Aber du", sprach der grausame Herrscher zu Kar, der sich mittlerweile aufgerichtet hatte und mit undurchdringbarer Miene auf den Mann mit dem Energiestern starrte. „Du wurdest uns geraubt. Du bist einer unseres Volkes. Sie haben dich belogen und benutzt. Komm mit uns, in das Zuhause deiner Ahnen, deines Blutes."

Ich starrte Kar an. Er rührte sich nicht, doch ich erschauderte.

„Ich lade dich an meinen Hof, du wirst deine Rache bekommen für all die Jahre, die Jahrzehnte, die du eingekerkert warst. Für die schmerzhafte Zeit, in der die Wut dich quälte. Es ist vorbei, bei uns kannst du frei sein."

Kars Muskeln zuckten und ein Schrei durchschnitt die Stille.

„Kar, nicht!" Es war Ivy, die am Rand der unsichtbaren Barriere mit tränenüberströmtem Gesicht ihren Freund anflehte. „Bitte, du gehörst zu uns. Du bist einer von uns!"

Hinter Ivy hing Mix weißer Rauch noch immer um Amos unbewegten Körper.

„Sei still, du Nichts!", kreischte meine Schwester in Ivys Richtung, bevor sie innehielt. Sie schien ihr Gesicht zu mustern. Nach einem Moment verfiel sie in ein irres, gackerndes Lachen.

„Hat Lotai dich etwa gekauft? Oder warum bist du hier? Das ist ja ein stolzer Preis für ein jämmerliches Wesen wie dich!"

Wie meinte sie das? Ivy ignorierte das Gespött und sah Kar noch immer flehend an.

„Bitte, Kar."

„Die Wut muss schrecklich gewesen sein." Fuhr der Fürst fort. „Jeden Tag mit ihr zu leben. Weit entfernt von deinem Zuhause. Dort wird es dir gut gehen. Du wirst nicht mehr kämpfen müssen. Du wirst Frieden finden."

Ich sah es an Kars Augen. Frieden. Kontrolle. Es war alles, was er wollte. Bei den Helden, bitte nicht.

„Sie haben mich angelogen, Ivy." Er schoss einen tödlichen Blick in Lotais Richtung, der noch immer bewusstlos auf dem Minister lag.

„Vielleicht soll es so sein."

Er trat einen Schritt nach vorne, durch die Barriere hindurch, die ihm kein Hindernis darstellte. Mein Herz zerriss und ich schrie, so laut ich konnte. Sein Blick traf auf meinen und ich sah den Schmerz darin. Aber auch die Hoffnung.

„Nein!", ich schrie so laut, dass mein Hals wehtat. Ivy schien ebenfalls zu schreien.

„Du bist zu gut für mich, Ory. Ich könnte dir niemals geben, was du verdienst. Vergiss mich und finde deinen Frieden."

Nein! Ich weigerte mich, seinen Worten Gehör zu schenken. Das durfte nicht sein! Er konnte nicht gehen! Ich hämmerte mit meinen Händen gegen die Barriere, so fest, dass meine Fäuste schmerzten.

„Nein, bitte! Bleib bei mir! Bitte, bleib bei mir!" Tränen strömten über meine Wangen.

„Verlass mich nicht, Kar! Bitte!"

Ein letztes Mal blickte Kar mit seinen bernsteinfarbenen Augen in meine. Dann war er weg.

Amo

Etwas stimmte nicht. Ich spürte es seit Tagen. Seit Tagen, in denen ich halb bei Bewusstsein und doch nicht wach in einem Bett lag. Das Letzte, an das ich mich erinnerte, war Orys Gesicht, ein schrilles Lachen und ein stechender Schmerz in meiner Brust. Als mein Bewusstsein langsam zurückgekommen war, dachte ich, ich sei tot. In einer dunklen Unendlichkeit gefangen, nur noch aus Gedanken und Gefühlen bestehend. Doch dann hatte ich sie gehört. Mix. Sie hatte mit mir gesprochen, wie sie es schon ein Mal getan hatte. Ohne Mund, ohne Stimme und doch in meinem Kopf. Sie war zu meinem Anker geworden. Ich suchte nach ihr und meist fand ich sie als helles Leuchten und warmes Gefühl.

„Wie geht es dir?", fragte Mix vorsichtig.

„Ich fühle mich komisch. Als wäre etwas anders an mir. Mal abgesehen davon, dass ich hier gefangen bin."

„Du bist nicht gefangen, aber dein Körper muss heilen. Er ist noch nicht bereit, seine Aufgaben zu erfüllen."

„Wie geht es den anderen? Dem Gouverneur?"

Mix Antwort kam zögerlich. „Sie sind am Leben. Einige Soldaten haben es nicht geschafft. Manche von ihnen waren Sammler."

Hätte mein Körper funktioniert, hätte ich tief durchgeatmet. Sammler waren gestorben. Meine Leute.

„Sie haben ihre Pflicht erfüllt, so wie du deine erfüllt hast."

Ich stimmte ihr schweigend zu und doch, es waren meine Untergebenen, die ihr Leben gelassen haben.

„Wie lange ist das alles her?", fragte ich Mix, um das Thema zu wechseln.

„Einige Tage. Vielleicht eine Woche, ich weiß es nicht genau."

„Aber Kar geht es gut? Und Ivy? Und Enok und Kaya?"

„Sie leben."

Diese Antwort gab sie mir immer, wenn ich nach meinen Freunden und meiner Familie fragte.

„Ich wünschte, du würdest mir mehr sagen."

Etwas in meiner Brust drückte und spannte sich an. Ein Schmerz schoss durch mein Inneres.

„Dein Körper wird dir sagen, wann es so weit ist, und dann werde ich deine Fragen beantworten."

Eine Weile herrschte Stille.

„Wie sind sie nach Mhios gekommen? Wir haben alle Außenposten besetzt und niemand hat einen Durchbruch gemeldet."

„Dämonen haben Tunnel für sie gegraben. Mittlerweile wurden die Ausgänge entdeckt. Sie sind in den Wäldern südöstlich von Mhios an die Oberfläche gekommen. Dann sind sie vorgerückt. Zum Glück ließen sich die Dämonen ohne ihren Energiestern so weit weg von ihrem Land nicht aufrechterhalten."

Ich stimmte ihr schweigend zu. Eine Armee von Dämonen hätte die Mischwesen vernichtet. Mix hatte mir bereits berichtet, dass das Grausame Volk seinen Energiestern gesucht und gefunden hatte. In unserem Land. Ich musste an Fil denken, der Sammler, der von der Suche nach dem Energiestern berichtet hatte. Er war dafür verspottet worden. Ich hoffte, dass er noch lebte, damit ich ihn um Verzeihung bitten konnte.

„Wieso war der Energiestern des Grausamen Volkes überhaupt im Tal?"

„Das solltest du mit deinem Gouverneur besprechen, wenn es dir besser geht."

„Ach komm, sag es mir. Wenigstens das."

„Ich kenne den Grund nicht. Ich kenne nur geflüsterte Gerüchte."

„Dann eben Gerüchte! Bitte!"

Mix seufzte in meinem Kopf.

„Es wird gesagt, der Gouverneur hätte seine erste Ehre damit verdient, die Quelle der Macht an sich zu bringen und sie zu verschleiern."

„Seine erste Ehre? Meinst du seinen vierten Buchstaben?", fragte ich neugierig.

„Wenn das eine Ehre ist, dann vermutlich."

Lotai, damals Lot, war aus der ersten Invasion als Lota hervorgegangen. Das war bekannt. Aber ich hatte angenommen, er habe unser Volk verteidigt, nicht den Energiestern eines anderen geklaut.

„Weißt du, wofür er seinen ... seine zweite Ehre bekommen hat?" Selbst in meinem Kopf flüsterte ich die Frage. Es stand unter Strafe, die Auszeichnung eines Buchstabens zu hinterfragen.

„Sie flüstern, aber noch leiser, dass er einen Feind im Tal versteckt hat."

Ich stutzte.

„Einen was?"

„Ein Feind war unter euch, bei dir. Ich konnte ihn sehen. Doch er war euch wohlgesonnen. Trotzdem hat er ihn versteckt, sie sagen, sogar eingesperrt. Dafür wurde er geehrt."

„Moment mal. Was für ein Feind? Das kann nicht stimmen."

Mix schwieg. Der Schmerz in meiner Brust nahm wieder zu und ich unterdrückte ein Wimmern.

„Mix?"

„Der Feind ist nicht das Gerücht. Er war hier. Schon viele Jahre."

„Das verstehe ich nicht. Wenn du wusstest, dass einer unserer Feinde sich bei uns versteckt, warum hast du nichts gesagt?"

„Er hat sich nicht versteckt. Es war ihm nicht bewusst. Wie gesagt, er war euch wohlgesonnen."

„Und was ist dann daran Gerücht?"

„Das Gerücht ist sein Weg hierher. Sie munkeln, der Gouverneur hätte ihn geraubt und mit der Energie seines Volkes hierbehalten. Er muss gelitten haben."

Ory

Ich wischte mir den Schweiß aus der Stirn. Er hinterließ einen Film aus Staub und Dreck auf meiner Haut. Auch wenn die meiste Zerstörung in der Festung von Mhios entstanden war, so hatten auch die umliegenden Gebäude Schaden genommen. Zum großen Glück war die Stadt weitestgehend unbeschädigt geblieben. Dies war dem Engagement des Bürgermeisters von Mhios geschuldet. Die wenigen grausamen Geschöpfe, die versucht hatten, in die Straße vorzudringen, waren aufgehalten worden. Enok hatte veranlasst, dass im Eiltempo Sperren aufgebaut wurden. So konnten die Bewohner geschützt werden. Zumindest diejenigen, die sich nicht zur Verteidigung gemeldet hatten. Kaya hatte die Evakuierung über Wegsonnen angeleiert und zunächst Kinder und Schwangere aus der Stadt geschleust. Neben all dem Chaos und der Zerstörung war ich froh, dass wenigstens die Zivilisten der Stadt unversehrt geblieben waren.

Die Nordseite der Festung, an der sich die Eindringlinge Zugang zur Festung verschafft hatten, hatte die größte Zerstörung erfahren. Ich hatte meine Hilfe beim Wiederaufbau angeboten, war jedoch weggeschickt worden. Daher war ich zu den Ställen gegangen, wo Wys mit saurer Miene den Stall aufräumte. Er humpelte bei jedem Schritt. Das Dach des Stalles war teilweise eingestürzt und die Futtertränke auf der Koppel hatten Schaden genommen. Ich hatte die Ärmel hochgekrempelt und mit angepackt, was Wys mit einem Grunzen kommentiert hatte.

„Was ist eigentlich mit deinem Bein passiert?", fragte ich so beiläufig wie möglich. Seine braunen Haare standen in alle Richtungen zu Berge. Er hatte den Mund ernst verzogen. Seine pickelige Haut war vor Anstrengung rot angelaufen.

„Kleiner Unfall. Wird schon wieder."

„Wenn du willst, räume ich hier allein auf. Du kannst eine Pause machen."

„Seh ich aus wie ein Invalide? Da hat man ein Mal eine kleine ..." Ich verstand nicht mehr, was er sagte und beließ es dabei.

Ich schleppte Steine und Bretter, kehrte Schutt zusammen. Ich gab den Pferden Futter, die provisorisch unter einem Unterschlupf auf der Koppel angebunden waren. Die Aufgaben halfen mir, nicht dauerhaft an Kar zu denken. Er war gegangen. Er hatte uns im Stich gelassen. Er hatte mich im Stich gelassen. Mein Herz zog sich schmerzhaft zusammen. Immer wieder sah ich seine Augen vor mir. Wie er mich angesehen hatte, ein letzter Blick, bevor er mit seinem Fürsten und meiner Schwester verschwand. Mit meinem Vater und meiner Schwester. Das waren weitere Gedanken, die ich in eine dunkle Ecke meines Kopfes verbannt hatte.

Wie oft hatte ich mir mit Lio zusammen ausgemalt, wer unsere Eltern wohl waren. Ob sie reiche Kaufleute oder arme Diebe seien. Niemals hätte ich damit gerechnet, die Tochter eines grausamen Fürsten zu sein. Oder selbst zum Grausamen Volk zu gehören. Nein, Ory! Ich gehörte nicht zum Grausamen Volk, ich gehörte zu diesem, dem Verschollenen Volk. Ich musste mich stetig daran erinnern. Ich bekam manchmal schwer Luft vor lauter Dankbarkeit dafür, dass ich trotz meines Erzeugers anscheinend noch immer in Mhios willkommen war. Auch wenn es feststand, dass mein Vater die Verantwortung dafür trug, dass verschollene Gestalten getötet worden waren. Ein Kloß setzte sich in meiner Kehle fest.

Ivy hatte mir erzählt, dass die Steinmetze kaum hinterherkamen, die Statuen der Helden zu vollenden. So viele Begräbnisse. Das Feuer in der Halle der Helden würde heller brennen als die Jahre zuvor. Ivy hatte einige der Getöteten gekannt. Sie litt und ich sah es ihr an. Sie hatte nicht nur die Toten zu beklagen, sondern musste auch Kars Verrat und Amos ungewisse Zukunft verdauen. Amo ... ich spürte noch immer die Kraft des Energiesternes. Die schiere Energie, die mich ergriffen hatte. Mix panische Verzweiflung. Ich hatte ihn retten können, doch er musste einen Preis dafür bezahlen. Das Klopfen seines neuen Dämonenherzens hallte noch in meinen Händen wieder. Ich kam nicht umhin, mich zu fragen, ob ich ihm einen Gefallen getan hatte. Er war noch immer nicht erwacht, laut Mix aber im Inneren bei Bewusstsein. Doch selbst wenn er erwachen würde, war nicht klar, welche Veränderungen ein Dämonenherz bei einem Geschöpf anrichten würde. Würde er wütend sein, wie Kar es war? Oder würde er Kräfte besitzen? Und würde er überhaupt Amo sein? Der Amo, den ich kennengelernt hatte. Der liebenswerte, hilfsbereite Amo, der mich in diese Stadt gebracht hatte. Der für mich gesorgt hatte. Der für Kar wie ein Bruder war. Bei den Helden, er hatte keine Ahnung, was mit Kar geschehen war. Er wusste nicht, dass Kar angelogen worden war und uns daraufhin den Rücken gekehrt hatte. Dass Kar sich auch gegen ihn, seinen Bruder, entschieden hatte.

„Alles okay bei dir?" Wys hatte aufgehört zu arbeiten und sah mich mit einem Blick an, der Unbehagen verriet.

„Wieso?", fragte ich verwirrt.

„Du weinst."

Ich betastete meine Wangen und spürte die Feuchtigkeit.

„Oh, nein, also ja, alles ok. Ich bin nur gedanklich woanders."

„Wie du meinst", sagte er achselzuckend und machte weiter.

„Ory!" Ivys Stimme schlängelte sich durch die grünen Pflanzen und die nackte Zerstörung. Meine Freundin stand am Abgang der Festung und gestikulierte wild.

„Wir müssen los, Amo ist wach!"

Kapitel 23

Amo

Ich spürte eine Hand auf meiner. Eine zarte Berührung der Zuneigung. Ich wusste, ohne meine Augen zu öffnen, dass es Mix war, die mich da hielt. Gedämpfte Stimmen drangen an mein Ohr. Ich versuchte zu blinzeln. Meine Augen waren schwer wie Blei und ich brauchte mehrere Versuche, um sie so weit zu öffnen, um verschwommene Gestalten zu sehen.

Meine Hand wurde fester gedrückt und jemand leuchtete mir in die Augen. Ein greller Blitz, der mich zurückzucken ließ.

„Kommandant, können Sie mich hören?"

Ein Grunzen entkam meinen Lippen, als ich versuchte zu sprechen. Meine Kehle war ausgetrocknet und ich begann zu husten. Bei den Helden, was war das für ein Schmerz in meiner Brust? Als wäre ein Felsbrocken auf mein Herz gelegt worden, drückte es mir die Luft ab. Ich bewegte vorsichtig meine Füße und Finger. Alles wie gewohnt. Ich blinzelte erneut heftig und sah in fremde braune Augen. Ich schreckte zurück, was mich erneut grunzen ließ. Der Schmerz fuhr wie eine Gerölllawine durch meinen Oberkörper.

„Sie sind in guten Händen, Kommandant. Ich bin Heilerin Mbo. Wachen Sie erst einmal auf, ich bin gleich zurück", damit verschwand die Frau aus meinem Sichtfeld und eine helle Gestalt mit langem weißem Haar und blauen Augen erschien vor mir.

„Ich hab doch gesagt, du solltest dich erholen", flüsterte Mix und ich lächelte gequält, als sie unsere Unterhaltung in meinem Kopf aufgriff. Diese Gespräche bedeuteten mir alles, denn sie gehörten nur uns zweien. Niemand konnte uns belauschen und niemand wusste, worüber wir gesprochen hatten. Gerade wünschte ich mir, wir würden uns in meinem Kopf unterhalten. Ohne all die Schmerzen.

„Wie fühlst du dich?", ihre sanfte Stimme war wie Honig in meinem Rachen. Ich ließ den Kopf auf das weiche Kissen fallen.

„Meine Brust schmerzt, als würde ein Berg darauf liegen."

Eine sanfte Berührung an der Wange ließ mich die Augen aufschlagen. Ich hatte gar nicht bemerkt, dass sie mir zugefallen waren.

„Sie werden dir eine Menge erklären müssen. Aber zuerst musst du heilen."

Ich drehte meine Wange in ihre Berührung hinein, als die Tür aufgerissen wurde und Mix ihre Hand ruckartig zurückzog.

„Amo! Den Helden sei Dank!" Ivy stürzte in meine Richtung, hielt dann jedoch inne. Unsicher, ob sie mich umarmen sollte. Ich war froh, dass sie es nicht tat.

„Wir haben uns solche Sorgen gemacht. Wie geht es dir? Wie fühlst du dich? Bist du gut versorgt? Ich werde mit den Heilern reden -"

„Ivy, jetzt lass ihn doch erst einmal zu sich kommen."
Ory trat neben mein Bett. Sie schenkte mir ein unsicheres
Lächeln, das auf unerklärliche Weise schuldig wirkte.

„Ich bin froh, dass du aufgewacht bist."

„Danke", krächzte ich. Mix schob Ivy unsanft zur Seite,
um mir ein Glas Wasser zu reichen.

„Also los, ich will wissen, was passiert ist. Das Letzte,
woran ich mich erinnere, ist ein verrücktes Lachen und
Lotai, der im Empfangssaal sein Schwert zieht. Dann ein
Schmerz in der Brust und dann ist alles schwarz."

Ory blickte zu Boden. Ivy sah unsicher erst zu Ory und
dann zu Mix, die schließlich sprach:

„Es ist noch nicht ratsam, dich mit den Details zu
belangen. Dein Körper muss sich erst an die neue Situation gewöhnen."

„Was für eine Situation?", fragte ich verwirrt.

„Du warst schwer verletzt. Aber die Helden waren bei
dir", sagte Ivy und starrte auf die Bettdecke meines
Krankenbettes.

„Okay, wenn ihr es mir nicht sagen wollt, wird Kar es
tun. Wo ist er? Sagt ihm, er soll seinen Echsen-Arsch
hierher schwingen."

Das Lächeln auf meinen Mundwinkeln gefror zu Eis,
als ich Orys Miene sah, die blass geworden war. Ivy
presste den Kiefer zusammen und ich wusste, etwas
stimmte nicht.

„Wo ist Kar?"

Keine Antwort.

Ich versuchte, mich aufzurichten, doch der Stein in
meiner Brust drückte mich nach unten.

„Ist er verletzt? Mix, du hast gesagt –"

„Er ist unverletzt." Sanft drückte sie mich in die Kissen und meine Brust begann, aus einem anderen Grund zu schmerzen.

„Aber er ist nicht hier. Er ist mit den Seinen gegangen."

Mix Worte verwirrten mich mehr, als dass sie Klarheit brachten.

„Ich will sofort wissen, was mit meinem Bruder passiert ist! Jetzt! Ivy?"

Meine Freundin stand steif und ernst vor mir. Der Stein auf ihrer Stirn schien zu leuchten.

„Er hat uns verraten, Amo. Es hat sich herausgestellt, dass Kar kein Mischwesen ist, sondern eine grausame Gestalt. Lotai hat ihn belogen. Sie haben ihn und uns belogen. Und jetzt ist er weg."

Mein Gehirn war leer und gleichzeitig raste mein Verstand. Kar würde uns niemals verraten. Er liebte sein Volk, das Tal und ... mich. Sie mussten sich täuschen.

Sie täuschen sich nicht. Er ist fort.

War er- war er der Feind, von dem du in meinem Kopf gesprochen hast?

Mix zögerte für einen Moment.

Ja.

Er ist kein Feind! Er ist mein Bruder! Mein bester Freund!

Ich blickte zu Mix, die mich mit ihren blauen Augen fixiert hatte.

„Wenn er gegangen ist, dann, um uns zu schützen. Er wollte sicher -"

„Er ist einer von ihnen, Amo. Der Gouverneur und eure Eltern haben ihn und dich angelogen. Er hat ihnen den Rücken gekehrt und uns damit ebenso", sagte Ivy mit Schmerz in der Stimme.

„Nein. Niemals. Es ist mir egal, wer er ist oder was er ist. Er ist mein Bruder und ich kenne ihn. Er hat einen Plan, ich bin mir sicher."

„Amo, er –"

„Hör auf, Ivy! Er hat uns nicht verraten!"

Ein heftiger Schmerz schoss durch meine Brust, in meine Arme hinein bis in meine Hände. Als würden meine Adern Feuer fangen, brannte die Wut auf Ivys Worte und Kars Taten durch meinen Körper.

„Bei den Helden, was ist das?", zischte Ory.

Ich sah auf mich hinab und keuchte auf. Die Adern auf meinen Armen hatten sich feuerrot gefärbt. Sie bildeten einen starken Kontrast zu meiner kränklichen, blassen Haut. Wie Flüsse aus Feuer zogen sie sich über meine Glieder. Meine Handflächen waren tiefrot, als hätte ich sie in Blut getaucht.

„Das muss das Herz sein", flüsterte Ory.

Ich sah sie irritiert an.

„Mein Herz? Warum? Was ist damit?"

„Es ist zu früh", zischte Mix scharf, bevor eine der beiden anderen etwas sagen konnte. „Du musst dich erholen. Es hat Zeit", sagte Mix sanft, doch in mir kochte die Wut.

„Es hat keine Zeit, ich will sofort wissen, was mit mir passiert ist!"

Ory trat einen Schritt vor. „Das alles ist meine Schuld."

Lotai

Ich blickte durch die bodentiefen Fenster meines Empfangssaales. Mhios, das grüne Herz meines Volkes. Auf den Straßen herrschte bereits wieder geschäftiges Treiben. Waren wurden verkauft, die Kinder gingen in die Schulen oder halfen ihren Eltern. Wäsche wurde gewaschen und Straßen gekehrt. Die Normalität erschien mir wie Hohn im Vergleich zu dem, was in dieser Festung geschehen war. Die Horde grausamer Gestalten hatte gewütet. Mauern wurden niedergerissen, Kunstwerke zerstört und Leben ausgelöscht. Wieso hatte ich es nicht geahnt? Den Angriff nicht vorhergesehen? Die verstärkten Außenposten hatten mich in Sicherheit gewogen und doch, ein kleiner Teil von mir hatte damit gerechnet, dass sie es schaffen würden, uns zu verletzen. Zu viel hatte für sie auf dem Spiel gestanden. Der Energiestern war das Wertvollste, was ein Volk besitzen konnte. Ich hatte ihnen ihren geraubt. Eine Leere erfüllte mich. Ich erblickte meinen Stuhl, an dem die Wegsonne hätte thronen sollen. Sie war fort. Zurück in den Händen unserer grausamen Nachbarn. Midr, mein Vorgänger und einstiger Befehlshaber, hatte mir aufgetragen, den Energiestern während der ersten Invasion zu stehlen. Ich erinnere mich an das Grauen bei der Vorstellung, einem Volk den Stern zu rauben. Ihm sein Herz zu berauben. Doch als ich gesehen hatte, was das Grausame Volk unserem antat, hatte ich nicht mehr gezögert. Ich hatte gesehen, wie Kinder von Dämonen gejagt wurden und wie sie sie mit einem Bissen verschlangen. Ich hörte noch die Schreie der Eltern. Wie Alte sich geopfert hatten, damit die Bestien satt waren und ihre restliche Familie verschonten. Ich hatte gespürt, dass unsere Kräfte nicht ausreichten, um das Grausame Volk zu bezwingen, und ich hatte gewusst, dass wir nur eine Chance hatten. Jahre später hatte Midr mir eröffnet, dass er damals vier Gestalten damit beauftragt hatte, den Stern zu stehlen. Ich war der Einzige, der den Versuch überlebt hatte. Nicht nur das, ich war erfolgreich gewesen. Diese Mission hatte mich zu Lota gemacht.

Ich hörte aufgebrachte Stimmen und wusste, was mich erwartete. Ich wappnete mich innerlich. Senator Pyro stürmte als Erster durch die imposante Eingangstür. Mit hochrotem Kopf und hervorstehenden Adern platzte es aus ihm heraus: „Ich wusste es! Ich wusste, dass er ein Monster ist! Und sie -"

„Halte dich zurück, Pyro. Er ist noch immer dein Gouverneur", tadelte Minister Tosk, doch seine aufgeblähten Nasenflügel zeigten mir, dass auch er außer sich vor Wut war.

„Minister, Senatoren", sagte ich beschwichtigend. Ich blickte in die Gruppe aus Männern und Frauen, die nun den Saal betraten. Ich sah den Bürgermeister, Enok, und seine Frau Kaya und Minister Joz.

Ich sprach mit fester Stimme: „Dieser hinterhältige Angriff, der zu viele unserer Mitbürger zu den Helden brachte, sitzt uns allen noch in den Knochen. Ich bitte Sie, Platz zu nehmen."

Keiner bewegte sich, was mich dazu veranlasste, meine Schultern zu straffen.

„Setzen Sie sich. Ich werde alles erklären." Langsam ging ich zu meinem entstellten Stuhl und ließ mich nieder. Kaya und Enok folgten meinem Beispiel. Tosk zog nach und Minister Joz blickte unschlüssig zu Pyro, bevor er sich ebenfalls an die lange Tafel setzte. „Minister Pyro." Ich deutete auf einen leeren Platz. Nach einer Sekunde des Abwägens setzte sich auch er. „Ich verstehe, dass Sie Fragen haben -"

„Lass den Schwachsinn, Lotai!", blaffte Pyro mich an. „Du hast eine grausame Gestalt, eine vollständige, grausame Gestalt zum Kommandanten dieses Volkes gemacht! Wir haben dich jahrelang vor ihm gewarnt, aber du ..."

„Niemand musste vor Kar gewarnt werden", zischte Kaya eisig. „Wir haben ihm beigebracht, mit seinen Kräften umzugehen. Er hat sich für seinen Posten mehr als qualifiziert."

„Ihr wusstet es also?", fragte Minister Joz mit großen Augen. Er musste Pyro berichtet haben, was er während des Kampfes mit dem Fürsten gehört und gesehen hatte. Wäre ich nur härter auf ihn gefallen, dieses Wiesel.

„Natürlich wussten wir es", fuhr Kaya fort. Enok bewegte sich unbehaglich auf seinem Stuhl neben ihr.

„Wir haben uns bereit erklärt, ein grausames Kind aufzunehmen, weil es unsere Pflicht ist, zum Wohle unseres Volkes zu handeln."

„Zum Wohle des Volkes?" Minister Tosk zog fragend eine Augenbraue in die Höhe. „Erklärt das bitte."

„Ich übernehme das, Senatorin, danke", sagte ich.

Kaya nickte widerwillig und schoss einen letzten wütenden Blick auf Joz.

„Nachdem der Energiestern in unseren Besitz gelangt war, mussten wir sichergehen, dass er die Sicherheit unseres Volkes nicht gefährdete. Kommandant Kar war wie ein Radar für uns. Wir konnten an ihm ablesen, ob die Energie floss und ob er zu stark wurde. Glücklicherweise stellte der Stern keinerlei Gefahr dar. Nur weil er in unserer Gewalt war, konnte unser Volk jahrzehntelang vor dem Grausamen Volk beschützt werden."

„Du willst uns also sagen, dass ein Kind entführt wurde, nur um sicherzugehen, dass der Stern, den du gestohlen hattest, nicht zu mächtig wird?", fragte Tosk anklagend.

„Er ist übergeschnappt! Der Stern hätte vernichtet werden sollen!", schrie Pyro nun und Spucke flog aus seinem Mund.

Die Anwesenden zogen scharf die Luft ein.

„Einen Stern zu zerstören, kommt einer Heldenlästerung gleich", entfuhr es Enok.

„Warum? Wir haben keinen Stern! Wir haben es nie geschafft, einen herzustellen. Warum sollte dann ein Grausames Volk einen haben!"

„Es ist ihr Recht als Volk", stellte Kaya mit kalter Stimme klar.

Pyro starrte sie mit tödlichem Blick an.

„Ich verstehe es, wenn Sie meine - unsere - Methoden nicht gutheißen. Allerdings diente es dem Wohle des Volkes. Midr war vorausschauend und hat die Gelegenheit genutzt, die sich bei der ersten Invasion ergeben hat", erklärte ich ruhig.

„Midr war ein Spinner!", schrie Pyro.

„Es reicht!", entgegnete Tosk. „Ich stimme den Methoden nicht zu, doch ich werde keine Lästerung auf einen Helden dulden."

„Danke, Minister Tosk. Ich bin sicher, Heldenlästerung ist das Letzte, was Minister Pyro möchte", sagte ich.

Pyro fletschte mit den Zähnen, nickte aber kaum merklich.

„Was ist mit der Frau?", fragte Joz mit überraschend starker Stimme. „Sie ist die Tochter des Fürsten!"

„Seit wann spielt die Herkunft im Verschollenen Volk eine Rolle?", fragte Kaya und Enok pflichtete ihr bei. Joz zog den Kopf ein.

„Sie ist grausam, genau wie der *Kommandant*", Pyro spuckte das letzte Wort geradezu aus.

„Sie hat sich als loyal bewiesen", brachte Tosk ein.

„Es ist mir egal, was ihr glaubt. Auch bei dem Monster habt ihr euch geirrt." Kaya und Enok liefen bei Pyros Worten rot an. „Ich sage, wir sperren sie ein oder stellen sie wenigstens unter Beobachtung."

Ich seufzte, wusste aber, dass ich Pyro entgegenkommen musste, wenn ich Boden retten wollte.

„Gut, stell jemanden für sie ab", gestand ich ihm zu.

„Und was ist mit Kommandant Kar?", fragte Joz. „Er weiß einiges, was dem Grausamen Volk im Kampf gegen uns helfen könnte. Sie könnten uns vernichten, wenn er es ihnen verrät."

Schweigen bereitete sich im Saal aus. Kar wusste viel. Zu viel. Doch ich weigerte mich zuzugeben, dass ich mich in ihm getäuscht hatte. Kaya und Enok sahen aus, als würden sie jeden Moment über den Tisch hechten, um Joz und Pyro den Hals umzudrehen.

„Er wird nichts verraten." Es war Enok, der seinen Adoptivsohn verteidigte.

Pyro lachte gackernd. „Er ist mit ihnen gegangen -"

„Weil ihr ihn angelogen habt", ergänzte Tosk mit unverhohlener Anklage in seiner Stimme.

„Ich bin sicher, dass er seine Gründe hatte. Er sorgt sich um dieses Volk, dieses Tal und seine Familie. Wenn nicht um uns, dann sicher um Amo", zischte Kaya die Minister an.

„Apropos, wie geht es dem Kommandanten? Ich habe gehört, er ist erwacht?", fragte Tosk ehrlich interessiert.

„Die Heiler stellen ihm eine gute Prognose", sagte Enok und warf seiner Frau dabei einen seltsamen Blick zu. Kaya saß mit straffen Schultern und eisiger Miene auf ihrem Stuhl. Interessant. Ich würde Kommandant Amo besuchen, wenn dieses Schauspiel vorbei war.

„Das freut mich zu hören", sagte ich mit sanfter Stimme. „Wir haben zu viele gute Gestalten verloren."

Wir alle schwiegen für einen Moment, im Andenken an diejenigen, die den Angriff nicht überlebt hatten. Pyros Stimme durchschnitt letztendlich die Ruhe:

„Wir müssen Kar finden und zum Schweigen bringen. Das ist die einzige Möglichkeit."

Kapitel 24

Kar

Ich fühlte mich ... anders. Ganz anders als im Tal. Anders als in jedem Land, das ich je betreten hatte. Ich fühlte ... Frieden. Es war nicht das, was ich erwartet hatte, als ich mit dem Fürsten des Grausamen Volkes gegangen war. Ich konnte mich nicht selbst belügen. Dieses Land fühlte sich richtig an. Die Wut, die mein Leben lang unter meiner Haut gekocht hatte, war verschwunden. Ich musste mich nicht mehr beherrschen, ich konnte einfach sein. Diese Stille in meinem Inneren hatte mich erschreckt und unruhig gemacht, doch ich hatte mich daran gewöhnt. Jetzt fühlte sie sich wie ein Segen an.

Seit ich mit dem Fürsten gegangen war, verbrachte ich meine Tage in einem Zimmer in seiner Burg. Wir wurden von Soldaten empfangen und unter Jubelschreien zur Burg geleitet. Der Sitz des Fürsten war riesig. Er war in schwarzem Stein erbaut, wie alle Gebäude in dieser Stadt. Ein Graben, gefüllt mit brodelnder Lava, umschloss die Burg. Das Magma hüllte diesen Ort in eine angenehme Wärme. Das Fenster meines Zimmers befand sich direkt über dem Graben, sodass eine Flucht hindurch unmöglich war. Doch ich hatte einen wunderbaren Blick über die Stadt. Ein Gewirr aus schwarzen Häusern zog sich auf einer Anhöhe dahin. Die Bäume - so etwas hatte ich noch nie gesehen. Die verkohlten Stämme drehten sich in die Höhe und Lava-Tropfen bildeten sich an den

Ästen wie leuchtende Blätter. Das warme Licht von Kaminfeuern erhellte die Häuser und setzte sie gegen den verschleierten grauen Himmel ab. Die mit schwarzem Stein gepflasterten Straßen waren erhellt von Feuerlampen. Dämonen zogen Karren mit Waren über sie hinweg. Die Einwohner der Stadt, sowie die Soldaten des Fürsten, waren unverkennbare grausame Gestalten mit Flügeln, Klauen, Hörnern. Einige sogar mit den Beinen einer Ziege. Ein Bewohner der Stadt, sein Haus lag nahe an meinem Fenster, hatte die Beine einer Spinne an seiner Hüfte. Er bewegte sich mit ihnen fort. Mir lief bei dem Gedanken ein Schauer über den Rücken. Doch trotz meinen Vorurteilen diesem Volk gegenüber wirkten die Bewohner ... glücklich. Kinder rannten spielerisch vor ihren Eltern weg. Geschwister zankten sich und zogen sich mit ihren Dämonenanteilen auf. Ich hatte Paare gesehen, die händchenhaltend durch die Straßen zogen und Freunde und Bekannte, die lachten und sich ausgelassen unterhielten. Eine Leere tat sich bei diesem Anblick in meiner Brust auf. Ich wusste, dass es Einsamkeit war, auch wenn ich das Gefühl, so gut es ging, ignorierte.

Ein Klopfen ertönte und ich drehte mich zu der Holztür, die nach meinem Eintreten verschlossen worden war. Als man mir das Zimmer gezeigt hatte, war ich beeindruckt gewesen von dem Kaminfeuer, dem großen weichen Bett aus dunklem verkohltem Holz und den weichen Stoffen, die sich überall im Zimmer befanden. Es war einladend und doch war ich gefangen.

„Was ist?", fragte ich gereizter, als ich mich fühlte.

Ein klirrendes Lachen drang durch die Tür und ich straffte die Schulter.

„Klopf, klopf, Echsenmann", säuselte die Stimme.

Ich hörte Schlösser knacken und dann trat sie durch die Tür. Ihr Anblick versetzte mir einen Stich ins Herz. Diese Lippen, die Augen, sie sah Ory so ähnlich.

„Was willst du?"

Wieder dieses schrille Lachen. Sie ging langsam durch den Raum. Ihre Finger strichen über das Fußende des Bettes und den Kaminsims. Sogar die Vorhänge zog sie zur Seite, um einen Blick aus demselben Fenster wie ich zu werfen.

„Bist du nicht einsam, so alleine in deinem Zimmer?" Sie wackelte spielerisch mit den Augenbrauen. Sie war mir viel zu nahe und ein Geruch von Lilien stieg mir in die Nase, der mir Kopfschmerzen bereitete.

„Ihr habt mich hier eingeschlossen. Das war nicht meine Entscheidung." Ich trat einen Schritt von ihr weg.

„Was hast du erwartet?", fragte sie kichernd. „Dass wir einem Schoßhund des Mannes vertrauen, der unser Volk bestohlen hat? Wohl kaum." Plötzlich änderte sich ihre Miene. Sie starrte mich aus eiskalten, ernsten Augen an, die nichts mit Orys gemein hatten.

„Ich hätte dich niemals mit hierher genommen. Ich hätte dich gegrillt, aus deinem Blut eine Soße gemacht und dann dein Fleisch von den Knochen genagt."

„Scheint wohl nicht nach deinem Willen zu gehen, was?"

Ich erwartete ein schrilles Lachen, doch sie blieb still, starrte mich nur weiterhin an.

„Warten wir es ab.“

Ich riss meinen Blick von ihr los. Ich wollte sie nicht hier haben. Ihr Anblick war die reinste Qual.

„Na los, Echse. Mein Vater will dich sehen.“

„Was will er von mir?“, fragte ich, froh darüber, endlich dieses Zimmer zu verlassen.

„Das wirst du schon sehen“, erwiderte sie.

„Er hat es dir nicht gesagt, richtig?“ Die Genugtuung wärmte mir die Brust.

Sie knurrte nur und ich marschierte an ihr vorbei durch die Tür.

Die Flure der Burg wurden durch Fackeln an den schwarzen Wänden beschienen. In großen Vasen verzierten Blumen die Gänge. Ihre Stiele waren schwarz und kahl, doch ihre Blüten leuchteten wie Herbstblätter, die erglühten. Als ich den Kopf ein wenig hob, erkannte ich, dass sich unter der hohen Decke Glühwürmchen tummelten. Nein, das waren keine Glühwürmchen. Es war ein Schlangendämon, der sich über zwei Meter erstreckte. Er schlängelte sich an der Decke entlang. Ihn zierten dunkle Schuppen und tausend leuchtende Punkte auf dem Rücken. Ruckartig richtete er seine ebenfalls leuchtenden Augen auf mich und fauchte laut zur Warnung.

„Den würde ich nicht ärgern“, sagte einer der Wachen, die uns begleitete. Er besaß Klauen statt Füßen, sodass bei jedem Schritt ein Klackern zu hören war. Er fing sich einen tödlichen Blick von der Fürstentochter ein. Sofort verstummte er. Ich würde es mir merken.

Wir durchschritten noch zwei weitere ähnliche Gänge, bis wir in einen Flur kamen, der breiter war und in dem sich Tageslichtfenster befanden. Da die Sonne nicht durch die dicke Wolkenschicht zu gelangen schien, war der Graben aus Lava das, was für Licht in dem Flur sorgte. Wir schritten an Rüstungen vorbei, die an der Wand aufgestellt wurden, und ich ertappte mich dabei, die Rüstung nach Waffen abzusuchen.

„Das sind Schutzrüstungen aus Krotok-Stahl. So etwas habt ihr in eurem Versteck nicht", sagte Tilay herablassend und die Wachen grinsten, als sie mich missbilligend betrachteten.

Eine große Tür wurde aufgestoßen. Ich hörte einen Soldaten rufen:

„Eure Tochter, ihre Hoheit, Tilay von Ruqqin und das von euch gerettete Geschöpf."

Ich schnaubte bei dieser Ankündigung. Ich war nicht gerettet worden. Ich hatte mich dazu entschieden, mit dem Fürsten zu gehen. Es war eine spontane Entscheidung gewesen, die ich mich nicht traute zu hinterfragen. Orys Schreie hallten in meinen Ohren nach, wenn ich an den Moment dachte. Wie sie mich angesehen hatte. Voller Verzweiflung. Sie konnte nicht verstehen, was in mir vorgegangen war. Seit meiner Ankunft im Grausamen Volk verdrängte ich die Tatsache, dass ich mein Leben lang angelogen worden war. Enok und Kaya mussten es gewusst haben. Und Amo? Ich schluckte schwer bei dem Gedanken an meinen Bruder. An seinen leblosen Körper auf dem dreckigen Boden. Ich betete zu den Helden, dass es ihm gut ging. Die Ungewissheit darüber, ob er am Leben war, raubte mir fast den Atem, als ich nun in den Thronsaal des Fürsten schritt.

Ory

Ich blätterte geistesabwesend durch die Seiten eines Buches, das Ivy mir in die Hand gedrückt hatte.

„Denkst du, er hasst mich jetzt?", fragte ich Ivy vorsichtig, die auf Zehenspitzen versuchte, ein Buch im obersten Regal zu erreichen. Ihr langes roséfarbenes Kleid schmiegte sich an ihren Körper und brachte den Stein in dem Circlet auf ihrer Stirn zum Leuchten. Wir befanden uns in der Bibliothek von Mhios. Das Gebäude war kleiner, als ich erwartet hatte, und gut besucht. Gerade fand die Lesung eines Kinderbuches statt und lauter kleine Mischwesen tingelten durch die Gänge. Das Gebäude war modern eingerichtet. Schlichte, gerade Linien zogen sich durch die Räume. Selbst die Pflanzen schienen ihnen zu folgen. Die Bücher waren gut erhalten, auch wenn einige laut Ivy schon sehr alt waren.

„Amo? Er braucht nur etwas Zeit, sich an den Gedanken zu gewöhnen, dass er nun zum Teil dämonisch ist."

Ich seufzte. „Du sagst das, als hätte er eine neue Haarfarbe."

Ivy schnaubte und zog das Buch langsam mit den Fingerspitzen aus dem Regal.

„Im Gegenteil. Ich habe noch nie davon gehört, dass ein Geschöpf mit einem dämonischen Organ gelebt hat. Deshalb machen wir das ja." Sie zeigte auf die Bücher vor uns, die sich auf dem Tisch stapelten. Wir waren hierhergekommen, um zu recherchieren, ob es Aufzeichnungen über einen ähnlichen Fall gab.

„Ich hatte den Energiestern in der Hand", sinnierte ich.

Ivy nickte. „Auch das ist noch nie vorgekommen, soweit ich weiß."

„Denkst du, sie werden ihm deshalb Probleme machen?", fragte ich ängstlich.

„Du meinst die Minister und Lotai?" Ivy kaute auf ihrer Unterlippe herum, was die Striche auf ihrem Kinn deutlich hervorhob.

Ich nickte. Immerhin war es schon für Kar schwer gewesen, toleriert zu werden. Wenn nun bekannt werden würde, dass in der Brust eines Kommandanten das Herz eines Dämons schlug ... ich fürchtete mich davor, wie die Minister darauf reagieren würden.

„Vielleicht sollten wir das vorerst für uns behalten", überlegte Ivy laut. „Es gibt keinen Grund, Lotai oder sonst wen darüber zu informieren. Wenn Amo sich erholt hat, kann er selbst entscheiden, wem er es sagen möchte."

Ich nickte erneut. Ein Kloß hatte sich in meiner Kehle gebildet.

„Ich habe ihn zu einem Monster gemacht", sagte ich kleinlaut und unterdrückte die Tränen, die seit den Ereignissen in der Festung immer öfter flossen. Ivy griff bestimmt nach meiner Hand.

„Du hast ihm das Leben gerettet. Das weiß er. Gib ihm einfach etwas Zeit. Mix hilft ihm, seinen neuen Körper zu erforschen."

Bei diesen Worten sah ich Ivy grinsend an. Sie merkte in dem Moment, wie zweideutig diese Worte klangen. Wir brachen in Gelächter aus, bis eine Mutter ein wütendes *pssst* zischte. Ich entschuldigte mich, doch Ivy grinste noch immer. Ich atmete tief durch. Wann hatte ich das letzte Mal gelacht?

„Was läuft eigentlich zwischen den beiden?", fragte ich meine Freundin, die gerade begann, in einem Buch zu lesen.

„Amo hat Mix eingesammelt. Mehr weiß ich auch nicht."

„Hm", war alles, was ich dazu sagte.

Wir lasen eine Weile in den Büchern, doch ich fand keinen Hinweis auf dämonische Organe und mein Geist begann zu wandern. Zu Amo in seinem Krankenbett und zu Kar, wo auch immer er sich aufhielt. Meine Brust schmerzte bei dem Gedanken. Ich wollte Amo so sehr glauben, dass Kar nur mit dem Fürsten gegangen war, weil er einen Plan hatte. Doch ich konnte es nicht. Es fühlte sich nicht so an. Er war belogen worden. Ich hatte den Schmerz in seinen Augen gesehen, genauso wie Schuld. Wäre es sein Plan gewesen, hätte er sich nicht schuldig gefühlt, oder? Vielleicht schon. Ich atmete tief ein, um die Leere in meiner Brust zu füllen, doch es half kaum. Ich musste an etwas anderes denken.

„Denkst du, Amo hat schon mit Kaya und Enok gesprochen?", fragte ich.

„Soweit ich weiß, haben sie sich bei den Heilern informiert, wie es ihm geht. Aber sie waren noch nicht bei ihm."

Ich schnaubte verächtlich und das Herz wurde mir für Amo schwer. Wie konnten sie nicht zu ihrem verletzten

Sohn eilen? Er wäre fast gestorben - er *ist* gestorben –
und sie stellen ihn hinten an.

„Ich will nicht dabei sein, wenn er sie zur Rede stellt.
Immerhin haben sie nicht nur Kar belogen, sondern auch
ihn", fügte Ivy hinzu.

Ich nickte und beobachtete die Eltern mit ihren Kindern. Sie verfolgten gespannt ein Märchen über einen
bösen Dämon und ein gutes Mischwesen. Ich sah, wie die
Mütter den Kindern liebevoll über die Haare strichen. Ein
alter Schmerz bereitete sich in meiner Brust aus.

„Das Verhältnis zu seinen Eltern scheint nicht besonders eng zu sein", stellte ich fest.

„Es ist kompliziert. Amo stammt aus einer der ältesten
Familien im Tal. Mit seinem Stammbaum kommen
Pflichten und Erwartungen. Seine Eltern hatten schon
immer hohe Ansprüche und ich glaube, er macht sich
selbst zu viel Druck."

„Ich denke nicht -"

„Bist du Ory?", unterbrach mich eine Stimme.

Ich sah über meine Schulter und erblickte eine Frau in
Uniform. Ihre braunen Haare endeten kurz vor der Schulter und ihre großen braunen Augen sahen mich kalt und
herablassend an.

Ivy sprang abrupt auf. „Was willst *du* denn hier?"

„Beruhige dich, Ivy, ich bin offiziell hier. Man hat
mich abgestellt", antwortete die Frau.

Ich sah verwirrt von der fremden Frau zu Ivy, in deren
Augen ein wütender Sturm herrschte.

„Abgestellt wofür?", fragte ich irritiert.

Die Frau zog den Mund zu einer ernsten Linie zusammen und musterte mich von Kopf bis Fuß. Ivy schob sich schützend zwischen mich und die Fremde.

„Ich dachte, du hättest dich in irgendein Dorf im Norden zurückgezogen. Ist dir zu langweilig geworden und du dachtest, du könntest uns mal wieder nerven?", fragte Ivy herausfordernd.

Die Frau blickte sie herablassend an.

„Es ist gekommen, wie ich es euch gesagt habe. Ich habe versucht, euch zu warnen, aber ihr wolltet ja nicht hören."

Ivy gab einen Laut von sich, der nach einem Knurren klang, ehe sie hervorpresste: „Wag es ja nicht!"

„Wofür genau bist du abgestellt worden?", mischte ich mich ein.

„Ich soll dich ... begleiten."

„Begleiten?" Das gefiel mir nicht.

Ivy schnaubte verächtlich. „Du sollst sie überwachen, stimmt's?"

„Nenn es, wie du willst, ich weiche ihr nicht mehr von der Seite", erwiderte die Frau mit unterdrücktem Zorn in der Stimme.

„Weißt du, worum es hier geht?", fragte Ivy herausfordernd. Die Frau antwortete nicht, deshalb sprach Ivy weiter: „Es geht um ihre Herkunft. Unglaublich! Wir sind das Verschollene Volk, in dem es *niemals* um die Herkunft einer Gestalt gehen sollte!"

Ivy war außer sich vor Wut. Mir stieg das Herz bis zum Hals hinauf. Niemand außer Lio hatte mich je so verteidigt. Ich blinzelte die Tränen weg, die in mir aufstiegen. Der Anlass war jedoch alles andere als rührend. Es ging um meinen Vater. Jemand wollte sicher gehen, dass man mir trauen konnte.

Dieselbe Mutter wie vorhin zischte ein *psst* in unsere Richtung und ich dachte schon, Ivy würde ihr den Kopf abreißen, doch meine Freundin senkte ihre Stimme.

„Wer hat das veranlasst?", verlangte Ivy zu wissen und kreuzte die Arme vor der Brust. Der Stein auf ihrer Stirn leuchtete.

Wieder sah ich von Ivy zu der anderen Frau. Ich fragte mich, was ich hier verpasste. Sie kannten sich offensichtlich und noch offensichtlicher mochten sie sich nicht.

„Das geht dich nichts an, Ivy."

„Ach ja? Ich sehe nur einen Strich auf deiner Uniform. Du bist also Offizier. Ich bin Oberoffizier, wie du sicher weißt, und verlange zu wissen, von wem dieser Befehl kommt."

Ich zog die Augenbrauen angesichts dieses Schwanzvergleichs in die Höhe.

„Befehl von oben", knurrte die Frau widerwillig.

Ivy schüttelte angewidert den Kopf.

„Ory, das ist Ils", sagte Ivy gezwungen neutral.

Ich wartete auf eine weitere Erklärung, die jedoch nicht kam.

„Und woher kennt ihr euch?", fragte ich.

Ils trat von einem Fuß auf den anderen, bevor sie sagte:

„Wir waren früher Freundinnen."

Kapitel 25

Amo

„Es ist alles gesagt, ich möchte nicht mehr darüber sprechen", sagte Kaya ruhig.

Mein Puls war auf hundertachtzig und ich atmete schwer.

„Es ist *nicht* alles gesagt! Ihr habt uns belogen! Er ist weg, weil ihr ihm die Wahrheit verschwiegen habt!"

„Wag es ja nicht, uns die Schuld dafür in die Schuhe zu schieben! Das war allein seine Entscheidung."

„Liebling", sagte Enok beschwichtigend. Mein Vater benutzte dieses Kosewort nur äußerst selten und nur privat. „Wir alle sind geschockt davon, dass Kar mit unserem Feind gegangen ist, aber sicherlich war er in dem Moment verwirrt und hat sich von uns verraten gefühlt. Wir hätten es ihm sagen sollen."

„Bei den Helden, jetzt fang du nicht auch noch damit an! Die Loyalität gegenüber deinem Volk, deinem Gouverneur und deiner Familie sollte immer an oberster Stelle stehen. Egal, was dir verschwiegen wurde. Hätten wir es ihm gesagt, hätten wir den Befehl unseres Gouverneurs missachtet. Außerdem war es nicht wichtig! Er war ein Teil unserer Familie und ein Teil dieses Volkes."

Ich schnaubte. Wie konnte meine Mutter so verblendet sein?

„Natürlich ist es wichtig. Wie oft hat Kar sich gefragt, warum er so anders ist? Warum er so wütend ist? Ihr habt die Antwort gekannt, doch statt ihm zu helfen, habt ihr ihn in Unwissenheit gelassen."

„Du weißt nicht alles, Amo", zischte meine Mutter.

„Ich habe ihm sehr wohl geholfen, mit seiner Wut klarzukommen."

Ich schwieg. Mein Vater stand unbehaglich neben seiner Frau. Ich war noch immer schwach, weswegen meine Eltern in meine Wohnung gekommen waren. Sie wollten nach mir sehen. Eine Woche. Eine Woche nachdem wir angegriffen wurden und ich getötet wurde, schafften es meine Eltern, ihren einzigen noch verbleibenden, schwer verletzten Sohn, in seiner Wohnung zu besuchen. Ich ignorierte den Stich, der durch mein dämonisches Herz fuhr. Mir war klar, wie weit unten ich auf ihrer Prioritätenliste stand. Ich hatte ihnen nichts von meinem neuen Organ erzählt und ich hatte es auch nicht vor. Mix riet mir, mich bedeckt zu halten. Nach allem, mit dem Kar in seinem Leben klarkommen musste, hielt ich es für vernünftig, dieses Geheimnis zu wahren. Ory wurde von Schuldgefühlen zerfressen, da sie mir dieses Herz *angetan* hatte. So sagte sie es. Ich war ihr dankbar. Zumindest in den meisten Momenten.

Meine Wohnung lag am Rand von Mhios, nicht weit von der Festung entfernt. Ich hatte mich nicht bemüht, die Räume gemütlich einzurichten, da ich sowieso kaum Zeit hier verbrachte. Wenn ich doch hier war, saß ich auf der Terrasse. Auch wenn es kein richtiger Garten war, so befand sich hinter meiner Wohnung eine grüne Fläche, gesäumt von Blumen und Bäumen. Die Ruhe war der in den Gärten ähnlich. Meine Vermieterin, ein altes Mischwesen aus dem Gesegneten Volk, pflegte dieses Stück Land und ich erfreute mich daran.

„Die Minister fordern, Kar zu jagen", flüsterte mein Vater und ich spürte das Blut aus meinem Gesicht weichen. Gütige Helden!

„Enok! Das sind vertrauliche Informationen!", zischte Kaya aufgebracht.

„Und sie betreffen unseren Sohn! Sie wollen Jagd auf ihn machen, verdammt noch mal! Willst du etwa untätig dabei zusehen, wie sie ihn zum Schweigen bringen?"

Ich spürte, wie mein Blut in Wallung geriet und erhob mich aus meinem Stuhl. Bei den Helden, sie würden Kar töten, um unsere Geheimnisse zu wahren.

„Was sagt Lotai dazu?", fragte ich.

„Er befindet sich in einer schwierigen Situation. Die Minister und viele der Senatoren sind wütend, weil er ihnen verschwiegen hat, dass der Energiestern im Tal versteckt wurde. Zudem noch Kar ... er befürwortet es nicht, aber ich denke nicht, dass er es verhindern kann", schloss mein Vater bedrückt.

Ich atmete nur noch keuchend.

„Haben sie konkrete Pläne?", fragte ich.

„Nein, bisher fordert Minister Pyro und seine Verbündeten nur, dass es geschieht. Aber ich denke, es ist nur eine Frage der Zeit."

Mein ganzer Körper pulsierte. Ich bekam kaum Luft, so schwer lastete das Gewicht auf meiner Brust. Das durfte nicht geschehen. Ich spürte, wie mir heiß wurde, wie meine Brust Feuer fing. Oh nein, wenn meine Eltern sahen, was mit mir passiert war, würden sie es melden. Da hatte ich keinen Zweifel.

„Alles ok, Amo?", fragte mein Vater. Ich war einige Schritte in den Garten gegangen und schob mich nun hinter einen Busch.

„Ich brauche Zeit. Geht jetzt."

„Sollen wir einen Heiler holen?", fragte meine Mutter, als würde sie sich sorgen. Ich schnaubte.

„Nein, ich will nur alleine sein. Bitte geht."

Ich hörte, wie die Tür geöffnet und dann geschlossen wurde. Ich atmete erleichtert auf. Meine Adern waren bereits rot gefärbt, wo sie blau durch meine Haut schimmern sollten. Mein Herz raste. Die Minister wollten Kar jagen und Lotai würde nichts dagegen tun. Das durfte ich nicht zulassen. Ich würde meinen Bruder schützen, koste es, was es wolle.

Kar

Das Erste, was mir auffiel, als ich den Thronsaal betrat, war das Gesicht einer Frau. Ihre in schwarzen Stein gemeißelten Züge kamen mir vage bekannt vor. Ich konnte nicht greifen, woher ich ihre gerade Nase und die Form ihrer Wangen kannte. Ihr Abbild zierte die gewaltige Wand hinter einem riesigen Thron. Er war aus schwarzem Stein gefertigt, der von leuchtenden Adern durchzogen war. Die steinerne Frau hatte den Mund zu einem wütenden Schrei aufgerissen. Aus ihrem Mund ergoss sich ein Strahl Lava. Er füllte einen Graben um den Thron, sodass dieser auf einer Insel zu stehen schien. Der Fürst des Grausamen Volkes saß entspannt auf seinem Thron. In der einen Hand hielt er eine Flasche, die andere hing locker über die Lehne.

„Ah, gefällt dir unsere Steinmetzkunst?" Er verdrehte den Kopf umständlich nach oben, um in die kalten Augen der Frau zu blicken.

„Sie ist so nett, mich vor Feinden in den eigenen Reihen zu schützen." Mit einer Hand zeigte er auf den Strom aus flüssigem Gestein um sich herum.

„Gibt es denn viele davon?", fragte ich mit fester Stimme.

Er nahm einen großen Schluck aus der Flasche, bevor er mit einem Achselzucken antwortete. Seine Bewegungen wirkten kraftlos und erlahmt.

„Setz dich!", lallte er, woraufhin ein Mann mit Augen so groß wie die einer Eule auf einen Stuhl zeigte, der dicht an dem Lavafluss aufgestellt wurde. Als ich mich darauf niederließ, reichte er mir eine Flasche und verschwand. Ich roch an der milchigen Flüssigkeit. Schnell zog ich die Flasche wieder weg. Die Gase verbrannten meine Nase.

„Was ist das?", fragte ich, darauf bemüht, meine Abscheu zu verbergen.

Tilays schrilles Lachen hallte durch den Raum.

„Sieh an, der Echsenmann hat noch nie Dämonenmilch getrunken. Wie süß."

„Und wieso trinkst du nichts?", fragte ich Tilay genervt. Das Lächeln verschwand aus ihrem Gesicht. Sie saß quer über einen Stuhl gelehnt auf der anderen Seite des Saals, weiter vom Lavastrom entfernt.

„Es wurde ihr verboten, sich zu berauschen, nach ... nun ja", stöhnte der Fürst.

Tilay zog den Kopf ein und schaute ihren Vater beleidigt an. Töchterchen rebelliert also. Interessant.

Ich stellte die Flasche neben meinen Stuhl und schwieg. Ich hatte nichts zu sagen und wusste nicht, was von mir erwartet wurde.

„Also, erzähl mir von meiner Tochter", forderte der Fürst mich auf.

Ich blickte zu Tilay, die nun mit den Zähnen fletschte.

„Warum? Woher das plötzliche Interesse?"

Der Fürst schnaubte aufgebracht und fast rechnete ich damit, Qualm aus seiner Nase kommen zusehen.

„Plötzlich? Pah! Ich denke jeden Tag an ihre Mutter. An ihr Lachen und ihren Mut ... und an unser Kind. Ob sie genauso lacht wie sie. Ob sie ..." Er brach ab und kippte einen Schluck Dämonenmilch in seinen Rachen.

„Ich habe sie nie vergessen, aber ich wusste, ich musste mich fernhalten. Doch ich habe sie geschützt. Schon als Baby. Niemals hätte sie in das Imperium kommen sollen!"

Er warf einen vernichtenden Blick in die Schatten neben seinem Thron. Ich betrachtete den Fürsten aufmerksam. Der Schmerz war ihm ins Gesicht geschrieben.

„Also, erzähl mir von ihr. Wie ist dein Eindruck?"

„Ich kenne sie noch nicht lange. Ory hat auf der Insel der Menschen gelebt. Wie alle Menschen dachte sie, der

Kontinent sei nur eine Legende. *Wir* wären nur eine Legende."

„Wie ist sie dann zu euch gekommen?"

„Sie ist ... über Bord gegangen und schwamm an unsere Küste, wo sie von einem Wachposten nach Mhios gebracht wurde."

„Hm." Der Fürst erhob sich und umrundete seinen Thron, stets bemüht, das Gleichgewicht zu halten. Plötzlich machte er einen Satz und landete mit den Füßen in dem Strom aus Lava. Ich sprang vor Überraschung auf. Ich starrte auf den Fürsten, dem die heiße Flüssigkeit nichts auszumachen schien. Seine Füße waren vollständig von der brodelnden Masse bedeckt. Nichts geschah. Nach zwei Schritten erreichte er die andere Seite und verließ den Lavastrom nun nahe bei mir. Ich konnte die sauren Gase riechen, die er abzusondern schien. Die Fahne der Dämonenmilch.

„Setz dich wieder", befahl er mit einer Handbewegung in meine Richtung. Ich gehorchte.

„Hat sie irgendwelche besonderen Kräfte? Hat sie Gaben von mir geerbt?"

Ich spähte erneut zu Tilay, die beleidigt, aber aufmerksam in die entgegengesetzte Richtung starrte. Ich würde mich hüten, ihm von Orys besonderer Gabe zu berichten. Ich war noch immer überrascht, wie stark sie war, wie sehr sie mich beherrscht hatte. Und mit dem Wissen, dass ich ein vollständiges grausames Geschöpf war ... ihre Kräfte waren beeindruckend. Sie war beeindruckend.

„Ich weiß es nicht. Sie hat oft Kopfschmerzen und dachte auf der Insel der Menschen, sie sei krank."

Der Fürst zog überrascht seine Augenbrauen in die Höhe. Nach einer Weile fragte er:

„War sie alleine?"

Die Frage war interessant. Wer sollte bei ihr gewesen sein?

„Ja, sie war alleine. Sie sprach auch von keinem Begleiter."

Der Fürst starrte nun ehrfürchtig zu dem gemeißelten Frauenkopf empor. Er betrachtete sie fast liebevoll. Der schwarze Stein schien zu schimmern und ich fragte mich, ob sie ein Ebenbild einer echten Gestalt war.

„Ich wollte sie beschützen", nuschelte der Fürst kleinlaut. „All die Jahre ... ich dachte, wenn ich ihre Kräfte unterdrücke ... nun ja."

„Wieso habt ihr sie nicht mitgenommen? Aus Mhios?"

Die Frage entwich mir, bevor ich mich selbst aufhalten konnte. Ich wollte nicht, dass er Ory verschleppte, doch als ihr Vater hätte ich seine Motive zumindest verstanden.

Der Fürst schüttelte traurig den Kopf.

„Sie hat abgelehnt und es ist richtig so. Sie ist keine von uns. Das Lodernde Volk hätte sie nicht willkommen geheißen. Sie ist eine Gestalt aus zwei Blutlinien. Nichts Gutes kann dabei herauskommen."

Den letzten Satz sprach er mehr zu sich, als zu mir und ich zwang mich, ihm nicht zu widersprechen.

„Ihr nennt euch das Lodernde Volk?", fragte ich daher, um meine Gedanken, und diese Unterhaltung in eine andere Bahn zu lenken.

Wieder zog er seine Augenbraue in die Höhe. Er nahm einen kräftigen Schluck aus der Flasche, bevor er sie in hohem Bogen in den Lavastrom schmiss, wo sie mit einem Zischen schmolz.

„Natürlich. Wir sind das Volk des lodernden Bodens. Die Herrscher über die Kreaturen der Hölle mit Feuer in unseren Adern. Wie nennt ihr uns denn?"

„Das Grausame Volk", knurrte ich zwischen zusammengebissenen Zähnen.

Der Fürst und Tilay brachen in schallendes Gelächter aus. Sogar aus dem Schatten des Saales, wo ich die Eulen-Gestalt und andere Bedienstete vermutete, drang gedämpftes Lachen.

„Denkt ihr", brachte der Fürst von Lachen unterbrochen heraus, „dass wir grausamer sind, als ihr? Oder als das Reitende, das Schwimmende oder das Blinde Volk?"

Er wischte eine Träne von seiner Wange.

„Nein, kein Volk dieses Kontinents kann sich damit brüsten, grausamer als das andere zu sein."

„Ihr nutzt Dämonen, um eure Ziele zu verfolgen", knurrte ich.

Der Fürst sah fest in meine Augen. „Meinst du ihr oder wir?"

Ein schrilles Kichern ertönte. „Hat der Echsenmann etwa mit Haustieren gespielt?" Tilays Stimme drang unter meine Haut und noch nie wollte ich sie so sehr in Fetzen reißen.

Der Fürst warf mir ein wissendes Lächeln zu und wandt sich an seine Tochter. „Und wenn schon."

Er sprang erneut in den Lavastrom und setzte sich in seinen Thron, wo ihm eine weitere Flasche gereicht wurde.

„Wo ist der Unterschied zum Schwimmenden Volk? Sie versklaven die Tiere des Wassers, um sie für sich arbeiten zu lassen. Ist das besser? Ganz zu schweigen von den Praktiken des Blinden Volkes und dem Handel mit ihresgleichen."

Mir lief ein Schauer über den Rücken, als ich an Ivy und die Striche auf ihrem Kinn dachte. Die Handelsgewohnheiten dieses Volkes waren wahrlich grausam.

Ich fuhr herum, als die Wache den Saal betrat und verkündete:

„Soldaten der Wachgarde mit einem Gefangenen. Sie bitten um ihr Urteil."

„Lass sie rein", lallte der Fürst, woraufhin zwei Gestalten den Saal betraten. Sie waren groß und breit gebaut, mit kurzen Haaren und aufmerksamen Augen. Zähne blitzten neben dem Bein der einen Wache auf. Ich erkannte einen Dämon, der sich hinter der Wache hielt. Ein Höllenhund, wenn ich mich nicht täuschte. Ich wünschte, ich hätte eine Waffe an mir. Irgendeine. Doch mir waren alle Waffen abgenommen worden.

Die Wachen kamen vor dem Strom aus Lava zum Stehen und warfen etwas auf den Boden. Es dauerte einen Moment, bevor ich begriff, dass es eine weitere grausame – nein, lodernde – Gestalt war. Eine gekrümmte, langgliedrige Gestalt mit bläulicher Haut und Warzen auf Armen und Beinen.

„Berichtet", fuhr der Fürst die Soldaten an.

„Ein Dieb. Wir haben ihn in den Höhlen von Veek geschnappt, zusammen mit seiner Beute."

Der Soldat warf einen Beutel neben den vermeintlichen Dieb. Der Sack platzte auf und Münzen, Ringe und andere Kostbarkeiten quollen hinaus. Die Gestalt auf dem Boden hielt den Kopf gesenkt. Ich konnte sehen, dass seine Augen nervös immer wieder zu seiner Beute huschten.

„Was hast du zu sagen?“, sprach der Fürst den Gefangenen an.

„Mein Fürst, all diese Dinge habe ich rechtmäßig erworben. Ja, geschuftet habe ich dafür. Tagein, tagaus diene ich -“

„Wir erwischten ihn dabei, wie er einer Besucherin des Marktes die Kette vom Hals klaute, bevor er floh“, mischte sich ein Soldat ein. Die Gestalt zischte in dessen Richtung.

„Schuldig“, dröhnte die Stimme des Fürsten durch den Saal. Der Dieb kroch schnell wie der Blitz davon. Wie eine Kakerlake im Licht. Tilay sprang von ihrem Stuhl. Sie zog ein Kurzschwert hervor, was mir zuvor nicht aufgefallen war. Sie stieß das Schwert durch die Schulter der Gestalt und nagelte sie somit am Boden fest.

„Darf ich, Vater? Darf ich vollstrecken?“, fragte sie gerade zu eifrig. Der Fürst zuckte mit den Schultern und deutete mit einer Hand auf den Beutel, bevor er mich ansah.

„Nimm es als Willkommensgeschenk. Ich brauche kein Diebesgut in meinen Schatzkammern.“

Und gerade als der eine Soldat mir den Beutel in den Schoß warf, schleuderte Tilay den kreischenden Dieb in

den Strom aus Lava, der ihn mit zischenden Lauten verbrannte.

Kapitel 26

Ory

„Willst du mir auch auf die Toilette folgen?“
Ich blickte genervt zu Ils. Sie klebte nun schon seit Tagen an meinen Fersen. Es war eindeutig, dass sie genauso wenig bei mir sein, wie ich sie um mich haben wollte. Sie sprach wenig, eigentlich nur, wenn Ivy oder Amo bei mir waren, und dann keiften sie sich an. Ivy hatte Amo davon abhalten müssen, Ils aus dem Fenster zu werfen, als er sie das erste Mal sah. Seine Hände und Adern hatten sich gefährlich verfärbt. Zum Glück hatte er sich beruhigen können, bevor es Ils aufgefallen war. Doch ich war neugierig. Was war passiert, dass sie sich alle gegenseitig an die Gurgel gehen wollten? Sie hatten mir so viel verraten, dass Ils früher mit Kar *befreundet* war und das Ganze nicht gut geendet hatte. Ich schnaubte bei dem Gedanken. Irgendetwas war passiert, dass nicht nur Kar und sie auseinandergetrieben hatte, sondern auch ihre Freundschaften zerstört hatte. Kar und sie. Der Gedanke gefiel mir nicht. Mein Magen zog sich unangenehm zusammen und natürlich war mir klar, dass ich eifersüchtig war. Aber das würde ich nicht zugeben. Doch ich schob meine Eifersucht beiseite, so wie ich alle Gedanken an Kar in die hinterste Ecke meines Herzens schob. Dort konnten sie bleiben. Vielleicht für immer.
„Gehst du jetzt?“, fragte Ils schroff und zeigte auf die Tür der Damentoilette.

„Schon gut, schon gut." Damit stieß ich die Tür auf und verschwand in diesem Zufluchtsort. Ich stützte mich auf dem Waschbecken ab und atmete tief durch. Als ich in mein Spiegelbild sah, wusste ich, warum Ivy bei unserem letzten Treffen besorgt gewesen war. Ich hatte Gewicht verloren. Meine Augen saßen zu tief in meinem Gesicht. Die dunklen Ringe darunter zeugten von den schlaflosen Nächten, in denen ich die letzten Momente mit Kar, die Worte meines Vaters und die schrille Stimme meiner Schwester in meinem Kopf hörte. Auch mein Haar kam mir glanzlos vor, ja geradezu stumpf. Doch es kümmerte mich nicht. Es war unwichtig, wenn wir nur – was? Das war es, das eigentliche Problem. Ich wusste nicht, was ich wollte. Sollten wir versuchen, Kar zurückzuholen, obwohl er uns verraten hatte? Sollte ich Ils loswerden? Okay, das war nicht wirklich eine Frage. Ich wollte sie unbedingt loswerden, aber dann? Ich schüttelte den Kopf und verrichtete mein Geschäft, wusch mir die Hände und trat zurück auf den Flur der Festung.

Ils hatte neben der Tür Posten bezogen und sprach mit einem Mann. Die kleinen Mausaugen von Minister Pyro verengten sich, als er mich mit unverhohlener Abneigung musterte. Ich verkniff mir einen Kommentar. Ich legte nur meine Hand aufs Herz und verneigte meinen Kopf zum Gruß. Ein Friedensangebot. Doch der Minister reckte das Kinn und wandt sich von mir ab, bevor er weiter mit Ils sprach.

„Ich erwarte ihren Bericht am späten Nachmittag." Mit diesen Worten stakste er davon.

Ich schnaubte. „Damit wäre auch geklärt, für wen du spionierst", zischte ich in Ils Richtung und ging den Flur entlang.

„Ich spioniere nicht, ich begleite dich. Zum Schutz dieses Volkes."

Mein Herz zog sich zusammen, bei der Anschuldigung, die in ihren Worten lag.

„Ich bin keine Gefahr für dieses Volk. Ich wurde hier aufgenommen, als die Menschen mich verstoßen haben. Ich bin dankbar und voller Liebe für diesen Ort. Außerdem habe ich Freunde gefunden." Den letzten Satz flüsterte ich fast.

Sie grunzte. „Ich kenne diese Freunde besser als du. Sie würden dich mit einem Wimpernschlag verraten und zurückschicken, wo immer du herkamst."

„Ist es das, was dir passiert ist? Fühlst du dich von Ivy verraten?"

„Ivy interessiert mich nicht." Ihre Worte klangen gepresst.

„Dann von Kar, richtig? Ihr wart doch ... mehr als Freunde, oder?"

„Das geht dich nichts an!"

Wir kamen an dem großen Wandteppich vorbei, der das Schwimmende Volk zeigte.

„Ich weiß, Kar ist mit dem Fürsten gegangen, aber ich kann nicht richtig glauben, dass er uns alle verraten hat. Ich kann es mir einfach nicht vorstellen. Ich fühle es nicht."

Das war es. Das war es, was ich vor meinen Freunden und mir selbst nicht wahrhaben wollte. Mein Gefühl sagte mir, dass Kar noch immer bei uns war. In Gedanken und in Loyalität. Aber mein Verstand sagte etwas anderes. Ich wollte und konnte meine Naivität nicht über die Tatsachen stellen.

„Glaub es lieber. Er war schon immer eine Gefahr."

„Wie kannst du das sagen, wenn du ihn doch kennst? Nicht die Maske, die die Minister sehen, sondern ihn! Amo meinte -"

„Amo ist blind! Oder er will es nicht sehen! Er weiß genau, was Kar mir angetan hat und trotzdem -" Sie atmete tief durch, wie um ihren Ausbruch zu regulieren, bevor sie weitersprach: „Sei froh, dass er weg ist."

Ich betrachtete Ils vorsichtig. Wenn auch nur für einen Moment, sah ich die Verletzlichkeit hinter der kalten Maske.

Eine Tür wurde aufgerissen und Amo stand im Rahmen.

„Ory, komm doch rein, Ivy ist auch schon da. Du", er hielt Ils mit der ausgestreckten Hand davon ab, einzutreten. „Bleibst draußen."

„Ich habe Befehle -"

„Die nicht für das Büro eines Kommandanten gelten. Wenn du unbedingt willst, warte hier oder scher dich davon."

Damit knallte er ihr die Tür vor der Nase zu.

Lotai

„Die Minister entgleiten dir!" Kayas angespannte Stimme drang in mein vernebeltes Gehirn. Ich hatte seit Tagen nicht geschlafen. Ich war in einer Besprechung nach der anderen gewesen, alles, um die Situation noch zu retten. Die Presse verteufelte Kar, allen voran das Heldenblatt. Trotz meiner Stellungnahme, in der ich Kars Verschwinden als strategisches Manöver darstellte, kippte die Stimmung in meinem Volk. Viele waren gegen Kar. Meine Entscheidung, ein teilweise grausames Wesen als Kommandant einzusetzen, hatte hitzige Diskussionen entfacht. Und jetzt ... Als vollständiges grausames Wesen war Kar Freiwild. Sie wollten seinen Kopf.

„Denkst du nicht, ich weiß das? Hast du einen Vorschlag? Bitte, immer her damit!", zischte ich die Senatorin an. Auch sie stand in der Kritik. Enok hatte seinen Posten als Bürgermeister gerade noch retten können, da er bei dem Angriff des Grausamen Volkes öffentlichkeitswirksam die Stadt und ihre Bewohner geschützt hatte. Außerdem nahmen die Leute ihm die Rolle als besorgten Vater ab. Um Amo besorgt, nicht um Kar. Er distanzierte sich durch Stillschweigen von Kar. Die Gerüchte um Amos Ernennung zu einem vierten Buchstaben hielten sich hartnäckig. Ich hoffte, dass dieses Ereignis Kars Verrat in den Hintergrund drängen könnte, doch noch hatte sich das Gremium nicht entschieden.

„Pyro verfüttert jede Information aus dieser Festung an die Presse. Er heizt die Stimmung an und verkauft sich als Retter." Sie raschelte mit dem Heldenblatt.

„Hör dir das an: *Trotz meiner jahrelangen Warnungen wurde das Monster in unserem Kreis nicht nur gefördert, sondern auch bevorzugt. Sie alle spürten es, genauso wie ich, dass dem Kommandanten Kar nicht getraut werden durfte. Doch warum ist nichts passiert? Warum wurde das Monster in den engsten Kreis unseres Gouverneurs gelassen? Warum wurden ihm Volksgeheimnisse anvertraut? Und wer ist es, der durch dieses blinde Vertrauen und die geradezu lächerliche Naivität nun zu Schaden kommt? Wir, das Volk. Ihre Kinder und ihre Eltern! Wir alle sind in Gefahr, sobald der Verräter und seine grausamen Verbündeten uns überrollen! Wir müssen retten, was noch zu retten ist, und unseren Feinden zuvorkommen!*"

Ich ließ den Kopf zwischen meinen Schultern baumeln. Ich hatte den Artikel bereits vor Stunden gelesen.

„Er fordert praktisch einen Schlag gegen das Grausame Volk. Du musst ihm Einhalt gebieten, Lotai!"

„Und wie soll ich das machen? Denkst du, ich kann in einer solchen Situation einen Minister entlassen? Geschweige denn vor Gericht stellen? Das wäre das Ende meiner Regierung!", explodierte ich. Ich atmete tief durch. Meine Stimme dröhnte in dem stillen Empfangssaal nach, als Kaya sprach.

„Das wird es so oder so sein, Lotai. Finde dich damit ab. Was wir damals getan haben ... wir wussten, es würde unsere Laufbahnen beenden. Aber wir haben uns dafür entschieden. Für die Sicherheit dieses Volkes. Viele der Helden haben Opfer bringen müssen. Vielleicht ist dies unser Opfer."

Ich schüttelte langsam den Kopf. Noch war ich Gouverneur. Pyro nur Minister.

„Wir sollten Kar suchen. Vielleicht wird seine Gefangenschaft die Stimmung wenden."

Kaya blickte mich überrascht an.

„Kar ist nicht unser Feind. Er liebt dieses Volk, wie wir. Auch wenn er weg ist, würde er uns nicht verraten. Pyro behauptet es, aber das macht es nicht wahr. Du kannst nicht ernsthaft einen von uns jagen wollen."

„Ich habe keine Wahl. Sein Kopf oder meiner."

Kar

Was sollte ich mit einem Beutel voll Gold, wenn ich mein Zimmer nicht verlassen durfte? Ich saß auf dem weichen Sessel vor dem großen Kamin, der mein Zimmer dominierte. Keine Flammen wirbelten darin, sondern ein brodelnder Kessel Magma. Er erhellte den Raum spärlich. Die Wärme, die die zähe Flüssigkeit abgab, war wohlig warm und angenehm. Ich verbrachte Stunden vor diesem Kamin oder vor dem Fenster und genoss die Ruhe, die in meinem Inneren herrschte. Auch wenn meine Gedanken rasten, war mein Blut ruhig. Es schüttelte mich und Schmerz bereitete sich in mir aus, wenn ich daran dachte, dass mir dieser Frieden mein Leben lang vorenthalten worden war. Doch dafür hatte ich etwas anderes gehabt, das mir jetzt fehlte. Ich dachte an Amo und seinen leblosen Körper. War er am Leben? Diese

Frage fraß mich von innen auf. Sie störte den Frieden in mir. Die Furcht um meinen Bruder ätzte ein Loch in meinen Magen und in mein Herz und ich wusste, ich brauchte Antworten.

Wieder zuckte mein Blick zu dem Beutel voller Gold. Ich erhob mich und schlenderte darauf zu. Vielleicht konnte ich eine Wache bestechen, um mir Informationen zu beschaffen oder eine Nachricht nach Mhios zu schmuggeln. Ich musste irgendetwas tun.

Ich riss den Sack auf und verteilte den Inhalt auf meinem Bett. Es ergossen sich Gold- und Silbermünzen, einige Ringe, Ketten und einzelne Edelsteine auf meine Decke. Sogar einige Stücke Stahl waren dabei, Krokot-Stahl, ohne Frage. Sie waren ebenfalls in Münzform mit einem Loch in der Mitte. Moment mal, diese Scheiben kamen mir bekannt vor. Ich nahm eine der kleinen Münzscheiben in die Hand und betrachtete sie in dem wenigen Licht, das mein Zimmer erleuchtete. Sie fühlte sich warm an in meiner Hand. Unwillkürlich ließ ich etwas meiner Kraft hineinfahren und tatsächlich, die Scheibe erwärmte sich weiter und brannte in meiner Hand. Die Striche, die darauf gedruckt waren, sagten mir nichts, und ich überlegte angestrengt, wo ich dieses Stück Metall schon einmal gesehen hatte. Um das Loch in der Mitte waren fast unsichtbare Kerben im Stahl zu sehen. So, als hätte diese Scheibe früher zu einem Ganzen gehört. Vielleicht zu einer Kette, einem Armband oder –

Ich zog scharf die Luft ein. Ein Armband! Ory trug so eine Scheibe als Armband an ihrem Handgelenk. Sie glichen sich haargenau. Die Scheibe hatte ihr geholfen, ihre

Energie zu kontrollieren. Ich schloss meine Faust um die Münze und spürte das Brennen. Es versengte meine Haut, doch in mir zog sich eine Verbindung zu Mhios, zu Ory und ich musste lächeln bei der Vorstellung, ihr nahe zu sein.

Ory

Man konnte es kaum Besprechung nennen, was Amo, Ivy, Mix und ich in Amos Büro abhielten. Keiner sagte ein Wort. Wir waren uns Ils Anwesenheit vor der Tür nur allzu bewusst. Ich erwischte Ivy dabei, wie sie immer wieder tödliche Blicke in die Richtung schoss. Mix war nicht wirklich anwesend, sondern hatte sich nur in Amos Büro projiziert, wo sie auf der Couch lag und mit ihren langen weißen Haaren spielte.

Amo seufzte. „Wie geht es euch?", fragte er und ich hätte fast gelacht. Ein Moment verging, dann zwei.

„Okay, dann fange ich an", sagte er bestimmt. „Mir geht es beschissen, ich vermisse meinen Bruder, ich hasse es, dass das gesamte Volk ihn verurteilt und ich habe schreckliche Angst vor dem Herzen in meiner Brust."

Sein Geständnis versetzte mir einen Stich. Ich war an seinem Dämonenherzen schuld. Und ich vermisste seinen Bruder ebenfalls.

„Nichtsdestotrotz werde ich alles in meiner Macht stehende tun, um Kar zurückzubringen. So, das war alles.

Ivy?" Amo blickte zu seiner Freundin hinüber, die ihren Blick von der Tür riss.

„Kann sie uns hören?", fragte sie leise.

„Nein, durch diese Türen gelangt kein Ton", versicherte er ihr.

Ivy nickte und betrachtete ihre perfekt manikürten Hände.

„Ich glaube nicht, dass Kar überhaupt zurückkommen möchte. Er ist freiwillig mit dem Fürsten mitgegangen. Mit der Person, die uns angegriffen und viele verschollene Wesen getötet hat! Ich weiß nicht, ob ich ihm das verzeihen kann."

Ein zustimmender Laut kam von Mix Projektion.

„Er hat dich gerettet, Ivy. Er war es, der dich hier hergebracht hat. Er hat dich immer -"

„Ich weiß, was er für mich getan hat!", fiel Ivy Amo aufgebracht ins Wort. „Aber wie erklärst du dir diesen Verrat?" Eine Träne lief über die seidige Wange meiner Freundin.

Amo sah sie mitfühlend an. „Gar nicht. Er wird es mir erklären müssen, wenn ich ihm gegenüberstehe. Aber bis dahin, ist er mein Bruder, der gejagt werden soll. Der zum Feindbild gemacht wird und das werde ich nicht zulassen. Ory, bitte sag mir, dass du genauso denkst wie ich."

Seine Augen bohrten sich in meine, und ich hätte am liebsten laut aufgeschrien. Die Scheibe an meinem Handgelenk begann, sich zu erwärmen. Ich atmete tief durch, da meine Kräfte sich zu regen schienen.

„Kar liebt dieses Volk, aber er hat gelitten und wurde verletzt und ... ich will einfach nur, dass es ihm gut geht", flüsterte ich.

„Also wirst du mir helfen?", fragte Amo.

„Ja, ich helfe dir."

Amos Lächeln, sowie die Erleichterung in seinen Augen ließen auch mich lächeln.

„Ivy?", fragte ich vorsichtig. „Ihm zu helfen heißt nicht, ihm zu vergeben."

„Da hast du verdammt recht. Ich werde ihn für meine Vergebung arbeiten lassen, bis er sich wünscht, wir hätten ihn im Kerker des grausamen Fürsten gelassen!"

„Also hilfst du uns?", fragte ich.

Ivy stieß einen tiefen Seufzer aus. „Scheint so."

Amo reckte eine Faust in die Höhe in stummer Freude und diese kindliche Geste ließ mein Herz anschwellen. Ich sah Mix, wie sie Amo liebevoll von der Couch aus beobachtete. Die beiden schienen bereits vor unserem Treffen miteinander gesprochen zu haben, denn sie sagte kaum etwas zu Kars Verschwinden und Amo fragte sie nicht.

„Also, was ist der Plan?", wollte ich wissen.

Ich ließ mich auf die Kante von Amos Schreibtisch nieder. Ivy stellte sich neben mich, Mix justierte sich hinter Amo, als der sich vorlehnte und mit verschwörerischer Stimme zu sprechen begann:

„Die Sammler wurden von den Außenposten abgezogen und sollen wieder ihrer üblichen Aufgabe nachgehen. Ich werde zwei von ihnen damit beauftragen, sich im Grausamen Volk umzuhören."

Ivy zog scharf die Luft ein. „Das ist zu gefährlich. Es sind schon früher Sammler auf ihrem Gebiet verschwunden."

„Ich weiß, Ivy. Aber wir müssen herausfinden, wo Kar ist und ob es ihm gut geht. Die beiden sollen nichts unternehmen, nur Informationen sammeln. Sie sind die Besten in meiner Truppe."

„Und was dann?", fragte ich.

„Wenn wir wissen, wo Kar ist, werde ich losgehen -"

„Auf keinen Fall", zischte Mix.

„Nein!" Ivys Stimme ließ keine Widerrede zu. „Das kommt nicht infrage. Du wirst sofort erkannt, Amo. Außerdem sollst du bald einen vierten Buchstaben bekommen. Du bist zu wertvoll. Ich kann gehen."

Ich sah meine Freundin mit großen Augen an.

Amo schien sprachlos zu sein, Mix jedoch wirkte beeindruckt.

„Ich könnte sie begleiten." Die Worte entwichen mir, bevor ich Zeit hatte, darüber nachzudenken.

Amo schüttelte heftig den Kopf.

„Ihr würdet beide sterben."

„Wir sind nicht so hilflos, wie du denkst!", widersprach Ivy.

„Doch. Doch, ihr seid genauso hilflos, wie ich denke. Vor allem Ory. Keiner von euch hat Erfahrungen im Außendienst. Ory kann nicht einmal ihre Kräfte richtig einsetzen."

„Hey!", protestierte ich. Meine Scheibe erhitzte sich erneut und ich versteckte schnell mein Handgelenk. Mix hatte meine hektische Bewegung gesehen und zog fragend eine Augenbraue in die Höhe. Ich ignorierte ihren Blick.

„Vorschlag", Ivys Stimme strotzte vor Autorität. „Du schickst deine Sammler los und wenn sie zurück sind, entscheiden wir, wer loszieht. Einverstanden?"

„Das klingt gut", sagte Mix. Amo und ich nickten ebenfalls einverstanden und ich fragte mich, wann ich mich je so zugehörig gefühlt hatte.

Kapitel 27

Ory

Ils hatte sich von einer anderen Wache ablösen lassen, die jetzt vor meiner Tür positioniert war. Ich nahm an, sie musste den Bericht an den Minister schreiben. Ich fragte mich, was darin stehen sollte? *Die Verdächtige reinigte die Ställe, wobei die Heuschaufel dubios wirkte. Sie begab sich zum Essen, wo sie auffallend viel Eiscreme zum Nachtisch verschlang.* Das Treffen in Amos Büro würde sicherlich erwähnt werden, aber es kümmerte mich nicht. Ich war mir nicht einmal sicher, ob Ils gesehen hatte, wer alles in Amos Büro gesessen hatte.

Ich ließ mich aufs Bett fallen, Arme und Beine von mir gestreckt. Als würde ein Gewicht auf mir liegen, das mich niederdrückte, lastete die Anspannung auf mir. Kar, der Fürst, meine Bewachung, das Misstrauen der Minister und des Volkes ...

Erneut erhitzte sich die Scheibe und ich zischte, als das Metall meine Haut verbrannte. Ich streifte das Armband ab. Was war nur los?

Ich betrachtete die kleine Scheibe mit dem Loch in der Mitte. Irgendetwas stimmte nicht, sie sah anders aus, aber ich konnte nicht greifen, was es war. Ich rieb das Metall zwischen meinen Fingern, drehte es um, schob es hin und her. Doch je länger ich die Scheibe anstarrte, umso müder wurden meine Augen. Gerade als ich das Armband mit der Scheibe wieder über meine Hand schieben wollte, geschah es. Die Striche, die in das Metall geprägt waren, verschoben sich und es bildete ein Wort. *Ory*.

Ich schrie auf. Reflexartig schmiss ich das Armband samt Scheibe auf mein Bett. Bei den Helden! Schnell schnappte ich mir das Schmuckstück wieder und starrte wie gebannt auf die Buchstaben. Geprägt auf der metallischen Münze war mein Name erschienen. Mix hatte mir diese Scheibe gegeben, um meine Kraft besser beherrschen zu können, war es also sie, die mich kontaktierte?

Mein Kopf begann zu pochen. Ich leitete die Kraft zur Scheibe und fragte leise: „Mix?"

Mein Name verschwand und ihrer tauchte auf. Ich zitterte, warum sollte Mix so eine seltsame Art der Kommunikation nutzen wollen? Wegen Ils? Oder wollte sie mir etwas unter vier Augen sagen? Nein, die Scheibe hatte bereits gebrannt, als ich mit den anderen in Amos Büro gesessen hatte. Es konnte keiner von ihnen gewesen sein. Ich hielt die Luft an und mein Magen sackte ins Leere, als Mix Name verschwand und ein anderer erschien: *Kar*.

Kar

Es hatte funktioniert! Ich ballte die Faust um die Münze und drückte sie an meine Stirn. Den Helden sei Dank! Ich hoffte nur, sie würde die Münze nicht sofort ins Feuer werfen, jetzt, wo sie meinen Namen gelesen hatte. Ich betete zu den Helden, als das Metall in meiner geballten Faust heiß wurde. Unsicher schaute ich darauf. Ein Schauer jagte über meinen Körper, als ich sah, was sie mir geschickt hatte.

Ok?

Sie machte sich Sorgen. Mein Atem ging schneller und ich brauchte einen Moment, um mich zu sammeln, bevor ich antwortete.

Ja.

Ich ließ die Worte für einen Moment dort stehen. Ich wollte ihr tausend Fragen stellen. Ging es ihr gut? War sie in Schwierigkeiten? Dachte sie an mich ... doch bevor ich diese Fragen stellte, musste ich wissen, was mich seit meiner Ankunft hier quälte.

Amo?

Ich starrte gebannt auf die Scheibe. Mein Herz hämmerte in meiner Brust. Eine Sekunde verstrich. Dann eine weitere. Ich starrte den Namen meines Bruders an und betete zu allen Helden, dass es ihm gut ging. Meine Frage verschwand und es dauerte eine gefühlte Ewigkeit, bis die Antwort kam.

Ok.

Ein erstickendes Lachen entkam meiner Seele, und ich drückte die Scheibe an mein Herz. Es ging ihm gut. Er lebte. Ich wollte schreien vor Freunde, doch presste stattdessen nur immer fester zu. Die Scheibe wurde erneut heiß und ich las, was Ory mir geschickt hatte:

Hilfe?

Nein, ich brauchte keine Hilfe. Zumal ich mich selbst in diese Situation gebracht hatte. Ich würde meinetwegen niemanden in Gefahr bringen. Außerdem ... ich fühlte mich in diesem Land besser, als ich es in Mhios jemals getan hatte. Ohne Wut. Ohne die Angst, die Kontrolle zu verlieren.

Nein.

Ich wartete eine Minute, bevor ich fragte:

Du?

Sie hatte bei dem Angriff in der Festung gekämpft, ihre Kraft entfesselt und gelitten. Soweit ich es gesehen hatte, war sie körperlich unversehrt, doch das musste nichts heißen. Ich wusste nur allzu gut, dass die Narben auf der Seele schlimmer wären als die auf dem Körper.

Ok.

Ich kaufte ihr ihre Antwort nicht ab, aber was sollte sie über eine Scheibe schreiben? Unbehagen breitete sich in mir aus. Ich hatte tausend Fragen an sie und wollte ihr so Vieles erzählen. Ich starrte nur auf dieses eine Wort. Sie schickte ein Weiteres:

Alle.

Ich nickte. Ich nahm an, dass sie über Lotai, Ivy und meine Eltern sprach. Der Gouverneur hatte mich belogen. Ich spürte so viel Wut und Schmerz, wenn ich an meinen einstigen Mentor dachte. Enok und Kaya hatten mich ebenfalls belogen, doch ich war froh, dass es ihnen gut ging. Ivy war stark, das wusste ich. Sie würde nichts so schnell umhauen. Nicht, nach allem, was sie in ihrem Leben bereits durchgemacht hatte.

Aber Ory ... gerade erst war sie zum Greifen nahe gewesen und nun hatte ich zerstört, was immer zwischen uns entstanden war. Es zerriss mir das Herz, wenn ich an ihr Gesicht dachte. Sie hatte mich angefleht, nicht zu gehen. Ich sandt ihr die Worte, die mir auf der Seele brannten:

Verzeih mir.

Ich wagte nicht, zu atmen. Mein Herz knallte in meiner Brust wie ein Hammerschlag. Ich spürte es in meinem Hals. Es schnürte mir die Kehle zu. Ich war gegangen. Ihre Schreie hallten in meinem Kopf wieder. Ich starrte auf meine Worte, doch sie änderten sich nicht. Sie antwortete nicht. Sie verzieh mir nicht.

Amo

„Ich beneide dich."

„Weshalb?", fragte Mix mit strahlend blauen Augen. Wir saßen wieder am See. Das ruhige Plätschern des Wassers vermischte sich mit dem leisen Gesang der Vögel.

„Bei allem, was gerade geschieht, scheinst du völlig ruhig zu sein." Ich malte Kreise mit einem Stock in den groben Sand. Ich spürte mein Herz in meiner Brust schlagen. Nicht mein Herz, das eines Dämons. Es schlug gleichmäßig und stark.

„Wie sollte ich denn sein?"

Ich lächelte sie an. „Du solltest genauso sein, wie du bist. Aber ich wünschte, ich wäre genauso. Ich kann meinen Kopf nicht abschalten, kann nicht aufhören, an

Kar zu denken oder daran, was die Minister planen. Und dann dieses Herz ..."

Eine feine kalte Hand strich über meine Finger und ich ließ sie. Ihre Nägel glänzten perlmuttfarben im Licht.

„Du kannst nicht ändern, was geschehen wird oder was schon geschehen ist. Stelle dich dem, was kommt, und du wirst genauso viel Ruhe empfinden wie ich."

„Aber dieses Herz -"

„Es ist *dein* Herz. Akzeptiere es als Teil deines Ganzen. Es hält dich am Leben und gibt dir Stärke. Ist das nicht ein Grund zum Feiern?"

Vorsichtig führte ich ihre Hand auf meine Brust, sodass sie den Herzschlag spüren konnte.

Ich sah ihr nicht in die Augen, als ich sagte: „Es macht mir Angst. Es ist so viel stärker, als mein früheres Herz. Es übernimmt die Kontrolle und ich bin dem ausgeliefert."

„Es schützt dich. Es passt auf dich auf. Nimm die Kraft und lenke sie. Kämpfe nicht dagegen."

„Ich frage mich, ob Kar sich sein Leben lang so gefühlt hat. Ich wünschte, ich könnte mit ihm reden. Er war immer so wütend und trotzdem hat er es geschafft, sich die meiste Zeit zu beherrschen. Wie konnte er dieses Gefühl nur verdrängen? Diesen Impuls?"

„Ihr seid nicht gleich, du und dein Bruder. Er ist ein Wesen, ganz und gar dem Blute seines Volkes verbunden. Die Energie dieses Volkes wühlte ihn auf. Erhitzte ihn. Noch mehr, da er nicht wusste, dass sie ihn kontrolliert. Es geht ihm jetzt besser."

Ich sah ihr wieder in diese wunderschönen Augen und wünschte, ich könnte ihr glauben.

„Dein Körper war verloren, doch dein Herz, von wem es auch stammt, hat dich zurückgebracht." Sie flüsterte die nächsten Worte: „Es hat dich mir wiedergebracht."

Ich schluckte schwer.

„Ich kann es nicht hassen oder gar verdammen. Es hat dich gerettet und es wird weiterschlagen. Für deinen Körper und für deinen Geist. Sieh es als Geschenk, denn nicht weniger ist es."

Ich schwieg und sie tat es mir gleich.

„Wird Lotai Kar jagen lassen?", fragte ich in den Gesang der Vögel hinein.

„Nein."

Ich sah sie überrascht an. „Nein? Bist du sicher?"

„Ja, ich bin mir sicher. Er wird nichts der Gleichen tun. Kannst du es nicht sehen?"

Verwirrt schüttelte ich den Kopf und meine Zöpfe streiften mein Bein.

„Nein, so wie ich es sehe, werden sie Jagd auf ihn machen. Sosehr ich mir auch wünsche, dass es nicht so ist, sehe ich kaum einen anderen Weg. Zu viel ist passiert."

Ihre Augen betrachteten mich ... war das Mitleid, was darin schwamm?

„Du bist ein guter Bruder, Amo. Und ein guter Kommandant."

Ihre Worte wärmten mich, doch ich schüttelte erneut den Kopf.

„Wäre ich ein guter Kommandant, würde ich nicht zwei Sammler in Gefahr bringen. Aber ich muss wissen, wo Kar ist und ob er Hilfe braucht."

„Sie werden nicht in Gefahr geraten. Nicht dort."

Wieder starrte ich sie an. Ihr eisiger Anteil war unverkennbar. Schwimmend und eisig. Sie war umwerfend.

„Ich danke dir", hauchte ich und meinte es aus vollem Dämonen-Herzen.

Ory

Ich saß auf einem der guten Meditierkissen. Ich war so früh am Morgen die Erste, die auf dem Dach der Festung meditierte. Natürlich war Ils mir gefolgt. Sie stand nun vor dem Vorhang, der das Podest umgab. Ich war dankbar für die dünne Stoffbarriere, die den Blick meiner Aufpasserin versperrte. Ihre ständige Gegenwart war mir lästig, genau wie ihr Naserümpfen, wenn ich mich mit Ivy oder Amo traf. Wenigstens redete sie nicht viel. Sie hielt sich meist im Hintergrund. Trotzdem war ihre dauernde Anwesenheit zermürbend.

Die Unterhaltung mit Kar ging mir nicht mehr aus dem Kopf. Ich hatte kaum schlafen können. Immerzu starrte ich auf die Scheibe an meinem Handgelenk. *Verzeih mir.* Seine Worte hallten in mir wider. Ich hatte nicht antworten können. Hatte nicht gewusst, wie. Ok? Nein, ich verzieh ihm nicht. Noch nicht und vielleicht niemals.

Nein? Das wäre zu grausam gewesen. Trotz allem war er ... was? Was war er für mich? Und ich für ihn? „Wie lange wird das noch dauern?", fragte Ils durch den Vorhang hindurch.

„Es dauert länger, wenn du mich störst", knurrte ich zur Antwort. „Wieso, willst du irgendwo hin? Bitte, tu dir keinen Zwang an. Du musst nicht auf mich warten." Es blieb ruhig und ich schnaubte.

Ich hatte weder Ivy noch Amo von der Unterhaltung mit Kar erzählt. Mix hatte mir die Scheibe gegeben. Ich wollte später zu ihr gehen und sie fragen, ob sie etwas darüber wusste.

Wir würden Kar nicht alleine lassen. Amo wollte heute mit den Sammlern sprechen, die etwas über seinen Verbleib herausfinden sollen. Hoffentlich würden sie Antworten bekommen. Und überleben. Kar würde nicht wollen, dass Sammler seinetwegen sterben. Ich hielt in meinen Gedanken inne. Wieso hatte ich nicht früher daran gedacht? Ich musste Amo von der Scheibe erzählen, bevor er mit den Sammlern sprach. Mix würde ich danach immer noch fragen können.

Ich sprang von meinem Kissen auf und schritt eilig durch den Vorhang. In einer Stunde wurde ich in den Ställen erwartet. Ich rauschte an Ils vorbei, ohne ein Wort zu verlieren. Ich hörte ihre Schritte hinter mir, als wir die Treppe hinunterstiegen und in die Richtung von Amos Büro eilten. Auch wenn es noch sehr früh am Morgen war, hoffte ich, dass Amo bereits arbeitete. Allerdings hatte er nicht meditiert ... vermutlich schlief er noch. Ich blieb ratlos stehen. Ils schnaubte hinter mir.

„Kannst du dich mal entscheiden?"

Ich warf einen wütenden Blick über die Schulter.

Okay, ich würde es so machen: Den Pferden war es egal, ob ich ihren Stall jetzt oder in einer Stunde reinigte und Wys war Gesellschaft sowieso zuwider. Ich drehte mich abrupt um und marschierte in Richtung Ställe. Ich würde nach meiner Arbeit zu Amo gehen. Hoffentlich kam ich nicht zu spät.

Die ersten Schweißtropfen rannten mir meinen Rücken hinunter. Ich nahm einen großen Schluck aus meiner Trinkflasche. Luo hatte mir einen süßen Saft hineingefüllt, den ich gierig in mich aufsaugte. Die Küchenfrau hatte Ils misstrauisch beäugt und etwas gemurmelt, was ich nicht verstanden hatte. Dann hatte sie mir aufmunternd die Wange getätschelt und die Küchentür zugeschlagen.

Ich stieß erneut mit meiner Mistgabel in das schmutzige Stroh, als ich Ils Uniform rascheln hörte. Ich sah mich um und entdeckte Minister Pyro an der Stalltür stehen. Die tiefen Augenringe unter seinen hinterlistigen Mausaugen waren deutlich zu erkennen. Die Linien um seinen grimmig verzogenen Mund wirkten tiefer als das letzte Mal, dass ich ihn gesehen hatte.

„Seit wann lässt man Sie die teuren Hengste umsorgen?", fragte der Minister angewidert. Er war einige Schritte in meine Richtung getreten. Die Hände auf dem Rücken verschränkt.

„Ich habe diesen Job, um mich nützlich zu machen und um dem Gouverneur nicht auf der Tasche zu liegen." Mein aufgesetztes Lächeln wurde zu einem Zähnefletschen, als der Minister mir immer näher kam.

„Ich habe gehört, die Ähnlichkeit zwischen dir und der Fürstentochter sei unverkennbar. Der *anderen* Tochter meine ich natürlich."

Ich warf Ils einen Blick zu. Sie stand noch immer an ihrem Posten und beobachtete uns abwartend. Ob sie rechtzeitig hier wäre, bevor ich den Minister mit der Heugabel aufspießen konnte? Er war der Mann, der Kar jagen wollte. Er war es, auf dessen Befehl hin ich überwacht wurde. Ich musste ein Knurren unterdrücken und ich spürte, wie die Wut in mir aufkochte.

Die kleinen Augen des Ministers fuhren über meinen Körper und ich fröstelte bei dem Blick, der dahintersteckte.

„Aber vielleicht war das ja eure Taktik. Ihr wolltet in unser Reich eindringen und uns mit dem ältesten der Reize ablenken." Mein Magen drehte sich um.

„Vielleicht", er griff sich eine Strähne meines Haares und ließ sie durch seine Finger gleiten, „wolltet ihr uns schwächen, bevor dein Vater hier hereinmarschiert. Bei dem grausamen Kommandanten scheint es gewirkt zu haben, aber ich bin nicht so leicht zu täuschen."

„Ich habe keine Taktik. Und ich habe sicher nicht versucht, irgendwen zu schwächen."

Er drehte den Kopf und zog den Duft meines Haares geräuschvoll ein, was mich erschrocken zurückweichen ließ. Ich schoss Ils einen Blick zu, die unsicher zwischen mir und dem Minister hin und her blickte. Die Arme nun nicht mehr entspannt, sondern kampfbereit neben sich.

„Ich weiß nicht, was sie von mir wollen -"

„Wollen?" Sein grausames Lachen hallte durch die Ställe und die Pferde wieherten aufgebracht. „Ich will gar nichts von dir, weil du mich nicht täuschen kannst."

„Ich will Sie nicht täuschen."

Meine Stimme klang zittrig und ich verfluchte sie dafür. Er kam näher. Viel zu nahe. Ich wollte zurückweichen, doch ich hatte bereits das Ende des Stalles erreicht.

„Eieiei, was versuchst du nur zu erreichen mit diesen engen Klamotten und diesem betörenden Duft?"

Seine Hand berührte meinen Arm und meine Muskeln zogen sich zusammen. Was passierte hier gerade?

Ich drehte meinen Kopf, um seinem Blick zu entkommen. Ich spürte seinen widerlichen Atem auf meiner Haut, als er leise kicherte.

„Ich werde nicht auf dich hereinfallen." Sein Mund näherte sich meinem Ohr und mein Kopf begann zu brummen, als er sagte: „Egal wie sehr du es auch versuchst, wenn der Tag gekommen ist, werde ich dich zur Verantwortung ziehen."

Damit drehte er sich auf den Fersen um und verließ den Stall.

Amo

Die Meditation heute Morgen war für die Katz gewesen. Ich war zum Zerreißen angespannt. Das Herz in meiner Brust ließ mich nicht zur Ruhe kommen. Das Schlafen fiel mir schwer, wobei die Gedanken an Mix mich meist beruhigten. Doch heute Nacht hatte auch sie mir nicht helfen können. Der Gedanke, dass ich zwei meiner besten Sammler aus egoistischen Gründen in den Tod schicken könnte ... erneut pochte das Dämonenherz in meiner Brust mit übernatürlicher Macht. Ich atmete tief durch, um mich zu beruhigen.

„Amo!" Orys Stimme ließ mich innehalten. Sie kam mit Ils im Schlepptau den Flur entlanggestürzt.

„Ich muss mit dir sprechen. Alleine", sagte sie vielsagend und ich warf Ils einen tödlichen Blick zu. Sah sie anders aus? Irgendwie war sie blass um die Nase. Genau wie Ory, was mir jetzt auffiel.

„Alles okay mit euch?"

„Ja, ja, alles gut, komm schon, lass uns in dein Büro gehen."

Ich schloss schnell die Tür auf und knallte sie Ils vor der Nase zu. Das machte richtig Spaß.

„Was ist denn los? Ihr seht bestürzt aus."

„Was? Ach so, nein, alles ok", winkte Ory ab. „Es geht um Kar."

Sie hielt ihr Handgelenk mit der kleinen Scheibe in die Höhe. Mix hatte mir davon erzählt. Die Scheibe war aus Krotok-Stahl und half Ory dabei, ihre Kräfte besser zu kontrollieren. Irgendwie war sie in der Lage, Kräfte zu kanalisieren und zu leiten. Ich hatte sie mir noch nie näher angesehen.

„Als wir uns gestern hier unterhalten haben, da hat meine Scheibe immer wieder gebrannt. Sie ist richtig heiß geworden. Das passiert normalerweise nur, wenn meine Kräfte sich zeigen."

„Okay."

„Ich habe nicht weiter darauf geachtet, doch als ich später in meinem Zimmer war, ist die Scheibe wieder heiß geworden."

Sie sah mich nun mit großen dunklen Augen an.

„Amo, gestern Abend konnte ich über die Scheibe mit Kar sprechen."

Sie hätte mir genauso gut ins Gesicht schlagen können, so unvorbereitet trafen mich ihre Worte.

„Du hast was?"

„Er hat versucht, Kontakt mit mir aufzunehmen. Jedes Mal, wenn die Scheibe heiß wurde. Sieh hier."

Sie hielt mir die Scheibe wieder unter die Nase.

„Siehst du diese Zeichen? Sie haben sich gestern verschoben und es sind Wörter erschienen. Natürlich nicht viele, es passt ja nicht viel darauf, aber ich habe ihn fragen können, wie es ihm geht und ob er Hilfe braucht."

Ich starrte verständnislos auf die kleine Münze.

„Aber ... was hat er gesagt?"

„Dass es ihm gut geht. Und er hat nach dir gefragt. Ich glaube, er wusste nicht, ob du noch ... nun ja ... das letzte Mal hat er dich leblos in der Festung gesehen und ich glaube, er dachte, du wärst tot."

Mein Herz zog sich schmerzhaft zusammen. Ich war tot gewesen. Nur wegen Ory konnte ich jetzt wieder atmen. Er hatte es nicht wissen können. Ich räusperte mich, als ich merkte, dass Ory mich abwartend anstarrte. „Verstehst du? Du musst keine Sammler losschicken. Wir können ihn alles fragen, was wir möchten."

Ich nickte. Ich würde keine Sammler schicken. Ich würde sie keiner Gefahr aussetzen. Mix hatte es gewusst. Sie hatte gewusst, dass die Sammler erst gar nicht losgeschickt werden würden. Ein Gewicht hob sich von meinen Schultern. Aber das hieß auch ... ich würde später darüber nachdenken.

„Bist du sicher, dass es wirklich Kar war, mit dem du da gesprochen hast?", fragte ich Ory.

Die Frage schien sie zu überraschen.

„Ich ... habe nicht darüber nachgedacht. Ich weiß es nicht." Nun starrte sie die kleine Scheibe an ihrem blassen Gelenk an. „Wer hätte sonst mit mir schreiben sollen?"

„Ich weiß es nicht, aber wir können uns nicht sicher sein, dass er es ist."

Sie überlegte einen Augenblick, dann sagte sie: „Wir könnten ihn etwas fragen, dass nur er wissen kann."

Ich nickte. Das könnte funktionieren.

„Hast du eine Idee?", fragte ich sie.

„Ja, ich weiß etwas. Lass es uns probieren."

Sie zog das Lederband über ihre Hand, und drehte die Scheibe in den Fingern. Ich hörte, wie sie Kars Namen flüsterte, bis er in geraden Buchstaben auf der Scheibe erschien.

„Wahnsinn", stieß ich hervor und drängte näher an Ory, die kurz versteifte, sich dann aber wieder entspannte. Seltsam.

Wir starrten beide auf die Buchstaben, doch nichts geschah.

„Sollte jetzt nicht etwas passieren?", fragte ich sie.

„Er muss es sehen und dann antworten."

Schweigend starrten wir auf die kleine Münze in Orys Hand, doch nichts geschah.

Kapitel 28

Lotai

Ich starrte in die blauen Flammen. Ich beobachtete, wie sie sich wiegten und flackerten. Das Licht des Mondfeuers loderte verlässlich, wie der Mond am Firmament erscheint. Ein beständiger Trost, dass nicht alles schwindet, dass nicht alles umsonst war. Ich spürte die Blicke der vergangenen Helden auf mir. Sie starrten mich an. Verurteilten mich. Ich blickte zu der Statue zu meiner Linken. Ich war dabei gewesen, als Midrs Name in Stein gehauen wurde. Als sein Körper dem Mondfeuer übergeben wurde. Mein Gouverneur. Er hatte den Plan geschmiedet, der mich nun meinen Platz unter den Helden kosten könnte. Er war es gewesen, der das Kind rauben wollte. Und ich hatte an seine Vision geglaubt. Ich war ihm gefolgt und hatte getan, was er von mir verlangt hatte.

Kar war gewachsen und hatte sich bewiesen. Immer und immer wieder, ganz gleich, welche Steine ihm in den Weg gelegt wurden. Ich hatte ihn dafür belohnt. Waren es Schuldgefühle gewesen, die mich dazu verführt hatten, ihn so schnell zum Kommandanten zu machen? Ich hoffte, dass es nicht so war. Er war fähig und leidenschaftlich und ... noch vor wenigen Wochen war ich mir seiner Loyalität sicher. Seiner unverrückbaren Treue für dieses Volk und mir, seinem Gouverneur. Meine Schultern sanken tiefer. Das Gewicht war kaum noch zu tragen. Ich betete zu den Helden, sie mögen mir verzeihen und meine wahren besten Absichten erkennen, auch wenn sie den irdischen Wesen verborgen blieben.

Ein Donnergrollen ließ die Halle der Helden vibrieren. Ich sprang auf. Die Türen zu diesem heiligen Ort waren aufgerissen worden. Die Risse in der Decke spendeten genug Licht, als dass ich erkennen konnte, dass nicht weniger als ein Dutzend Männer und Frauen in Uniform auf mich zu marschierten. Ihre Abzeichen waren freilich meinen unterlegen. Ihre Umhänge kurz, nicht wie meiner, der bis zum Boden reichte und mich mit der Farbe der Erde als das auszeichnete, was ich war: ihr Anführer.

Ich sah meinen Soldaten in die Gesichter. Einige starrten mich mit unverhohlener Wut an, anderen blickten unsicher umher, einige sahen beschämt zu Boden. Ich straffte die Schultern, als ich erkannte, was dies bedeutete. Was nun geschehen würde. Doch wie konnten sie es wagen? Wie konnten sie den geweihten Boden, diese heilige Halle, entehren?

Minister Pyro blieb vor mir stehen, Minister Joz knapp hinter ihm. Der Wicht sah aufgeregt aus, fast panisch, als wüsste er nicht, wie es enden würde. Mir stieg Verachtung wie Galle auf. Doch Pyro ... sein Gesicht wurde von einem Lachen entstellt, dass einer Schlange gleich kam.

„Ihr entweiht diese Halle! Schämt ihr euch nicht!",
schrie ich meinen Henkern entgegen.

Einige der Soldaten traten unsicher von einem Fuß auf den anderen. Andere fletschten mit den Zähnen. Ich sah meine Wachen aus dem Empfangssaal, wie sie meinen Blicken auswichen und stattdessen auf den Boden starrten. Die Waffen griffbereit, um mich – ihren Gouverneur – anzugreifen, sollte ich mich nicht ergeben. Welch Heuchler!

„*Wir* sollen uns schämen? *Du* bist es, der unser Volk und somit alle Helden dieser Halle entehrt hat!", spuckte mir Pyro entgegen. Eine unbändige Wut kochte in mir hoch. Ich hatte diesem Fanatiker den Weg geebnet, meinetwegen folgten diese Männer und Frauen einem verbissenen, machthungrigen Psychopathen.

„Bei allem, was von meiner Ehre noch übrig ist, diese Hallen sind heilig. Wagt es nicht, sie mit Gewalt zu beschmutzen."

Pyros Lachen ließ mich erschaudern. Es war kälter noch als das Eis der Berge. Es war eisig wie der Tod.

„Das liegt ganz bei dir", säuselte mein Minister und straffte nun seinerseits die Schultern. Mit erhobener Stimme und unverkennbarem Triumph verkündete er:

„Hiermit erfüllen wir den Willen des Gremiums des Verschollenen Volkes und somit den Willen des Volkes selbst: Du, Lotai, wirst unverzüglich deines Amtes als Gouverneur des Verschollenen Volkes enthoben. Ein unendliches Leben unter den Helden wird dir verwehrt. Du wirst gut machen, was du verbrochen hast. Das Gremium wird bald über dich richten. Beuge dich und wir werden fair über dich urteilen."

Eine Frau löste sich aus der Menge der Soldaten und drückte mich zu Boden. Meine Knie landeten hart auf dem Stein und der Umhang wurde mir genommen. Luft umströmte mich und ließ mich frösteln. Mein Rang, meine Würde, mein Schutz – es war weg. Das Klicken der Handschellen war laut und hallte von den Wänden wieder. Diesen heiligen Wänden.

Kar

„Was ist? Schmeckt dir unser Essen nicht? Bist du etwas Besseres gewohnt?"

Ein Knurren löste sich aus meiner Brust. Ich konnte es einfach nicht verhindern. Die Tochter des Fürsten hatte es sich zur persönlichen Aufgabe gemacht, mir auf die Nerven zu gehen.

Ich nahm einen Schluck des köstlichen Kaffees. Das musste man dem Lodernden Volk lassen, ihr Kaffee war der beste, den ich je getrunken hatte. Eine Rösterei lag direkt gegenüber meines Fensters und ich hatte dem Meister dabei zugesehen, wie er seine Bohnen verarbeitete. Sie wurden über dem Lavastrom geröstet und erhielten eine rauchige, tiefe Note. Ich atmete den Duft aus meiner Tasse tief ein.

„Verbrenn dir nicht die süße Nase, wir wollen doch nicht, dass dein Gesicht noch weiter entstellt wird." Tilay saß auf einem Stuhl mir gegenüber. Leger gekleidet in Schwarz und Grau wirkte ihre Haut blasser, kränklich.

„Betraut dich dein Vater mit keinen echten Aufgaben oder spielst du gerne die Nanny?"

„Mach dir keine Sorgen um meine Aufgaben, Echsenmann. Mein Vater ist sich meiner Fähigkeiten durchaus bewusst."

„Was sollen das für Fähigkeiten sein? Warst du nicht die meiste Zeit des Überfalls auf mein Volk bewusstlos?"
Ihre Miene versteifte sich für einen Moment, bevor sie sich wieder entspannte.

„Ich brauchte ein Schläfchen, nachdem ich deinem Freund ins Herz geschossen hatte."
Ein Knurren löste sich aus meiner Brust. Ich hätte ihr am liebsten mit einem Hieb meines Schwanzes das Gesicht zertrümmert. Sie wusste nicht, dass Amo lebte. Er lebte. Ich atmete tief durch. Es ging Amo gut. Genau wie Ory und Ivy.

„Was machst du hier, Tilay?"
Die Stimme ließ mich herumschnellen. Eine Gestalt betrat den Raum, die ich bisher noch nicht gesehen hatte. Der Mann war schlank, aber muskulös gebaut, mit aschblonden Haaren und meerblauen Augen. Seine Haut war wulstig und an einigen Stellen rosa und wund. Als würde er nach schlimmen Verbrennungen langsam heilen. Auch sein Gesicht war mit Brandnarben übersät, die seine Haut skurril verzogen.

„Ich wollte mir den Spaß nicht entgehen lassen. Bist du etwa alleine hier?", fragte Tilay spöttisch und der Mann schnaubte verächtlich.

Hinter ihm tauchten zwei weitere Gestalten auf. Beide mit dunkler schuppiger Haut, durch deren Risse rote Lava schien. Das waren keine Gestalten, das waren Dämonen.

Auch Tilay verzog beim Anblick der beiden Begleiter das Gesicht.

„Du fährst also schwere Geschütze auf, Otho. Du musst ihn ja für äußerst stark halten", grinste Tilay in meine Richtung.

„Was soll das werden?", fragte ich scheinbar ruhig. Meine Instinkte liefen auf Hochtouren. Es war klar, dass mir nichts Gutes blühte.

„Wir sind hier im Auftrag des Fürsten. Du wirst eingeladen, die Weihe zu empfangen."

Ich starrte erst den Mann, Otho, dann Tilay an.

„Ich empfange gar nichts, bevor ihr mir nicht erklärt, was hier los ist."

„Dachtest du wirklich, mein Vater rettet dich aus deinem elenden kleinen Versteck und vertraut dir so einfach? Wer sagt ihm, dass du nicht zurückrennst, zu deinem Gouverneur? Oder zu ... ihr?"

Ich war froh, dass sie Orys Namen nicht in den Mund nahm. Ich war mir nicht sicher, ob sie am Leben geblieben wäre.

„Unser Fürst", führte der Mann aus, „verlangt einen Beweis deiner Treue zu diesem Volk. Nur durch die Weihe können wir sicher gehen, dass du uns nicht verrätst. Es wird dir nicht möglich sein, anderen Völkern zu berichten, was im Lodernden Volk gesprochen oder getan wurde. Außerdem wirst du keiner lodernden Gestalt etwas antun können. Es ist eine Absicherung."

Mein Blut begann zu kochen. Es war das erste Mal, seit ich in diesem Volk weilte, dass ich mich wieder fühlte wie im Land der Verschollenen. Die Wut drückte sich an die Oberfläche und mit einem zornigen Knurren erschienen mein Schwanz und die Hörner auf meinen

Schultern. Die Dämonen blieben unbewegt stehen, doch die Gestalt machte einen Schritt nach hinten.

„Uh, das wird ein Spaß", hörte ich Tilay durch das Rauschen in meinen Ohren feixen.

Der Mann gab ein Zeichen, und die Dämonen stürzten sich auf mich.

Sie schafften keine zwei Schritte, bevor ich ihnen die Beine unter den massigen Körpern wegzog und sofort danach meinen Schwanz auf ihre Schädel niedersausen ließ. Der eine Dämon verspritzte Blut, das verdächtig nach Lava aussah, der andere jedoch schaffte es, mich mit seinem Gewicht umzuhauen. Es drückt mir fast die Luft ab. Mein Horn kollidierte mit dem Schädel des Monsters und es stieß einen grellen Schrei aus, als ich mich aus seinem Griff wandt.

„Hol mehr! Diese zwei Hornochsen werden nicht reichen!", hörte ich Tilay schreien. Ich war schon wieder im Angriff und schmiss mich auf den Rücken des Monsters. Es schlug blind nach mir. Mein Schwanz schlang sich um den Brustkorb des Dämons und drückte langsam zu. Das Biest wurde panisch, doch ich wich seinen Schlägen aus und hörte einen spitzen Schrei, als er sich an meinem Horn den Unterarm aufriss. Ich spürte die warme Lava über meinen Körper fließen. Eine Wucht traf mich von der Seite und blieb an mir hängen. Ich ließ den Dämon vor mir fallen, der in sich zusammen sackte. Ich griff über meine Schulter hinweg und krallte meine Finger in die Risse in der Haut des zweiten Dämons, bevor ich ihn über meine Schulter warf. Erneut traf mein Schwanz auf sein Gesicht.

In diesem Moment wurden meine Arme zurückgerissen. Der Griff war eisig. Ich wehrte mich, doch nichts geschah. Otho musste zwei weitere Dämonen herbeigerufen haben. Ich holte mit meinem Schwanz aus, doch ein drittes Monster griff ihn sich und hielt mich wie im Schraubstock gefangen.

„Jetzt mach endlich, bevor er sich losreißt!“, schrie Tilay und Otho tauchte vor mir auf. Ich wandt und tobte, doch ich bekam meine Arme und meinen Schwanz nicht frei. Bei den Helden, sie würden dafür bezahlen!

Otho hielt eine Klinge in der Hand, kaum größer als mein Daumen, und holte aus. Ich brüllte, dass die Wände wackelten, und spürte den Schnitt auf meiner Brust brennen. Von Schulter zu Schulter lief Blut an mir herab. Eine Phiole tauchte in Othos Hand auf und ich sah die leuchtende Flüssigkeit darin.

„Die Lava bindet dich ein Leben lang. Willkommen im Lodernden Volk, Echse.“ Damit goss er den Inhalt der Phiole in die Wunde auf meiner Brust und ich schrie bis mir schwarz vor Augen wurde.

Ory

Kar hatte noch immer nicht reagiert. Nervös blickte ich immer wieder zu der Scheibe an meinem Handgelenk. Sie ruhte kühl auf meiner Haut. Ob es ein Trick gewesen war? Hatte jemand versucht, mich zu täuschen? Mein Gefühl sagte mir, dass es Kar gewesen war, der mir die

Nachrichten geschickt hatte. Sicher sein konnte ich nicht. Ich wünschte, er würde endlich reagieren und ich könnte ihm eine Frage stellen. Ich wollte Gewissheit. Ich befand mich auf dem Weg zur Bibliothek von Mhios. Ich wollte Ivy von der Scheibe erzählen und hoffte, sie dort anzutreffen.

Ils hing noch immer an meinen Fersen, doch sie war auffallend zurückhaltend. Seit der Begegnung mit Minister Pyro in den Ställen, hatte sie kaum ein Wort zu mir gesagt. Es schüttelte mich, wenn ich daran dachte. Der Minister war mir viel zu nahe gekommen und die Dinge, die er angedeutet hatte ...

„Wieso hast du dich nicht gewehrt?", fragte Ils plötzlich, als hätte sie meine Gedanken gelesen. Ich musste nicht fragen, was sie meinte.

„Er ist ein Minister und mein Stand in diesem Volk ist gerade nicht so einfach", gab ich kleinlaut zu. Ich schämte mich, konnte aber nicht richtig sagen, weshalb.

Ils blieb einen Moment still, bevor sie sagte: „Du hättest ihn wegschieben können, als er dir so nahekam. Es wirkte nicht, als wärst du damit einverstanden gewesen."

Ich musste schlucken und Röte stieg mir in die Wangen. Ich beschleunigte meine Schritte durch die belebten Straßen von Mhios. Die grünen Wege spendeten mir Trost. Ich konzentrierte mich auf die gelben Blumen, die am Wegesrand wuchsen, als ich erklärte: „Ich wollte ihn nicht provozieren. Ich wollte nur, dass er wieder geht. Aber nur damit du nichts falsch verstehst, ich habe nie ... er und ich -"

„Das ist mir klar", fauchte sie. „Ich bin nicht blind. Es war eindeutig, dass du kein Interesse an ihm hast. Er hingegen ..."

„Können wir das Thema bitte fallen lassen? Ich würde diese Begegnung gerne vergessen."

Ils schnaubte nur.

„Wenn wir Männern so ein Verhalten durchgehen lassen, dann -"

„Dann was? Was hätte ich denn tun sollen? Ihn wegstoßen und mit der Mistgabel aufspießen? Denn glaube mir, der Gedanke ist mir gekommen. Und dann was? Ich wäre vor das Gremium geschleift worden, bevor die Pferde einen nächsten Haufen hätten legen können."

„Er hätte es verdient."

Ich blieb so abrupt stehen, dass Ils in mich hineinlief.

„Natürlich hätte er es verdient! Aber ich bin gerade erst hier angekommen und er ist *Minister*. Wer hätte mir denn geglaubt?" Ich atmete schwer, als mir die Wut die Kehle zuschnürte. „Ich will keinen Ärger bekommen und erst recht nicht jetzt, wo meine Herkunft mehr als problematisch ist."

„Das ist nicht richtig", flüsterte Ils und ich war ihr dankbar. Dankbar, dass sie gesehen hatte, dass ich kein falsches Spiel spielte und dankbar für ihren Einsatz für mich.

Wenn der Tag gekommen ist, werde ich dich zur Verantwortung ziehen, das hatte der Minister zu mir gesagt. Ich glaubte ihm. Er würde Kar jagen und mich ebenso, nur weil unsere Herkunft nicht seiner Vorstellung entspricht.

„Haben sie dir erzählt, was damals passiert ist? Ivy und Amo, meine ich?"

Ich sah Ils überrascht an. Wir standen vor dem Eingang des modernen Bauwerks, dessen Wege mit Farnen und Gräsern gesäumt wurden.

Ich schüttelte langsam den Kopf. Ich wusste, dass Ils Kars erste und einzige Liebe gewesen war. Dieses Wissen füllte meinen Magen mit Steinen, doch was damals geschehen war, hatte mir niemand verraten.

„Vielleicht ist es besser so. Doch ich will, dass du eins weißt: Es ist gut, dass Kar verschwunden ist. Männer wie er, wie Pyro, nehmen keine Rücksicht auf uns. Sie versprechen dir die Welt, doch am Ende sind sie alle gleich."

Amo

Mein Herz schlug gleichmäßig. Ruhig. Fast, wie mein altes Herz es getan hatte. Die Gärten hatten diesen Effekt auf mich. Ich wünschte, ich könnte hier ein Zelt aufschlagen und nicht mehr an die Welt dort draußen denken. Ich hatte meine Schuhe ausgezogen. Ich wühlte mit meinen Zehen im groben Sand, der von dem ruhigen Wasser geküsst wurde. Sie war schwimmen. Ich konnte es spüren. Ich würde auf sie warten. In meiner Hosentasche lag ein Stein, grau und ordinär, der jedoch so flach war, dass er meine Aufmerksamkeit erregt hatte. Er würde zu ihrer Sammlung passen.

Ich betrachtete meine Arme. Die Adern, die darauf hervorstanden, hatten dieselbe Farbe, wie eh und je. Ich ballte die Hände zu Fäusten, um sie noch weiter hervorstehen zu lassen. Ein kleiner Teil von mir erwartete, dass sie sich rot färben würden, doch nichts geschah. Ich atmete tief ein. Ich hatte es unter Kontrolle. Niemand konnte es sehen. Für sie war ich der, der ich schon immer war, doch für mich ... ich lauschte auf meinen Herzschlag. Ich hatte mich daran gewöhnt und ein Lächeln erschien auf meinem Gesicht.

Das Geräusch der Wellen ließ mich aufhorchen. Die eben noch ruhige Wasseroberfläche kräuselte sich. Blasen stiegen auf, bevor sie am Ende ihres Weges zerplatzten. Die Vögel hatten aufgehört, zu singen. Die Wellen wurden größer, genau wie die Unruhe, die von mir Besitz ergriff. Etwas stimmte hier nicht. Mit einem Grollen, das die Bäume zittern ließ, stieß Mix durch die Oberfläche. Sie fixierte mich mit ihren eisblauen Augen. Ihre langen Glieder glänzend vom Wasser. Ihre Haare, glatt wie Fischhaut. Ich war aufgesprungen und beobachtete mit klopfendem Herzen, wie sie rasend schnell über das Wasser glitt.

„Du musst sie warnen!", stieß sie hervor und krallte sich in mein Hemd, das sich mit Nässe vollsog.

„Hol Ivy und bring sie zu ihr, sie hat ihr den Weg bereitet."

„Wovon sprichst du?", stieß ich hervor. Ihre blauen Augen spiegelten Verzweiflung und Angst wider.

„Sie hat dich gerettet, nun musst du sie retten."

„Ory? Was ist mit ihr?" Ein Stein lag auf meiner Brust.

Und ich dachte, ich hätte es unter Kontrolle. Ich war ein Idiot.

„Das Volk ist ohne Führung. Sie werden die Leere füllen und dann ist sie verloren. Sie muss fliehen!" Mix Stimme wurde immer schriller und ich spürte Feuer, das durch meine Adern schoss.

„Lauf. Jetzt! Bring Ivy zu ihr. Ich sorge dafür, dass sie bereit ist."

Ohne ein weiteres Wort rannte ich zu meinem Hengst, den ich an einem der Bäume festgebunden hatte. Hitze erfüllte meinen Körper und die Glut in meiner Brust brannte ein Loch, so tief wie eine Schlucht, in meiner Seele.

Das Tier wieherte, als ich mich auf seinen Rücken schwang. Es schoss wie ein Pfeil davon. Schneller, immer schneller. Ich musste Ivy finden und dann Ory. Was auch immer Mix gemeint hatte, ich hoffte, Ivy hatte einen Plan. Die Hufe des Tieres unter mir schlugen mit einem Rhythmus auf den Boden, der mich einnahm, mich gefangen nahm. Ich spürte die Hitze, das Feuer, meiner Adern in meine Hände schießen und dann ... bei den Helden. Das Pferd wieherte panisch, doch ich hielt es ruhig, als wir durch die Straßen von Mhios schossen. Plötzlich sah ich die Welt aus einem anderen Blick. Ich spürte die Kraft meiner Beine, meines Rückens, meines Halses. Nein, nicht meine Kraft, die Kraft des Pferdes. Ich sah durch seine Augen. Ich hatte von dem Tier Besitz ergriffen und bewegte nun die starken Beine, die sich bei jedem Schritt fester vom Boden abstießen.

Ich hatte keine Ahnung, woher ich wusste, wo sie war, doch ich hielt auf mein Ziel zu. Ivy hatte anscheinend einen Plan, sonst hätte Mix mich nicht zu ihr geschickt. Ich hoffte, wir kamen nicht zu spät. Ich durfte es nicht zulassen.

Ich nahm eine scharfe Kurve und spürte Steine und Dreck aufspritzen, als meine Hufe sich in den Untergrund gruben. Gestalten fluchteten, doch ich ignorierte sie. Ob sie sahen, dass ich es war, der das Tier beherrschte?

Ich trieb das Pferd weiter und weiter, eine Straße nach der anderen ließen wir hinter uns. Wir bewegten uns stadtauswärts. Hinter der nächsten Biegung musste sie sein. Ich pumpte noch mehr Kraft in meine Schritte. Die Muskeln und Sehnen des Pferdes schrien vor Schmerz, doch ich musste weiter. Und da war sie. Ivys anmutige Gestalt wandt sich mir zu, suchte die Quelle der eiligen Hufe und blieb wie angewurzelt stehen, als sie mich erkannte.

„Spring auf", schrie ich über die trommelnden Schritte des Pferdes hinweg.

„Wir müssen los! Nimm meine Hand!" Ich wusste nicht, wie ich durch die Augen des Pferdes sehen, seine Beine kontrollieren und gleichzeitig einen Arm nach Ivy ausstrecken konnte.

Ich spürte ihre warme Hand in meiner, als sie mit einem Ruck hinter mir auf dem Pferd landete. Sie krallte sich an mir fest, um nicht vom Rücken hinunterzurutschen.

„Was soll das werden?", schrie sie durch den Wind hindurch.

„Mix hat etwas erfahren. Wir müssen Ory warnen. Sie sagte, du bist vorbereitet."

„Bei den Helden", hauchte sie in meinen Nacken. Ich brauchte einen Moment, um zu unterscheiden, ob es der Nacken von mir, Amo, oder der des Pferdes war.

„Lauf schneller, Amo! Wenn es das ist, was ich denke, ist Ory in großer Gefahr!"

Kapitel 29

Lotai

Das Atrium war leer, bis auf die fünf Gestalten, die vor mir aufragten. An Armen und Beinen gefesselt kniete ich vor den obersten Richtern unserer Welt, unseres Volkes. Mir würde keine Gnade gewährt werden, so viel wusste ich. Welche Motive auch immer ich gehabt hatte, welche Befehle mir auch gegeben wurden, nun musste ich für meine Sünden bezahlen. Wenn es denn Sünden waren.

„Habt ihr noch etwas zu sagen, bevor wir unser Urteil verkünden?", fragte das größte Mitglied des Gremiums mit dröhnender Stimme.

„Ich habe im Sinne dieses Volkes gehandelt. Seine Sicherheit und seine Freiheit waren und sind mein größtes Anliegen. Ich werde akzeptieren, welche Entscheidung auch immer ergeht, weil es das ist, wofür dieses Volk steht. Mögen die Helden mir gnädig sein."

Galle stieg mir in den Mund, doch ich riss mich zusammen. Ich war der Gouverneur dieses Volkes gewesen. Ich hatte geschworen, es zu schützen und mich vollkommen in seine Dienste zu ergeben. Nun konnte ich nur noch hoffen, dass mein Opfer nicht umsonst gewesen ist.

„Ihr wurdet gehört", sprach eine weibliche Stimme, eine rundliche Gestalt unter dem Gewand.

„Hiermit verkünden wir das Urteil unseres Volkes."

Mein Herz hämmerte in meiner Kehle, in meinen Zehen, in meinem Magen. Ich konnte das Zittern meiner Hände in den kalten Fesseln nicht verhindern.

„Der Angeklagte wird schuldig gesprochen, das Volk der Verschollenen wissentlich in Gefahr gebracht zu haben. Die Entführung eines Kindes eines anderen Volkes, sowie die Verschleppung des Energiesterns und dessen Tarnung gelten als erwiesen und sind aufs Härteste zu bestrafen. Der Posten des Gouverneurs, wird dem Angeklagten mit sofortiger Wirkung entzogen. Ebenso", der Mann stockte, als würden die Worte ihm schwerfallen, „ebenso wie die zwei Buchstaben, die ihm verliehen wurden."

Mein Kopf zuckte zu den vermummten Gestalten vor mir.

„Das dürft ihr nicht tun. Buchstaben sind verdient. Sie dürfen nicht entzogen werden."

Die runde Frau wandt mir ihr verborgenes Gesicht zu.

„Es ist die Entscheidung des Gremiums und damit des Volkes."

„Das ist nicht möglich! Ich habe mir meine Buchstaben verdient!"

„Schweigt!", zischte eine schlanke Gestalt. „Wir können und wir haben es getan. Nehmt das Urteil an. Es ist die letzte Ehre, die euch gegönnt wird."

Kaltes Entsetzen erfasste mich. Das konnte nicht geschehen. Es durfte einfach nicht sein.

„Der Angeklagte wird zu einem Leben in Meesast verurteilt. Mögen die Helden ihm gnädig sein."

Kar

Ich spürte nichts. Das war das Erste, was ich dachte, als ich auf dem Boden meines Zimmers erwachte. Die Lava im Kamin war aus. Kälte überzog meine Haut. Das Bett war nur einen Steinwurf entfernt. Sie hatten mich auf den Boden gelegt und das nicht gerade sanft, wie meine pochenden Kopfschmerzen und die Beule an meinem Hinterkopf verrieten. Arschlöcher. Ein Blick auf meine Brust gab preis, dass ich mir die Weihe nicht eingebildet hatte. Otho hatte mir das angetan. Ich hoffte, ich würde ihn bald wiedersehen. Ob er für den Fürsten wohl ersetzbar war? So oder so, würde er unser nächstes Treffen nicht überleben.

Der Schnitt war verkrustet, doch er war da, aber ich fühlte mich nicht anders als zuvor. Vielleicht hatte die Weihe nicht funktioniert. Tilays kreischendes Lachen hallte noch in meinen Ohren wider. Auch sie würde bezahlen. Ich wusste nicht, wie lange ich auf dem Boden meines Zimmers gelegen hatte, doch es musste mindestens ein Tag gewesen sein, denn meine Knochen schmerzten und mein Mund fühlte sich ausgetrocknet an. Langsam erhob ich mich. Für einen Moment blieb ich ruhig und hörte in mich hinein. Nichts. Ich ließ meinen Schwanz und meine Hörner erscheinen. Alles beim Alten.

Ein Klopfen ließ mich zusammenfahren.

„Wer ist da?" Meine Stimme klang rau.

Anstatt einer Antwort wurde die Tür aufgerissen. Der Fürst des Lodernden Volkes flanierte mit langen Schritten und einem diebischen Grinsen im Gesicht in mein Zimmer. Dicht gefolgt von Otho.

„Auch endlich wach? Ich dachte schon, wir müssten dich mit einem Eimer Wasser wecken."

„Raus hier!" Die Worte kamen gepresst, doch es war mir egal.

„Wohl kaum. Du befindest dich in meinem Zuhause, in meinem Land. Ich kann hingehen, wo immer ich hin möchte."

Otho blieb bei der Tür stehen. Schlau von ihm.

„Was sollte das?" Ich zeigte auf die Wunde auf meiner Brust. Ich biss die Zähne so fest zusammen, dass sie schmerzten.

„Wolltet ihr mich töten und meine Leiche ans Verschollene Volk zurückschicken? Als Warnung? Oder als Strafe? Zu dumm nur, dass es nicht funktioniert hat."

„Meine Güte, so dramatisch. Und ich dachte, Tilay wäre eine Dramaqueen."

„Was – sollte – das?"

„Die Weihe schützt uns vor Verrat und Schaden. Die Lava stammt aus dem heiligen Strom, der den Thron des Fürsten umgibt", wagte Otho zu sagen.

Ich fixierte ihn mit einem Blick, der schon so manche mächtige Gestalt hatte einknicken lassen.

„Willst du wissen, was mit Gestalten passiert, die mir schaden?", fragte ich knurrend und war im nächsten Moment nach vorne gesprungen.

Ein Schmerz, so heftig wie ein Speer durch die Stirn, riss mich von den Beinen und raubte mir die Sicht. Ich landete auf meinen Knien und rang keuchend um Luft.

„Na, das war doch eine schöne Demonstration. Du kannst keine lodernde Gestalt mehr angreifen. Genauso wenig, wie du unsere Geheimnisse ausplaudern kannst. Oh Mann, ich liebe dieses brodelnde Gold, das der Vulkan uns schenkt."

Der Fürst schlenderte geradezu leichtfüßig zurück zur Tür.

„Du bist nicht länger hier eingesperrt. Geh, wohin du willst. Sprich, mit wem du möchtest. Von dir droht mir keine Gefahr."

Damit verließ der Fürst des Lodernden Volkes mein Zimmer, dicht gefolgt von Otho, der unverletzt die Tür hinter sich schloss.

Ich blieb noch einen Moment auf dem Boden knien. Der Schmerz in meiner Stirn war so schnell verschwunden, wie er gekommen war. Ich hatte Otho in Stücke reißen wollen, doch die Weihe hatte es verhindert.

Ory

Ich rannte, so schnell mich meine Beine trugen. Ivy war nicht in der Bibliothek gewesen, aber Mix war aufgetaucht. Wie schon in der Festung während des Überfalls. Ihre warnenden Worte hallten noch immer durch meinen Kopf:

Lauf. Sie werden dich holen. Vertraue nur denen, die dich in das Volk geführt haben.

Also war ich gerannt. Ils hatte fast zeitgleich eine Anweisung über ihren Transmitter erhalten, doch ich war nicht geblieben, um herauszufinden, was ihr Auftrag war. Ich hatte einen Hechtsprung über das Treppengeländer gemacht und war schmerzhaft auf meinen Füßen gelandet. Meine Aufpasserin war so perplex gewesen, dass sie einige Sekunden gebraucht hatte, um mich zu verfolgen. Ich wusste nicht, wo sie jetzt war. Ich traute mich nicht, mich umzublicken. Blindlings rannte ich durch die Straßen. Ich musste Ivy finden, oder Amo. Die Festung war keine Option, immerhin kam der Befehl, mich festzunehmen vermutlich von dort. Ob Lotai zulassen würde, dass sie mich einsperren? Oder Schlimmeres? Ich rannte um die nächste Ecke. Wo war ich hier?

„Ory, bleib stehen!"

Nein, ich durfte das nicht zulassen! Ich war dem Tod bereits ein Mal von der Schippe gesprungen. Ich würde es auch ein weiteres Mal schaffen.

„Ory, wo willst du hin?" Ils Stimme war nahe. Viel zu nahe. Panik kroch in mir hoch. Ich rannte und rannte, bis meine Lunge schrie und ich die Tränen spürte, die der Wind über meine Wangen zerrte.

Lauf durch den Innenhof zu deiner Rechten. Jetzt!

Ich hinterfragte nicht, wieso ich Mix Stimme in meinem Kopf hörte, oder ob es schlau war, ihr zu folgen. Ich bog scharf rechts ab und hörte Ils hinter mir fluchen.

Weiter bis zur nächsten Kreuzung. Sie sind schon nahe.

Ich schluchzte leise, als ich mit einer Geschwindigkeit lief, die ich nicht kannte. Mein Schädel begann zu brummen, doch ich rannte immer weiter. Die Schritte, die mich verfolgten, wurden langsamer. Ich traute mich noch immer nicht, mich umzublicken.

Sehr gut, Ory! Sie wird dich nicht mehr einholen. Das Haus mit den roten Geranien. Dort warten sie auf dich.

Ich wurde nicht langsamer. Das Haus war baufällig und abgelegen. Trotzdem waren alle Fensterbänke mit roten Geranien verziert. Ich krallte mich mit einer Hand am Türrahmen fest und nutzte meinen Schwung, um in den Hof zu gelangen. Sofort knallte ich gegen eine Wand.

„Bei den Helden, da bist du ja!"

Die Wand bestand aus Muskeln und Haut und schloss mich in eine feste Umarmung. Ich bekam keine Luft und wandt mich unbeholfen. Amo ließ mich mit einem Fluch los und setzte mich vorsichtig auf die Füße.

„Mix hat uns hier hergeschickt. Ich wusste, dass du es schaffst! Wir bringen dich hier weg. Was auch immer vor sich geht, wir bringen dich in Sicherheit."

„Amo, lass sie erst mal zur Luft kommen." Ivys dunkle Augen richteten sich auf mich. „Weißt du, was passiert ist?"

Ich schüttelte hastig den Kopf.

„Ist Ils in der Nähe?", fragte Amo.

„Sie war ... jetzt nicht mehr ... glaube, meine Kraft ..." Ich schaffte keinen ganzen Satz, ohne nach Luft zu ringen. Ich war so schnell gerannt wie nie zuvor. Das musste meine Kraft sein. Sie machte mich stärker.

„Ory, du bist klasse!", kicherte Amo, woraufhin Ivy ihm in den gewaltigen Arm boxte.

„Wir müssen sie hier wegbringen. Ich kenne einen Weg, ich habe die Route seit Kars ... Weggang geplant.

Aber wir müssen jetzt los, wenn wir es noch aus der Stadt schaffen wollen. Ory, bist du bereit?"

Ich sah in die dunklen Augen meiner Freundin und auf die große Gestalt von Amo. Mir wurde das Herz schwer. Sie riskierten so viel für mich. Für meine Sicherheit. Tränen schossen mir in die Augen. Dieser Ort war eine Zuflucht gewesen. Ihn jetzt zu verlassen fühlte sich an, wie einen Arm zurückzulassen. Doch ich würde es tun, um zu überleben. So wie ich es immer getan hatte.

„Danke. Für alles", keuchte ich.

Amo schlang erneut seine dicken Arme um mich, bevor er mir einen Kuss auf den Scheitel gab.

„Wir holen dich zurück. So wie wir Kar zurückholen werden."

Ich schluckte schwer.

„Ich bin bereit."

Ivy nickte knapp und zog mich mit sich in das alte Haus hinein.

Amo

Danke, dass du uns geholfen hast, sprach ich in meinem Kopf zu Mix.

Ich führte meinen Hengst durch die Straßen von Mhios. Das arme Tier war immer noch völlig verängstigt. Ich hatte mich nicht getraut, erneut aufzusteigen, für den Fall, dass ich wieder Besitz von ihm nehmen könnte.

Sie ist noch nicht sicher, aber die Leere wird bald gefüllt.

Musst du eigentlich immer in Rätseln sprechen?, fragte ich in meinen Kopf hinein.

Mix blieb still und ich schnaubte genervt. Mischwesen aus dem Eisigen Volk waren selten und ich hatte noch nicht oft mit welchen zu tun gehabt. Ich nahm an, dass es in ihrer Natur lag, ihre Weisheiten verdreht auszudrücken.

Ich erreichte einen der vielen Marktplätze von Mhios. Bewohner hatten sich versammelt. Sie drängten dicht an dicht, daher war ich gezwungen, mit meinem Pferd am Rande des Platzes entlangzugehen.

Ein Gong ertönte und ich blieb neugierig stehen. Auf einer der niedrigen Mauern am anderen Ende des Platzes stand ein Mann in Uniform. Ich kannte ihn nicht. Er hatte einen kurzen grauen Bart und lange Glieder. Schwimmendes Volk, dachte ich. In seiner Hand hielt er ein Schreiben mit dem Siegel des Gremiums unseres Volkes.

„Bewohner von Mhios", setzte er an und ich hörte einen weiteren Gong. Auf dem Platz, einige Straßen weiter, musste etwas Ähnliches vonstattengehen.

„Das Gremium dieses Volkes verkündet hiermit: Der Gouverneur wurde abgesetzt. Er wurde der Gefährdung des Volkes schuldig gesprochen und befindet sich bereits auf dem Weg nach Meesast."

Alles Blut wich aus meinem Gesicht. Lotai wurde verhaftet? Wann war das passiert? Ein Mann zu meiner Linken schüttelte ungläubig den Kopf. Eine Frau murmelte leise, dass es an der Zeit gewesen sei.

„Ihm wurden zudem die zwei erworbenen Buchstaben aberkannt."

Ein Raunen ging durch die Menge.

„Das darf nicht sein!", schrie ein Mann in der Nähe des Boten.

„Heldenlästerung", kam es von der anderen Seite.

Mein Verstand raste und doch war mein Kopf leer. Noch nie wurde einem Helden ein Buchstabe aberkannt. Geschweige denn zwei. Lotai war wieder Lot. Und er war auf dem Weg in das Gefängnis unter dem Meer.

Das Gemurmel der Menge wurde lauter und lauter und mein Hengst begann unruhig mit den Hufen zu scharren.

Erneut erklang der Gong.

„Wir sind noch nicht fertig. Des Weiteren wird Minister Pyro vorübergehend alle Aufgaben des Gouverneurs übernehmen. Als erste Amtshandlung verkündet unser Gouverneur: Der gefährliche Verräter Kar wird gesucht und soll schnellstmöglich gefunden und zur Rechenschaft gezogen werden. Sein Urteil wird er vom Gremium erhalten."

Die Menge war still geworden. Einige Bewohner starrten mich an. Andere schlichen unauffällig davon, wie, um keine Aufmerksamkeit auf sich zu lenken.

„Zudem sind der Bürgermeister sowie seine Frau, die Senatorin, verhaftet worden. Das weitere Vorgehen wird schnellstmöglich bekannt gegeben. Eine Vertretung gibt es zurzeit nicht."

Ein Stein legte sich auf meine Brust. Meine Eltern. Sie wurden verhaftet. Das Feuer breitete sich in mir aus. Ich musste hier weg. Immer noch waren zu viele Augen auf mich gerichtet. Mein Vater und meine Mutter.

Es tut mir leid, erklang es in meinem Kopf. Ich ignorierte ihre Stimme.

Kapitel 30

Ory

Ivy hatte mich in den Keller des alten Hauses gezogen. Wir waren durch eine versteckte Falltür unter einem der Fässer in ein Tunnelsystem geschlüpft. Ich hielt Ivys Hand wie in einem Schraubstock gefangen. Es war stockdunkel. Ich erkannte keine Schatten oder Umrisse, nur Finsternis.

„Woher weißt du, wo wir hinmüssen?"

„Ich sehe die Welt anders, erinnerst du dich? Das Blinde Volk lebt in Höhlenanlagen unter der Erde. Wir brauchen kein Licht, um sehen zu können."

Ich atmete gierig die stickige Luft ein, die uns umgab. Sie roch feucht und lehmig.

„Wie hoch ist dieser Tunnel? Kann ich mich hier aufrichten?"

Ich hatte es nicht gewagt, meinen Rücken durchzustrecken. Das liebevolle Lachen meiner Freundin erklang.

„Du wirst dir nicht den Kopf anschlagen, bleib nur einfach dicht hinter mir. Wir haben noch einen weiten Weg vor uns. Zunächst müssen wir aus der Stadt herauskommen. Wir sind zwar bereits am Rand der Stadtgrenze, aber ich will kein Risiko eingehen."

Ich nickte.

„Gibt es diese Tunnelsysteme schon immer oder sind die neu?"

Ich spürte, wie sich Ivys Hand kurz verkrampfte, bevor sie sagte: „Es gab schon immer Tunnel unter der Stadt. Die Mischwesen aus dem Blinden Volk sehnen sich ab und zu nach der Kälte und dem Geruch der Erde. Allerdings führen die wenigsten Tunnel hinaus. Die meisten verbinden Orte innerhalb der Stadt unterirdisch miteinander. Dieser Gang ist nicht vielen bekannt. Als Kar uns verlassen hat und Lotais Geheimnis gelüftet wurde ... ich wollte sicher gehen, dass es einen schnellen Ausweg gibt."

Ich drückte ihre Finger. „Danke."

„Noch sind wir nicht am Ziel."

Eine Weile liefen wir schweigend weiter, bevor ich eine Veränderung um uns herum wahrnahm. Die Luft war kälter als zuvor und nicht mehr lehmig, sondern trockener.

„Wo sind wir jetzt?"

„Wir müssen hier abbiegen. Wir sind fast am Ende der Stadt. Der Tunnel ist dann tiefer."

Ich spürte die Senkung des Weges, als wir weiterliefen.

„Wie weit ist es noch?", fragte ich.

„Nur noch ein Stück, dann gehen wir kurz hoch. Ich möchte wissen, ob Amo etwas erfahren hat. Außerdem muss ich meinen Kontakt informieren. Aber bis wir an der Küste sind, wird es spät sein."

Wir liefen und liefen. Mir wurde schwindelig von der Dunkelheit. Ich wusste, dass Ivy sich meinem Tempo anpasste. Meine Gedanken rasten. Wie hatte Lotai sich umstimmen lassen? Mit Sicherheit steckte Minister Pyro hinter alledem.

„Hier müssen wir hoch. Setz dich hin, Ory. Ich gehe vor und öffne den Ausgang, du wirst dann etwas sehen können."

Unsicher ließ ich mich auf meinen Hintern fallen. Die Erde war trocken und mit Steinchen durchzogen. Als Ivys Finger mich losließen, überkam mich Panik. Der Raum, die Dunkelheit, fing an, sich zu drehen. Schnell stützte ich mich mit den Händen auf dem Boden ab. Ich hörte Ivys Bewegungen, die sich immer weiter entfernten. Mein Herz stieg mir bis zur Brust.

„Ivy, beeil dich! Ich muss hier raus."

Doch es blieb ruhig.

„Ivy?"

Wieso antwortete sie nicht?

„Ivy?"

Ich bekam keine Luft mehr. Die Dunkelheit schien mir die Luft aus den Lungen zu saugen. Der schwere Geruch von Erde füllte meine Nase.

„Ich habs gleich, nur noch ... ein Stück", hörte ich Ivys angestrengte Stimme aus einiger Entfernung.

Bei den Helden! Sie hatte mich nicht zurückgelassen. Ich konnte wieder atmen.

Ein Grollen fuhr durch die Finsternis und zarte Strahlen Sonnenlicht fluteten in den Tunnel. Die braune Erde schien zu leuchten. Ich bewegte mich wie magisch angezogen auf die Lichtquelle zu, bis ich vor einem Loch am Ende des Tunnels stand. Dahinter lag Wald. Ich sah Stämme und Moos. Die Blätter der Bäume wogen leise im Wind. Eilig stieg ich aus dem Loch und betrachtete Ivy, die dreckverkrustet ihre Kleider abklopfte.

„Ich musste den Stein da zur Seite schieben. Der Ausgang wurde wohl schon einige Jahre nicht mehr benutzt."

Meine Augen brannten nach der langen Zeit in der Dunkelheit. Ich betrachtete meine Hände, meine Beine, das Gras und die Wurzeln der Bäume, die kreuz und quer wuchsen. Eine Maus huschte durch das Unterholz und ich sah eine Ameisenstraße, die über einen abgebrochenen Ast führte.

„Gewöhn dich erstmal wieder an das Licht. Ich werde versuchen, Amo und Hya zu erreichen. Ich komme gleich zurück."

Damit verschwand Ivy zwischen den Bäumen und Gestrüpp.

Ich stand einfach da, völlig auf meine Umgebung konzentriert. Noch nie hatte ich mein Augenlicht als einen solchen Segen betrachtet. Ivy erschien vor mir. Ihre sonst so braune Haut war blass und sie sah mich mit großen dunklen Augen an.

„Was ist los?", wollte ich wissen.

„Es gibt gute und schlechte Nachrichten."

„Die Guten zuerst."

„Es gibt eine Wegsonne, nicht weit von hier. Wir müssen nicht weiter durch den Tunnel."

Den Helden sei Dank.

„Und was ist die Schlechte?"

Ivy schluckte und ich wappnete mich innerlich für das, was sie gleich sagen würde.

„Lotai wurde verhaftet. Pyro ist Gouverneur. Er macht Jagd auf Kar. Und auf dich."

Kar

Ory.

Ich starrte auf die kleine Scheibe in meiner Hand. Ich wünschte mir, sie würde warm werden. Ich hatte keine Ahnung, ob sie während meiner Bewusstlosigkeit versucht hatte, mit mir zu kommunizieren. Wenn ich ehrlich zu mir war, wusste ich nicht einmal genau, was ich ihr sagen wollte. Ich wünschte, mein Transponder würde funktionieren. Wie gerne hätte ich ihre Stimme gehört. Oder die meines Bruders. Ich hätte gerne gewusst, was Ivy in ihren Büchern über das Lodernde Volk gelesen hatte oder in welchen Farben die Gestalten hier brannten. Amo hätte Tilay längst in Grund und Boden gequatscht und Ory ... Ich musste an ihre Hörner denken. Auch sie war eine grausame – lodernde – Gestalt. Ich hatte sie sich selbst überlassen. Meine Kehle wurde eng. Sie musste sich so einsam fühlen, wie ich es mein Leben lang getan hatte. Der Gedanke zerriss mich innerlich. Ich hätte sie mitnehmen sollen, dann wären wir nun hier. Zusammen. Sie würde den Frieden in ihrem Inneren spüren, so wie ich. Hier, wo meine Wut mich nicht übermannte, hätten wir vielleicht ... wirklich zusammen sein können. Diese Vision schmerzte mehr, als die Weihe. Mehr als der Verrat meiner Eltern. Ory und ich hätten eine Zukunft haben können. Doch sie war nicht hier. Ich war alleine.

Ory.

Ignorierte sie meine Nachrichten oder empfing sie sie nicht? Ich schloss die Faust um die Scheibe und ließ meinen Kopf hängen. Sie hatte mir nicht verziehen, dass ich gegangen war. Wie konnte sie auch? Ich hatte sie und meine Freunde im Stich gelassen. Ich wollte ihr so gerne alles erklären, doch das wird nicht passieren. Ich schnaubte. Ich würde ihr nicht erzählen können, was hier geschehen war und bei einem weiteren Angriff dieses Volkes ... ich würde das Verschollene Volk nicht schützen können. Die Weihe hatte mich zu einem harmlosen Schoßhündchen gemacht. Es war meine Schuld. Ich hatte diese Entscheidung getroffen und ich würde die Konsequenzen tragen. Wenn sie mir doch nur antworten würde.

Ein letztes Mal erlaubte ich mir einen Blick auf die Scheibe, bevor ich sie in meine Hosentasche gleiten ließ.

Ivy

Die Wegsonne war ein Geschenk der Helden gewesen. Ich spürte, wie Ory ihr Gleichgewicht in der Dunkelheit des Tunnels verlor. Genau deshalb waren die Gänge den Mischwesen des Blinden Volkes vorbehalten. Unsere Augen fanden sich in der Finsternis zurecht, begrüßten sie regelrecht. Die Kälte der Erde und der Geruch dieses Ortes erfüllten mich mit Frieden. Doch jetzt ging es nicht um mich. Ich musste Ory von hier fortbringen. Die Wegsonne hatte uns einen ganzen Tag Fußmarsch erspart. Wir mussten nur noch das letzte Stück bis zu der verborgenen Bucht an der nördlichen Küste des Kontinents zurücklegen. Ich betete zu den Helden, dass Hya es unbemerkt bis zum Strand geschafft hatte.

„Wie geht es weiter, wenn wir an der Küste sind?", fragte Ory mit einem Zittern in der Stimme.

Wir schlugen uns durch den lichten Wald, der zum Wasser führte. Hinter uns ragten die Berge auf, die unser Volk vor neugierigen Blicken schützten. Die Luft war salzig und Möwen zogen kreischend über uns hinweg.

„Mein Kontakt hat ein Boot organisiert. Sie wird dich mitnehmen."

„Und wenn ich nicht mit möchte?", es war nur ein Flüstern, doch es brach mir das Herz.

„Ich weiß du hast Angst, aber wenn Pyro dich in die Hände bekommt ... Er ist auf einem Rachefeldzug gegen das Grausame Volk. Deine Herkunft wird ihm genügen, um dich als Feind dieses Volkes zu betrachten."

Ory nickte und ihr dunkles Haar wippte glanzlos in der Dämmerung.

„Ich will, dass du weißt, Ory, dass es mir egal ist, wer dein Vater ist. Das Verschollene Volk steht dafür, dass jeder gleich ist, egal welche Völker sich in ihm vereinen. Amo sieht es genauso. Und nur, weil Pyro jetzt Gouverneur ist ..." Ich musste schlucken. Welche wahnwitzigen Gesetze wird er noch erlassen? Und würde unser Volk ihm folgen oder gegen ihn rebellieren?

„Wir werden nicht kampflos aufgeben", war alles, was ich noch sagte.

Wir hatten die Bäume hinter uns gelassen und liefen nun über freies Feld. Ich hatte den Ort mit Bedacht gewählt. Erst ein paar Kilometer weiter befand sich der nächste Außenposten mit zwei Offizieren, fast unsichtbar in den Felsen gehauen.

„Dort drüben gelangen wir an den Strand. Wir müssen uns beeilen, bevor die Sonne völlig untergeht."

Wir hasteten den steilen Abhang hinunter, auf das brausende Wasser zu. Der Wind trug die Gischt des Meeres in unsere Gesichter. Ich spürte den Gesang des Ozeans durch mich hindurchfahren. Doch es war kein friedlicher Gesang, sondern ein Klagelied. Er musste spüren, was auf diesem Land geschah. Ich versuchte, es zu beruhigen, doch der Gesang wurde lauter, warnender.

„Hörst du das?", fragte ich beunruhigt.

„Die Wellen? Ja. Aber ich sehe kein Boot."

„Nein, nicht die Wellen. Irgendetwas stimmt nicht."

Mit einem lauten Zischen schlug der erste Pfeil vor uns in den Boden ein.

„Zwischen die Steine, Ory, schnell!"

Wir hasteten zu den großen Felsbrocken, die den Fuß der Klippe bedeckten. Ein weiterer Pfeil schoss an uns vorbei.

„Schneller! Wir müssen in Deckung gehen."

„Wo kommen die her? Ich kann niemanden erkennen."

Für den Bruchteil einer Sekunde wandt ich mich um und sah zwei Gestalten, deren Aura lichterloh brannte.

Der nächste Pfeil verfehlte meine Schulter nur um Haaresbreite. Ich warf mich fluchend in den Sand.

„Lauf, Ory, du musst dich verstecken!"

Woher hatten die Wachen gewusst, dass ich sie hier herbringen würde? Oder hatten sie uns zufällig entdeckt?

Ory war abrupt stehen geblieben, ihre Aura hell und wütend.

Ich rappelte mich auf. Sie zog mich auf die Füße. Kopfüber warfen wir uns hinter die großen Felsbrocken.

„Was machen wir jetzt?"

„Du bleibst hier, ich -"

„Spar dir den Atem, Ivy. Ich werde mich nicht hier verstecken, während du aufgespießt wirst."

Ein weiterer Pfeil versank im Sand und ein weiterer, der an den Steinen abprallte.

„Sie wissen, wo wir sind. Sie kommen nur noch nicht nah genug ran."

„Okay Ory, wenn ich dir den Befehl gebe, dann -"

„Ivy, da! Da vorne! Ein Boot!"

Ich konnte das Boot nicht erkennen, aber auf dem Wasser brannte Hyas Aura in Silber und Gelb. Sie musste aus einer der Höhlen dieser Bucht gekommen sein. Den Helden sei Dank!

Ein weiterer Pfeil prallte gegen den Stein und Splitter flogen mir ins Gesicht.

„Sie haben das Boot noch nicht entdeckt. Du musst an Bord gehen. Ich lenke sie so lange ab."

„Und dann? Was machst du, wenn sie dich verfolgen?"

„Lass das nur meine Sorge sein. Ich bin vom Blinden Volk, schon vergessen?"

Ich sah in ihrem verwirrten Gesicht, dass sie nicht wusste, was ich damit meinte, aber ich hatte keine Zeit es ihr zu erklären.

„Wenn sie auf mich schießen, rennst du, verstanden? Lauf zum Wasser und schwimm das letzte Stück, wenn es sein muss."

Ich sah meiner Freundin in die Augen und drückt sie fest an mich. „Pass auf dich auf. Du kannst Hya vertrauen."

Ich spürte Orys Tränen an meinen Schultern. „Danke."

Ich schluckte schwer und stieß mich von ihr ab, bevor ich losrannte, direkt in die Schusslinie.

Ory

Ich hörte die Pfeile zischen und wagte nicht, mich nach Ivy umzublicken. Die Augen fest auf das Boot gerichtet, sprintete ich über den Sand. Schneller, immer schneller. Ich hatte das Wasser fast erreicht, als ein stechender Schmerz meinen Oberschenkel durchfuhr. Ein Pfeil hatte mich getroffen. Ich landete mit dem Gesicht im Sand und sah mich endlich um. Ivy stand zwischen zwei Felsen. Die Arme ausgestreckt, berührte sie das Gestein. Ich konnte sehen, wie sie vor Anstrengung zitterte. Sie nahm die Energie aus der Erde, dachte ich. Ich hatte gelesen, dass das Blinde Volk dazu in der Lage war. Das Gestein unter den Wachen bröselte und zwei unserer Verfolger brachen mit samt der Küste unter ihnen ein. Der Schutt begrub sie unter sich, doch es waren immer noch zu viele. Ivy würde nicht mehr lange durchhalten.

Panik bereitete sich in mir aus, als Pfeile im Wasser landeten. Sie hatten das Boot entdeckt. Oben auf der noch intakten Klippe waren zwei weitere Soldaten erschienen. Die Wachen mussten Verstärkung gerufen haben. Ich versuchte aufzustehen, doch der Pfeil in meinem Bein ließ es nicht zu. Das Boot kam immer näher. Das Zischen der Geschosse brannte in meinen Ohren und ein Brummen breitete sich in mir aus.

Meine Kraft! Wie hatte ich meine Kraft vergessen können? Ich konzentrierte mich auf die Vibration in meinem Schädel und spürte die Scheibe an meinem Handgelenk. Ich würde ihnen zeigen, was die Tochter eines Fürsten ausrichten kann. Immer schneller, immer lauter wurde das Brummen, bis eine Druckwelle von mir ausging und das Wasser erzitterte. Ich öffnete die Augen und sah unsere Verfolger starr auf uns hinabblicken. Zittrig kroch ich über den Sand. Ivy, das Boot, Hya. Meine Kraft war ein gespanntes Seil. Ich zog verzweifelt daran, darauf bedacht, es nicht locker zu lassen.

„Ivy hat nicht übertrieben, als sie von dir geschwärmt hat", hörte ich eine Stimme rufen und ich erblickte eine junge Frau mit dunkler Haut und lockigen Haaren. Sie stand bis zu den Knien im Wasser und watete hastig auf mich zu.

„Ich bin Hya, aber das weißt du vermutlich schon." Ihr gütiges Lächeln erinnerte mich an Ivy. Ich sah, dass auch ihr Kinn von Strichen geziert wurde.

Trommelnde Schritte eilten zu uns. Ivy erschien neben mir.

„Wir müssen dich ins Boot bekommen. Für Bekanntmachungen ist später noch Zeit."

Ivy packte mich unter den Armen und half mir, die letzten Schritte durch das Wasser auf das Boot zu gelangen. Ich klammerte mich an meine Kraft. Straff, der Faden musste straff bleiben, bevor die Wachen eine Chance hatten, aus ihrer Erstarrung zu entkommen. Die Entfernung machte mir zu schaffen. Es war schwerer als eine Gestalt in unmittelbarer Nähe zu kontrollieren. Aber ich musste es schaffen. Ivy musste in Sicherheit sein. Genau wie Hya.

„Hilf mir, sie ins Boot zu bekommen."

Der Schmerz in meinem Bein pochte. Ich schwitzte und mein Magen begann sich zu drehen.

„Ich kann die Kraft nicht mehr lange halten."

„Nur noch ein bisschen", versicherte mir Ivy und mit einem Ruck lag ich im Inneren des Bootes. Der Schmerz schoss wie eine gleißende Welle durch meinen Körper. Ich schrie auf, als der Faden mir entglitt.

Ein Pfeil schoss knapp an meinem Haar vorbei. Das Zischen war so laut wie ein Peitschenhieb.

„Los, los, los. Wir müssen hier weg!", hörte ich Ivy schreien. Das Boot wackelte, als Hya zu mir sprang. Auch Ivy kletterte eilig in das kleine Beiboot.

Die Ruder klatschten bei jedem Schlag auf das Wasser. Ich spürte, dass das Boot sich bewegte. Weg von dem Kontinent, den ich als mein Zuhause akzeptiert hatte. Ein Zuhause, das mir nun zum Verhängnis wurde.

„Wir müssen -", hörte ich Ivy rufen, bevor ein weiteres Zischen die Luft durchschnitt. Ivys dunkle Augen weiteten sich vor Schreck. Ihre Haut erblasste, die Augen starrten in die Leere. Der Pfeil in ihrer Brust blutig gefärbt.

„NEIN!" Hyas Schrei ließ mich erzittern.

Hektisch kroch sie zu Ivys aufgespießten Körper. Das Boot wackelte heftig und mit einem Platschen fiel Ivys lebloser Körper ins Meer.

Ich kämpfte darum, bei Bewusstsein zu bleiben. Das war ein schlechter Traum!

Weitere Pfeile bohrten sich splitternd in das Holz des Bootes.

Hya schnappte sich entschlossen die Ruder. Der heftige Ruck des Bootes durchzuckte mich, als sie uns mit gnadenlosen Stößen weiter vom Ufer forttrieben.

Ich konnte kaum noch die Augen aufhalten. Mein Bein pochte und stach. Ich sah mühsam an mir hinunter. Das Boot füllte sich mit Blut. Meinem Blut? Oder Ivys?

Mit letzter Kraft richtete ich meinen Blick auf Hya, deren Miene vor unerschütterlicher Entschlossenheit und glühender Wut brannte – während lautlose Tränen über ihre Wangen rannen.

Amo

Die besseren Gewahrsamszellen der Festung befanden sich hinter dem Atrium. Die gläsernen Zellenwände standen im Kontrast zu dem groben Mauerwerk der restlichen Wände. In jedem Flur befanden sich vier Zellen.

Mein Vater erhob sich von der metallenen Pritsche, die in den Zellen als Bett dienten.

„Amo, was machst du hier?"

Die Wache, ein ehemaliger Sammler, nickte mir kurz zu, bevor er durch die Sicherheitstür verschwand und mich mit meinem Vater allein ließ.

„Wir haben nicht lange. Wo ist Kaya?"

„Sie wird gerade verhört."

Ich hoffte, dass unser *Gouverneur* so viel Anstand hatte, um sich an die grundlegendsten Regeln der Mischwesen zu halten. Wenn er meiner Mutter auch nur ein Haar krümmte ...

„Warum seid ihr nicht abgehauen?", zischte ich durch die Glaswand hindurch.

„Wir haben nichts verbrochen. Jetzt werden wir verurteilt, aber damals wurden wir ausgewählt, um unserem Volk zu dienen. Ich werde dafür geradestehen, was ich für richtig halte."

„Ihr habt ein Kind entführt!"

„Wir haben Kar aufgenommen! Wir haben ihm Sicherheit gegeben und zu dem gemacht, was er heute ist ... oder war."

Ich kniff mir in die Nasenwurzel.

„Lotai ist in Meesast, weißt du das? Euch wird es nicht besser ergehen, wenn ihr nicht einlenkt und euch öffentlich entschuldigt."

„Ich nehme dieses Schicksal an. Für mein Volk."

„Und was ist mit deiner Familie? Was ist mit mir? Mit Kar? Pyro lässt ihn jagen, genau wie Ory. Was denkst du, was sie mit deinem Sohn machen werden, wenn sie ihn finden und hierher zurückschleifen?"

Mein Vater trat noch dichter an das Glas heran. Er blickte zu dem verlassenen Sicherheitsposten.

„Das wirst du verhindern. Ich vertraue dir, Amo. Hilf deinem Bruder. Wenn jemand einen Fehler gemacht hat, war es Midr und vielleicht Lotai, aber Kar kann nichts für sein Schicksal. Er ist unschuldig und verwirrt. Rette ihn."

Die Tür ging auf und die Wache trat ein.

„Kommt zum Ende", sagte der Mann einfühlsam. Ich nickte ihm dankbar zu.

„Da ist noch etwas, Amo."

Ich trat näher an das Glas heran.

„Kar war nicht der Einzige. Es gibt noch mehr wie ihn. Nicht in Mhios, aber im Tal. Finde sie, Amo. Bring sie in Sicherheit, bevor Pyro von ihnen erfährt."

Mein Herz setzte aus. Ich biss die Zähne so fest zusammen, dass es weh tat. Noch mehr Kinder.

„Wie viele?"

„Ich weiß es nicht. Wir hätten gar nicht von ihnen erfahren dürfen, aber ich weiß, dass es sie gibt. Sie sind unschuldig."

„Pyro wird das anders sehen."

Enok nickte langsam.

„Deshalb wirst du sie retten."

Mein Vater trat einen Schritt zurück.

„Ich bin stolz auf dich, mein Sohn."

Ich drehte mich auf der Stelle um und verschwand.

Hya

Wir waren bereits auf hoher See, als ich zu Ory in die Kabine schlüpfte. Sie war die Tochter des lodernden Fürsten und ein Mitglied des Verschollenen Volkes, so hatte es Ivy berichtet. Mein Herz zog sich zusammen. Meine Freundin. Wir hatten so viel erlebt und nun hatte sie es doch nicht geschafft. Ich blickte auf Ory. Ihr Bein war von unserem Medikus versorgt worden und sie schlief nun schon seit Stunden in der Hängematte, die für sie aufgehängt worden war. Wir waren mit dem kleinen Boot geflohen, bis wir dieses Schiff des Gesegneten Volkes erreicht hatten.

Ich fasste an ihre Stirn und verzog das Gesicht. Das Fieber quälte sie, aber immerhin war sie in Sicherheit vor ihrem Gouverneur. Ivy hingegen ... Immer wieder sah ich ihre Gestalt vor mir. Ein Pfeil in der Brust, die Striche, die uns verbanden, auf dem Kinn. Ich durfte jetzt nicht daran denken. Im gesegneten Land würde ich mir erlauben, zu trauern, aber nicht jetzt und hier. Ory brauchte mich. Ich würde Ivy den Wunsch nicht verwehren, bestmöglich für ihre Freundin zu sorgen.

Ory seufzte im Schlaf und drehte sich ein Stück, als ich das kalte Tuch auf ihre glühende Stirn legte. Ihre Hand zuckte und ich sah, was sie dort als Armband trug. Krokot-Stahl. Ich kannte solche Scheiben. Sie wurden gerne als Schmuck getragen, da sie über einige Fähigkeiten verfügten, die dem Träger nützlich sein konnten. Kommunikation war eine davon. Ich sah mir die Scheibe, die durch ein Loch auf ein Lederband gefädelt war, genauer an.

Orys klamme Haut fühlte sich immer noch heiß an, doch ich konzentrierte mich auf die Münze.

Ory.

Ihr Name. Jemand rief sie.

Bitte.

Ich presste die Lippen fest zusammen. Die Person machte sich Sorgen.

Vorsichtig streifte ich das Armband über ihr schlaffes Handgelenk und sandt etwas von meiner Energie in den Stahl.

Verletzt.

Schickte ich an denjenigen, der vor der anderen Münze saß. Ivy hatte mir gesagt, dass sie Verbündete im Volk und anderswo hatten. Es dauerte einen Moment, bevor die Antwort kam.

Schlimm?

Ich seufzte und betrachtete die Frau mit den dunklen Haaren und der kalkweißen Haut.

Überlebt.

Es war die Wahrheit. Sie hatte überlebt und würde bis zum Ziel unserer Reise wieder gesund werden. So hatte es der Medikus gesagt.

Wer?

Soldaten.

Welches Volk?

Die Person schien keine Ahnung zu haben, was im Volk der Verschollenen vor sich ging.

Ihr Volk.

Es blieb ruhig und ich wusste nicht, ob aus Schock oder Verständnis, daher schrieb ich:

Gouverneur gestürzt.

Ory gejagt.

Ich ließ der Person kaum Zeit zu lesen, so schnell schickte ich die Nachrichten.

Ivy ...

Meine Finger, die die Scheibe hielten, zitterten, doch ich musste es jemandem sagen.

Ivy tot.

Die Heftigkeit dieser Worte trafen mich wie einen Schlag, doch ich hörte nicht auf.

Hilfe.

Vielleicht konnte die Person vor dieser Münze etwas bewirken.

Braucht Hilfe.

Nur einen Augenblick starrte ich auf die Scheibe, bevor die Antwort erschien:

Ich komme.

Epilog

Kar

Mein Herz raste und meine Faust zitterte. Ich hielt die Scheibe noch immer umschlossen, als ich durch die Burg marschierte, geradewegs zum Thronsaal des Fürsten. Ihres Vaters. Sie hatten Ory verletzt. Ich bekam kaum noch Luft, so heftig zog sich meine Lunge bei dem Gedanken zusammen. Sie war verletzt und ich war nicht bei ihr und Ivy ... ich weigerte mich, zu glauben, was auf der Scheibe gestanden hatte. Sie konnte nicht tot sein. Ich bog scharf ab und sah den Dämon an der Decke über mir kriechen. Es interessierte mich nicht. Mir war es egal, ob mein Blut verunreinigt und meine Macht beschnitten wurde. Alles, was mich interessierte, war, was mit meiner Familie und meinen Freunden geschehen war.

Und Ory ...

Ich rammte die Türflügel beiseite, noch bevor die Wachen danach greifen konnten. Der Fürst sah mich mit finsteren Augen an.

„Was erlaubst du dir -"

„Alle raus", schrie ich die zwei Gestalten an, die vor dem Thron des Fürsten gekniet hatten. Sie sahen erst mich, dann den Fürsten unschlüssig an.

„Du gibst hier keine Befehle", knurrte der Herrscher des Lodernden Volkes bedrohlich.

„Dann gib du den Befehl. Ich muss mit dir sprechen. Sofort. Es geht um Ory."

Otho trat aus dem Schatten neben dem Thron.

Der Fürst schickte die Gestalten mit einer Handbewegung hinaus.

Als die Tür ins Schloss gefallen war, erhob er sich.

„Ich hoffe, du hast eine sehr gute Erklärung für dein Verhalten, denn wenn nicht -"

„Sie machen Jagd auf deine Tochter."

Der Fürst hielt in seiner Bewegung inne.

„Sie wurde verletzt. Sie wollen sie für ihre Herkunft bestrafen."

„Wie schwer verletzt?", stieß Otho entsetzt hervor. Sein Gesicht bleich.

Der Herrscher vor mir blieb still. Die Flammen an Schultern und Kopf schossen in die Höhe. Eine gefährliche Hitze breitete sich im Saal aus.

„Wo ist sie jetzt?", fragte er ruhig. Zu ruhig. Ich kannte diese Ruhe.

„Ich weiß es nicht, aber ich werde den ganzen Kontinent auseinanderreißen, bis ich sie gefunden habe."

Eine Brise heißen Windes fegte über mich hinweg.

Der Fürst sah mich eindringlich an. „Also, wo wollen wir anfangen?"

Danksagung

Ich kann es nicht fassen, dass dieses Projekt, das an meinem Esstisch begonnen hat, tatsächlich den Weg in die weite Welt gefunden hat!

Auch wenn ich es war, die die Wörter aufs Papier gebracht hat, so wäre all das nicht möglich gewesen ohne die vielen Personen, die mir mit so viel Begeisterung und nur ein bisschen Druck meinerseits zur Seite standen.

Ich danke zunächst und von ganzem Herzen meinem Mann Hans, der es noch immer nicht geschafft hat, dieses Buch zu lesen. Wirklich. Seine Frau schreibt ein Buch und er liest es nicht einmal ... Aber dafür war er es, der mit Zeit gab, an meiner Idee zu arbeiten. Jede Stunde, in der er die Kinder beschäftigt oder den Haushalt geschmissen hat, hat mir so unglaublich geholfen. Außerdem stand er mir immer mit aufmunternden Worten zur Seite, wenn ich mal wieder an mir gezweifelt habe. Du hast immer an mich geglaubt und dafür danke ich dir! Ich liebe dich. Und jetzt, lies das Buch!

Dann bedanke ich mich bei meinen Eltern. Mama, ohne dich als Vollzeit-Oma wäre dieses Buch nicht entstanden. Und Papa, dein Interesse und deine Begeisterung waren eine große Motivation für mich. Ich danke euch beiden!

Genauso danke ich meinen Schwiegereltern, Jolanda und Eugen. Euer hundertprozentiger Glaube an mich hat mir so geholfen. Genauso wie die Wochenenden, an denen ihr die kleinen Räuber beschäftigt habt. Danke!

Ich danke auch all meinen wunderbaren Testleserinnen und dabei besonders meiner Schwester Steffi und Berit. Ihr habt das Manuskript nicht nur ein Mal, sondern mehrfach gelesen (ja, Hans, sie haben es schon mehrfach gelesen!). Euer Zuspruch, euer Input, aber auch eure immer konstruktive Kritik waren so unglaublich wertvoll. Vielen, vielen Dank! Meli, deine professionelle Meinung war mir so wichtig und so wertvoll, danke dir! Vanessa, Sabi und noch mal Vanessa, danke, dass ihr euch die Zeit genommen habt und mir ein wunderbares Feedback gegeben habt! Alina, danke dir nicht nur für das Testlesen, sondern auch für unseren kleinen Buchklub, der dieses Buch maßgeblich beeinflusst hat. Und sorry, dass ich dir nicht früher von meinem Projekt erzählt habe.

Ein ganz großer Dank geht auch an Jasmin Raif von Sprudelkopf Design. Du hast nicht nur mein wunderschönes Cover gestaltet, sondern mir auch so viele Tipps und Tricks der Branche verraten. Wie hätte ich das nur ohne dich machen sollen?

Und Jill, deine unglaubliche Karte hat mich aus den Socken gehauen! Ich liebe sie und danke dir sehr.

Ich habe so ein Glück, dass ich talentierte Freunde wie Sascha habe. Danke dir für die tollen Autorenfotos und deine Geduld beim Shooting.

Und zu guter Letzt danke ich all meinen wunderbaren FreundInnen und KollegInnen! Wie begeistert ihr wart, als ich euch von meinem Projekt erzählt habe und wie erpicht ihr darauf wart, mein Buch zu lesen und zu kaufen. Tausend Dank für eure Unterstützung und euren Enthusiasmus. Ihr wisst nicht, wie viel mir das bedeutet.

Über die Autorin

Neeva L. Ray wurde 1989 in der Nähe von Frankfurt am Main geboren, wo sie auch heute noch lebt und arbeitet.

Neeva entdeckte ihre Leidenschaft für kreatives Schreiben, als sie realisierte, dass sie in ihren Geschichten nicht nur fantastische Welten erschaffen, sondern auch gnadenlos entscheiden konnte, wer zum Helden wird – und wen ein grausames Schicksal ereilt.

Beim Schreiben ihrer Fantasy-Romane darf eine Tasse Kaffee und ganz viele Eiswürfel nicht fehlen.

Instagram: @neeval.ray   Tiktok: @neeva.l.ray